U0919170

童贞女之子

Muttersohn

Martin Walser

[德国] **马丁·瓦尔泽** 著　黄燎宇 译

译林出版社

歌德学院(中国)翻译资助计划

图书在版编目(CIP)数据

童贞女之子/(德)马丁·瓦尔泽著;黄燎宇译.
—南京:译林出版社,2016.10
ISBN 978-7-5447-6565-7

Ⅰ.①童… Ⅱ.①马… ②黄… Ⅲ.①长篇小说-德国-现代 Ⅳ.①I516.45

中国版本图书馆CIP数据核字(2016)第211888号

The translation of this work was financed by the Goethe-Institut China
本书获得歌德学院(中国)全额翻译资助

书　　名	童贞女之子
作　　者	[德国]马丁·瓦尔泽
译　　者	黄燎宇
责任编辑	王　蕾
原文出版	Rowohlt, 2011
出版发行	凤凰出版传媒股份有限公司 译林出版社
电子邮箱	yilin@yilin.com
出版社网址	http://www.yilin.com
经　　销	凤凰出版传媒股份有限公司
排　　版	南京展望文化发展有限公司
印　　刷	恒美印务(广州)有限公司
开　　本	850毫米×1168毫米　1/32
印　　张	13
插　　页	4
字　　数	235千
版　　次	2016年10月第1版　2016年10月第1次印刷
书　　号	ISBN 978-7-5447-6565-7
定　　价	59.00元

译林版图书若有印装错误可向出版社调换
(电话:025-83658316)

献给所有帮助过我的人

目　录

一　为了生命　1
二　如此一生　147
三　我的彼岸　221
四　继续生活　285
五　最后的消息　401

一　为了生命

1

埃瓦尔德，我叫珀西。他把身后的门带上后说道。他敲门的时候埃瓦尔德没有理会。珀西说他理解埃瓦尔德为何不理会。既然是在隔离区，敲了门再等着屋里的人说请进就会显得很虚伪，因为敲门的人都有开门的钥匙。

埃瓦尔德躺在铺开的床上。他睁着眼睛躺在那里。他的右脸发红，结疤了，右手也一样。他的右手搁在胸口上。手里捏着一部手机。这只可能意味着他在等待什么，他等待的一定来自手机。珀西说：我坐桌边的椅子。坐下后他没说话。他不是在等待，他只是不说话。埃瓦尔德突然坐起身来，套上摆放在床下的一双黑鞋，然后躺下，望着天花板。很明显，他不想让人看到他没穿鞋的样子。黑色便鞋，黑袜子，黑裤子，黑色长袖衬衫。袖口的纽扣是镶金的红色宝石。肉红玉髓，珀西想。穿鞋的时候，埃瓦尔德的手机一直捏在手里。

他们就这样待着。不说话。待了两三个钟头。过后珀西站起来，朝门口走去，打开门，说：我不想让你感到奇怪。上过这里的护理学校之后，我跟谁都以“你”相称。教授让我学过拉丁语。拉丁语里面没有“您”。从此以后我跟谁都以“你”相称。这感觉就像在说拉丁语。也就是一种感觉。再见，埃瓦尔德。

出去之后，珀西尽可能轻声地把门锁上。

有两种感觉珀西不知为何物：恐惧和急躁。

5月的一天，春回大地，医院的林中道路上人多了起来。有家属陪伴的病人，无家属陪伴的病人。珀西还听到有人大声向他问好。这是一个护理。他正领着几个病人去做检查。珀西也向对方问好。他还及时想起这是谁。是独眼阿尔方斯。他和他都是从这里的护理学校毕业的。也许我们还会碰面，独眼阿尔方斯大声说。热切盼望，珀西大声回应。他想起阿尔方斯失去了一只眼睛。为了制服一个癫狂病患者。这是教授告诉他的。教授还说，阿尔方斯没还手，打不还手成了阿尔方斯的徽章。珀西和阿尔方斯彼此喊话时两人都挥手致意。

珀西走到喷泉广场，这里算是医院的中心。这时有人拦住他。一个坐在低矮的喷泉水池边沿上的年轻人突然起身，站在珀西跟前。但他随即非常友好地让出刚刚被他封锁的路，同时说：请！现在每个人都从弗里德莱因·福格尔身边走过，施卢根男爵肯定不想例外。

珀西没有后悔的习惯，不管是自己说的、自己做的还是自己造成的事情。只有当他遇到别人调侃他的姓氏或者姓名的时候，他才感觉这一定是自己话多造成的。这几年他走访过多瑙河—博登湖地区的许多牧师家庭或者精神病院。如果不是牧师家的女厨，就一定是州立精神病院的医生和护士给他编织了过于五彩斑斓的荣耀花环。施卢根男爵？他想不起自己跟谁说过他母亲希望施卢根一家曾经是贵族。她在研究家谱。

这个自称弗里德莱因·福格尔的年轻人身高至少一米九，而且是细瘦身材，他当作衣服穿在身上的东西显得空空荡荡。他的下巴像船舷，他的粗大喉结可以跟他那尺寸也不小的鼻子争奇斗艳。

他郑重其事地从他的夹克衫衣兜里慢慢掏出几张纸，展开之后说：

如果退回去两周，我不可能埋伏在此。当时我在禁闭区域，哪怕只是二级。从上周起，人们相信我既不会自杀也不会杀人。暂时是这样。我将完成未竟的事业。但是我跟药理学家布鲁德霍费博士讲得很清楚，只要我还是无名小卒，人们就别期望我有什么行动。有政治抱负的自杀候选人，这是他们在这里给我贴的标签。我想发个信号！但是我费了好大工夫才让这些人明白一个道理：只有成为名作家之后我才可能——铁路工人的表达方式多棒！——发信号。我不缺少成为名作家的本事，但目前还看不到前景。要做思想精英，只有一道令人醍醐灌顶的历史闪电还不够。智商147，语言方面是180。已经有十一家出版社拒绝我的书稿。退稿信出自低能儿之手，句子结构惨不忍睹。这恰恰证明我的稿件是多么好。我没有文学抱负，我肩负着一项历史使命。这个道理副刊编辑的脑子没法理解。美国当局必须明白，今天的世界不是通过战争创造和平。如果没有一个作家，如果没有一个在世俗世界享有声望的作家去白宫前面自焚，这个热衷于战争的政府就不会停止行动。自从发表这一看法以后，我就受到中情局和摩萨德的迫害。我已十五次向联邦内务部提出人身保护申请，他们却没有任何反应。他们当然不会有反应。中情局和摩萨德沆瀣一气。随着一场又一场的战争，我们习惯了一个想法，即战争已是我们这个世界解决问题的唯一办法。我们首先制造问题，然后通过战争解决问题。我们当然时不时地讲讲这个或者那个美国总统的笑话。他们总是一个比一个更头脑简单。过不了多久，我们就不必为我们的霍亨索伦王朝[①]感到难堪了。抵抗已是过眼云烟。只有胡思乱想者才对《基本法》第20条第4款[②]感兴趣。譬如我。如果中情局或者摩萨德让我消失，没有谁会感兴趣。如果我作为一个具有划时代意义的作家去白宫前面自焚，美国巨人会吓得目瞪口呆。一个享誉世界的作家，诺贝尔文学奖候选人，在白宫前面自焚。自焚的时候我跟其他所有人一样自私。柏拉图说：一个人只有考虑了别人的利益才能追求自己的利益。如果有人想知道这句话的出处，我可以补上。现在，我写点什么才能满足自己的使命？诗歌。我给你们朗诵我最新的诗歌，好让你们知道有什么事情面临危险。朗诵：

我是神圣的理念，
装饰世界最淫荡的茎蔓。
无我，世界是一个
没有植物的花盆。
然后他问：还要念吗？
珀西说：巴不得。

---

① 霍亨索伦(die Hohenzollern)为勃兰登堡—普鲁士(1415—1918)及德意志帝国的主要统治家族。威廉二世为其末代国王和皇帝。

② 《德意志联邦共和国基本法》第20条第4款阐明德国人有权抵抗任何废除宪法秩序的企图。

他接着念：

我离你而去，

免得你有同样遭遇，

孤独是一块黑色的冰砖，

男士背心却雪白耀眼。

他将纸叠起来，递给珀西，说：我现在尝试写诗，你觉得这想法如何？

我羡慕你，珀西说。

您可知道，瘦高个说，我发现，世上无歪诗，所以我想到写诗。一首诗总是可以表达一切。而且用很小的篇幅。这点很吸引我。谁要相信世上有歪诗，谁就是骗子或者刑讯者或者马屁精。再见。他再次停下脚步，说：如果他撒了谎，他现在就不可能走在路上而不用担心摔跤。在我这里，谎言会破坏平衡。我现在告诉你，我刚刚撒了谎。我承认自己撒谎，不是为了追求道德纯洁，而是因为我撒了谎就要打趔趄、摔跟头。我刚才撒了谎：发现世上无歪诗的人不是我，而是万皇之皇英诺森。还可能是谁！顺便说说：他无论如何也想把我的诗收入他的《舍布林根文集》。但是我觉得为时尚早。我必须首先拥有一本书，一本完全属于自己的书。一本书，这是一根凯旋柱，你可以站在上面，让世人仰视。再见。说完就走，然后又一次停住脚步，说：我需要证人。为了这最后一次公开露面。我可以把您当证人吗？

随时都可以，珀西说。

谢谢，他说着走了。

珀西听见他嘴里哼着什么。

珀西有一种被接受的感觉，但是不知道在哪里被接受，被谁接受。也不必知道，他想。特别是在感觉良好的时候。他的良好感觉总是蔓延到脚底。他大步流星，几乎以怪诞的方式走着外八字。昂首挺胸。他很清楚自己走路的样子，他知道，现在谁看见他都会想：这人到底怎么了？这正是他希望的效果。他想表达自己感觉多么好，想展示自己感觉多么好。母亲不止一次告诉他，他胖虽胖，动作倒是很灵活。看得出来，他和他的身体合而为一。他的每一个动作都表明他生机勃勃。他的每一个动作都表明他的能量绰绰有余，表明他能驾驭自己的能量，他的能量为他服务。这使他所有的动作都显得很美。你是一个没有翅膀的天使，她说过。说了不止一次。听起来总给人一种感觉，仿佛没长翅膀的天使很美。如果他有什么事情让菲尼妈妈不喜欢，她会对他进行最严厉的批评；然后向他表示，如果他有什么事情她不喜欢，她是多么难受。由此，她的表扬显得真实可信。

珀西现在的确感觉如此良好，即便没有母亲源源不断的、颂歌一样的鼓励，他也感觉良好。或者说他感觉良好就是因为母亲给他源源不断的鼓励？现在他感觉好，是因为成功地建立了和弗里德莱因·福格尔的联系。他知道，弗里德莱因·福格尔今天一天，也许再加上明天一天都要赞美珀西。这个最重要。不管到哪儿，他都想成为赞美对象。他觉得，所有赞美之言，不管什么人在什么地方的赞美，都会飘浮在空中，然后汇集成一个天穹，成为可以随时拿来欣赏的回音。啊，他现在很高兴。一高兴他就想到母亲。母亲总说自己有指路者。我也一样，珀西说。有一年的12月24日傍晚，大雪纷飞，他在布劳赫林根和默克林根之间的公路上被一辆汽车撞到路边的沟槽里，车没有停。他躺在那里，动弹不得，但还有力气用棍子支着皮帽翘在马路边，所以，驾车路过的施图德牧师看见了大灯灯光照耀下的棍子和皮帽。施图德牧师刚刚去过布劳赫林根，给当地一个幼儿园的孩子们发了圣诞礼物，正驾车返回默克林根。珀西得救了。施救者是施图德牧师。他们从此成为熟人。开春后他去牧师家里登门致谢，牧师的女厨黑德维希告诉他，他甚至成了牧师布道的话题。有一次他自始至终都在讲珀西的故事：夜幕降临时他还行驶在从布劳赫林根回家的路上。突然他看见大灯灯光里出现一根棍子和一顶帽子。棍子支着帽子，从路边沟槽里斜刺上来。他赶紧刹车，走过去，发现一个还能用棍子把皮帽支到马路边的伤者。伤者脑子还清醒，牧师打了急救电话，一直待到救护车到来。他走之前，伤者想知道是谁救了自己。牧师告诉了他。伤者说道：恭喜你！牧师觉得莫名其妙。他问此话作何理解。平安夜，伤者说。伤者的话说得很吃力，因为他现在周身都痛。我恭喜你救了我。啊哈，牧师说。伤者又说：您想想，您会找到答案的。然后人们用担架把他送入急救车。牧师左思右想，终于在三圣王节[①]布道时说出道理：他的心中充满感激，因为他有幸在平安夜救人一命。

听牧师家的女厨讲到这里，珀西感叹道：这不是随便一条命！这是我的命！两人大笑。

在黑德维希小姐面前他第一次说起他没有父亲。她当然理解为他是年少丧父，或者理解为他的父亲离家出走了。但是他，没有半点自以为是：不对。母亲告诉我，她无需男人就怀上了我。黑德维希小姐竟然毫不诧异！她握着他的双手，说，一见面她就觉得他与众不

① 每年的1月6日为三圣王节，在德国巴符州、巴伐利亚州、萨克森—安哈尔特州为法定节假日。

同。黑德维希姊妹又把事情讲给施图德牧师听。后者高高兴兴地朝珀西走来，说：我们一直在等这么一个人。然后哈哈大笑。珀西不知道说什么好，所以他只好点头。牧师说，这无论如何都是一个绝妙的想法，他希望珀西别受他人看法的影响。

每次从医院的树林走到开阔地带，珀西都会驻足欣赏眼前的景色。修道院的景色。这是修道院建筑的北面，即背面，修道院坐北向南，和侧翼建筑构成U字形，让修道院教堂从中拔地而起。从中世纪盛期到中世纪结束，修道院的面积剧增到十二公顷。最终是州精神病院接管了这十二公顷土地及所属的一切。其中至少二公顷依然属于森林。医院的新建筑全都散落在树林之中，所以人们只能看见一座建筑。只有修道院的建筑矗立在树林外面，可以说是在露天里。

珀西感觉到，让修道院的建筑在露天里自由呈现是多么正确，让那些为医院新建的楼房掩映在树林之中并且躲开彼此的视线又是多么正确。这座建筑虽有几百扇窗户，但一点不显庞大，他这个观赏者也一点没有变得渺小。每次他感受到这点时，他都沉湎于这种夹杂着惊奇的舒服感觉。所有的窗户都饰有边框，白色边框，石膏浅浮雕，所以有动感，给强劲的立面传导着动态线条。这幢宏伟的建筑中间部分凸出，其背面也一样。它不仅向外凸出，其顶部线条也向外凸，部分还有挑檐。挑高的不仅是一个屋顶斜坡，挑高起初只挑一半，在一横线处休止，然后再往上挑另一半，最后直指天空。珀西每次走向或者经过这幢建筑的时候，都要把这两个挑檐看个够。双挑檐，这是图书馆大厅的房顶。大厅加画廊需要这双挑檐。左右两边平面延伸的顶部线条在外面结束，在侧翼向前凸出的地方再次挑高。圆形角楼，这是教授对这些挑檐的称呼。它们为对称构图服务。

每当珀西张口结舌地欣赏这座建筑时,他都暗自承认自己在此欣赏的是对称。他命中注定喜欢对称。不对称使他痛苦。他反对痛苦。他不让任何人任何事控制他。除非他自愿服从某种统治。既然他不可能自愿服从痛苦,他就反对痛苦。世界上没有第二座建筑让他如此赞叹不已。他在这里的图书馆大厅发表了平生首次讲话。也就是演讲。

教授在5月的一个周六对他说:你讲起话来有时像条瀑布。我们真想到这瀑布底下站一站。你明天对病人和家属发表一个讲话。在祈祷之后。

这是5月,教授补充道,这是圣母月。

珀西笑了。与其说发笑,不如说做鬼脸。好的,他说。他时不时地感觉太多了。他不知道是什么东西太多,他只知道太多。对他来说太多。但是我不做任何准备,他说过。如果对着毫无准备的人发表精心准备的讲话,我会觉得很可耻。

话说周日下午。他先用管风琴酝酿情绪。椅子还空着。但是不断有人进来。然后变得座无虚席。已经有人在站着听。教授坐在第一排。双料博士奥古斯丁·法因莱因教授。珀西知道,没有谁听得像教授那么专心。他的双手想弹什么他就弹什么。不是什么华丽的作品。他倒想把自己弹奏的曲子称为《缩小词①》。如果胆子大一点的话,他一定会称之为《永恒》。在他开始弹奏前,双料博士奥古斯丁·法因莱因教授曾起身发表讲话,他说很高兴能够在这里聆听安

① 德语语法术语,指“小房子”、“小问题”、“小书本”这类词汇。

东·珀西·施卢根演奏。

教授介绍他的复名时，他想起自己去拿管风琴钥匙的时候教授的秘书露琪亚·迈尔—霍尔希如何招呼他：珀西，每次您从门口进来，我都发现您是安东的长相。说罢便大笑起来。她的笑声出了名，因为她的笑声会阻止别人跟着笑。但是珀西每次都对她讲，他很钦佩她能发出这样的笑声。

珀西面对众人，说：亲爱的朋友们。为了生命。

他没有立刻往下说。这是他讲话中最重要的一环。停顿。他的句子都有停顿做框架。停顿不是尴尬。

他接着讲：他的母亲名叫约瑟芬，因为出生在3月19日。母亲的父亲名叫约瑟夫，但并非3月19日生。[①]施卢根一家很奇怪。母亲的母亲是一个不信神的粗人，母亲的父亲本分、虔诚，总是在徒步朝圣途中或者正在为下一次徒步朝圣做准备。

总是父亲约瑟夫和女儿约瑟芬去朝圣。去黑森林的海力根布隆、博登湖畔的比尔瑙，还有布森山，这是上施瓦本地区的圣山。全是圣母敬拜。

母亲总是一路蹦蹦跳跳地跟着去朝圣，自然也跟着祈祷过所有的《玫瑰经》，但是她总感觉自己是旁观者。对于她，父亲成了祭坛上的圣像。但是她一直不好意思对父亲说，她在朝圣过程中内心深处无动于衷。

后来她父亲死了。父亲临死前只有她一人在屋里。他的临终遗言是：你有指路者指引。菲尼，你行。

---

① 3月19日是圣约瑟夫纪念日，圣约瑟夫是圣母玛利亚的新郎。

这时她发现，她和父亲体验过的一切都活在她心中。现在她不再是旁观者。现在她的内心深受触动。她的内心一直受到触动。通过她，珀西体会到什么叫触动。她说过，我为了生命而活着。这话她说过不止一次。

又是一个轻轻松松的停顿。

他最喜欢的牧师，克里索斯托穆斯·施图德，在一次布道中说过，神之国在《新约》里面出现了一百二十二次。说神之国的几乎总是耶稣本人。他本人就是神之国。但是在另外一次布道中，施图德牧师又说每人心中都有神之国。他，珀西，承认，神之国这一说法很美。这很有内涵。但是人们不知道内涵是什么。对于他，神之国有类似音乐或者毒品的效果。但是他不能对别人谈论音乐或者毒品。

然后他说，如果他现在说了什么需要解释的话，他会感觉很不舒服。他一张嘴就感觉到在谈论自己。我不能说我知道什么。我只能说我是什么。

现在有一个美妙的希望：他谈论自己的时候离别人最近。每个人离自己都很近。既然如此，所有谈论自己的人都彼此很接近。他吸了口气，吸气的声音听得见。对于他，如果一件事情得到证明，这件事情就过去了。吸引他的，是不可证明的事情。

随后他愈发自由，告诉众人他跟黑德维希说过，他的母亲告诉他，她怀上他没要男人。黑德维希小姐是一个在默克林根为牧师做饭的女厨，她没有笑他。至少没有嘲笑他。施图德牧师从黑德维希小姐那里获悉此事之后，说：我们一直在等这么一个人。珀西说，此时此刻他不想多讲。但下一回多讲点。他希望如此。对自己的希望。

但他还是补充了一句：天然可信，这是他的最高境界。若要追求信任，他觉得这是自不量力。如果你们觉得他可信，他就永远不再孤单。或者来句金玉良言：永远不再孤独。

由此我承认了自己不独立。

他不得不接着说：一个自以为很独立的人会让我觉得很可怕。一个需要依靠的人有可能令人遗憾。我不是依靠这个或者那个人，我是绝对需要依靠。绝对依赖他人。绝对不自立。我是回音，但我不知道我是什么的回音。现在还不知道。我在我的生活中越来越多地体会到自己与他人的共性。这种体验越多，我就越是希望能够放弃自己的个性。每当我看到自己跟别人何其相似的时候，我就觉得自己的缺陷即便没有得到原谅也消失在芸芸众生当中。有时我甚至为此感到骄傲。不是过分的骄傲。是一种谦虚的骄傲。然后我就看见自己带着缺陷面对霞光，看见自己的缺陷被早晨的太阳照亮，我不反对发光多于发热的太阳将我的缺陷照得一清二楚，然后我说：好吧，然后就跑开。我也不想做这个人。我从来没法感觉自己跟自己融为一体。谁都可以把我从我体内撵出来。但是我母亲不允许这样的事情发生。她把我固定在我自己体内。你是无翅天使，她说。不止一次。她说话的口气使我对她的话深信不疑。我的信仰多于怀疑。

还有一点：我对你们讲的事情微不足道。话是我讲的，这点很重要。也许吧。

然后小声朗诵：

舒舒服服睡一觉
起床之后往外跑，
走向羊群和草药，
二二得四跑不了。

叠好、合上、收竿，
要本分，别好高骛远，
否则摔得很惨，
专心致志解线团
小心谨慎保平安。

说罢他坐在管风琴前面，启奏。

众人齐唱。声势宏大。他离开大厅的时候选择了一条不必跟任何人打照面的路线。否则他会难为情。这点他今天依然知道。

珀西走在通向一楼的旋转楼梯上的时候，再次如履祥云。在这个地方，他总是如履祥云。他经常跟教授一道在这段舒缓的、让人优哉游哉的楼梯走上走下。教授说，这段楼梯使人如履祥云。上楼如此，下楼也如此。你不会感觉自己在上楼或者下楼。这话珀西很乐意听，这是说他的话。从此以后，他这个无翅天使就脚踩祥云上楼下楼。这种时候他总有一种感觉，仿佛这些画在楼梯间墙上的、陪伴这旋转楼梯的修道院院长和帝国高级教士都在充满理解地观察他。然后，借助走廊上的一排窗户送来的光线，看见挂在走廊墙上的一幅又一幅的院长画像。全都饰以白鼬皮、黄金、宝石，个个都有自己的徽章。他在一幅画前驻足观赏：优西比乌·法因莱因。他当然也跟其他修道院同事一样，让人给自己画了一枚徽章。红底，三个金环。他的主教冠是最美的。所有的主教冠都有金线银线，但是他还饰有五彩斑斓的祥瑞花朵图案。他戴着一双白手套，戴手套的中指套着一枚指环，但他是唯一一个在手套的背面还戴着圣痕宝石的。缝上去的，教授说，因为他看见珀西目不转睛地看着红色的疤痕。

珀西和教授站在画像前。教授说：如果出生在那个时代，我也想做魏森瑙、舒森里德、上马希塔尔、罗特、茨维法尔滕、维布林根或者——就像我的先祖优西比乌——舍布林根的修道院院长。我至少会成为唱诗班的领唱。1803年修道院被解散时，教士会议有三十九个教士。里面有好些擅长写日记。他打算在州立医院的工作结束后就消失在这些故纸里面。

十二年前，当医院最终搬离修道院建筑时，教授不得不把他的办公室挪到给医院修建的新房子里。他没有搬走任何一把椅子、一只灯泡或者一个抽屉。他对珀西说：我在对面工作，在这里生活，我几乎想说，在这里祷告。这话不是所有人都听得懂。

珀西每次在此停留都要大大超出预期时间。这条走廊。一个由光线和石头构成的艺术品。左边是一道道门，右边是一扇扇窗。厚厚的墙壁把每一扇窗都变成一个壁龛。一个输送光芒的壁龛。带有石膏花饰的屋顶映照在亮堂堂的地板上。最后一道门通向高级教士办公室。现在门牌上写着：双料博士奥古斯丁·法因莱因教授。看到这个门牌时，珀西想到了英诺森。英诺森说过，名字也需要更新。法因莱因教授一定早就改名法因斯特莱因①。

珀西不用敲门。他还在护理学校的时候就得到这一特权作为嘉奖。在护理学校的教员中间，法因莱因教授最受学生欢迎。过了第一年他就开始给珀西特殊待遇。有两项待遇特别有分量：一是教授想让珀西学拉丁语，他亲自做老师。二是让珀西学管风琴。同样是他做

---

① 法因莱因（Feinlein）有“斯文”、“讲究”等意思，法因斯特莱因（Feinstlein）则有“最斯文”、“最讲究”之意。

老师。上课地点不是修道院的教堂，而是图书馆大厅里的管风琴边。迈尔—霍尔希女士，级别最高的秘书，掌管钥匙。不论谁来这里，她不说人一句好话就不让人走。她说的都是出人意料的话。所以对珀西而言，每次取管风琴钥匙都很受鼓励。管风琴是在修道院变成医院之后安装的。这是为了便于信仰天主教和新教的病人做圣事。

尽管在修道院时代建造的房门都很厚重，珀西还是听见了屋里的音乐。他走进去，坐在紧挨门口的沙发椅上。教授冲他点点头。一个男低音正在唱：Esurientes implevit bonis et divites dimisit inanes。

唱完最后一次阿门之后，教授说，刚才唱的是：他慷慨地赈济有需要的人，富人一无所获。每次听这首歌曲他都觉得不可思议。忽而欢呼，忽而细腻，忽而高亢。总之，如果上帝有耳，他一定为登峰造极的音乐陶醉。他们在音乐声中腾云驾雾，他们不必听外面，也不必听四周的人如何发出喊叫。四百八十二年前，演唱这首歌曾经引起农民的骚乱。Fecit potentiam in brachio suo, dispersit superbos mente cordis sui。我有一次边听边数：作曲家连续让人唱了十二遍这句“天主动怒，挥臂撵走了傲慢之人”。没有哪一句歌词唱得如此频繁。作曲家贝采尔[1]是一个大人物，他也是帝国高级教士，在罗特河对面的罗特镇任职。珀西，是不是每个时代都一样地不敏感？是不是每个时代都因为其敏感，因为文化，因为美而对艺术、文化以及美造成的后果不敏感？无论如何每一个时代都有自己的音乐，人们不必听四周发出的叫喊。

你知道领主如何定义遗产税？农夫死了，必须上缴最好的公马，

① 尼古劳斯·贝采尔（Nikolaus Betscher, 1745—1811），德国巴符州罗特地区普莱蒙特莱帝国修道院最后一任院长，创作过不少教堂音乐。

农妇死了，必须上缴最好的母牛，但不论农夫还是农妇，首先要上缴最好的大衣，理由如下：这是亡者生前上教堂穿的大衣。跟我来。

教授走向通往昔日的教士会堂的那扇门。珀西跟在后面。

在修道院时代，教士们都在会堂聚集，改为医院之后，这里成了医生们的会议室。教士会堂不像高级教士的办公室，没有用走廊跟南墙隔开。教授走过去打开一扇窗户，珀西站在窗口瞭望。他的目光掠过修道院的庭院和教堂，抵达一片满眼是山羊的草地。羊，珀西喊道，这么多的羊！

教授说：目前肯定没有超过一百五十头。

我喜欢山羊的咩咩叫声，珀西说。

布鲁德霍费称我为母羊之父，使之广为流传。

你别误会，珀西说。这是荣誉称号。《圣经》中的羊群在哪？

在外面，教授说。玻璃房后面。你看到前方那闪闪发光的一片就是玻璃房。只要户外达到西红柿、猕猴桃、桃子所需的温度，他们就把房顶打开。这是一个病人教的。一个发明家，他的专利在外面被人偷窃，他说还是专利局干的。他说第一部自动印刷机是他的发明。等等。你了解我们的病人讲述其痛苦的叙事谣曲。但他是发明家，只是在外面无用武之地。我把他任命为技术总管。珀西，我们是一个经济产业。我们带动了整个地区。现在他们不再通过编篮子或者做剪纸来打发时间，他们可以做自己想做并且能够做的事情。手工活、农活、工厂的活，新建筑里没有这些。这些全在古老的修道院建筑里面。这些建筑经历了一百五十年的风吹雨淋。旧的马厩完全能用。包括关骏马的。我的骏马。它们也等着你去看望。

珀西说，他在哪儿也没有见过比奥古斯丁的蒙古马更内向文静的马。

教授说：别忘了，我来自勒茨林根。使用拖拉机以前我们有四匹骏马。现在已经有九匹了。用小职员的话来说就是：我每分钟的闲暇都和它们分享。但是他的马也被许多病人所宠爱。看看病人如何跟马儿打交道，他们骑马全都不用马鞍，再看看这些马儿如何对待病人，你会觉得治疗是一个烂词。我和病人都反感这个词。治疗，珀西。我必须跟你一起去南面的水塘。你说过，那里的水芙蓉做出一副不知道自己多美的样子。我在那儿给你看看我们的第一块麦地。我们的病人播种、收获、磨面粉、烤面包，然后吃自己烤出来的面包。珀西，这就是我对住院精神病学的贡献。我希望你喜欢我们的面包。这是在传统炉灶里烤出来的。但现在的炉灶已经用电脑操控。我们的面包已经外销了。供不应求。

英诺森呢？珀西说。

他的官邸在最高处，教授说。在旧院门上面，在三角形山墙里面。专门为他扩建的。志愿者做的。他在对面的地方比在原建壁炉厨房里的大十倍。但是他要求为他的高层工作室保留壁炉厨房的名称。他的《舍布林根文集》也将取名《壁炉厨房》。他认为这个书名很有吸引力。你得看看他，他现在头脑很清醒。清醒时间已经超过从前。布鲁德霍费博士和我永远在争论谁的方法灵验，是他精心准备的药物治疗管用还是我的实验管用。我帮病人的办法很简单，就是让他们做点自己喜欢做的事情。我从耶稣会教士那里学到一句名言：人应按本真存在，否则……

他请珀西补充，珀西补充道：Aut sint, ut sunt, aut non sint。

珀西，教授说，你的脑子什么都不会忘。

珀西说：人应按本真存在，否则就不应存在。

教授：如果我是这里的修道院院长，我会亲吻你。[①]我们很幸运，珀西。布鲁德霍费博士没法刁难我们。现在他在土耳其海边玩帆船。

他的妻子是夏娃·玛利亚·冯·维戈尔芬。教授打住话头，陷入沉默。他们对此已经习以为常。

然后他说：他在土耳其海边玩帆船，你应该高兴，否则你每一次去探访埃瓦尔德之后都必须向他汇报。法医精神病学。你明白。他装腔作势，仿佛他对检察官负责，仿佛只有他对检察官负责。你该去拜访布赖特博士了。越快越好。两年前你发表演说的时候她在场，坐我旁边，你的演讲深深地打动了他。她用耳语对我说：妙！她一个字也不敢多说。安德烈娅·布赖特……对不起，这话我也对你说，她可能爱上了我。这也许只是因为她直接在布鲁德霍费博士手下工作，从他那里听了太多关于我的坏话，所以对我产生了同情。她不断给我暗示，但是我没有反应。这可能是布鲁德霍费博士投来的诱饵。当她晚上独自一人待在舍布林根的住所时，根据一天的收获判断，她想得更多的肯定是布鲁德霍费博士而不是我。布鲁德霍费博士一米八九。也许一米九一。我是一米七四。我让露琪亚去她那里把你登记上。埃瓦尔德·凯因茨在她那里的表现跟在我这里一样。但是他服药。她说的。但是我很高兴英诺森不再服药。英诺森能够向我承认这一点，我把这视为一项成果。这是一项治疗成果。

你完全可以说是你的治疗成果，珀西说。

教授说自己很小气、很无耻，所以，只有在他能够拿着自己的成果

---

① 修道院院长对修士都以亲吻问候。

去布鲁德霍费博士面前炫耀的那一刻才感到高兴。

珀西说：这是你的优点。

别这么仁慈，教授说。是眼前的一切使我有了说话的勇气：山羊、暖房、畜圈、骏马……珀西，我相信我会在骏马中间度过余生。我去蒙古牵头两匹马的时候，当地牧民告诉我，他们晚上收工后把马放出去，让它们在草原上自由奔跑。马儿一口气跑二三十公里，在野外吃草、饮水、睡觉，天亮时它们跑回家：回来干活。

他们回到院长室。教授坐上软垫条凳，说：请坐到我右边[①]。

谢谢你，奥古斯丁[②]，珀西说。

教授说：施图德牧师在你后面打来过电话，你知道吗。他说你趁他赶去参加一个家庭礼拜的时候跑了。他没觉得受到伤害。他往你喜欢待的地方打电话，只是想知道把你的行李往哪里寄。他很高兴得知你在舍布林根。我可以把这理解为恭维，教授说。你是一颗明星。

但这是哪个天空的明星，珀西说。

我们的天空，教授说。

如果默克林根方面再打电话，就告诉他们把那两个包放到教堂的阁楼里。你再一次把我安排到老客栈住，这证明你明智，奥古斯丁。所有我要去的医院，茨维法尔滕也打了电话，我都说：我不知道在舍布林根需要多少时间，他们总是安排我去护理员那里住。如果要离医院近，那就安排在病人中间。

类病类治[③]，教授说。不与病人为伍，也没法帮助病人。施特劳

① 原文为拉丁语：Sede dextris meis。

② 原文为拉丁语：Tibi gratias, Augustine。

③ 原文为拉丁语：Similia similibus。

赫女士可能会突然造访，你要做好心理准备。她又来了。精神病复发，布鲁德霍费博士说。只要我一进去，她就做出一副在倾听什么声音的样子，完全不搭理我。即便我不说话，她也装模作样，仿佛她必须费力倾听才能理解那些声音传来的话。她甚至通过面部表情来回答她号称听到的话。

珀西：她听见什么声音，或者她做出听到什么声音的样子，这中间有区别吗？

教授说：说得在理。

珀西：上一次来舍布林根的时候，我请你再也别说我在理。

教授：两年前你让折磨施特劳赫女士的那些声音陷入沉默。

珀西：但这些声音又出现了。

教授：也许你再试一次。请原谅，如果我只说：用睡袋。你知道，治疗这个词给我带来嘴巴和心灵的痛苦。就连布鲁德霍费博士偶尔也提到施卢根的睡袋疗法，尽管不无亲切的嘲讽。

珀西：我每次尝试用睡袋帮助患者，过后都有重获新生的感觉。

教授：如果跟布鲁德霍费博士的关系再这么下去，你就必须对我实施睡袋疗法。

珀西：那就精彩了。但是你当然不需要这个。

教授：在他走之前最后一次医生会议上，他引述一个新来者第一次看病时说的话：谢天谢地，这臭×终于死了。这个病人说的是自己的母亲。这话布鲁德霍费博士故意朝着我说。

沉默。

教授：我老是回想一件事情：我打电话到施图德家，告诉你又来了一个拒不配合的病人，你的第一句话就是：他叫什么？你为什么问这个？

珀西：我想知道他叫什么。

教授：但是我把名字告诉你之后，你说了声：哈罗。

珀西：如果你说：埃瓦尔德·凯因茨，我还能说什么。

教授：然后你说，我就来。

珀西：现在我来了。

教授：他是什么反应？

珀西：我马上实施沉默疗法。你的沉默疗法。我还从未感受到你的感觉、体验和描述是多么精准。不是作为一种面对病人的方法，而是作为一种你自己需要的东西。在此时此刻。我清楚地感觉到，现在说话，不可能。现在只能乖乖地沉默。我保持沉默。埃瓦尔德·凯因茨理解了。我说。我声称这点。有点唐突。但是你的沉默疗法本来就要求一个人先于另外一个人进入沉默。

《舍布林根沉默疗法》的第十一版已经出来了，教授说。我会发财的。每出一版，我都把样书放在露琪亚的办公桌上，好让她告诉所有去她那里的人，书可以带走。迄今为止每新出一版，布鲁德霍费博士都会拿走一册，尽管前面写得清清楚楚，旧版重印。这是一本源于自我感觉历史的书，这种东西无法修订。对于布鲁德霍费博士，这是非专业书籍的明证。布赖特博士则每次拿走一册样书都要表示感谢。她初次阅读之后就说：您让我们哑口无言！

珀西：但我现在不得不问你一个问题，你见过埃瓦尔德·凯因茨的正面，跟他对视过，他一次也没有转过身来看我，所以，你说说埃瓦尔德的眼睛吧。奥古斯丁，他的眼睛长什么样？

我知道你为什么要问这个问题。我不想假装忘记你总是把这个名字挂在嘴上这一事实。你告诉我的事情我什么都没忘。我打电话找你，当然是因为这个病人名叫埃瓦尔德·凯因茨。

珀西：原来如此。

教授：如果见到他，我会讲点故事给他听。这是你说的。每次提到他你都这么说。而且你常常提到他。

珀西：说到埃瓦尔德·凯因茨的时候，芬尼妈妈不可能不提他的绿松石色眼睛。他的绿松石眼光，她老这么说。

你没有，你长着一双湛蓝的眼睛，教授说。

珀西：这再次证明他不是我的父亲。他也没有我这朝霞一样的红头发。所以说，我的毛发也并非来自他。

教授：继续寻找。

珀西：我没兴趣寻找。但有兴趣找到。跟你学的。

教授：《拿破仑法典》第340条：禁止寻求生父母[①]。

珀西：我们把保罗在《哥林多书》里讲的话倒过来说：不是有若无，而是无若有。

教授：珀西，文件都在那儿，在你身后的书桌上，公证过了，你只需签个字，如果你肯委屈自己，做我的养子。我看你脸都白了。我不希望你叫我爸爸。也别叫我父亲。最好一切照旧，知道你是我的儿子我就满足了。

珀西拥抱他。然后他说：今天我就写信告诉母亲。但愿她很高兴。奥古斯丁！再次拥抱他。

最长久的沉默。

珀西：但如果母亲反对，我们就放弃。

---

① 原文为法语：La recherche de la paternité est interdite。

珀西，教授说，我从你这儿明白一个道理，有些东西不必这样或者那样，但它依旧存在。你前年的布道。珀西，有人还在问你的文稿。为了生命。你的布道没留文字，这成为众人怪罪我的理由。

如果留下文字，人们也会怪罪你，珀西说。

他是否又开始布道了，有人问我。

如果他所说的话被称为布道，他就不说话了，珀西说。谁来问文稿的事情你就对谁这么说。

我对谁都这么说，教授说。我告诉他们，想看文稿的，都是没听讲的。我告诉他们，珀西只说他在说话那一刻想到的事情。在他讲话那一刻没听懂的，过后读文稿照样读不懂。我就是这么讲的。

你讲的话比我应得的更有条理，珀西说。

但是，教授说，现在听听伪善者的坦白。我对别人这么说，自己却把一切都写到纸上。凭记忆。为了生命。我不得不写到纸上。我的记忆在我的职业中得到良好训练，可以让我一字不漏地记录三十分钟的讲话。如果你愿意，我就把文稿给你，你爱干什么干什么。

别诱惑我，珀西说。

我不会给任何人看，教授说，相信我，虽然曾有三个病人，两女一男，分别来我这里送文稿。三个人都说，不把听到的东西写在纸上是一件不可能的事情。我对他们说，你讲的东西我全都记在脑子里，我不需要白纸黑字记录。

珀西说：我认为我现在很难堪。

教授：你就假设又到了5月。和两年前一样。许多人想从外地过来。我们的图书馆大厅不会出现人满为患的场面。珀西，我不强迫你做任何事情。我必须独自对付布鲁德霍费博士联盟。我必须自己去对付它。布赖特博士说，现在他在医生大会上叫我老小孩。

这可是妙语，珀西大声说。真棒。老小孩！你的脸超越时间，没有命运的痕迹，排斥经验，避免面部表情的脸！一丝坚毅的神情。老小孩，没有更精确的说法！

没错，没错，教授说，但是他在去爱琴海旅游之前最后一次全院餐会上又一次抨击我让病人劳动的做法。他说，病人们很快就不再配合治疗，因为他们成天给山羊挤奶、做车工活儿、扯着嗓子唱歌，但是院长大人执意要开历史倒车，想把舍布林根变成一座普莱蒙特莱修道院。赐予我们和平[①]。这表明我做得对，珀西。在场的医生很少发笑。但如果能够再次听你讲话，珀西，我会感觉很好。对我和所有想把舍布林根变成天堂的前厅的人。不说了。你告诉我你是否乐意讲话。

你的计划，珀西说。

你上次来的时候可没有问我的计划，教授说。

珀西：但是你说了：好吧，你对我的计划不以为然。

教授：难道一个人应该告诉另外一个人他想听什么问题？

你要这样就落俗套了，珀西说。

该怎样？教授说。

每个人都应自己说说他想听什么问题，珀西说。

你就问我对面小桌子上的书和文件作何用，教授说。

珀西：书和文件，全都整整齐齐放在那里。小桌子因为它们而来到屋里。多料博士做研究。

教授：我的书，对不起，我的小书想保护圣髑，避免阐释者对其造

① 原文为拉丁语：Lithium dona nobis pacem。

成损害。这个我给你提过，给英诺森细细阐述过。我没觉得如果我论述一个历史造成的两难问题就会渎职。

你害怕布鲁德霍费博士。

教授：他在搜集整我的材料。已经弄了一大摞。如果他把材料交给上级主管部门……

他停顿片刻。然后接着说。他现在为自己的计划找到一个名称，或者说这个名称找到他，一个彻底概括其计划的名称，但只是以与这个计划相称的方式。如果你未来想知道我的计划进展，你可以马上问：《我的彼岸》进展如何？

你的《彼岸》进展如何，珀西问。

会告诉你的，说着教授站起身。现在去看文件。请研读文稿[①]。监听记录我让他们放到你的房间里了。埃瓦尔德·凯因茨时不时地接到电话。是一个女人。心理疗法医师西尔维娅·沙尔博士，或者是另外一个我们对其一无所知的女人。他夜以继日地等电话。至于他们如何对话，这个嘛，你自己去看记录。

我不会看，珀西说。奥古斯丁，请原谅，我不想这么去占他的便宜。如果他允许，我会给他讲点故事。随后发生的事情我们不必知道。最主要的：我们不必做计划。

如果我年轻三十岁，教授说，我想做你的得意门生。

珀西：然后我做你的得意门生，好跟你学你在我这里学到的一切。

他们在彼此脸上都看到自己的微笑，所以都看到自己。两人都不约而同地、带点戏仿意味地相互鞠躬。教授说：而你[②]。

---

① 原文为拉丁语：Scrutamini scripturas。

② 原文为拉丁语：Tu autem。

这是他们的唱和祈祷仪式的习惯性结束语。教授已经给珀西做过解释：而你，主啊，请怜悯我们[①]。每当教授用教堂定时祈祷的习惯语来结束他们的交谈时，珀西都把教授视为修道院院长。然后他跟戏剧表演似的亲吻院长的戒指，吻那颗墨绿色的镶金宝石。这不是真正的亲吻，而是表演似的亲吻。两人都哈哈大笑。教授当然没有珀西笑得厉害。他们模仿笑。但是这模仿的笑随后成了真笑。

珀西都已走到门口，教授又大声叮嘱一句：不是说你非做不可，但是如果你有兴趣理理发，马西莫还要在我这里待两周，给玻璃花房铺地砖。听我提到你又来到我们这里，他马上说他最喜欢给你理发。我当然问了为什么，他说，他的顾客个个都说没有比让他理发更舒服的事情，但没有谁说得像你那么令人信服。

没错，珀西说。

那就晚上过来一趟，教授说。

珀西在他的房间里研究埃瓦尔德·凯因茨的材料。监听记录他没有看。他明天去送还奥古斯丁。病史他匆匆浏览了一下。埃瓦尔德·凯因茨，1947年1月1日生，深夜闯入心理疗法医师西尔维娅·沙尔博士位于毛鲁斯—贝茨大街医疗中心的诊疗室。他有进入这些房间的钥匙。他喝了一瓶法国白兰地，给自己周身浇上汽油，然后躺到沙发上，在自己身上点火，但他没有把自己烧坏，因为自动灭火装置浇灭了火焰。检察官暂缓因危害人身安全纵火而对他进行起诉。凯因茨被移交舍布林根州立精神病院，法医精神病科。

---

① 原文为拉丁语：Tu autem domine, miserere nobis。

2

第二天珀西又去敲门，又是不等埃瓦尔德说请进就开门，这一回他说的是：上帝保佑你，埃瓦尔德。

埃瓦尔德躺在床上，跟头一天一样，但是他今天穿着鞋。他大概想以此表示他料到有人要来。

走进他人的房间时，珀西常常想到施图德牧师在这种时候多么潇洒。施图德牧师只消说一句：愿上帝祝福我的到来。

珀西坐下之前先把窗子打开。虽然才到5月，但天气已经很热了。开窗之后，窗前的栅栏显得非常粗大。

埃瓦尔德站起来，把窗户关上。珀西坐在桌旁，而桌子直接临窗，埃瓦尔德不得不在紧挨珀西的地方勾腰关窗。珀西看见埃瓦尔德戴着一根项链。他没看见项链上挂着什么。但是他现在看见他脖子上的烧伤疤痕向下延伸。

埃瓦尔德重新躺下。珀西重新陷入沉默，脸上看不出一丝耐烦或者不耐烦的神色。

事后他不知道他这一次在埃瓦尔德这里待了多久。当时他无所期待。他觉得坐在这张没铺桌布的桌子边上看着埃瓦尔德就够了。他当时想起最近一次去舍布林根时教授带他去看那幅画。在修道院教堂。这是圣诺伯特生平组画中的第一幅。来自四面八方、来自所有城市和阶层的人们都络绎不绝地投奔他，这个修会创始人。但是有一个人拒绝。教授想把这个人指给他看，并且引述传说对这一幕的描绘：挣扎的反抗男孩。迄今为止还没有人能够解释这是什么意思。他们离开教堂时珀西说：为什么需要解释！这就够了：挣扎的反抗男孩。教授停下脚步，说：你说得在理。珀西：别再这么说。

但是我没有告诉你为什么我对挣扎的反抗男孩感兴趣。

告诉我，珀西说。

我说给你听，一切与我有关的事情你都应该知道。我的先辈，修道院院长优西比乌，他被教士会议选举委员会选为院长的时候三十二岁，1774年的教士会议选举委员会由三十九个祭司僧侣中的七人组成。这个七人委员会把优西比乌选为院长，优西比乌却跪倒在地，哭着请求兄弟们不要选他。但是他们选了他。挣扎的反抗男孩，珀西说。然后一切都成为传说，教授说。

啊，埃瓦尔德，珀西心里想，千万别以为我想问你为什么拒绝跟我说话。我知道，如果你能够讲话你就会跟我讲话。你把我当哑巴来忍受，这已经传递了一个信息。舍布林根沉默疗法。

起身之前，珀西说：明天见，埃瓦尔德。还有，他又说，医院允许你那些玩摩托车的大老爷们儿给你送吃的。他们不必再逼着可怜的看门人抬杆放行，他们把带来的东西交给看门人就够了，东西转手就端到你跟前。明天见，埃瓦尔德。走了。

还面临诉讼程序的病人都被安置在城堡。珀西从城堡走向喷泉。他在路上不折不扣地遭到一个秃顶的瘦高个子的突袭。这家伙来了几个舞蹈动作，最后把自己扭成一团摆在珀西面前。一个肢体线团，中间伸出两只手，捧着一封信。一张看不见的嘴说：亲爱的施卢根和斯雷吉伯爵，我的小可爱，我们所有人，这点不得不说，就是所有参与劳动治疗法的住院病人，一定知道，施卢根和斯雷吉伯爵会再次来到这个国立福利院探望。所以，每个人都签了字，带着同样的耐心，社保局不会惩罚我，您可以跟他交谈，我是说那个新纳粹，武泽尔泽普。亲爱的，新纳粹还在咆哮：退休金是属于我们的，只属于我们，你们好吃懒做，在剧院搞女人。你知道纳粹猪什么态度，他还在怀念逝去的美好时光，在那时，他可以把我们送到格拉芬艾克[①]去，现在他不得不转为推行劳动治疗法，让我去死，你知道。人们不应该忘记1955—1977年间交的钱。[②]

① 格拉芬艾克宫（Schloss Grafeneck）位于德国巴符州罗伊特林根县境内。1940年，纳粹德国在此对10 654名智障人士和精神病患者实施了“安乐死”。

② 这是一段由德语、法语、英语、意大利语混合而成的文字，原文如下：Carissimo Corte Schlugen und Sledge, cocco mio, all of us, that's to say all inmates who have to participate in the Arbeitstherapie, have got to know, that once more Corte Schlugen und Sledge will visit the State House of Infirmity, so all signed tuttle le letztere which I wrote con la stressa pazienza, e le Sozialdienst wird mich nicht bestrafen, vous pouvez vous entretenir avec lui, I mean the neonazi, Wurzelsepp. Dear sweet heart, the neonazi keeps shouting: Die Rente gehört uns, uns allein, ihr habt gefaulenzt, auf dem Theater rumgehurt. You know, how the nazi-pig behaves, he still is dreaming of those fabulous times, when he could send uns to Grafeneck, now he had to switch to Arbeitstherapie, lasciatemi morire, you know. Non si devono dimenticare I contribute pagati fra il 1955 — 1977. Auguri.

那张嘴巴不再说话。珀西接过信，道谢。肢体线团解开了，身体如弹簧一般弹射起来，瘦子大摆着双臂跑开，随后他又停下脚步，大声吼道：别听布鲁德霍费博士说话。如果我给他讲新纳粹如何搞养老金恐怖的事情，他不会听我的。总之，法定地方医疗保险机构那帮流氓一定更熟悉情况。问他们吧。是的，养老金。我在报上所能读到的有关这个话题的一切言论都是谎言。别了，殿下，别了，您的仆人斯特拉文斯基。[①]说罢他朝林中走去，低着脑袋、垂着胳膊。珀西跟在他后面。其实他就想离开正道，在高大的古树中间穿行，这样可以避免同时看到新建的两幢州立精神病院大楼。珀西不想让哈里产生被跟踪的感觉。他跟他走同一个方向，但没有直接尾随他。当他位于哈里的侧后方的时候，他停下脚步，说：哈里。

哈里转过头，止住脚步，双臂交叉于胸前。珀西走过去，抽出一张五十欧元的钞票。这张钞票放在他兜里，可以随时拿出来，因为施图德牧师说过，他进城的时候总是在兜里塞一张五十欧元的钞票，天知道什么地方有人需要这么一张钞票。他抽出钞票，递给哈里，说：你不必对我说，哈里·斯特拉文斯基不得不争取养老金是多么可耻的事情。另一方面……没有另一方面，哈里匆匆地、近于小声地说道。但是珀西同样小声接着说：……如果拿了这张钞票，你就比我多了五十欧元，就比我富了。帮个忙。如果我知道哈里·斯特拉文斯基

---

① 这段话由英语和法语混合而成，原文如下：Don't listen to Dr. Bruderhofer. When I started to tell him about the neonazis Pensionsterror he wouldn't even listen to me. After all, the slags from the AOK must know better. Ask them. Oui, la PENSION! Ce que je pourrais lire dans les journaux sur ce sujet sont des mensonges nudes. Adieu, Altesse, adieu. Votre Seviteur Harry Strawinski.

比我富裕，比我多五十欧元，这将有助于修补我的世界观。如果想到一位哈里·斯特拉文斯基比我穷五十欧元，我会急出病来。

斯特拉文斯基接过钞票，揣入衣兜，说：很乐意为一个令我产生好感的人效劳。拥抱你！请相信我诚挚的感情。[①]跳舞似的鞠了一躬，走了。然后再次止步，甚至往回走了一步，说：你真让我搞不懂。说这话时他换了一个声音。

别客气，珀西说，不论走到哪里，我都听人说要跟哈里学跳舞。哈里疾步走向珀西，站在他跟前，说：撒谎。珀西用响亮的高声说：虚构！

哈里：我很高兴，男爵。

珀西：同意，哈里。

哈里舞蹈似的鞠了一躬，走了。

珀西毫不犹豫地以同样的舞姿鞠了一躬，又踩着同样的舞步开步走。他那样子像是要甩掉自己的双脚。而且插上了翅膀。被母亲称为无翅天使的他感觉周身舒坦。就这样，他穿过了广场，绕过因为带有石膏花饰的窗户而永远不会变得无聊的主楼，从正面进入中间大楼，顺着漫长的旋转楼梯往上走，受到帝国高级教士的欢迎，上去之后又从院长们的身边走过，彼尼诺[②]、文德[③]、亚孟多[④]、优西比乌[⑤]、提庇留[⑥]、

---

① 原文为法语：Je t'embrasse! Croyez á toutes mes sentiments.

② 彼尼诺 (Benignus)，天主教圣徒名字，意为“友善者”。

③ 文德 (Bonaventura)，天主教圣徒名字，意为“好运者”。

④ 亚孟多 (Amandus)，天主教圣徒名字，意为“可爱者”。

⑤ 优西比乌 (Eusebius)，天主教圣徒名字，意为“虔诚者”。

⑥ 提庇留 (Tiberius)，天主教圣徒名字，意为“来自台伯河者”。

依纳爵[①]、本笃[②]、迪达库斯[③]、马格努斯[④]。由于全都来自本地区，而且多半是小庄园，所以他们也叫施特勒贝尔、厄特勒、鲍施密德、施塔德勒、埃梅勒等等。现在是门中之门，院长办公室的门：双料博士奥古斯丁·法因莱因教授。里面放着音乐。轻手轻脚打开门，在沙发靠背椅上坐下倾听。这女声实际上在反复咏唱祝福你。她一路高歌，直冲云霄，然后又在不知不觉中着陆，也就是轻柔地落下，随后再次唱着祝福你飞升，越飞越高，达到人们没法想象的高度，这高亢的欢唱让人腾云驾雾、飘飘欲仙，一个小花腔，人们才松了口气。唱了百来遍的祝福你结束了。

珀西汇报工作。他又取得了进展。舍布林根沉默疗法有了成功的实践。他毫无疑问取得了进展。埃瓦尔德·凯因茨允许我接近他。

教授说他知道为这个事情把珀西叫来是正确的。就是说，即便这个病人不叫埃瓦尔德·凯因茨，他照样会把珀西请来。但是这病人又恰好名叫埃瓦尔德·凯因茨。他无数次地听说，从多瑙河到博登湖就是一个村庄，即便这是事实，埃瓦尔德·凯因茨被移送舍布林根还是一件不能议论的事情，因为他被控故意对偶尔有人逗留的房间进行纵火。

我可以表示诧异，珀西说。对你，奥古斯丁！可能性！你什么时候开始用这类词汇。我已预感到埃瓦尔德·凯因茨有一天会出现。

拜托，你给我来个有关预感和可能性的讲座吧，教授说。你都两

① 依纳爵 (Ignatius)，天主教圣徒名字，意为“似火者”。
② 本笃 (Benedictus)，天主教圣徒名字，意为“被佑者”。
③ 迪达库斯 (Didakus)，天主教圣徒名字，意为“教化者”。
④ 马格努斯 (Magnus)，天主教圣徒名字，意为“伟大者”。

年没来了，珀西，好好考虑一下。

我们的预感要比单纯的知识聪明，这个我不必跟你说，珀西说。

但是我很乐意听你来说，教授说。

珀西说：医院里的人怎么知道珀西又来了？

不是听我说的，教授说。

珀西：他们候着我。昨天是弗里德莱因·福格尔，今天是斯特拉文斯基。这家伙还把一封信递交给我。

三种语言，教授说。

如果算上德语，四种语言。

德语他说不出口了，因为这是纳粹的语言，教授说。德语只是他用来与行政机构打交道的套话，因为他在争取他的养老金，他感觉养老金被人骗走了。我们应该把这类人称为病人。

珀西：因为我们没法把他们的幻想当真，所以我们称他们为病人。但是他们真的听到那些声音。我们拒绝相信那些声音的存在，他们对此恼怒是有道理的。

教授：施特劳赫女士！我曾怀疑布鲁德霍费博士在她面前使用了精神分裂症这个词，后来她说：不，布鲁德霍费博士先生从未对她说过她患有精神分裂症，但是她听到那些声音告诉她布鲁德霍费博士说她患有精神分裂症。

那些声音比我们先知先觉，珀西说。

现在有人引述你的睡袋疗法，教授说。不仅仅是嘲讽口吻。我在实践你的理论，珀西说，斯特拉文斯基作为芭蕾舞大师和众人的舞蹈教师。就在这教士会堂教授和表演。正合适。斯特拉文斯基受宠若惊。我也想参加舞蹈课，我感觉自己需要来一点超出目的的运动。

教授说：医生，先治好你自己①。

珀西：医生不过是对心灵的慰藉②。

没等教授来下一句拉丁语，珀西说，现在他必须讲一件事情，他认为自己有义务讲这件事情。对面的七号楼。

城堡，教授说。

对，珀西说。无论作为护理学校见习生还是作为护理员，他都从未在法医精神病大楼待过。但是现在来到七号楼，城堡，混凝土围墙中间是一道电动闸门，X光扫描，比机场安检还糟糕。终于进去之后，手里还拿着一把小得可爱的钥匙。奥古斯丁，这不符合你的性格。

布鲁德霍费博士，教授说。这家伙直接从哈尔来到舍布林根，这些全是他带来的。美其名曰创新。

你就配合，珀西说。

教授：送到城堡里的都犯了第63条。危害公共安全罪或者有这种倾向。如果跑出去一个干点事情……

他的话没说完。珀西说：埃瓦尔德·凯因茨必须离开那里。我在里面没法尝试睡袋疗法。

两人都没说话。过后教授说：而你。

习惯性结束语。然后是表演似的亲吻戒指，珀西可以走了。

① 原文为拉丁语：Medice, cura te ipsum。

② 原文为拉丁语：Medicus nihil aliud est quam animi consolatio。

3

珀西第七次探望埃瓦尔德。跟第一天一样，埃瓦尔德光着脚躺在床上，只要珀西没走，他就不穿鞋。这可以解释为珀西的日日造访给他的感觉不像第一天。他知道，珀西要来，他不再为珀西穿上他的鞋。现在珀西可以说话了。珀西的第一句话给人的印象是在回应此前他们之间发生的事情。只是为了让你了解情况，他说。我对你说的事情，是从她那里听来的。我拿来对你说，专门对你说，这还算情理之中吧。

珀西停顿片刻。埃瓦尔德不会把这一停顿理解为要他说点什么。他们之间已经形成高度默契。然后他突然接着说。他的母亲叫约瑟芬。生在格尔瑙。位于阿普夫瑙和莱姆瑙之间。在阿根河谷。刚好在山脚。他念约瑟芬的时候把重音放在第一个音节，这是当地习惯。她在他面前总是说：我是你的约瑟芬妈妈。她这么说，是因为当地人只叫她芬妮，他们只叫她芬妮。他也这么叫：芬妮妈妈。她出生在3

月19日，按当地的理解，这是自然而然的事情。那是1937年。后来她在1977年生下他。年底的事情。在圣母医院。他差点说：当然在圣母医院。那就是斯图加特。他三四岁的时候她就给他朗诵信件，写信对象都是联邦总统和每一个在她看来可以考虑的人。信件所要说明的是，施卢根一家曾经是贵族，现在到了必须恢复其贵族称号的时候了。她不厌其烦地描述施卢根一家因为哪些历史事件和草率行为而丢掉了贵族称号。他，珀西，出生之后芬妮妈妈才开始争取贵族称号的斗争。她认为欠他一个贵族称号。当时母子俩生活在斯图加特的一套两室的公寓里，在梅斯大街。他不满三岁时她就教他背字母表，而且顺着背和倒着背是一个速度。后来他问这是为什么，她回答说：好让你掌握一项不是人人都掌握的本领。

她出生在位于阿根河谷的格尔瑙的施卢根农庄，是家里的第五个孩子。有一次，农庄在隆冬季节失火，消防车陷在雪地里无法动弹。奶牛全被烧死。那时父亲已经死了。长兄贝托尔德变得吝啬起来。他把兄弟姊妹撵出农庄。他还克扣母亲每个月十马克的生活费，因为他发现她用这笔钱找人为她早逝的丈夫和在战争中阵亡的儿子祈祷。贝托尔德说，黑色的拉比甭想从他这里得到一分钱。芬妮妈妈流落到特南，做女裁缝本特勒的学徒，本特勒太太这里已经收了两个姑娘做学徒。约瑟芬将住在裁缝铺里。本特勒太太的意思。她领着约瑟芬，东拐西拐地走进一个小房间。这里面还放着一张皮革沙发，所以几乎没法转身。本特勒太太说，这沙发是她丈夫的爷爷在十九世纪七十年代那场战争中获得的战利品。她丈夫每次说起此事都要加一句：在法国，严格讲，在梅斯。本特勒太太说约瑟芬可惜很走运。直到上周六，这都还是胡戈的房间，二十二岁，在齿轮厂，然后在周六到周日的夜里骑着摩托车冲进阿根河，死了。随后她把一张镶框的大照片指给她看，照片上的胡戈穿着一身摩托车手的皮革装，右肘挂着头盔。本特勒太太目不转睛地盯着照片看，她也只好目不转睛地盯着照片看。约瑟芬现在才发现自己错失机会，没有去好好体会当时发生的一切。过一阵胡戈的未婚妻要把照片取走，她来之前可以这么挂着吧。约瑟芬使劲点头。现在她只要看到这照片，或者端详这照片或者哪怕扫一眼，她心里就会想：二十二岁，夜里骑着摩托车冲进阿根河。

圣诞节到了，她坐电车回到格尔瑙。她在无法供暖的阁楼间看见缩成一团、低声啜泣的母亲。她用两床被子把母亲包裹起来。这臭味儿没法解决。她向哥哥抱怨时，哥哥说：你可以把她带走，这老母猪。这是本地骂人的话。她带着母亲去了特南。

高大粗暴的哥哥跟母亲一样恶言恶语。父亲从不这样。父亲没有说过一句伤害她的话。母亲却是三天两头地恶语相向。

现在母亲睡在芬妮的床上，芬妮自己睡到来自法国，严格讲来自梅斯的硬皮沙发上。她感到难为情，因为她不得不问老板娘是否可以让母亲在她房间里住一段时间。她说本特勒太太可以为此扣她五马克工资。本特勒太太很喜欢她，芬妮注意到了。有一回她说，她也希望有这么一个女儿。如果偶尔有一位女顾客问到她的女儿，本特勒太太就会跑出去，再跑回来，一副若无其事的样子。她对芬妮做的活计大加赞赏，常常让芬妮因为其他两个女孩感到别扭。那两个已经学了两三年，现在却不得不听老板娘训斥，说是芬妮的剪裁手艺已经超过她们。

如果有女宾在陈设布置得令人窒息的客厅里试衣，她总是把芬妮而不是另外两个叫过去。与要求很高的顾客洽谈时她也叫上芬妮，因为芬妮曾建议给男爵夫人——这是最挑剔的顾客——的绿松石颜色的晚礼服的领口加上抽丝花边，后来又亲手把这抽丝花边做得又扎实又好看，简直无与伦比。本特勒太太向女顾客们介绍芬妮的时候总是说：我们的抽丝花边艺术家。

这家裁缝铺是本特勒太太的丈夫开的。每间屋里都挂着裁缝师傅本特勒的照片。他在每一张照片上都微微低头，用高度批评的眼光看着每一位观赏者。鼻子底下是著名的小胡子。本特勒的房子位于一条溪流边的陡坡上。本特勒一家的地皮延伸到溪流边，有一段溪流还穿过他家的草地。本特勒先生养过山羊。现在羊圈里放着自行车。这里也还摆着或者挂着因车祸身亡的胡戈的摩托车所需要的一切。

给花园翻土、做草料活、摘樱桃，房前屋后所需要做的各种事情全都交给学徒们做。因为师娘出租房屋，所以要求房客在这小小的农庄里证明自己有用。有一次，芬妮摘樱桃的时候，一名房客跟在她后面爬到樱桃树上。有一次，当她从职业学校回来的时候，他请她去咖啡厅喝咖啡，对她说了一大堆好话，她却一言不发。人家可是中学一级教师，她把自己视为笨女人，尽管她在格尔瑙上学的时候是老师眼里的模范学生。她也自称笨女人。虽然她希望有人来反驳她。有一次，当她跟一级教师回到房东家时，天已擦黑。一级教师说，他们还可以去下面的小溪边上走走。他说他特别喜欢听溪流的哗哗声。过去她还从未听过溪流的声音。现在她也听到了。但是她说她不会把她听到的汩汩声称作哗哗声。那是什么声音，一级教师问。汩汩声，她说。一级教师欣喜若狂。这有什么，她说，我是在阿根河对岸长大的，在格尔瑙。阿根河是哗哗声。一级教师停下脚步，走到她面前，张开双臂，紧紧抱住她，同时浑身颤抖。然后开始呻吟。芬妮吓呆了。她不知道该怎么办，因为她不知道一级教师是怎么回事。这人的年龄至少比她大一倍。她不知道该说什么或者做什么。她只好等待，直到一级教师情况好转。但随后很快就回来了。母亲又是哭诉，又是咒骂，同时警告她，如果再这么下去，她的未来很可怕。

男人跟她一接触就会颤抖，即便是年纪小得多，甚至与她同龄的男人。这成为芬妮的一种体验。周末她和女友们去狗熊舞厅，跟她结伴跳舞的男孩即便碰到慢节奏的舞曲也要慢慢颤抖。她不敢找女友谈论这一体验，因为她怕别人说她过分炫耀。其实她很喜欢男人在她跟前颤抖。她感觉自己有气场。

芬妮给自己买了一台小收音机。施卢根农庄没有这类东西。母亲骂她，说她浪费时间，但是她很崇拜这机器，她把旋钮转来转去，她痴迷于收音机的世界，还从未有过什么东西令她如此着迷。令人心旷神怡的音乐，具有按摩效果的打击乐，让她翩翩起舞的舞蹈音乐！格尔瑙，牧师，教师，傻女人！随后在一个节目中听到她从未听过的声音。无论是格尔瑙教堂里的牧师还是学校里的教师，没有谁有这样的声音，没有谁曾经这样对她讲话。这些声音在对她讲话，这点毋庸置疑。节目过后，收音机里说，刚才播送的是：约翰·沃尔夫冈·歌德的剧本《伊菲格尼亚在陶里斯》。第二天午休时，她跑到城里，找到图书馆，问有没有歌德的剧本《伊菲格尼亚在陶里斯》，得知市立图书馆收藏的歌德作品都是古老的版本，过于珍贵，不可能外借。但是约瑟芬·施卢根可以在每个星期天去教堂礼拜之后来图书馆待两小时，在图书馆女馆长的书桌上把《伊菲格尼亚在陶里斯》抄写在自己带来的纸上。当她的学徒期届满时，她有了一部字迹漂亮的《伊菲格尼亚在陶里斯》手抄本。随后芬妮天天晚上在房间里为自己低声朗诵《伊菲格尼亚在陶里斯》,不是一遍,而是无数遍。她的母亲逐渐陷入绝望。

母亲发现芬妮的处境极其危险。芬妮应该参加满师考试,然后开一个裁缝铺,因为施卢根一家天生不是给人打工的。现在可好！不缝纫,不编织,不刺绣,只知道钻书堆！母亲筹划一个反制行动。对付读书病,只有结婚。她在《家庭和世界报》上搜寻征婚广告,然后把她认为前程远大的候选人指给芬妮看。芬妮把这视为游戏,所以积极配合。遭到她拒绝的,总是因为行文风格。就这等文字,她不想搭理,更不会着迷。她脑子里装着《伊菲格尼亚在陶里斯》的语言：我来到林荫之下……等等。但她随后看见一段立刻将她吸引的文字。上面写着：

我有许多的经历,但还没有真正的经历。懂我,就来信。

母亲觉得这一启事少了最重要的内容：年龄、职业、诚意。

芬妮去了信,她的口气与该启事如出一辙。她想超越它。

我没有经历。我来者不拒。

回信的是某个叫胡戈·施维尔克的。他仍然是直截了当的口吻,芬妮的回信同样直截了当。这人还叫胡戈,这一信息如同闪电一般照亮了她的一生,她的生活仿佛是一道风景。她觉得自己受上帝指引。此前她不可能经历什么。一到户外,她就吹口哨或者唱歌。她轻声欢唱。

你正是我要的女人,那人回信道。

如果我是一个呆鹅似的傻女人呢,她写道。

傻女人不知道自己傻。

你正是我要的男人。

还要什么，他写道。

次要的靠边站，她写道。

因为你是主要的，他写道。

别装傻，你很清楚，你是主要的，她写道。

现在真相大白，胡戈写道，主要的事物，是我们，是你和我。

这两人就这样你一言我一语，母亲的脑子跟不上了。她的情况本来就一天比一天糟糕。有一天早晨，当芬妮和往常一样想叫她起床的时候，她却目光呆滞，望着别处。她死了。

兄弟姊妹全都参加了在格尔瑙举行的葬礼。芬妮用师娘的一件黑色套装给自己改了一身几乎有点张扬的黑色套装。她特意对上衣进行收腰，还饰以流光四溢的真丝绲边。哥哥们对此毫无察觉，姐姐们却充满嫉妒。只有最小的姐姐阿加特跟芬妮很亲。她在慕尼黑的一家宾馆工作，还利用业余时间准备高中毕业考试[①]。芬妮并不因为身材魁梧、性格粗暴的贝托尔德曾恶毒咒骂母亲而记恨他。提到母亲早逝的丈夫时，牧师的悼词听着更有意思。他说，农夫施卢根是一条汉子，是用最高贵的木材雕刻的基督徒。

她回想起守候在父亲的病榻旁边的时光，父亲只想让她留在自己身边，他不想见他的妻子，也不想见其他子女，他只想见芬妮，他最小的女儿。

你能做到，他说。这话与其说是从他嘴里听来的，不如说是从他嘴上读来的。那封信，他说，在储藏室里。

---

① 在德国，通过该考试才能上大学。

当时她十五岁。之前她一直无法想象父亲会死去。现在他的面色很不好。憔悴的脸上流淌着汗水。

你行，他说。这可是他说的话。他还提到一封信。母亲说，如果不是她不断把还可以用的东西跟多余的东西分开，整个农庄很快就会变成垃圾堆。父亲死后母亲把一切不再重要的东西全都烧掉。重要的只有账单，已支付和没有支付的账单。

芬妮以令人瞩目的优异成绩通过了几场考试，然后搬到斯图加特。在郊外的旺根地区找到一对已退休的老夫妻，他们空着一间屋子，那曾经是他们儿子的房间，儿子已在滑翔飞行中遇难。当莱希莱特纳太太一边给她看房间，一边勇敢地说出他们二十四岁的儿子胡戈两个月前的遭遇时，芬妮用双手抓住莱希莱特纳夫人的双手，久久不愿松开。她想到特南。胡戈，二十二岁，冲入阿根河。胡戈，二十四岁，随滑翔机坠落。胡戈，三十二岁，信写得一封比一封优美。她面临什么样的未来？粗暴的哥哥贝托尔德刚刚冲着一座农庄娶了杜茨瑙的一个姑娘。在对面几公里的森林里面。他把家园卖了。她没有了家园。你行，父亲说过。父亲不也说过：你有指路者？过去不是这样吗？在前往祖尔扎赫[①]参拜《善导圣母慈悲显灵像》的路上？或者跪拜在韦尔申山[②]上的《圣母玛利亚施舍图》[③]前面的时候？你有上帝指引。若非亲眼所见，她不会将画面牢记在心。孩子揪住母亲的衣领玩儿。哪有比这更加温馨的画面。

到了斯图加特，她当天晚上就把新地址告诉科隆方面，然后忐忑

---

① 祖尔扎赫 (Zurzach)，位于瑞士境内。

② 韦尔申山 (Welschenberg)，位于德国下巴伐利亚地区。

③ 德国画家卢卡斯·克拉纳赫 (Lucas Cranach, 1475—1553) 的著名作品。

不安地等待答复，因为她没法想象邮局怎么凭借这细细的两行字把邮件送到。但是她收到回信。胡戈很高兴，因为现在他们之间的距离缩短了足足二百公里。他们的信件一如既往地来来往往。有一个人跟你远在天边，但其实你需要他近在眼前，需要抚摸他。芬妮以前根本不知道，如果让这个人感觉到自己如何想他，自己会产生多少奇思妙想。胡戈也同样清晰地描绘他是如何地想她。他们的每一封信都想超越前一封信。

她总是早上六点半坐有轨电车去施瓦布大街。夜里她听得见电车拐弯的声音。科内茨尼工作室。八个训练有素的男女裁缝在这里工作。科内茨尼先生以无尽的耐心指导他们的工作。托尼诺·科内茨尼。我不会与草包为伍。他的座右铭。她现在是这些优秀男女裁缝的同事。全是枢密顾问。芬妮没想出别的词汇来形容这些裁缝。外加一个王子。名叫阿图尔。托尼诺·科内茨尼什么都知道，什么都会，什么都做，什么都懂。她还从未看过托尼诺这样的手。她明白了，迄今为止她见到的都是粗大的手，她父亲的手例外。托尼诺的头发，一头披肩的波浪发型。他的长发和修长的指甲，多好的搭配！他的双手就像两只灵巧的动物。它们充满灵性。能够完成一切拿针和剪刀来完成的事情。

谁都看得出来，托尼诺所偏爱的不是女同事，而是男同事。他最喜欢跟芬妮一样年轻的阿图尔王子。他向众人坦承，即便阿图尔连缝扣眼儿都不会，他也照样爱阿图尔。缝扣眼儿算什么，他大声说道，同时哈哈大笑。芬妮宁愿没有听见这笑声。你们没有必要这么无耻地做鬼脸，我是阿图尔的基友，在这个尽是冷漠的农民的世界上，我就喜欢他一个人，对吧，我的阿兔儿。

在这种时候，面色苍白的阿图尔总是满脸通红。他还以一种特别的神情看着芬妮，迫使芬妮把头扭向一边。她感觉这家伙在颤抖。她避免跟阿图尔一道离开裁缝铺。为了托尼诺。为了她自己。

芬妮问托尼诺市立图书馆在哪里。他知道。以前他在那里借过书。芬妮在阅览室里度过自己的业余时间，而且能够借几本书就借几本书，她一本一本地读。

先读了一点黑塞。然后听从图书馆工作人员的建议，读里尔克。诗歌！她接连几个晚上都在抄写。生活节俭的莱希莱特纳太太告诉她别通宵点着灯。若是今天的电价，这不失为一个好建议。莱希莱特纳先生自己在房前的小花园里种烟草，还自行加工，直到能够卷出香烟。整座房子里弥漫着莱希莱特纳先生卷烟和吸烟留下的气味。芬妮在被窝里听她的小收音机。她逐渐发现一切事物相互之间都有联系，书，收音机，托尼诺，阿图尔，莱希莱特纳先生和莱希莱特纳太太，每天早晨有轨电车里形形色色的人们。有轨电车，这简直就是一个童话。有什么东西进入它的轨道，它立刻叮叮当当，刹车的时候它发出吱吱声，过弯道的时候发出吱嘎声。芬妮最喜欢听电车在弯道中发出的吱嘎声。电车像是因为高兴和兴奋而吱吱嘎嘎，但是她也听出这吱嘎声中夹杂着某种痛苦。在她周围站着或坐着的人也在听有轨电车在从斯图加特旺根进城的路上是什么感受。他们坐在车上的神态，就像在听音乐会。人们不断地上车下车，这也是一件奇妙的事情。这些人彼此之间差别多大。人这么多，但一人一个样。和这里的人相比，格尔瑙的人全都一个样。特南也一样。有时她发现自己盯着人细看会让人不自在，只好马上扭头看别处。

但是托尼诺！当初父亲因为想在她的陪伴下死去而把她叫到床

边，使她吓了一大跳。现在她再次被吓了一大跳，因为托尼诺突然请大家收工，马上聚聚，搞一个闭幕式。他本人的闭幕式。她是一个傻女人，总是不懂就问，所以她现在也问什么叫闭幕式。

托尼诺亲吻她的面颊，把该告诉她的事情都告诉她，言语间充满了温柔和爱：就像对待一个孩子。他治不好了。被传染了。度假时发生的事情。在摩洛哥的丹吉尔。一种来自非洲的病。因为上帝反对同性恋。上帝没错。

托尼诺已经为告别聚会做好一切准备。饮料，好几盘美味佳肴。但是谁也不想拿吃的。也没有谁想喝东西。大家都还惊魂未定。大家都默默地围坐在托尼诺四周。芬妮很想拉他的手，但是她不敢。

不知过了多久，托尼诺说话了：你们走吧，别来了。他说他将回到他在阿尔布[①]河畔的小木屋去住，跟耗子下棋。他跟每个人都握手，同时来一句赠言。他对阿图尔说：你很走运。对芬妮说：你行。回到自己屋里，她想起父亲说的话：你行。她怎么可能不感觉自己有指路者！即将死去的人心照不宣地把这话说给她听。他们把她自己知道的事情告诉她。听埃尔温·莱恩[②]或者弗兰克·西纳特拉[③]指挥南德电台演奏舞曲是什么感觉！读黑塞或者里尔克的作品又是什么感觉！抄写里尔克的诗歌的时候，她就一边抄，一边读，她感觉是自己在创作：

你不比我们更接近上帝；

---

① 阿尔布（Alb），流经德国西南部黑森林地区的一条河。

② 埃尔温·莱恩（Erwin Lehn, 1919—2010），德国爵士乐作曲家，乐队队长。

③ 弗兰克·西纳特拉（Frank Sinatra, 1915—1998），美国歌手，演员。

我们都离他很远很远。

但你的双手不可思议

竟蒙受了他的恩典。

没有哪个女人的手

从衣缘如此闪烁地成熟：

我是白昼，我是雨露，

而你是树。[①]

天使的话。这是说给她听的话。她有指路者。一开始就有。你很优秀！诗歌告诉她。她感觉到：你很优秀，因为你理解这首诗。优秀就是：理解。

她希望每个人都觉得自己很优秀。即便她是一个傻女人，她也感觉自身有一种拥抱的力量、一种接纳的准备、一种奉献的勇气，虽然她是一个女人，但是没有任何人、没有任何事能够抵抗这种力量。

珀西还说了一句：*而你*，然后解释说，修道院里总是用这句话来结束祈祷。对主的呼唤。祈求主怜悯祈祷者。说罢就走。出门时他很注意，避免看到埃瓦尔德如何反应。

① 这是里尔克诗歌《圣母领报节》的第一段。译文引自《里尔克诗选》，绿原译，北京：人民文学出版社，1996年，第107页。

4

埃瓦尔德又是脱了鞋躺在那里。珀西把这理解为一种问候。他坐下，说：你听着就是。给胡戈·施维尔克的信早就超出了简单的问候范围。他信中的文字乐趣与日俱增，而且一发而不可收。他们的信在相互拥抱。却不直接接触。他们之间隔着一层膜，谁也不想捅破。分隔在这层胆怯和羞耻之膜两边的情感却在狂欢，而且口气越来越大，要求越来越具体。

后来她犯了个错误。我们也可以打个电话！

但是他：写信比打电话更美好！

她明白了。但不管写作和阅读多么美好，到底有没有这个人？经常都听到一些神神鬼鬼的故事。他为什么不干脆来一趟？

他会来。只要她找到住处，他就来。但在此之前他每天需要一封信。对于他，她的信是氧气。

对于她，他的每一封信都是一场风暴。每读完他新写的一封信，她都惨不忍睹。身心崩溃。读他的信之后，她理解了整个世界。而且不用看，不用想。她对世界有一种感觉。她感觉到自身。彻彻底底。这是一种光明体验。他的信非常明亮。纯洁的光芒。而且一点不刺眼。

她在剧院服装部找到一个有试用期的职位。这是她受到指引的又一明证。在剧院里！她不去剧院去哪儿！她长期在剧院订票，晚上演出时坐在后排区域，听到的东西比其他任何人都多。演员可只是为她而演出。霍尔瓦特和席勒。他们成了她的剧作家。霍尔瓦特剧中的女人全都在背诵她写的剧本。她跟霍尔瓦特剧中的女人处境不同，她有指路者指引，但她害怕过，害怕自己有可能落入这些女人的处境。后来她也读了一个叫福楼拜的文学家的《十一月》。这是市立图书馆那位女工作人员推荐给她的。说是有助于她戒掉黑塞。尽管福楼拜不可能写出美，但不论他写什么都比任何别的作家写的东西更美。

她避免犯错误，没有问胡戈要照片。他们知道对方多大年龄。芬妮宣布自己要围一条火红的围巾。现在已经到了10月。他回信说，既然如此，他将围一条黑色的围巾，戴一顶黑色的帽子。总之，来自科隆的火车将停靠在15站台，她会站在月台的起点，会让所有人从自己身边走过，然后看见他，等他向自己走来，但她最终还是按捺不住，会在他们相距最后三米的时候弹射出去，会冲过去，然后在距离半米的地方戛然而止……后面的事情无法预测，因为无法想象，她写道。

他的确最后一个走过来。现在月台上就剩下他们两个。他们在以某种方式彼此接近，但这两人明显不如他们的信轻松潇洒。此时此刻，信中表达的那种汹涌澎湃、急不可耐的爱情无济于事。他长得真是阳刚，她心里想。面部随下巴大幅延伸。然后紧急收缩，然后又随颧骨冲出来。就是说，颧骨使宽阔的下巴和眼眶之间出现了盆地。眼睛潜伏在眼眶深处。嘴巴很宽，但抿得很紧。他摘下黑色帽子。一顶棒球帽。这是一个敞开自我的动作。但是一道手指宽的、有点凸起的伤疤随之浮现在眼前：一道伤疤从黑色的寸头横穿额头到达鼻梁。芬妮吃了一惊。但是她不想表现出惊异。眼睛上面是否也有点什么？他重新戴上了帽子。他无论如何都有一米八八。她长期带人试衣，所以练就目测身高的眼光。她觉得自己是一个长着一头亚麻色头发的小不点儿。握手，做出拥抱的姿势，就像月台上常见的那样，然后他用双手抓着她的胳膊，很有力，让她又舒服又难受，然后他说：约瑟芬，说话时他模仿当地习惯的重音方式。她说：胡戈，她说得很轻松，仿佛她已经说过一百遍。但她随后不得不马上补充道：啊，胡戈。

是啊，他说，车站月台就像一个例行公事倾听人诉说的教父，所以我马上告诉你：胡戈，这属于从前了。胡戈这个傻乎乎的名字是他那弱不禁风的父亲违背他兰花一般珍贵的母亲的意愿粘贴在他身上的，现在予以废除。胡戈，在科隆。斯图加特，是阿诺。接受吧。

她大吃一惊，不由自主地从他的征婚广告中摘引了一句话：我有许多经历，但还没有真正的经历。

次要的靠边站，他引了芬妮的一个句子。

她引他的句子：现在真相大白，主要的事物，是我们，是你和我。

我们能够背诵彼此说过的话，他说。

早就这样了，她说。

英语的表达美得多，他说，英语的背诵是by heart。

芬妮平时总是不懂就问，这一回她不敢问。她只好又来一句：啊，胡戈。

他几乎有点难堪：如果可能，别再叫胡戈。

现在她无话可说了。他倒有话。是啊，这证明他们为彼此制造的美妙的书信暴风雪可以成为两人结识的序曲。

芬妮又吃了一惊。但是不知道为什么。很久以后她才时不时地想起这个句子。被她视为一切的美妙信件只是一个前戏！书信暴风雪！现在的发展倒令人心安。我们不能让我们的月台教父过于操劳。跟我来！

芬妮租了一套不超出自己的承受能力的两室公寓，在罗特比尔大街。她在旧货市场买了一些很有情致的物件。她布置了一个充满情调的欢迎场面。她突然知道什么是美，什么更美，什么最美。她不会出错。她有指路者指引。爱情在指路。从罗特比尔大街的人行道走到上面的房门，一共有十三级台阶。她走前面。他有两只大箱子，但是他不让她帮忙。走上最后一级台阶后，他说：十三级台阶。她煞有介事地点点头。是的，十三，你马上注意到了，真棒。她想说：这带来运气。但她心里同时想：傻女人，人家可是高级文科中学学历！

他们刚刚进入她的房间，面对面地站着，他把双手搭在她的肩膀上，她望着他。身高差距也不是那么大。从一米六七到一米八八。

你一米八八，她说。

一米八九，他说。

你胡子真有特色，她说，漆黑。她用手抚摸他的面颊曲线。她说：胡戈。

不，说着他后退一步。

阿诺，她说。但她不敢马上再次碰他。

请原谅，他说。

她说她更喜欢阿诺而不是胡戈。

这就好，他说。今天你就要进入阿诺的国度。我带你去。

他开始取行李。她只可以告诉他把东西放哪里。他不允许她碰任何东西。他所有的书都放在齐腰高的书架上，书架是她从旧货店里买来的。他觉得她有先见之明。他摆书的方式表明这些书他都读过。这些书暂时别碰，他说。

真可惜，她说。

暂时，他说。有些书可以碰，但有些不可以碰。先等等。

进入小小的厨房，他就成了厨师。她准备了牛肉面汤。他尝尝味，说：没放肉豆蔻。但是她没有。那就要月桂叶。她也没有。她以为有葱就够了。芹菜呢，他说。

也没有。

没关系，他说，头一回做的汤可以是初级水平。

他高高兴兴地享受其本职工作，所以一切都很顺利。用餐的时候他说：被所有调味精灵抛弃的汤还从来没像这么好喝过。他端菜和收拾厨房的动作非常优雅，她看呆了。然后他们坐下来。他坐着靠背椅，在威武的扶手中间，他本人也很威武。她坐在配套的沙发上。锈红色的沙发，她感觉自己很小巧。她觉得这样很合适。他的上衣跟她的家具很配。她感觉自己做出了正确的选择。就是有指路者。

亲爱的芬妮，他说。听起来就像在测试一种语言。一种表达方式。然后又说了一遍，明显更坚定，甚至更响亮：亲爱的芬妮。现在他可以说下文了：他爱上了她的信。

我也爱上了你的信，她赶紧说。

但是如果她觉得现在这样不行，他会在今天之内坐车回科隆。他现在不能一一讲述。千言万语涌上他的心头。必须一气说完。他可否问她有没有勇气了解他。

她勇敢地点点头，她的勇敢超出了她的感觉。

先了解最无害的，但并非最不重要的事情，他说。别再叫我胡戈，叫我阿诺。也就是阿诺·施密特。

不知道是谁。不奇怪。好吧。这是一个作家。他曾写信告诉这位作家，他因为崇拜他而自称阿诺。但是他在这封信中把作家模仿得惟妙惟肖，致使作家充满困惑地回信说：我不希望把您作为我的文学双胞胎兄弟送到我面前。但是他仁慈地允许其崇拜者自称阿诺。这件事情有多滑稽，他就多么仁慈。但是有一个限定条件：别通过重新洗礼来更名，而是像F1方程式大奖赛更换轮胎那样更名，这是一场旨在争夺月桂叶的F1大奖赛。这个做汤用，不言而喻。你看到了，作家作为煲汤君王。

他看出芬妮感觉很不自在。

那我们就伸展四肢好好放松吧，虽然我们客居的小房间窄得让人伸不开四肢。就是说，今天我们不必再体验什么。幸好。他称赞葡萄酒的味道，这是她让人给她推荐的白葡萄酒。也许他为酒的名字亢奋：施泰滕石灰匠[1]。

对于芬妮的阿诺，阿诺·施密特是其表达手段。他自己想说又不能说的，他就借阿诺·施密特之口说。我希望你能够用得着他，他说。

---

① 产自巴伐利亚北部施泰滕地区的一个葡萄酒庄，因邻近的一个采石场得名。

或者沉默良久，以更多是悲哀的眼光看着芬妮，说：或者你也不需要我。

但是我需要你，她说。

我让你给我勇气，他说。我们不去翻阅厚厚的相册，而是背诵我们读过的东西。同意吗？她点点头。

好，阿诺·施密特，他说，我已被他迷倒好几年了。战后读了一切有助于重新做人的读物，然后遇到这个温柔的无赖，这个绝不会陷入难堪的遣词者，造句大师，意义过剩者。他没有战败。他根本没有参战。父亲是警察。顺便说，我父亲也是。来自西里西亚。我也凑巧来自西里西亚。但就这一点共性。他的腔调很特别，我想学但又学不来。听着，竖起耳朵听他的声音，听我的声音，我是他的音响特使。

他直起身，张开双手，抓住芬妮的胳膊，开始背诵，而且用的是平常的声调，几乎随意，也几乎太快：

膀大腰圆的牲畜形云朵把自己催肥，在天边，在北方。不，其实在四面八方。或者：一轮丰满结实的乡间月亮挂在农家的上方。

或者：十月里的灰色蜂窝状云朵来自北方、西北方、东北方，它们悄无声息，从我，一个男孩，头顶飞过。

现在该我了，芬妮很快说。她没等他表示赞同，就开始背诵：

古老、神圣、茂密的树林，摇动着
你们的树梢，我来到林荫之下，
仿佛走进女神的静静的神殿，
依旧怀着战战兢兢的心情，
就像头一次来到这里一样，

我的心灵还有点不大习惯。[①]

他，语速很快：

房前告别：母狼对着罪恶的黑夜发出几声哭嚎，我，猫头鹰，发出天兵天将般的狞笑：鲨鱼的牙，鳐鱼的眼，听咱指挥到永远！

现在又是她，开始语速很快，但随后就充满对文本的虔诚：

因为不朽的天神很钟爱
在世间藩衍的人类，
他们很乐意延长凡人的
短暂的使命，很想让凡人
多享受一回共同的欢乐，
让凡人能够愉快地眺望
天神自己的永恒的天国。[②]

他，现在充满必胜的信心：

我随即果断打开小折刀，从衬衣袖口割下一颗纽扣；她正在穿针引线，这缩短了我们的情感距离。

芬妮：

他们就这样为了照顾我，

---

① 语出《伊菲格尼亚在陶里斯》。译文引自《歌德文集》第7卷，北京：人民文学出版社，第251页。

② 译文引自《歌德文集》第7卷，北京：人民文学出版社，第277页。

而保存了你，因为，如果你死了，
我将怎样，我真是无法想象。[①]

阿诺：
告诉我，你去何方，我马上调转方向！

芬妮：
停住，别念了！说点可爱的！

他：

看见窗户大开，我就火上心头，因为哼哼呀呀的流行歌曲很快就将扑面而来。阿诺·施密特。

芬妮：
心啊，安静吧，
让我们迎着照临的希望之星，
欢欣鼓舞地、明智地把舵前进吧。[②]

阿诺：
我总把“老歌德”想成阿登纳那样的怪人。
芬妮：你说的？

---

① 译文引自《歌德文集》第7卷，北京：人民文学出版社，第282页。
② 译文引自《歌德文集》第7卷，北京：人民文学出版社，第295页。

他说的，阿诺说。他说现在他也做受到高贵感染状，从体内排点真相出来。豁出去了。算是入职请客！

现在我像伊菲格尼亚一样行动，告诉你所谓的真相，即便这会带来麻烦。我兜里有高级中学毕业文凭，但是如果有人问：您学到什么，我就说：杀人。先是国教院。知道吗？

她摇摇头。

他：国家政治教育学院。纳粹精英。如果那场骗局得逞，我们国教院毕业生就是世界的主宰。全都是，不管他今天什么模样，不管他是德高望重、大摇大摆的谁谁谁。时机一成熟，我就离开学校，奔赴党卫军。头上挨了一下，在格赖夫斯瓦尔德苏醒过来，一只眼睛，满头纱布。很走运。没有受伤我活不到今天。言归正传，高中毕业全优。布雷斯劳没了[①]，爸爸、妈妈，等等，没了。有人雇佣我。保险业。我无所谓。接受培训，通过考试，有一百一十年历史的公司，很高兴有我这样的员工，不管什么事情我都干净利落地处理，周六周日坐车去郊外，看足球，最喜欢看十五岁少年踢球，我当初是骑士团城堡学校[②]的明星中锋。他们讨论比赛的时候我不停地插嘴，直到他们请我做教练。韦尔申基尔辛足球俱乐部。我带领他们一路取胜，成为当地联赛冠军。小伙子们冲澡时，我就在一旁观看，有时也邀上最甜的三个，开车带他们去埃菲尔森林山[③]，一起喝酒，聊得我欲火中烧，他们很配合，然后在车里开撸。你尽管朝别处看。我乐意对着你的耳朵

---

① 布雷斯劳在第二次世界大战后划给了波兰，改名弗罗茨瓦夫。

② 又名“阿道夫·希特勒学校”。比国家政治教育学院更严格的纳粹精英学校，由德意志劳工阵线和希特勒青年团建立。该名字源于中世纪的条顿骑士团，全德国共有四所。学校目标是为纳粹培养干部，十分重视体育课程。

③ 德国西南部的山区。

说话。成了三天两头做的事情。没有谁必须，但必须自愿。有几个总是自愿。十五岁嘛。但是有一个吃了亏，把我们告发了。私密俱乐部，这是我们命名的，暴露了，干得正欢的时候被逮个正着，在林子里，在令人眼花缭乱的方格被单上。逮起来了。当然只有我。拘押。起诉。法律条文劈头盖脸扣下来。最高权威也搬出来了。我变成了出柜的同性恋。科隆大学犯罪学研究所所长鉴定说，如果是一个原则上可以治疗的同性恋，即便司法程序还没有结束，也可以在临时安置的框架内开始心理治疗。这是法律所允许的，对此人们不可能产生任何有理有据的质疑，因为这是一项合理的医学治疗方案，该方案与其他得到医学论证的各类慢性和急性身体疾病治疗方案遵循同样的原则。所以，快，快，快，该病人年龄偏大，推迟治疗时间将对现存的治愈概率产生不利影响。病人方面是否存在对于成功的心理治疗不可或缺的真正的康复意愿，必须以精神病医生的意见为准。法院委托的两位鉴定人，科勒韦博士和阿尔海姆博士，证明该病人有真诚的治疗意愿。有博士学历的翁多伊奇教授先生，科隆大学：毫无疑问，成功的前景非常可观。所有人都在催，年龄偏大，刻不容缓。但随后：根据检察官的指示，在安置医院不可以进行治疗，因为安置在一家精神病院只是安置而已，但不是治疗和治愈。同性恋，刑事司法的任务就是用刑。一场争论爆发了。包括刑法专家、犯罪学专家、宪法专家、精神病医生、性学研究专家、心理学家、社会学家、自然科学家、人文研究者、新教神学家、罗马—天主教神学家、犹太教神学家、联邦议员、时事评论员、作家，纷纷联名上书，要求治愈这位同性恋！谁要阻拦或者耽误可能的治疗，谁就至少在道德上犯了罪。一个赋予自身进行惩处和采取安全保障措施的权利的社会，首先负有治愈同性恋的义务。这一看法得到诸多名人的印证，他们的名字我全部牢记在心：阿多诺[①]、伯肯弗尔德[②]、伯恩[③]、达伦多夫[④]、吉泽[⑤]、柯尼希[⑥]、冯·魏茨泽克[⑦]、施佩曼[⑧]、弗莱希特海姆[⑨]、埃伯哈德[⑩]、费切尔[⑪]、蒂利克[⑫]、布尔特曼[⑬]、尼默勒[⑭]、利列[⑮]、戈尔维策[⑯]、麦霍夫[⑰]、内尔—布罗伊宁[⑱]、

---

① 特奥多尔·W.阿多诺 (Theodor W. Adorno, 1903—1969)，德国哲学家、社会学家，法兰克福学派的代表之一。

② 维尔纳·伯肯弗尔德 (Werner Böckenförde, 1928—2003)，德国天主教神学家，法学家。

③ 尼古拉斯·伯恩 (Nicolas Born, 1937—1979)，德国作家。

④ 拉尔夫·达伦多夫，达伦多夫男爵 (Ralf Gustav Dahrendorf, Baron Dahrendorf, 1929—2009)，德国裔英国社会学家、哲学家、政治学家、自由派政治家，冲突理论的代表之一。

⑤ 汉斯·吉泽 (Hans Giese, 1920—1970)，德国性学研究者。

⑥ 雷内·柯尼希 (René König, 1906—1992)，德国社会学家。

⑦ 里夏德·冯·魏茨泽克 (Richard von Weizsäcker, 1925—2015)，德国总统 (1984—1994)。

⑧ 罗伯特·施佩曼 (Robert Spaemann, 1927—　)，德国天主教哲学家和伦理哲学家。

⑨ 奥西普·库尔特·弗莱希特海姆 (Ossip Kurt Flechtheim, 1909—1998)，德国大学教师、作家、记者、政治学家，未来学研究者。

⑩ 库尔特·埃伯哈德 (Kurt Eberhard, 1938—2008)，德国心理学家。

⑪ 伊林·费切尔 (Iring Fetscher, 1922—2014)，德国政治学家，马克思主义研究者，民主社会主义者。

⑫ 赫尔穆特·蒂利克 (Helmut Thielicke, 1908—1986)，又译邸立基，德国新教神学家，曾任汉堡大学校长。

⑬ 鲁道夫·布尔特曼 (Rudolf Bultmann, 1884—1976)，德国神学家。

⑭ 马丁·尼默勒 (Martin Niemöller, 1892—1984)，德国神学家。

⑮ 约翰内斯·恩斯特·里夏德·利列 (Johannes Ernst Richard Lilje, 1899—1977)，德国神学家、艺术史学者、主教。

⑯ 赫尔穆特·戈尔维策 (Helmut Gollwitzer, 1908—1993)，德国神学家、作家、社会主义者。

⑰ 维尔纳·麦霍夫 (Werner Maihofer, 1918—2009)，德国法学家与政治家，曾任德国内政部长。

⑱ 奥斯瓦尔德·冯·内尔—布罗伊宁 (Oswald von Nell-Breuning, 1890—1991)，德国天主教神学家、经济学家、社会思想家，耶稣会会士。

拉纳[①]、弗莱肯施泰因[②]、舍普斯[③]、莫斯塔尔[④]、克雷默—巴多尼[⑤]、雅恩[⑥]、延斯[⑦]、约翰逊[⑧]、克彭[⑨]……他们想把我治好!

给检察官的诉讼辩护词的第9条写着:一名恋爱中的年轻女子在等待病人,她愿意和他大胆尝试新的开端。

亲爱的芬妮,这是他们从你的信里读出来的信息。你是一位作家。现在,你就一边生活一边发挥影响吧!

芬妮听过或者读到的各种事情雷鸣电闪一般浮现在她的脑海。教堂,宫殿,好几个世纪,地图,洪灾,火灾,战争,平安夜,朝圣之旅,布道,歌唱,托尼诺,又是托尼诺,冰,雪,冰川,沙漠,汹涌的海水,格尔瑙周日早晨的宁静,所有的人家都房门大开,房门飘出熟悉的声音和气味……

阿诺不再说话。但是他站起身,走到窗户边站着,看着下面的罗特比尔大街,天色已黑。芬妮走过去,与他并排站着,也往下面的大街看,说:汽车从这里驶过,好像生怕打扰了谁。

我很高兴你如此有天赋,他随后说道。当他尝试用她那种令人着

---

① 卡尔·拉纳(Karl Rahner,1904—1984),德国天主教神学家。

② 阿尔布莱希特·弗莱肯施泰因(Albrecht Fleckenstein,1917—1992),德国药学家、心理学家。

③ 尤利乌斯·汉斯·舍普斯(Julius Hans Schoeps,1942—),德国历史学家、政治学家,波茨坦大学“摩西·门德尔松欧洲犹太人研究中心”主任。

④ 赫尔曼·莫斯塔尔(Herrmann Mostar,1901—1973),德国作家、诗人。

⑤ 鲁道夫·克雷默—巴多尼(Rudolf Krämer-Badoni,1913—1989),德国作家。

⑥ 布鲁诺·赫伯特·雅恩(Bruno Herbert Jahn,1893—?),德国作家。

⑦ 瓦尔特·延斯(Walter Jens,1923—2013),德国古典语文学家、文学史家、作家、文学批评家。

⑧ 乌韦·约翰逊(Uwe Johnson,1934—1984),德国作家、编辑、学者。

⑨ 沃尔夫冈·克彭(Wolfgang Koeppen,1906—1996),德国作家。

迷的书信口吻回信的时候他并没有撒谎，他说。他一直很想念她。纯粹在语言层面。言不尽意。他一直有这种需求。这种需求在她的信中总是得以实现。她表达的东西总是比她所能演说的要多。他受到感染。而现在，他说，司法鉴定里面第9条写着：一名恋爱中的年轻女子愿意和他大胆尝试新的开端。——你愿意吗？

如果你愿意，她说。

他说他愿意，一百个愿意！他说相信自己可以给她讲清楚一个道理：把男女关系限定在性事范围是一种俗得不能再俗的观念。你再听听这一段医院体散文。这散文自称检查结果。这也许会让你悟出点什么，他一边说一边快速翻阅，他马上找到要找的地方，开始朗读：

对被告的神经病学和精神病学检查。

体重：84公斤，身长：189厘米。皮肤和可视黏膜血色充足。体格健壮，发育异常，高个头，具有细长特征。除了缺失胸口体毛和乳头女性化，第一性征和第二性征发育正常。

是吗？乳头女性化！我们可以比一比。

芬妮望着他，像是点了点头。

床是组合沙发，他们躺在上面的时候彼此间保持了足够距离。芬妮看到并听出阿诺已经入睡之后，她心里默默背诵托阿斯说的话。他现在比伊菲格尼亚离她更近。说多少拒绝的话，还是枉然；说来说去，你只是不肯答应。①

---

① 译文引自《歌德文集》第7卷，北京：人民文学出版社，第272页。

阿诺很快在安联公司的一家大分理处找到工作，她通过了在服装部的实习结业考试，他们结了婚。芬妮怀着希望。她不知道希望什么。

周六和周日他们不去郊外或者别的什么地方，阿诺要看书。晚上他也看书。他在厨房里帮她，也做家务。他也为家里买东西。他是最有礼貌的人。他满足她可能产生的任何愿望。只是：没有亲吻。床上：没有动作。芬妮在迷茫中摸索。她是一个不开窍的女人。把男女关系局限在性事，这是典型的格尔瑙，俗不可耐。

阿诺晚上有时很晚才回家。有时他一夜不归。圣诞节没到她就被辞退了。因为常常有人看到她手里拿着该做的活计坐在那里，她的手却一动不动。她坐在那里，两眼发呆。这是她还能做的事情：两眼发呆。

福音教会医院招洗衣房女保管员。她去应聘，被录取了。有一次一名护理员跟着她去地窖，他们面对面站着，谁也没碰谁，但是他盯着她看，让她感觉还从未有人用这种目光看过她。她在他胸前的小牌子上看到他名叫谢尔盖。他说他是俄国人。是犹太人。随后他还跟她握手。他发抖。终于，她心里想。阿诺一次也没发过抖。她跑开了，让谢尔盖一个人站在那里；如果这时来个人看到他们这样子，两人都会被就地解雇。

在坐车回家的路上，她想起自己的少女时代。那时候，一见天空中有流星划过，她心里就想，长大后一定要恋爱，一门心思恋爱，不管她的爱是否得到回报。她会守在阿诺身边。爱他。直到死。她会继续成长，超越庸俗之见。想到这里，她打了个冷战，尽管在人挤人的有轨电车里面相当热。

既然这个阿诺·施密特立刻在他们的关系中起了不可低估的作用，另外一个不可低估的人至少也应提一提。以流星的形式。这最符合他出现和消失的方式。埃瓦尔德·凯因茨。1973年1月11日出现在北方的星空，也就是在斯图加特，在新王宫的台阶上。游行队伍走到那里，他走在游行队伍的前面。然后对着聚集在台阶底下的人们讲话。他把自己的政治命运描述为这个很不完善，同时又用各种禁令拒绝完善的民主社会的例证。零下的温度，火热的演说。他想为自己所说的话提供佐证，不得不从自己的夹克衣兜里拿纸张，所以他手里的麦克风很碍事。她的历史性时刻到了。当时的芬妮热血沸腾地参加每一场有助于进步事业的游行，她出手相助，替他拿着麦克风，以便他能够取出提供佐证的纸张。当他手里拿着纸张并从中进行引证的时候，她也继续帮他拿着麦克风，她的手被自己亲手做的手套捂得温热。他对着她端在他面前的麦克风讲话。但是由于示威活动只许在王宫广场上，不许在王宫门前的台阶上举行，演讲被警察打断，演讲者被带走，他的听众和追随者发出一片哨声和此起彼伏的嘘声。第二天的报纸报道说，演讲者埃瓦尔德·凯因茨在接受仔细问询之后重新获释。

珀西站起身，说：而你。他的口气表明他没把这句口头禅当真。然后尽量毫无表情地往外走。最重要的：他不朝埃瓦尔德看。现在他很高兴自己出来了。也很高兴现在需要按部就班地去露琪亚·迈尔—霍尔希那里交钥匙。今天他因为讲述故事而热血沸腾。有一种痉挛的感觉，现在走在从七号楼到医疗中心的路上也不见轻松。

他走进迈尔—霍尔希的办公室，她一如既往地，唰地一下从她的办公沙发椅上弹射起来。他一进门她就腾飞，这的确令人惊奇。他必须问问教授她在别人进来的时候是否也有同样表现。她在弹起的瞬间还举起双手，她的双手一拍，仿佛在上方鼓掌，然后双臂款款下降，就像飞机降落时机翼下垂。与此同时，长着浓密卷发的脑袋顺着修长的脖子倒向左肩。一切都像玩具娃娃。每次都一样。因为有理由认为表演很成功，她自己哈哈大笑。珀西只好点头。

彼此多久没见面，她说，取决于彼此多想念。

她哈哈大笑完全可以理解。事实上珀西是在两个多小时前从她这里取走钥匙的。现在他来交还钥匙。

啊，露琪亚·迈尔—霍尔希，他说。

啊，安东·珀西·冯·施卢根，她说。

他们彼此对视，不说话，也不难堪。然后她说：您一进门，我就飘浮起来。您让我身轻如燕。

我是做什么的，露琪亚，他说。

尽管她的两个助手在接待室，尽管他们什么也听不见，她还是压低声音说：教授已经告诉我了，您将再次对我们发表演说。

这么说他知道的比我多，珀西说。

他是做什么的，她说。

珀西可以走了。

5

埃瓦尔德一直专心听讲，这当然表示他感兴趣。即使在紧盯手机的时候埃瓦尔德也在专心听讲。如果珀西没有这种感觉，他就不可能像刚才那样讲话。他把自己说的事情不仅讲给埃瓦尔德听，同时也讲给自己听。教授也曾说过：过去他们不是为别人唱歌，而是为自己唱歌。他们唱歌的时候才有自身体验。他也一样。即便他直接对着埃瓦尔德讲话，他也不得不在讲述过程中摆脱对埃瓦尔德的依赖。他需要这个。为了自己。

你听着就是，他说。约瑟芬·施卢根在1973年，在我出生之前第四年参加了这次游行示威，看见了划过北方天空的那颗流星，看见了那个顶着寒风发表火热演说的男人。然后她回到家，只知道永远不能把她自己缝的深绿色手套弄丢了，因为她戴着这只手套为演说者拿过麦克风。阿诺站在屋子中央，叉开双腿，双手叉腰，橄榄球帽反戴在头上。后来他醉了。这是周六，现在他越来越频繁地在周六下午喝醉。她闻到阿斯巴赫[①]的味道。

每到周六，他早餐之后就开始读阿诺·施密特。大声朗读。在屋里走来走去，走到摆放阿斯巴赫的地方，他就拿起来喝一口，然后继续走，继续读。他边读边走边喝，直到他没法再读再走再喝。倒在椅子上、沙发上或者地上。

现在他有时已几乎需要两瓶阿斯巴赫才能醉倒。他把朗读的声音提得越来越高，直到提不上去为止。弗伦克尔先生，住在二楼的房东，常常疾步下来，因为他以为施维尔克先生正在杀妻。弗伦克尔先生没法理解这吼叫和咆哮来自一部文学作品。如果他又一次看到女的还活着，他就会说，您不能这么对我。

在1月的这个周六，芬妮回家的时候阿诺手里却没有阿诺·施密特的书。他的酒也没有喝到让他醉倒的地步。所以他还叉着双腿站在那里。

我们到底从哪儿来，他问。

她：去游行了。在新王宫前面。反对就业禁令。

他：我们又听了一个左派大老粗的演说？

他被解除了教师职位，因为他两次应邀前往民主德国，她说。

他也是德共党员，阿诺大声吼叫。然后他用背书的口气接着说：德共党员的身份使人有足够的理由怀疑您对宪法的忠诚。

她：这是他宣读的。就是说当时你也在场。

他：即便没有像你那么靠前。

现在她照着带回来的一份传单宣读：去实地考察民主德国的教

---

① 一种德国产白兰地，酒精度为38%。

育，去了解在国际上享有很高声誉的民主德国的教育体系是敌视宪法吗？

阿诺：然后他就念经似的喊一串口号，随时拥护自由民主的基本制度。这谁都知道！

她铿锵有力地往下念：只要怀疑一个人不支持由基本法确立的制度，不必拿出敌视宪法行为的证据就可以拒绝他进入公务员系统。

太好了，阿诺大声说，终于又出现一个知道如何捍卫自身的国家。而你，一个来自格尔瑙的无知无识的女人，她做什么？她不仅站在前面第一排，而且……甚至……过来……过来……而且从他手中接过麦克风，以便他展开文件，愚蠢而恶毒地朗读其中的内容，然后为他端着麦克风，只有格尔瑙的傻女人才可能如此服服帖帖地为一个红眼睛的巴黎公社社员端麦克风。

绿松石色，她嚷道，她喊道，绿松石色眼睛。

阿诺朝她走来。你，听着，你瞎说八道什么，他非常生气，说话的口气就像是她刚才提出的反驳帮了他一个忙。

他是绿松石色眼睛，她说得如此斩钉截铁，仿佛这是关键所在。

阿诺嘲讽道：绿松石色眼睛！我们可是在近得不能再近的地方动了情！你这个左派骚货，你……他动起手来。他打她的时候，他的伤疤总是涨得通红。从发际到眉间浮现一条火红的曲线。周六喝下两瓶阿斯巴赫之后可谓司空见惯。

她冲出门外，但是没有哭喊。由于弗伦克尔先生的缘故，挨打时她从不哭喊。每次她都朝内卡大街跑，他在后面撵。她总是横穿大街。街对面让她感觉很安全。他醉成这个样子，不可能强行在汽车中间穿插。她继续跑，跑到位于街对面的棕榈树啤酒馆。从那里再次穿越内卡大街，到舒尔特海斯夫妇家里。他们总有一间屋可以让她待到周一早晨。其实周日晚上回去都不再危险。到那时他就跟失去知觉一样躺在地上或者沙发上，而且常常躺在自己呕吐的秽物上面。到了周一他就变成一个无比殷勤的男人。对他在周末的表演只字不提。可能是酒精把一切应该回忆的事情都抹去了。

那个被解雇的、不被公务员系统录用的中学见习教师，那个约瑟芬主动为他端麦克风的中学见习教师，是……珀西停顿片刻。是埃瓦尔德·凯因茨。

埃瓦尔德没反应。

珀西：那是1973年。1月。

芬妮从游行活动带回两张传单。她藏在衣柜抽屉里，那是她放内衣内裤的地方。放在那儿很安全。

自从参加在新王宫门口举行的游行示威活动以来，妻子一直在给一个什么埃瓦尔德·凯因茨写信。阿诺并不介意。信一封也没有寄出。阿诺清醒的时候还说他能够对她的写作练习表示欣赏。清醒的时候，如果见到她读书，他还大加称赞。《圣经》还是伏尔泰，这对他无所谓，只是她不可以读阿诺·施密特。如果她说出这个名字，阿诺会勃然大怒。一个如此没有修养的嘴巴不可以说最有修养的德国文学家的名字。如果她再次犯错，他会把恰好拿在手里的东西扔到墙上，不管是一个盘子还是一个玻璃杯子。随着年龄的增长，他变得非常敏感。另一方面，他在家务方面做得非常出色。他的厨艺比她强得多。论厨艺我们不是一个级别，她试图夸他的时候他就这么说。他属于一种比她更高级、更细腻、更高贵、更狡猾、更杰出的人类。他对此坚信不疑。他发现她唯一的毛病就是同情左派大老粗。如果让他说了算，他不会立马下令枪毙他们，但要立马下令对其进行阉割，统统阉割。现在看看这个女人的书信集，写给一个什么埃瓦尔德，她为他端过一次麦克风，而且至多也就三十或者四十分钟时间。

后来她就不再是那么出色的裁缝或者服装保管员了。她的工作热情和上进心曾经感动过所有人，现在却彻底消退。她变得很虚弱，虽然这不是在一天或者一个月内出现的转折。因为这引起了周围的注意，她再次遭到解雇，不得不寻找一份新的工作。这时候阿诺就数落她。说她完全没有自控能力，甚至说她纵欲似的沉湎于阴郁的情绪。他被解雇的次数比她还频繁，因为他有时候熬不到星期五，在星期三就喝光第一瓶阿斯巴赫，星期四上班的时候他不可能有自己期望的表现。如果再次失去一份工作，他会变得如此敏感，不跟他发生争吵都不可能。如果他喝酒但又没有喝到倒地不起的地步，她就不可以出现在他眼皮底下。一看见她，他就痛苦地呻吟。行行好，救救我，别让我看见你。看见你我浑身都痛，他大声喊道。如果她没有及时消失，他手里又没有可以用来砸她的东西，他就摇摇晃晃朝她走来，然后挥拳打过来。他的伤疤涨得通红。她不得不逃命，朝街上跑。跑到棕榈树啤酒馆。舒尔特海斯夫妇总是收留她，但是他们要求她下定决心离婚。有一次，她因躲闪不及被熨斗打破额头，所以带着流血的伤口前来避难。舒尔特海斯先生立刻起草了一封信给他的一位律师朋友，芬妮签字，七个星期之后她就离婚了。

阿诺没有反对。法庭程序结束后他还跟她握了手，说祝愿她一切都好。话说得很真切。如果不是舒尔特海斯先生和那位律师严加监督，她很可能要回心转意。阿诺形单影只地走开时，她心里非常难过。她属于他。

当她站在那里望着阿诺的背影时，她想喊他。舒尔特海斯先生眼疾手快，赶紧用他有力的大手捂住她的嘴。为庆祝离婚，大家在棕榈树啤酒馆一起吃饭。她觉得这是一席白事宴。她和阿诺在生活中同样失败。她不知道还有谁比这个男人让她感觉更近。现在她坐在这里，不得不跟律师和舒尔特海斯夫妇一起举杯庆祝成功离婚。她现在才开始过人过的日子。他们尽说这类话。

她甚至很快就找到一份好工作。如果她还在三天两头地面对阿诺发酒疯，她不可能去申请这个职位。马夸特喜剧院衣帽间服务员。虽然这不再是上演席勒和霍尔瓦特的国立剧院的服装部，但剧院经理给她一种印象，似乎他无所不知、无所不为，以便她能够安心生活，安心做马夸特剧院衣帽间服务员。他让她明白一个道理：他是搞艺术的，哪怕这只是街头艺术，所以，他在待人接物方面对自己提出很高要求，如果他是螺丝钉生产商，对自身提出的要求不会这么高。在那家致力于席勒和霍尔瓦特的艺术的剧院的幕后，她从未感受过这等友善和温暖。

坚持不下去了，她就写信给埃瓦尔德·凯因茨。她很想念阿诺站在一边看她写信并大加赞赏的日子。有一天她没法写信了。她坐在那里，一动也不能动。她不知道自己坐了多久。有一天，她突然像呼救一样高声喊叫，一次，两次，然后没完没了。弗伦克尔先生跑下来，把她带到市立医院。隔离区。医生解释说，她患有抑郁症，还给她开了药。这种药她出院之后就不再服用了。服药的时候她感觉自己是陌生人。她还觉得恶心。比糟糕还糟糕。她陷入昏迷，头脑却又清醒。她告诉医生，清醒地陷入昏迷实在可怕。医生说，这不像有自杀倾向的抑郁症那么糟糕。她很快学会了这些医院流行词汇。

在医院的花园里，总是有一个大学生跟她并排坐在一起。他们彼此很少说话。出院前一天她告诉他，明天她就不会再坐在这条凳子上了。他立刻跪在她膝前，低声说，她不可以离开他。他只有她，只有她一个人。一个护理员把他带走了。他一边走一边对她喊出了自己的名字。弗洛里安·迪斯特尔。

几个月后，当她去医院复查的时候，医生告诉她，这个弗洛里安·迪斯特尔已经逃出医院，他成功地跑到格尔瑙，他坐在阿根河边，冻死了。她想起自己跟他说起过格尔瑙和阿根河，说起过父亲的死，说起父亲临死前告诫她：你行，还说到这句话一直激励着她。这个迪斯特尔在医院花园的凳子上向她悄声求过爱。

后来有一天，她再也不敢去找马夸特剧院经理。她太不好意思了。他如此乐于助人。她又如此不配得到这种帮助。但是她又找到一份工作，还是一份很好的工作。在克里格斯贝格大街的服装城堡。她从来没跟我说过她在那里究竟做什么。最关键的，我们现在接近决定一切的年份：1977。我出生那年。还有点难以想象她如何讲述她被服装城堡解雇的事情。1977年秋天。被炒了鱿鱼。原因是，当同事们大白天开香槟酒庆祝安司林、迈因霍夫、巴德尔[①]自杀时，她不仅不举杯同庆，而且发了一通气得发抖的讲话。他们立刻要求老板解雇这个同情恐怖分子的女人，老板立刻宣布解雇决定，但还是把芬妮送到了门口，她走出门外后他还说了一句：我很遗憾，芬妮，您知道我是多么地器重您。而您现在，还是这种状况！说着他指了指芬妮

① 此三人为德国左翼恐怖组织“红军派”(RAF)主要成员，被捕后先后于狱中自杀。

怀孕的大肚皮。她说她是走路回到梅斯大街的。路上还背诵了几句诗歌，那是阿诺喝醉时高喊的诗歌：傍晚的空气变得火红金黄。四处可闻交谈声、欢笑声。戴着仙人圈的骷髅头月亮看得目瞪口呆。她说她仰望天空，看见月亮的确高悬在基勒斯山的上空。但是月亮没有目瞪口呆，它在做鬼脸。她这么觉得。因为已经怀孕，她有凛然不可冒犯的感觉。没有什么像恐惧一样令她生疏。她感觉自己可以在任何地方、任何地点说出自己心里所想。她当时心里想的是：可怜的恐怖分子。

珀西没有期望埃瓦尔德说点什么。今天他起身的姿态表明，他清楚知道自己说完了所有能够说的话。这样一个人可以不在乎听他说话的人对听到的事情发表什么评论。

他现在还是变得急躁了？

无论如何他都禁止自己急躁。漫无目的地讲故事，这就是你必须做的事情。幸好有而你这句口头禅。每次这句话都帮助他轻松出门。

一回到自己的房间，他就知道：要歇一阵。

先不去看埃瓦尔德，等两天，三天，五天，也许七天。给他时间。然后再看情况。

6

珀西听到请进后进入房间。这回时间可够长的，英诺森说。

一开始珀西的确不得不感到诧异。原建壁炉厨房也许有十平方米或者十五平方米。搬进老门楼的巴洛克式三角形山墙之后，几乎成了一个大厅。墙是斜的，但这是一个大厅。还有很多小门。厅里已经摆满书架。有的靠墙，有的横在中间。

给人的印象：拥挤不堪。一点没变。这个扩大了三到四倍的空间显得跟从前那个狭窄而昏暗的石头原建壁炉厨房一样拥挤不堪。

珀西表示歉意，因为他现在才来。英诺森打断他。我知道你感兴趣。

英诺森个子不矮，但老是驼着背，更准确点：勾着腰。熊腰，没有脖子，又大又圆的脑袋与其虎背熊腰直接相连。稍不注意，他的头就向前探着。由于他的目光总是对着摆在他面前的纸张，这是一种很方便的姿势。如果面前站着一个人，他当然要站起来。但是他办不到。

所以他不得不把目光往上推。他不得不把额头往上扯，不得不让眼珠往上翻。结果，眼珠部分几乎消失在上方，只剩下眼白。换成另外一个人，这是一种充满敌意的表示，但英诺森不同。他把垂在粗壮身躯两侧的小胳膊伸向客人。在魁梧的身躯衬托下，他的胳膊就像小孩的胳膊。人们担心他的小手够不着。但是它们过来了。很感人。这是发自心底的热情。因此，他翻出的白眼没有任何敌意，最多表达出悲哀。他的嘴是一把表达悲哀的镰刀。如果不对自己提出相反的要求，英诺森的脸就会哭泣。一头只有几毫米长，但非常浓密的头发让英诺森显得很精神。覆盖他头顶的，不是一片白色，而是一片银灰色。

英诺森已经站在那里，小胳膊已经伸出来，珀西还没抓住他的胳膊他就高喊：我，一个占领者，珀西，你对此有何评论！事实上我是一个被占领者！你在这里看到的东西，行政管理暴君盖尔莱因博士一件也不给我，他却称我为占领者。

他总按照自己对一个人的认识对其姓名进行更改，所以拜尔莱因博士变成了盖尔莱因[①]博士。

盖尔莱因院长先生是指挥舍布林根占领军的将军。施鲁德霍塞[②]博士提供佶屈聱牙的术语大杂烩，这些术语随后就成为这里的统治话语。化学大棒，珀西。教授保护我。他和我是一对地下同谋。反对化学大棒。你，教授的宠儿，还有我，我们是密谋团体。我一个占领者，珀西！如果施鲁德霍塞博士发现我躲避了化学大棒，他们会把我钉上十字架。或者实施火刑。这要看天气。但正如海涅—舒曼的诗

① 盖尔莱因 (Geierlein) 意为“小秃鹫”。

② 施鲁德霍塞 (Schluderhose) 意为“灯笼裤”。

歌或者说歌曲所说：我不会怨恨[1]。这样从早到晚被占领，是福气。被整个世界占领。你看到了，邮件的洪流持续上涨。人们口口相传，并且用邮件——他指了指计算机——传递喜讯：希望渺茫者赶紧向英诺森求助。两年前的今天你在这里。5月17日。你从医疗中心走向喷泉，突然遭遇乌云压顶，你到我这里的时候已经周身湿透了。你跟我说了你为什么周身湿透。你说你当时看见在花园里走路的病人没有一个跑去躲雨。医生、护理员、访客等等全都就近躲雨。你知道你属于哪一边。所以你来壁炉厨房的时候已经湿透了。

现在告诉我你的代表作进展如何，珀西说。

嘘，英诺森说。他紧勾食指，在嘴前晃来晃去，同时朝珀西走来。

他把双手放在珀西肩上。因为他俩一样高，所以他不必把眼睛往上翻。他们四眼对视站在那里。珀西心里涌起一股暖流。母亲说他是没长翅膀的天使。但这人也是。英诺森和他，两个无翅天使。还有谁让他感觉更亲近呢？一个勾腰驼背的人跟这个斜坡屋顶搭配得多好！又是一种和谐。英诺森把双手从珀西的肩上收回，说：欢迎！我是掌握记忆术的再生助产士。

然后他说：我的代表作的事情你尽管问。

那好，英诺森作家，珀西说，你的代表作进展如何？

我的代表作请求我推迟写作，英诺森低声说道。它说了，我应该把它藏起来。我把它藏起来了。它得救了。在这房间里。但时代精神的猎犬找不到。现在别再说书名。这时他把声音压得更低。所以我变成了英诺森，所以推出《舍布林根文集》的项目，我计划出二十五

---

① 源自歌曲集《诗人之恋》，海涅作词，舒曼选编并谱曲。

卷，标题：壁炉厨房。现在不谈我的代表作了。必须先把我那雄心勃勃的项目招来的敌人哄睡。《舍布林根文集》。直到时代精神们忘记自己想做的事情——阻止我完成我天生的使命。但是《舍布林根文集》早就超出了替代品的意义。看，这堆放日常邮件的桌子！看，今天刚到：第一部充满世界主义—世界批判精神的小说，标题：《骨灰和骨灰瓮》，752页，作者特洛伊鲁斯·巴拉克·冯·沃思内森斯基，这是汉斯·拉伯的笔名，贝塔斯曼出版社[①]的反应是：……我们的出版计划已经满满当当。基彭霍伊尔与维驰出版社[②]：可惜我们的出版计划都是提前制订的。岛屿出版社[③]：……与岛屿出版社的出版计划不符。你看到了，这些出版社都有一个用来拒绝文学的出版计划。我当然会写信告诉拉伯先生，壁炉厨房不存在拒绝文学的出版计划。《舍布林根文集》欢迎每一个人。看，汉斯·克莱伯。这是汉斯·克莱伯本月写的第十七封信。听着：我允许您誊写我的信，再把它们收入《舍布林根文集》。我的不幸，在于我在长眠地下的作家身上耗费了太多的时间。其中的某一位还不断迫使我流出悔恨的眼泪。必须告诉您，我是一个牛皮大王。在夜校里老是翻英文书，假装一页一页地读，其实一个字也看不懂。我这绵延不断的书信也许就是一部长篇小说。真可惜，陀思妥耶夫斯基也不在世上。他已死了，对吧？您可以告诉我有哪个作家曾经愤然把书摔到墙上吗？我不再觉得有什么事情是神圣的，根本没有什么事情是神圣的。我很清楚，我写的东

---

① 贝塔斯曼 (Bertelsmann) 出版社于1835年创立，总部位于柏林。

② 基彭霍伊尔与维驰 (Kiepenheuer & Witsch) 出版社于1949年创立，总部位于科隆。

③ 岛屿 (Insel) 出版社于1901年创立，总部位于莱比锡。1963年被位于法兰克福的苏尔坎普出版社并购。

西派不上用场。也许未来可以派上一点用场。也许还能派上很大用场。也许全部都能派上用场。

没错，没错，汉斯·克莱伯！这就是我的使命！这样的精神损失地球不能再继续承受。珀西，现在别说我把逃避我的代表作变成了一桩事业。代表作会出来。只等迫害者入睡。但《舍布林根文集》不是替代品，珀西。你看得见。看这，昨天来的，西格弗里德·阿德勒。他写道：我今晚才首次真正意识到，如果邮局到晚上才给离群索居者投递邮件，那该多好。今天写信的主要目的，是要告诉您，尽可能长久地保留我的手稿，不必回信。我在这里知道如何打发时间。这个季节很适合散步。我还希望我重新变成我自己。也许读汉姆生[①]的《饥饿》有所帮助。

给我写信或者寄稿件的人许多都名叫汉斯，而且几乎都生活在柏林或者慕尼黑，这个现象还需要研究。

他继续读：看这，汉斯·施佩贝尔：如果只有一个上帝，那么任何时代都只有一种语言，这便于人们被上帝召唤时对上帝说话。所以，如果有人说没有任何值得传达的东西进入我的文学作品，我不能苟同。我受过上帝的召唤。在这种体验中不会诞生那种超现代的、用谨小慎微的理解力去码放文字的理智文学。这种理智文学令人头晕目眩，因为失去了存在的重力。尊敬的先生，您的判断可能是毁灭性的。但毁灭之后一切如故，唯有时间不再如故，我曾在时间中满怀希望，我曾经荒唐地希望您能够承认我。

他继续念：如果泉眼干涸。诗歌。我不得不把我的最新作品交给您。这是真正的呕心沥血之作。现在我知道，没有人等着它的诞

---

① 克努特·汉姆生 (Knut Hamsun, 1859—1952)，挪威作家。

生。但现在我也知道有您这个人存在。如果我把您称作我的希望，我无意强迫您对我好。您说什么都是一锤定音。我只服从您的判断。您的格蕾特尔·科恩布鲁姆。

他继续念：我写的东西就像我在此时此刻感觉的那么不足？在这屋里这是一个危险的问题。我不想乞求回答，我只想请求您允许我把稿子寄给您。伊达·哈尔姆。

写得好，是吧，英诺森说。如果不是觉察和看到来自本地的，来自舍布林根的冲动，如果这一冲动没有蔚为大观，我会以为自己正在走向死胡同。但特别让我高兴的是，舍布林根地区也寄来了光彩夺目的作品。太棒了，写作者的自我意识。等等，这个我得念给你听，一个弗里德莱因·福格尔写的，现在属于二号病区，如果你感兴趣的话。

珀西说他很感兴趣，还说碰到过弗里德莱因·福格尔本人。

英诺森：听着！为了给您的阅读做一点点铺垫，我指出一个事实：我的写作只是一场告别，一场没完没了的告别仪式，一个不断推进的尝试。这一体验把我的每一刻静谧时光都染得通红通红。我尝试表达我的体验，还有随着体验而产生的取之不尽的艺术源泉。写得好，对吧。

珀西抖了抖身子，像是要摆脱什么。

英诺森又说：写得好，是吧？

珀西说：写得好。

英诺森：我在发现文学家，这可是一件了不起的事情。专门发现文学家！这话一传十，十传百。他们相互转告。文学家，珀西，他们是真正的人。文学家汉斯·克莱伯昨天写信给我：生命真美好。因为它会终结。没有终结，生命就不美。汉斯·克莱伯被所有出版社拒绝。但出版社是无辜的。出版社就是世界。我的轰动性事件，我做不到谦虚，所以我宣布我的轰动性事件:《舍布林根文集》是一部举世无双的作品集，因为它保证它所收录的任何一行文字都没有在其他任何地方被人读过！真棒，对吧？！

太棒了，珀西说。

珀西啊，珀西！我们的世界充满意义。你说说，过去三周的投稿人都是鸟儿的名字。拉伯，芬克，克莱伯，阿德勒，史蒂格里茨。[1]之前几个星期又是一色的植被。地里长的。艾舍先生，费希特先生，布什先生，格斯特女士，克莱尔先生，魏德曼女士，多恩先生，施特劳赫女士。[2]

他显然等着珀西从这一溜姓名中悟出点什么。后者没反应，他继续说。他说他一直有让意义纠缠的嗜好。现在你要承认，你认为我做这些事情全是为了躲避代表作。我知道，你是一个彬彬有礼的人，你不会承认这点。我不可能分心，放弃代表作。不会因为文集而误入歧途。一部书信体小说，我的代表作。作家写信给一个同时代的人，这是他眼里最重要的人。作家在一封信里是犹太人，在另一封信里是法西斯，在第三封信里是百万富翁，在第四封信里是社会主义者，在第五封信里是方济各会的修女，在第六封信里是离了三次婚的女人，在第七封信里是逍遥法外的性侵儿童的罪犯，在第八封信里是被终身监禁的少女杀手，在第九封信里是受骗的发明家，在第十封信里是破产的零售商，第十一封信里是屡教不改的母亲。那个最重要的人收集文学家寄给他的一切。他必须忍受写给他的一切，因为他比

① 这几个姓的意思依次为：乌鸦，燕雀，鸸，雕，金翅雀。
② 这几个姓的意思依次为：白蜡，云杉，丛生灌木，大麦，糠，柳树，荆棘，造型灌木。

写作者的日子更好过。你明白吗，珀西！谁让他的日子更好过。文学家有一个愿望，那就是让那个最重要的人相信他比那些给他写信的人的日子更好过。他如愿以偿。但是在随后，等写完并寄出所有让人相信他们是受苦受难的人的所有信件之后，等那个最重要的人读完这些信件，等他不得不承认文学家写给他的信使他学习、明白并且不得不承认自己面对这些对于存在状况的描述没法为自己为何过上好日子做出辩解时，作家这才运足力气，扔出最后一封信。里面写道：他，作家，比他塑造的那些可怜的人物的日子都好过，也比这位收信人的日子好过不知多少倍，原因是，如果后者因为别人的日子比他难过就食不甘味、夜不能寐，他一定属于最脆弱的人群。他，作家，则翱翔空中，俯瞰大地，下面的一切只是给他带来表达乐趣的素材。他为自己辩护的理由，珀西，一切都是一个文本。没人例外，不管男人还是女人。你没想到我会隐瞒真相，我没有说你是《舍布林根文集》的倡导者，没有说这是你两年前下达的命令，没有说是你上上次来下达的命令。我当时就想：他不相信我能创作我的代表作。他为我编了一个借口。你伤了我的自尊，伤了好几个月，后来就好了。现在我很快乐。每天都有四处碰壁的投稿人投奔我。没有谁像我看得这么清楚：世界是一个文本。我们所说的所写的，所阅读的所听到的，都是一个文本。世界只是一个文本而已。但是，作为文本，它是它可能变成的一切。人们的评价习惯还在起阻碍作用，使人们无法得到世界是一个文本的体验。但是我们可以感觉一个事实，即人们因为无助和恐惧把世界分为诗歌、数学、宗教、化学、散文、音乐、体育，等等。

幸好今天人们几乎不再可能理解这种为暴行和随心所欲服务的分类。可怕的分类，将万事万物都分门别类。人们刻意让诸多领域变得不可理喻，或者用笑声表示容忍。譬如制造误会的罪恶。一些人为另一些人的无能感到快乐。无非是鞭子和羞愧。还有，对一个时代的想象，最折磨人的行刑工具之一。自从我们成为文本。我们不可能再去体会几千年来遭受时代痛苦的人类的痛苦。幸好我们不知道自己被拯救出什么样的苦海。天上或者脑子里曾充满用来形容不存在的事物的词汇。只是为了奴役而发明出来的。自从我们是一个文本，自从我们在独自一人的时候就不再理解自身，奴役个人已毫无必要。每一个人都完全被其他人所决定，自己不再费力：词语的迷宫重新变成天堂。

我略过涂脂抹粉的表达方式逐渐衰败的时代，因为我还没有走出这个时代。你现在感觉到我的代表作的维度没有？人们必须——这是最起码的——把情节向前推进，直到它显得不可能，然后这情节才变得有趣。但是还有什么东西让什么人感觉不可能？这是，啊，珀西，我的代表作提出的问题！

珀西，你恰好今天来，这有一个还根本无法理解的意义。也许你有强大的气场，不管哪天来都像是一台升降机，都有引人向上的效果。你使人轻松。我第一次又可以叫它了，我的代表作。不用害怕惹得猎狗扑向我的喉咙。代表作。应该这么叫。现在这个房间听到了。但是我向所有在此等待的手稿承诺，只有等《舍布林根文集》摆放在这里之后，才会重新考虑我的代表作。珀西，目前我没有敌人了。你使我变得如此轻松。盖尔莱因院长向我挥手，对我呼唤，你别怪我任何事情，他大声喊道。冥顽不化的施鲁德霍塞博士举起双手，亮出掌心，他想对我表示他不再碰药物。珀西，谢谢你。

他伸出他的小手。珀西伸出双手，把它们紧紧握住。好长时间。

英诺森指指一张堆满书籍和纸张的桌子。给我们的教授准备的，他说。

我的彼岸，珀西说。

凡是有的我都给他弄来。瞻仰圣人遗骸！我们修道院教堂那几滴圣人的血，今日穷人的宗教戏剧。如果他成功为圣人遗骸恢复名誉，珀西！他到我这里来，拿走我搜集的资料，装多少不惹人注意就往兜里装多少。如果他碰到施鲁德霍塞博士，如果这家伙发现舍布林根州立精神病院的总管在写什么，他可就完了。你和我，我们不是胆小鬼。他以慈父口吻说起你。他把我任命为善良的灵魂。他是圣父，我是圣灵，你是圣子。珀西！

他的声音越来越大。他喊珀西的名字。大声喊。然后两人大笑。英诺森笑得比珀西响亮。他必须靠在珀西身上，他笑得浑身发颤。而且一边笑，一边不得不重复几遍：他是圣父，我是圣灵，你是圣子。过后又是一通大笑。

这时一个灯泡从斜屋顶掉下来，碎了。

谢谢，英诺森说，我感觉有人理解我。

舍布林根，珀西说。

英诺森：冯·卡劳先生，对于我，每一个碎片都是神圣的。

珀西：我们是业余演员！

但这是世界大舞台，英诺森突然很平静地说，世界大舞台，珀西。整个世界都遭受知识奴役。我们的教授是解放者，解放全世界。我们的世界想获得解放。这将是最后一场还可以想象的斗争。斗内奸，斗那些不自觉的知识总督，斗二乘二等于四的干部。不可能站在科学的基础上看出科学的问题。不是我说的。尼采老兄说的。说得好吧。如果教授到我这上面来，我们就坐在一起聊天，他把在心里正在想的事情说给我听。他总是谈他所信仰的事物的不可证明性。我信故我在，他说。这是革命的语言，珀西。我信故我在。这是他的句子。现在他还只是在这旧门楼的巴洛克式三角形山墙上面说他的豪言。你过来。我们坐一会儿。如果你还有片刻时间给一个患有妄想症和幻觉症的精神分裂症患者。

他走前面。珀西跟在后面。在横排的书架后面有一张长沙发，两张单人沙发，一张小圆桌，可能是黄铜做的。

珀西，他说，我当然知道你会再来。我当然知道，这些人受人指使，以《舍布林根文集》为借口，先后顶着鸟儿和植被的名字络绎不绝地来找我，这无非是一种阻止我的代表作产生的尝试。你要是也有这种想法，就尽管说出来。我甚至相信总部——不管这是谁——故意如此透明地组织这场旨在转移注意力的攻击，先来七个星期的鸟儿名字，而我名叫霍斯特—尤尔根·施托尔希[①]，然后是九个星期的植物，而我的母亲娘家姓克莱[②]，你明白吗，我应该注意到有什么敌对势力在蠢蠢欲动。是的，是的，我注意到了！我没有把这视为偶然。我很现实，不可能将其视为偶然。但是，珀西，如果他们让所有的灯泡砸到我头上，灯泡可以破碎，我不会。

过了一会，又说：珀西，别为我操心！然后耳语道：英诺森，他们拿他没辙。总部总是很愚蠢。

又过了一会，再次压低声音耳语：代表作会出版。作者将是：英

① 施托尔希意为鹳。
② 克莱意为苜蓿。

诺森·阿里亚斯。

然后又把嗓门提高一点：好，是不是？！

珀西抓住英诺森的右手，把它放到自己胸口上。英诺森应该感受一下珀西的心跳。然后把他的手放回去。

不知什么时候他来了句：你在这上面的日子真舒服。

后来又补充：也许有朝一日我们必须搬到一起住。还有我们的同类。

英诺森：譬如说教授。

你知道，我在这里，是因为我丢了脸。我必须躲在这里。教授是我的同伙。我总是害怕他有一天会付出代价。

珀西不知什么时候站起来，跟英诺森握手。

英诺森：请别拿我这么当真。因为珀西没说话，他又说：否则我会发冷。

门口传来敲门的声音，听着更像在敲鼓。不等英诺森喊请进，弗里德莱因·福格尔就冲了进来。他尽量站直，开始朗诵：

吹起舞曲，萨克森管。
谁依然在笑，谁就在对我嘲笑。
吹起来吧，优美的肖姆管，
仇恨踩着舞步与我转圈圈。

还有，他喊道。

继续，英诺森喊道，继续！

他接着：

如果要我再写一段，
你们就可以对我更加无情地裁断。
每一个韵都让我远走他乡，
我早就与甲虫和蜘蛛做起了邻居。

然后大声问：还要？
英诺森：当然，当然。
然后他：

每一首诗让我噘圆了嘴，
每一个词都喜出望外，
我头顶着一千个太阳，
我打赢了这最后的一仗。

然后，听着有些疲惫：还要念？
英诺森：绝对。
他，现在可以说轻声地，几乎是自言自语地：

我在一个女人的梦中诞生，
没有哪个男人在床上将我丢出，
我在沥青广场活蹦乱跳，
他们在广场用法律唆使人。

然后，也不算大声：

最美的事情，莫过于我能够创造一点美。美需要我们，如同我们需要死亡。

我是约纳斯。叫我。我会听见。

约纳斯给了一个飞吻，走了。

英诺森说：《舍布林根文集》。

珀西说：你在搞恶作剧！

然后他也走了。

他其实是身不由己地朝修道院大门方向走去。反应过来后，他暗地里承认自己的目标是图书馆大厅。是管风琴。即兴弹奏。如果在管风琴上即兴弹奏——他在舍布林根的即兴弹奏之频繁已让他感觉不合适——他就可以放松。这是一种不担责任的享受。也许露琪亚·迈尔—霍尔希会使他改弦易辙。让他放弃想做的事情。放弃不想做的事情。露琪亚·迈尔—霍尔希，掌管大厅和管风琴钥匙的女人。但是今天他未能走到门口。一个女人挡住他的去路。她胳膊底下夹着一只亮紫色的儿童浴盆，身上挂着一把没有套子的吉他，背上是一个鼓鼓囊囊的背包。她站在他跟前，把一个大信封递给他，她的姿势迫使他不得不接过来。

格雷特尔·施特劳赫，他说。我们从什么时候开始通过纸张交流了。我已听说你又来了。

你还是读一读吧。

不能光阅读，珀西说。我们继续做我们两年前开始做的事情。明天到粮仓。五点。

从她脸上的表情看不出她听没听他说话，或者听懂没有。她看着他，嘴半开着，看得见她的舌头在打转。他知道，他们可以这样站好几个小时。她的舌头在打转，在疯狂地打转，这对她来说是一种痛苦。也许她还想让他做证人：看看吧，这就是你们的药物。运动障碍，不可逆，哇！

但她随后还是说出一句话：*不要和痛苦的人说话*。[①]

明天五点，他说。

她转过身，就像在克服一个巨大的阻力。然后走了。他望着她的背影。她小心翼翼，随时有跑偏的趋势。药物作用。一种义务感命令他：不弹管风琴！去房间！在房间里他不得不打开信封。看得出来，这是一个辗转许多人之手的信封。他抽出来的几页写得密密麻麻。这给人一种印象，仿佛书写的目的就在于不在纸上留哪怕一点点空白。他知道纸上写着什么，恨不得马上扔到一边。病人的抱怨大同小异。但是这几页他不能扔在一边，因为这是直接写给他的。您走吧！您赶紧消失。您用您的良好情绪毒化空气。您的微笑可以塞到您的屁眼儿里去。这里正在实施酷刑。安乐死专家布鲁德霍费博士借助法庭裁决对这里的病人强行使用使人沮丧的心理药物。强制用药造成的一切痛苦，一切的四肢无力，一切的没精打采，一切的死亡都只是副作用。人们听不见呼救，因为没人倾听。真正发生的事情不发生，不发生的事情反倒发生了。鼓吹强行用药者一言九鼎。他们的话语成了医药，在舍布林根取得主宰地位。从前他们把犹太人关进他们的教堂，对着他们的耳朵吼叫。现在轮到我们了。昔日的犹太人在

---

① 原文为英文：Don't to talk to a tortured。

教堂里可以用蜡堵住耳朵。但是蜡没法对付今人的电子喊叫。你们说：我们的声音不存在，所以，如果我们说我们听见这些声音，我们就是疯子。我们中间的每个人都可以把这些声音告诉他们的事情记下来。这些声音存在，没有比这更为确凿的事实。如果我们拥有你们所拥有的那种权力，我们就可以说：如果你们听不见这些声音，你们就是疯子。这些声音存在。它们在折磨我们。组合得完美无缺。早就变得疯狂的元首龇牙咧嘴地冲我吼叫，不分昼夜。男爵先生，您什么都知道，但是您可以脚踩事实轻松走路，就像耶稣轻松走过加利利海。您的信仰给您带来喜悦。我们没有喜悦。但您现在赶紧走吧。滚吧。您不配呼吸舍布林根的空气。您夺走了我们的氧气。我们正在窒息。

您，男爵先生，您与又名英诺森的霍斯特—尤尔根·施托尔希合作，他是一个与体制勾勾搭搭的奸细。您要提防这个专事变不可能为可能的人。我也寄过东西给他。十三页白纸。编了页码。但都是空白。让他编入那套麻痹人的文集。这个世界上充满麻痹人的文集。现在舍布林根也如此。可耻。我的儿子，在建筑工地实习，说是自己从脚手架上跳下。死了。我的丈夫要求离婚。跟我。因为我把儿子从脚手架上推了下去。大学也跟我离婚。我也想跟我自己离婚。什么没有试过？药物怎样折磨我：我被施以绞刑。椅子挪开了。我在空中挣扎晃荡，但是没有完全窒息。如果有人过来拉扯我的双脚多好。那就一了百了了。你们用药物制造恐惧。我真想大声喊叫。但我永远只做：格雷特尔·施特劳赫。

珀西想到英诺森。四处遭遇诱惑。四处寻找意义。

他先找露琪亚·迈尔—霍尔希把明天的事情安排好，然后去了图书馆大厅，坐到管风琴前面，然后沉湎于放松的状态。

7

珀西在下面等，看见她走过来，看见她深一脚浅一脚，有点如履薄冰的样子。看起来身上挂满了东西。右胳膊挂着刺眼的紫色儿童浴盆，左胳膊挂着吉他，背上是那个总是鼓鼓囊囊的背包。她到了，他打开门，等她进屋之后与她握手，说：谢谢你。这个你他从未叫得如此自然而然。他想起施图德牧师所说的愿上帝祝福我的到来。他没有马上松开她的手。他觉得现在没有什么事情比捏住她的手更重要。她的手冰凉。而且僵硬。也许他现在会在这里站立不知多长时间，捏住她的手。直到他感觉不到她的冰凉。他没有使劲，但他紧握着她的手，她一定感觉他不再撒手。她的手没有试图挣脱。他看着她的眼睛。这就是决定他们握着手不放的因素：他们的眼睛。如果他们不是穿着训练服来的，他忍受不了她那忧伤的眼神。但是她也穿着训练服来了，这使他感到兴奋。他不等待。他体验她的手。希望她也体验他的手。他们目不转睛地看着对方，如果换一种情况，人与人之间就无法这样直视对方。不知什么时候他们的目光变得阴郁了。不是更加热情。更加痛苦。更加受难。更加生动。现在他放开她的右手,牵着她的左手,顺着楼梯跟她一起往上走,进了阁楼间。森林里重新修建医院以前,这里是医院的候诊室。与其说是一个房间不如说是一个大厅。在修道院时代是一个粮仓。现在空着。完全空闲。日光通过天窗照到地板上面,几乎有浪漫意味。

他把鞋脱掉。她也脱鞋。她说在一本所谓的经典著作里读到:心理治疗的对象是性格缺陷者。她是精神病患者,所以不属于心理治疗的范畴,她可以一笑置之。她也马上告诉他,他应该知道,她对在阁楼上的练习不抱任何希望。珀西又拉着她的左手开始走路。顺着墙走。他抓住她的手不放。加快速度。她跟上他的步伐。他们没有跑,但是走得很快。他们还在默默无语地走。格雷特尔·施特劳赫配合。他感觉到了。只要他感觉到她在配合,他就继续走。

两年前他们在同一个地方顺着墙壁一直走,直到格雷特尔·施特劳赫走不动为止。她不知什么时候停下脚步,然后立刻跪下,然后仰躺在地上,张着大嘴吸气,满脸汗水。他在她身边躺下,通过喘息声承认他也上气不接下气。这回也得一直走,直到她走不动为止。这是一场没有宣布的比赛。她不得不先倒地。重要的是,她蹲下的时候他不松手。只有等她躺下之后再说。然后他就从放在门边的水瓶里拿水。他在里面放了五瓶水、两个杯子。

他已不记得两年前她多少次累到躺下。无论如何当时天已经黑了。她坐在地上,背靠墙壁,四个顶灯中他打开了一个。然后他们坐在那里,好长时间没说话。后来他说他想带着她朗诵一点东西。如果有兴趣,她可以跟着他念,都是可爱的篇章,最美好的事情就是反复朗诵一些片段，直到她记下来为止。这就是他们要做的事情。做一会儿。然后他站起身，伸手拉她，将她拉起来，然后他们接着走。但不再走那么快。现在他开始背诵已经背诵过的句子。总是他在先，她在后。边走边背诵是一种感觉，坐在地上背诵又是一种感觉。不知什么时候他发现她不行了。这时他就收起背包，他带来两个睡袋，然后他们就并排躺在那里。他讲述背诵和记忆在他的生活中起到什么作用。随后她入睡了，他也一样。天亮时他比她先醒，等她醒来后，他给她喝水，然后他们套着半截睡袋，靠墙坐着，他再一次把前一天的句子背诵了一遍，她把所有句子重复了一遍。坐在地上。然后他们相互告别，约好他们现在每周重复一次。他们说到做到。

当她在喷泉广场找他说话并且马上开骂时，她看着就像一头被追撵的动物。等她骂完之后，他说他很乐意保护她。这句话使他们在粮仓碰面成为可能。现在他们又绕着墙壁走。没说话。她的手被他的手牵着。没有比这种绕圈行走更重要的事情。直到她走不动为止。然后她就躺在地上。只要她躺着，他就松开她的手。只要她重新坐起身，他就站起来，把她拉起来，表示现在又可以走了。她很配合。但是在第二轮中他开始讲话了。

他说：

至尊者，至善者，权力至大者，万能者，最仁慈者和最公正者，最隐蔽者和无处不在者，最可爱者，最有力者！

她接着说：

你坚如磐石，巍峨挺立，人们却视而不见；你，亘古不变者，改变一切；你不曾年轻，也不会衰老；你为一切命名，让傲慢者速朽，傲慢者却浑然不觉。

他：

你永远忙碌，永远平静，你内心和谐，无欲无求，你是担当者、满足愿望者和庇护者，你影响一切，使人满足，做出裁决，你无所缺憾却在永远寻找。

她：

你是没有激情的爱；你是平静而温和的狂热派；你的后悔没有痛苦。

他：

但如果我说到上帝，我的生命，你是我神圣的快乐，我表达了什么？

她：

谈论你的时候，我们的言辞究竟有何价值？

他：

依然要谈。

她：

对你闭口不谈者，可怜。

他：

他们的沉默过于雄辩。

然后她停下脚步，喘着大气：

奥古斯丁。

他接着：我们总是从奥古斯丁开始。你感觉到，如果我们呼唤他，我们的呼唤就不是呼唤。而是？格雷特尔·施特劳赫！

而是一种任命，她说。

他接着：这个你没有忘记，谢谢你。

她也感到惊讶，两年前在这个地方跟着他念诵的东西她现在可以一字不差地重复一遍。

他：现在呢？

她：我们的索伊泽。

他：

他独自一人。随后袭来一阵痛苦。巨大。难以名状。他随后进入狂喜。在他内心，在他四周。其耳闻目睹均难以诉说。

她接上：

他通体愉悦。他寻求愉悦。他充满快乐，无所畏惧。他无欲无求。他注视神的光辉。

他一边说，一边重新开始行走：

由此，他忘记了自己，也忘记了别的一切。不再有白天，不再有黑夜。永恒生命的甜蜜散发出来，充满当下的、静止的、平静的敏感性。

她：

他又说：如果这不是天国，我不知道什么是天国。如果我们所有的痛苦都无法抵御快乐，不可抹杀的快乐。

他：

这样一个钟头。或者半个钟头。他不知道他的灵魂在他体内还是已离他而去。当他清醒过来时，他仿佛来自另一个世界。

她：

此时此刻，他的身体经历了巨大的痛苦，他相信，除了弥留之际，不可能经历如此痛苦。醒来时他发出一声巨大的叹息，跌倒在地，高喊：天啦，上帝，我刚才在哪里？现在又在哪里？

他：

当他能够站起来的时候，他的表情很平淡。但在内心，在他最隐秘的深处，充满了甜蜜无比的天国的味道。对于他，这永远是对上帝的渴望。

她：索伊泽，又名苏索[①]。

他说，她把这一切牢记了两年之久，这是给他的一份礼物。

现在两人同时迈开步伐，而且比此前快得多。他松开她的左手。

他说：

Non sum。[②]我不存在。啊，我不存在是多么地妙不可言。啊，这条路无人想走，人们应该掉头，不管调转什么方向。我们存在，我们想存在，我们想永远存在，永远超越他人存在。

她：

每一个人都情愿把十部作品揽上自身，而不肯来一次彻底的放弃。这是推动一切的动力，人们总是全身心投入，他们想存在，想出类拔萃，想大富大贵，想呼风唤雨。由于这个缘故，我们哀求，我们哭泣，因为我们没有上帝、没有恩宠、没有爱，一切的苦痛根源于此，一切的哀叹根源于此。这是我们产生缺憾的唯一原因，一切都要归咎于我们想存在。

他：

啊，既然如此，无论在哪里，不存在都是真正的、永恒的和平，是世上最幸福、最安全、最高贵的事情。但是谁也不愿意不存在，不管他富有还是贫穷，年轻还是年老。

最高的训练和我们学习的技艺，无非是一种全然的自我舍弃。就是说，人在无我之中，犹如神通过自身或者通过造物显现，在爱中显

---

① 海因里希・苏索 (Heinrich Suso, 1295—1366)，德国神秘主义者。

② 拉丁文。意为“我不存在”、“无我”等等。

现或是在痛苦中显现；人努力放弃人性需求所产生的一切，赞美神、仰视神的荣耀，犹如亲爱的基督在天父面前所为。

她：

啊，孩子们，谁想让你归于虚无，你就用感激和爱来迎接谁，以便人们呼出你真实的存在：我不存在。以便我们全都进入无我状态，以便我们沉沦到神圣的当下，愿神给予我们神圣的现在。

他：

谁想让你进入无我，

她：

你就用感激和爱来迎接谁。

他：

以便你回忆起你真实的存在：我不存在。

她：

阿门。

由于最后几圈他们与其说在走不如说在跑，所以他们两个都躺到地上。刚好靠着他们的背包。这时天色已黑。他倒上水。他们喝水。

格雷特尔·施特劳赫说：

我不存在。

他重复道：我不存在。

他继续走，她跟着走。

他：雅各布·波墨[①]。

① 雅各布·波墨（Jakob Böhme，1575—1624），德国神秘主义者。

在一个活泼的存在中一切都是那么地神奇、辉煌。

她：

你是真理，能否允许我带着一颗倾听的心来问，不幸者落下的眼泪为何使他感到惬意？

他：

你永远保持恬静平和，我们却历经考验。如果不在你面前抛洒热泪，我们就没有希望。

她：

人们为何仿佛把叹息、泪水、呻吟、啜泣当作苦涩的生命之树的甜蜜果实来摘取？

他：

你，主啊，你只是离那些破碎的心灵近。

她：

你不让那些高傲者找到你，即便他们受好奇心指使，胆大妄为地去数天上有多少颗星星、地上有多少颗沙粒，或者去丈量星空的尺寸。

由于恰好走到放背包的地方，他们停下了脚步。

然后他们钻进各自的睡袋，互道晚安。

第二天早晨是重复练习。这个她知道。但不是在行走当中。他们坐着，半个身子还在睡袋里，把昨天的文本又说了一遍。他们说给彼此听。他们已在行走中道出上述句子，句子留在这屋里。现在这些句子供他们对话。

然后他们让自己歇一会。珀西让她歇一会。不知过了多久，他们俩又准备或者有能力继续背诵。

珀西说：

再来雅各布·波墨。

这是一个寻找自我的时代。谁也别当戏言。

由于他用的是他们一直采用的朗诵口气，她就跟着读。但是她没有用背诵口吻。她说得更慢。像是对自己说话。

这是他领读的句子，是她背诵给自己听的句子。

中心是灵魂，光芒是上帝。上帝在天上，上天在心中。内在的天空点燃外在的天空。

他从我们眼前消失，以便我们进入内心，在心中找到他。

你是一切灵魂的生命，一切生物的生命。你是我的灵魂的生命。

是的，如果我有天使的舌头，你有天使的理智，我们就可以进行优雅的谈论，但唯有精神看见的事物我的舌头却无从表达，因为我只会说这个世界说的话。

珀西再次让她歇一会，让自己歇一会。然后他说：

雅各布·波墨，1575至1624年，生于阿尔特塞登贝格，死于格尔利茨。

把这一段也牢记在心之后，他们手牵手，慢慢走下楼梯，再从楼下走出门去。出门后，他松开她的手。他们约定：后天。他又说：格雷特尔·施特劳赫，你给我留下深刻印象，真心话。

她说：但是我该怎么办。

走了。

8

由于他在赶路的时候丝毫不让人感觉形迹匆匆，他的走路方式只好称为胆大放肆。走路的时候他的脚尖更多是往左右而非往前踢，所以人们诧异他竟然在前行。这个无翅天使。这个——请哈里·斯特拉文斯基多多包涵——敦实的舞者。因为他不臃肿，他很敦实。他知道如何扬长避短。从目光开始。尽管他有着英诺森式的粗短脖子和虎背熊腰，但是他的目光总是直视前方。甚至朝上看。他通过直视前方，通过仰望和行走体验自身。他对自己的行走方式很满意。行走绝对是其生命意义之所在。当初从斯图加特出发的时候，他有一个皮革背包、一顶深色的皮帽、一根拐杖。这根上半截变粗的拐杖的上端不是一个弯曲的手柄，而是一个皮套。这是珀西自己装上去的。可以让他走路时套在左手上的皮套圈也是他自己装的。七年前，他被车撞倒之后是这东西救了他的命。当时他的左胳膊还能动，手杖挂在手上，他用手杖把帽子支到马路边，施图德牧师得以救他。手杖的下端是一个钢尖。珀西只有在从一个地方漫游到另一个地方时才使用手杖。所以他现在就不用手杖，因为他在舍布林根的医院范围内活动。他行走的时候看见自己在走。他去七号楼第17病区。对于手里拿着不止一份鉴定结论等待开庭的人，这是倒数第二站。谁到了18或者19病区，谁就摆脱了检察官，就只跟医生打交道。

进门的方式一如既往。埃瓦尔德·凯因茨的反应一如既往。现在这意味着：虽然右手拿着手机，但是鞋放在床下。

珀西说：亲爱的埃瓦尔德。然后就没话了。他的勇气荡然无存？他想回到当初，想坐上两三个钟头却一声不吭？亲爱的埃瓦尔德，他又说了一遍。这时天上的大块云朵被一阵呼啸的狂风吹走了，他觉得这来得很合适。房间里忽明忽暗。他为何觉得这来得很合适，他说不上来。为什么？今天他要说的事情比前几次来探访的时候都多，这不正好吗？他怎么去告诉这个躺着的、离他二点五米的男人，他现在要说的事情是他母亲从小到大给他反复灌输的？没有寄出的信，他还没有上学就不得不拿来学习阅读的信。每当母亲又想写一封信，但因为某种厌倦而无法写信的时候，珀西就不得不把已经写好但是没有寄出的信读给她听。由于他早就将信的内容熟记于心，所以他有时还给她提示，给她背诵或者朗诵。

他没有给埃瓦尔德做什么解释，而是直接开始念。但他坐在原地，跟前几次一模一样。然后他说：

书信作品。约瑟芬·施卢根书信集。我念给你听，虽然我能够全部背诵下来。但如果背诵，你会认为这全是我的虚构。这些信都是写给一个名叫埃瓦尔德·凯因茨的人的，她没有他的地址。

埃瓦尔德坐起身，然后又站起来，几乎让珀西吓了一跳。

珀西，埃瓦尔德说。

埃瓦尔德随后坐到床上，收起腿，看着对面的墙。

珀西说：1973年，2月10日，等等。尊敬的埃瓦尔德·凯因茨。您知道就是。刚好在四周以前，您站在新王宫的台阶上发表讲话。您当时需要掏出纸条来念。我站在下一级台阶上，我接过您的话筒，您明白我当时明白应该做什么事情，您在演讲结束后才重新接过话筒。接过话筒的那一瞬间，您用目光和相应的头部动作对我的效劳方式表示赞赏。

别怕，我之所以能够把我不得不给您写的话写下来，是因为我不知道是否会把信寄给您。可能不会，我想。往哪里寄？！

总之。我认为，我是一名女工。我是否能够产生喜悦和悲哀，这取决于他人。所有人都可以决定我的生活。譬如您。已经一个月了。我早就想好的东西，我其实在醒来后半小时就想写的东西，一直历历在目。现在我必须通过写信把这些想法再找回来，以便您阅读，以便您——如果您读的话——理解我。因为让人理解是我最大的愿望。五年来我不得不担惊受怕，我怕我丈夫杀了我。他说他学过杀人，挖眼睛，铁掌杀，如果他还要杀人，这个人就是我。上周六他说，在我死的那一天，他将第一次恢复笑容。说着他就冲出门外，因为烧酒没了。我吓死了，马上打出租去找盖恩大夫，她是给我看病的医生，我告诉她，出于恐惧我想自杀，她应该马上把我送进市立医院。她打了电话，我坐出租过去。我在那里待了四天，对男人的恐惧挥之不去。市立医院的男女同在一个病区。可惜。给我丈夫打电话。他拒绝给我送东西来。独自一人的时候，我试图上吊自杀，我摔了下来，失去知觉，崴了一只脚。他们送我到费尔巴哈医院，给我打上石膏，躺了八天。市立医院的主治医生来了，因为我不想回去。我丈夫每天来看我。我不再害怕他。盖恩大夫给我药片。后来我不再想阅读，不想读书读报，不想出门，不想缝纫，不想穿布罗伊宁格[1]的衣服。我什么都无所谓，我又开始抽烟，一天一包。我丈夫最希望我这样。我现在是一个合格的家庭主妇，不自言自语，没有疯狂的想象。我也认识了一个牧师。我在教堂里为自己的爱哭泣，他看见了，跟在我后面，把他的地址给我，我马上给他写了一封信，随后我的门铃就响了，他站在门口。我把我的日记给他看，他说，我是神秘主义者，我至今也不知道神秘主义是什么，他随后又说我很幼稚。所以我到新王宫参加你们的游行。幼稚！霍尔瓦特，《来自塞纳河的陌生女人》，我立刻被吸引住。超级无聊。花费了我十三个半马克。《维也纳森林的故事》要好看得多。我读过霍尔瓦特所有的剧本，包括残篇。他的作品不多，巴黎的树枝，您肯定知道。您肯定不知道我怎么了解米罗。从亨利·米勒的书里看来的。他写过一本小书:《石榴裙下的微笑》，配的是米罗的画。这种画自己也可以画。但这就不是米罗了！我总是很讨厌开心这个词。我想知道它是哪儿来的，来自哪一种语言。是纯粹的德语吗？您肯定知道。

我担心现在我把什么都对您讲了，担心自己一无所知，这像是一次治疗！谢谢。如果您什么都读过，凯因茨先生。我的丈夫因为我帮您端了话筒就把我揍了一顿。这件事情您可以知道。我不后悔帮您端了话筒。您知道就是。没有您我不可能戴耳环。我昨天挑选了一对。二十马克。半个女黑人，半个吉普赛女人。我当然不会戴，我

---

① 布罗伊宁格 (Breuninger) 曾是斯图加特最大的名牌服装店。

不会让自己成为笑柄，如果成为笑柄，也是因为您。我帮您端话筒的时候，您没有看我。您的眼睛是绿松石。如果我碰到您，我会大打出手。这有好多原因。肉欲是人的自然状态。这在什么书上写着。我被迫放弃的时候很多。总是用同样的方式。这方面我应该练习。但愿别总是为此进入一种令人无法容忍的状态。在这个生机勃勃的春天，痛苦没有减轻，没有一只手来碰我，对我进行治疗。我再次发现自己心里只有您。

您知道就是。我想跟您睡觉。我完全忽略您的妻子！如果您有妻子的话。您肯定有一个妻子。我忽略她。我只想一件事：跟您睡觉。我的丈夫是酒鬼。还是同性恋。还说我患上躁狂—抑郁症。我要问问盖恩大夫这是什么意思。您知道就是。

我觉得您太傲慢。我不知道您是如何用您的辩证法让我对您五体投地的。您太缺乏天真气质。我不相信您和工人亲如兄弟。如果我和您在一个房间里，我会陷入语塞。要我在您面前丢脸吗？您期望一个女工在您面前丢脸吗？我知道您如何自我定位。我也不得不说，给您写的每一封信都像是最后一封。您知道就是。您出现在我眼前，然后消失，这迫使我寻找自己的立场。我过去所思考所感觉的事情由此过时了。您为什么不能感觉我的思想？我为什么总是不得不先把一切都写下来？写的时候丢失很多东西。我的感觉决定我的生命，我的内在生命和外在生命，而我的感情，就是您。别笑。不能取笑一个只有小学水平的女人。您不是满足我愿望的伙计，这个道理我会让自己明白。

您知道就是。有时我一天下来什么都没想。也没想您。如果了解您，我就不会有这种渴望，这种刺激性的神奇渴望。您要坐在我对面，就不会有这种渴望。到时我将无话可说，我也不再好看或者有魅力。招待我的服务员朝我投来怀疑的目光，因为我在红色的桌布上写画。送菜的时候他往我的纸上瞟。他已结婚。我现在想读《莎乐美》，谁写的？名字我想不起来了。我很乐意在您面前出丑。您有过这种永不停止、永不满足的渴望吗？

您知道就是。周六在特南跳舞，小伙子们说不出话来，浑身发抖，但说不出话来。结结巴巴地求婚，这还行，我开始写日记，母亲订了《家庭和世界》。母亲读征婚广告，我读笑话。

您知道就是。接受治疗。药片没用。用挂号信寄来解聘通知。事后通知。我早晨去店里的时候，他们已经雇了一个意大利人。为了我。拿着失业救济金去租房子，可能吗？没有一个房主会要我。没丈夫，没工作，没房子。弗伦克尔先生，很狡猾，宣布房子要征为己用。我不得不哑然失笑。我还不会自杀。我自己想看看往后的路怎么走。我的丈夫说得有道理：你太蠢，不会生活。我只是很高兴自己想笑而不是想哭。

您知道就是。我还从来没跟男人睡过。跟您来一次，哪怕就一夜。我不再感到羞耻。您的手在我的肩胛骨中间。我抢了谁的什么东西？昨天晚上感觉把您杀了。您躺在那里。半张着嘴。您的眼睛也让我感到遗憾。现在我很平静，因为我说出了我想要的东西。1973年1月以来一直想要的东西。我可以希望得到有人情味的、有男子汉气概的诚实答复吗？或者我伤了您的面子？以这种不言而喻的口吻？我们生活在哪里！

您知道就是。渴望是一种残酷的东西。如果您的右手放在我的肩胛骨之间，触碰我的皮肤……这就是我写信的问题和原因。是的，我不得不因为羞愧而发笑，您的手触摸的地方，我的皮肤很油，已经有点像猪身上的肥膘。这个我不得不直言相告。这就是全部写作的原因。我对您的手当然没有期待。

您知道就是。我恨您，讨厌您。我从来没有像现在这样想您。如果我再碰到一个能够爱我的男人，我就想冒昧写信告诉您。

您知道就是。我毁了您。您会死去。出于博爱。您将毁于您的人道情怀。我知道我在说什么。您和您的社会脉搏。我曾经和一个狗纳粹结婚。差点丢了命。但是比世界上的一切都诚实。这人不会撒谎。根本不会撒谎。您呢？我使您遭受屈辱。您这个俗气的社会主义者，您。

您知道就是。我们心中被压抑的部分才使我们成其为人。您要鼓起勇气，解放我们！我目前在一家医院工作。已经跟我离婚的男人又住到我这里。他想复婚。据说他的工作是他在家里如此反叛的原因。他说他必须把气撒到一个依赖他的人身上。他是在他母亲的教育下长大的。他的肚脐至今仍然是他的禁忌，这是他母亲教育的结果。他发誓说，现在只是每隔一个周末喝一次酒。他说到办到。

您知道就是。我的绝望来自我对您的主动纠缠。有时我觉得自己像霍尔瓦特笔下的人物。我没法区分敌友。有什么必要？唯有资本使人独立。我没有资本。我没有财产，我想保持无产状态。昨天接到终止租房通知。丈夫认为是我的错，喝得烂醉。我把收音机砸得粉碎。我不再买新收音机。如果再有一台收音机，我又会觉得别人在听我，在看我。我们又分开了。这回我感觉自己很强大。我大概缺思想。牧师先生也这么说。我每次生命力勃发都扑空，都扑出界外。我要尝试学习混天度日。

您知道就是。我想跟您在一起，现在。一个或者几个钟头。然后也许，甚至肯定再不见面。您不可以跟女仆之流来一次？您没感觉到我的绝望？好几年了。这也是一种生活助手。如此看来，您活在世上，您活在这里对我只可能是一件好事，我应该对此满意。从理智和心灵的角度。然而人也是有血有肉的。我在期待什么？被人爱？也许您有更高的道德概念。如果我年轻漂亮，值得作为女人去追求，我就有更多资格说：我爱……然后我就拿出爱的本钱。我的绝望，我的生活和镜子向我证明，不管我想做什么样的人，我不存在。您是我骚动的目标。我去教堂。然后去浴室，用温暖的水柱给自己搞出一个性高潮。我是从盖恩大夫那里得知这种说法的。

您知道就是。我反正需要两个或者三个我想与之生活的男人。有时候。我不认为诚实应该受到谴责。时代还没有进步到满足我的愿望的地步。我喜欢的男人没跟我走到一起。想要我的男人我又不想要。一直都是这种情况。有朝一日我也会把您忘记却不知道有您这个人。将来是什么都没发生过。在我的记忆里。

您知道就是。我很好，非常之好。在回家的路上，一辆车从我身边驶过，里面坐着一个男的，在驶过的那一刹那看着像您。您不可能有别的模样。现在。在春天。不戴皮帽。这副模样让我感觉如此之好，我几乎为自己感到羞耻，因为我曾经陷入绝望。世界上有您这个人。您还活着。在某个地方。我还需要什么！就是说您有时来斯图加特。我那个重新分开了的丈夫的确跟我谈论过您。很客观。他客观地说，您要么天真得要命，要么相当地愚蠢。他说的是您的政治立场。他说，今天谁在政治上还属于左派，几乎都不值得惋惜了。他认为我应该很高兴您不理睬我。这个道理我明白了。但随后这辆车。

您在里面。现在我四处看见您。在每一辆车里。只要碰见一辆汽车一闪而过，而驾车的男人长得跟您一样，我就满足了。您存在于某个地方，谢谢。今天中午以后，我的狭隘世界就敞开了。我的狭隘的世界。工作，住房，隔绝，一会儿有男人一会儿没男人。我感觉自己很自由。打开了。我又可以读书了。我现在重新开始读书。也祈祷。对着玛利亚。玛利亚接受我。在任何一张画上，她的样子都像在等待我。我父亲对任何女人的崇拜都不会达到崇拜玛利亚的地步。如果你有一个玛利亚的崇拜者做父亲，你就无所畏惧。就连我家里那个党卫军都不时地在我面前下跪。他说：他想崇拜我。你值得崇拜，他说。他打我总是很不情愿。都是迫不得已。我的情况从六像现在这么好。在这一刻。引导我。向上，再向上，这是我的生活。

您知道就是。我没有躁狂时期。我只是伸出双臂期待幸福的触摸。我要幸福。没有别的。只要幸福。

现在我开说了。我找到您的地址，然后给您妻子写信。尊敬的凯因茨夫人，然后我就问，您的丈夫怎么恰好娶了您？因为您的身材？您的嘴巴当然吸引了他。一个男人可以因为这样一张嘴巴而一辈子留在一个女人身边。我观察过长着这种嘴巴的形形色色的女人。我的丈夫和我是通过报纸认识的。我们的信件彼此相恋。两人见面后恋情就烟消云散。他变成了一个醉鬼。尽管他选择男人，但他总是拿他上班那家商店的女人来教育我。和那些女人相比我总是一文不值。还说我很疯狂。也许我很疯狂。他总说我应该照照镜子，然后……而且我被书毁了。读了坏书。通过读自己的书我变得更自由。胆子更大。当然也只是停留在纸上。就像现在这封信：致某某夫人的信。我以这种方式战胜了愚蠢的现实世界，在这个世界上什么都不行。我不是作家，当然。但是我想继续抢夺您的丈夫，直到他成为单纯的文学。我喜欢您的丈夫，因为他是男人。我有四十多分钟的机会近距离地看他。我几乎只看到他的嘴巴。男孩子的嘴巴，我觉得。嘴上透出倔强和自大。咬咬下唇，停顿片刻，看看人们理解没有。这张嘴会笑，会骂人，也许还会接吻。报纸上也有他的照片。包括他那紧攥的拳头。被人丑化了。作为共产党人。幸好我没有出现在照片上。否则我丈夫会打死我。您的丈夫口吃。有一点。每当他在讲话中慷慨激昂地抨击剥夺左翼人士从业资格的时候，他都口吃。有一点。我离他那么近，他脖子里发生的事情我看得一清二楚。他每次都过了坎儿。我为他提心吊胆。我给天上的玛利亚祈祷，啊，万能的处女和天后，啊，霍尔布[①]的善导圣母玛利亚，保佑！她保佑。她让共产党人摆脱了结巴。他要出点什么事儿，您就请玛利亚保佑。

我再说一遍，我喜欢您的丈夫，因为他是男人。他浮现在我的眼前，持续不断。也在我的上方。请原谅。不是送上门来的东西，我不会从您这里拿走。我跟您的丈夫能怎样！或者他跟我！几年前我爱上一个裁缝。我是女裁缝，这个您必须知道。对这个同事我真是穷追不舍，但是我们还没开始就结束了。我丈夫在我们最后几年的婚姻生活中话越来越少。喝酒，读书。上卫生间或者泡澡都捧着书。如果他跟我说话，他总是说我死了他就高兴了。我如果最终还是选择自杀他就高兴了。他说他恨我。书里面有时描写人的爱恨交加。会是这种情况吗？我想把我的裸胸送到您丈夫面前，看看他有什么反应。我写这种东西您痛苦吗？但是我从书中得知，在您的圈子里人们可

① 霍尔布 (Horb)，德国西南部黑森林地区的一个小镇。

以说出自己的想法。您应该给我回信,您不会给我回信。我只是一个普普通通的写信人。您要回信,您就作践自己。我不配得到回信。这是人们让我明白的道理。我是一个装腔作势的女人,我书读得太多,消化得太少。我下定决心不打扰您的丈夫。给您写的信我不会撕碎。我不会围着您的丈夫转。我不得不把您的丈夫从您身边撵走。现在您看到一个女工平常的表达方式,她没有学习如何表达。我四十岁了。我不得不通过报纸寻找自己的男人。结婚之后他只是为我感到羞耻。他有高中毕业文凭。他很傲慢。又真的很傻。您让您的丈夫决定您的事情吗?我不得不让我的丈夫决定我的事情。他是病人,很危险,完全是个白痴,后来逐渐让我只联想到伊迪·阿明[①]。我们分手了,幸好。尽管如此,这样分手还是令人痛苦。您还是跟您丈夫谈论我吧。这样我会很高兴。我当然不会对任何男人构成危险。对您的丈夫更甭说了。我既不好看,又没文化。我因为死盯着您的丈夫就觉得别的男人乏味,这是一件很愚蠢的事情。求求您,给我描述一下您的丈夫,好让我知道我盯着看的是谁。然后我也许会转向另外一个男人。您的丈夫和其他女人睡过觉。这个我看得出来。既然这样,为什么不跟我睡?昨天夜里他离我很近。从来没那么近。男人和女人之间能够发生的事情全都发生了。这个夜晚让我享用一辈子。

我拿着这几页由另外一个女人写的信向您告别。我自然是有精神病。而且还傻。但是我也许不像您所认为的那样傻。您别忘了:现在是凌晨,两点半。我在火车站里写信。我喜欢火车站。还有您的丈夫。他也有点火车站气质。但是您不理解。您对您的丈夫一无所

---

① 伊迪·阿明(Idi Amin, 1926—2003),乌干达前总统。

知。所以他留在您身边。所以这令人发狂。凌晨走过王宫广场。每走一步我都产生性欲冲动。每走一步我的生殖器都有感觉。这使人发疯。如果我没有发疯多好。噢,如果我依然年轻漂亮多好。我曾经拥有这两样。又年轻又漂亮。漂亮的大腿,大家都这么说。您知道就是。我遇到的事情。您要么肚子里长了巨型肿瘤,要么怀孕了。妇科医生说。我说:您自个儿去怀孕吧。那您就必须了解死亡,他说。因为我绝对不想死,所以我说,我情愿是怀孕。走到外面的马路上,我蹦跳了好几下。我的身子飘然而起。我只能称之为欢呼雀跃。这是纯粹的欢呼。幸好我的丈夫刚好又跑了。幸好我刚好有一个轻松的工作岗位。在衣物城堡缝纫店。幸好我终于体会到这是什么:幸福。我谢谢您。前所未有。从现在起戒烟。酒反正不喝了。

您知道就是。我的进步:我不再给您写信,不再给您丈夫写信。怀孕带来的结果!我已经说过了,我不漂亮。可惜我没有随身带一面随时映照自己的镜子,否则就不会发生这一切了。既然长着一张因为冬季大甩卖乐开花的脸——我就实话实说吧,东拉西扯没有用,我怎么好意思把自己强加于人?我的错误!没有经常照镜子。今天早晨我拿了一面镜子照了照。这长相不能强加给任何人。如果我是男人,我也不会允许别人把这种长相强加给我。我仇恨怜悯。尽管如此,对自己的丑陋视而不见的日子是美好的。现在我照镜子。早晨,每天。这对我有治疗效果。您尽管笑。你们知道就是。我想做一个情商很高的人。或者至少给人这种印象。你们知道就是。

优选上了。得到祝福。我,斯图加特东城的天使。您别忘了,我在马夸特大街开了一家缝纫部。一开始只做修改业务。现在叫免费缝纫。来的都是没有缝纫机的女人。我帮她们。不做等候名单早就不行了。做缝补活儿的时候，我就来点宣传鼓动。没头没脑地赞美公正。再见。

我讲完了，珀西说。

他站起身，轻松地说：那老家伙我们甩不掉。每当他在什么地方被撵了出来，他就来敲我们的门。芬妮妈妈打开门。她无可奈何。一旦喝醉他就把我们赶出门外，她逆来顺受，因为他只是在醉酒时这么做。但每次在用拳脚把我们撵出门之前他都要说一番话。总是同样的话。他称之为福音。没有施密特，一无所有。有了施密特，一无是处。他的妻子是最应受到蔑视的。如果她那张下贱的嘴巴再说一次至尊者的名字，他就杀死她。就是说，如果把他惹了，要了她的命，她就用六年、七年、八年的牢狱来惩罚他！她千万别再说爱他！要真是爱他，她就自杀，而不是迫使他杀死她。

她必须死，今天就死，所以，请她自己下手。每一个爱丈夫的女人都只能以自杀来证明自己的爱。一个不自杀的女人，别跟我谈她爱她的丈夫。爱我吧，你自杀吧。说着他就动起手脚。她把我拉到身边，我们往外跑，跑过内卡大街，然后跑进棕榈树啤酒馆。到那儿之后她还得阻止舒尔特海斯夫妇给警察打电话。我们星期天晚上回去清理房间。多数时候他躺在自己的呕吐物里酣睡。周一开始他又是世界上最可爱的人。他死之前一直这样。他死于1990年。我十二岁。母亲穿了一年的黑色衣服。她一开始就告诉我，阿诺不是我父亲。说到这儿她总要来一句：幸好我们没需要男人。我出生之后她就没再给你写信了。但是我通过她之前写的信学会了阅读。

埃瓦尔德·凯因茨猛地坐起身，迅速靸上鞋，站在珀西面前。珀西没有站起来。但是他也无法继续说话。埃瓦尔德把手机放到床头柜上。回到床边，坐到床上，收起腿，盯着墙看。珀西坐了一会儿，然后他站起来说：而你。说完就走。走的方式一如既往。他很高兴埃瓦尔德什么也没说。

珀西感觉良好。他没有兴趣描述他的良好感觉。因为他感觉太良好。

9

他们又站在十号粮仓门前。他打开门，牵着她的手，她的手很僵硬，但是不再那么凉。他和她走上四楼。他们把东西放在门边的地上，脱了鞋，再次赤脚走圈。珀西称之为心灵循环。

又是他起头：

至尊者，至善者，权力至大者，万能者，最仁慈者和最公正者，最隐蔽者和最无处不在者，最可爱者，最有力者！

她接着说：

你坚如磐石，巍峨挺立，人们却视而不见；你，亘古不变者，改变一切；你不曾年轻，也不会衰老；你为一切命名，让傲慢者速朽，傲慢者却浑然不觉。

他接上：

你永远忙碌，永远平静，你内心和谐，无欲无求，你是担当者、满足者、愿望者和庇护者，你影响一切，使人满足，做出裁决，你无所缺憾却在永远寻找。

她：

你是没有激情的爱；你是平静而温和的狂热派；你的后悔没有痛苦。

他：

可当我说到上帝，我的生命，你是我神圣的快乐，我表达了什么？

她：

谈论你的时候，我们的言辞究竟有何价值？

他：

依然要谈。

她接着：

对你闭口不谈者，可怜。

他接着：

他们的沉默过于雄辩。

现在背诵斯威登堡，格雷特尔·施特劳赫，伊曼努尔·斯威登堡。1744年的梦中日记！

如果你不想跟着念，你就别跟着念。我更情愿你跟着念。我从你说的句子中听出一点我自己说的时候没听到的意思。根本没有理解的意思。说着他就开始背诵：

我忽而醒来，忽而入睡，这一切都是对我的思想的答复。一切当中都有这样的生命，一切当中都有这样的辉煌，我无法做哪怕一丁点的描述。因为在那一刻，一切秘密对我都清晰可见，但是我过后却无法表现。一言以蔽之，我在天国，听到各种讲话，其华丽和内在的细腻无法用任何一种人的语言来表达。我在一阵妙不可言的天国的迷狂中醒来。一道认识的光芒照亮了我：成为殉道士是最大的幸福。通过爱与上帝合二为一，这种不可言说的恩赐唤起忍受这种痛苦的愿望。和永恒的痛苦相比，殉道的痛苦不算痛苦。牺牲生命是最微不足道的事情。如果这快乐来得再强烈一些，我的身体就会因为快乐而散架。

当我在晚上八九点之间读到上帝如何通过摩西实现奇迹时，我注意到我的理智如何混杂进来，致使我感受不到我本来不得不感受的强烈信仰。我相信，但又不信。我由此认识到上帝和天使为何对牧人而不对哲学家们显现自身，哲学家们受理智干扰，追问奇迹缘何发生。随后我又进入睡梦，大概在夜里十二点、一点或者两点，我从头到脚再次出现震颤，伴随着惊天雷鸣，仿佛一阵阵暴雨倾盆而下。我被难以言状地掀来掀去，最后扑倒在床上。在我被抛起的那一刻，我完全醒了，看见自己被抛起来。想不明白这意味着什么，就像在清醒状态下大声说话，但是我发现有人把话送到我的口中："啊，全能的主耶稣基督，你带着巨大的恩赐，屈尊来到一个十恶不赦的罪人跟前，让我配上你的恩赐吧！"我合上双手祈祷，这时我觉察到有一只手在紧紧地捏住我的双手。我认识到，我比其他人更不配主的恩赐，我是头号罪人，因为我们的主使我在一些事情上有比其他许多人更深刻的思想。但思想却是罪孽的根源，因为行动源于思想。所以我的罪孽比其他许多人的罪孽有着更深的根基。所以我认识到自己不配主的恩赐，认识到自己的罪孽大于他人的罪孽。因为仅仅坦白自己不配主的恩赐还远远不够，主心明眼亮，不认可这一坦白，因为坦白可能基于虚伪。不过，看出自己不配主的恩赐，却是思想的一种恩赐。

这一段他对她说，直到她能够背诵为止。

接着：

这一夜我睡得很沉稳。将近三点或四点的时候我醒来，清醒地躺在那里，但如同幻觉一般。如果愿意，我可以睁开眼睛，清醒地躺在那里，所以我醒着，但只是精神醒着。我充满内在的快乐，周身都有感觉。我觉得一切都在以超自然的方式往上蹿，仿佛要飞向高空，然后汇集到茫茫苍穹中的一个中心点。这个中心就是爱之地。一切都从这里重新喷涌而出，倾盆而下；一切都在不可思议地围绕成为爱的中心点旋转。我认识到，而且是昨天通过精神之眼看到的，而且是一种闪耀着精神光芒的字体给我的启示：吸气的时候意志最能主宰思想，因为思想是从身体进入思维的。吐气的时候思想仿佛被挤出去，并由此得到净化。正如呼吸受制于肺部节奏，思想受制于呼吸变换，因为吸气受意志决定，吐气受自然决定，我们每呼吸一次，我们的思想就代谢一次。如果有坏思想，我们只需屏住呼吸，然后它们就烟消云散。也是因此人们在狂喜之中屏住呼吸，此时此刻思想从我们这里跑得无影无踪。

当她把这一段背下来之后，他接着说：

万能的上帝，我请求你恩赐我属于你而不是属于我。我毫无作为，一切都是主的意志。我请你，上帝，恩赐我属于你，以免我继续把自己交给自己。

我最终得到精神的恩赐，我接受了无条件的信仰，并且豁然开朗。因为我看到我的思想如何被我控制，所以我在心里嘲笑我的问题，尤其是我的怀疑。我觉得信仰远远超越思维和理解。这样我就变得心平气和。请上帝保留我，因为一切都是他的伟业。我没有任何业绩，因为就连我最好的思想对我也是弊大于利。但如果享有恩赐，每当我们有思想，或者想用理智证明信仰的时候就会嘲笑自己。所以，如果一个人获得恩赐，根本不让理智混杂信仰，这就是更高的境界，也许是最高的境界。

我由此看出，和无知无识者相比，有学问者要想超越其思维达到使他们嘲笑自身和自己的思维的完整信仰是多么地困难。因为首先必须驱赶和根除对自身理智的崇拜。但这是神力而非人力。如果坚守这种状态，那也是神的作用。因此，信仰和理智分离并高于理智。这是纯粹的信仰，另一种信仰、混杂理智的信仰是不纯洁的。人们必须让理智屈服于信仰。人们必须信仰，因为上帝是真理本身，他向我们启示了自身。人们必须明白，我们必须跟小孩子一样。理智只能抵达可能性，证明或多或少具有不清晰的特性，由此可见，理智的证明有损信仰。因为理智的行动总是受制于怀疑，并由此使信仰的光芒黯淡。但信仰是上帝的馈赠，我们只有在按照上帝的指令生活并且衷心请求上帝给予指令的时候得到这一馈赠。

珀西注意到格雷特尔·施特劳赫已筋疲力尽。让我们再躺一会，他说。躺下之后，格雷特尔·施特劳赫立刻入睡。他闭上眼睛，直到她重新醒来。已是凌晨时分。就如两年前：我们不必太把这些文字当真。我们喜欢，所以背诵。拭目以待。

格雷特尔·施特劳赫说，她其实已经无语了。

这是给无语者准备的文字。

它们跟人毫不相干，她说。

所以我们可以背诵一百遍，他说。

这是体育运动，她说。

格雷特尔·施特劳赫，这话你说得妙，他说。

她：你坚如磐石，巍峨挺立，人们却视而不见；你，亘古不变者，改变一切；你不曾年轻，也不会衰老；你为一切命名，让傲慢者速朽，傲慢者却浑然不觉。

随后他们站起身往下走。当他在门外松开她的手之后，她说：我不存在。他祝贺她。他站在原地，直到她走远。他望着她的背影，自信她的步伐比两天前更坚定。而且，说我不存在的时候她目光如炬。似乎没有迹象显示她还听得见那些声音。

10

这就像一天夜里突然所有的星星都瞄准你。教授说。然后就没话了。他们之间就是这样。他们想说话才说话。舍布林根沉默疗法。他们并没像听音乐那样并排坐。教授坐到珀西的对面。

然后他说：夜里群星涌来。刺眼的气息。

接着：珀西，我心里没有把握。是放映之前还是之后给你讲更好？

你已经开始了，这就意味着你想在放映之前给我讲，珀西说。

教授：但是我不应该在放映前就影响你。否则你随后对电影做出的反应就要打点折扣。

珀西可以轻松应答：如果我们知道了，我们的反应恐怕还是有价值的。

教授沉默不语。然后他接着说：那是在1970年的夏天。我已经是医院的助理医师。理夏德·桑德罗·冯·维戈尔芬来看病，小毛病。内耳囊肿。我们成了朋友。他请我去他的宫殿做客，在沙夫豪森和莱茵河畔的施泰因，德国一侧。允许我把我的女朋友夏娃·玛利亚带去。理夏德伯爵刚刚离婚。三周之后他们结婚，玛利亚和伯爵。

后来理夏德·桑德罗在艾格峰[①]的北侧毙命。两年后，夏娃·玛利亚·冯·维戈尔芬，娘家姓甘斯罗塞，嫁给了布鲁德霍费博士。她比他大十八岁。如果你见到她本人，你不会觉得奇怪。跟夏娃·玛利亚不奇怪。这个故事我没法口述。我已经写在了纸上。你会读到。还没写完。还必须先行动。再书写。来。

电影在刨花蓝厅放映。这是护理员培训学校礼堂的名称。墙壁是用编织在一起的木条做的，就像从前的水果篮子。护理学校没有搬进位于对面树林中的新建筑。教授坚持让男女护士在这幢建于修道院时代的建筑里面接受培训。对面已为护理学校新修了一幢房子。教授一退休，学校就搬迁。这已说好。

教授在战士纪念碑前停步。珀西说：你把我们带到纪念碑来，我们不得不辨认上面几乎无法辨认的文字：1870年我们的战士从这里开赴前线。

但是你们干吗要辨认这些文字，教授问。

珀西：我们应该理解十九世纪发生的事情。当初斯图加特要求舍布林根做出选择：让修道院建筑变成兵营还是医院？舍布林根的市民选择了医院。二十五年后，他们就在矗立着寥寥几棵古树的修道院草地上为战争的爆发修建了一座气势宏伟的纪念碑。

一件好事，教授说。

刨花蓝大厅已经座无虚席。他们自然必须去第一排。所以先从

---

① 艾格峰 (Eiger)，瑞士境内阿尔卑斯山群峰之一，海拔3 970米。

坐在最后一排的英诺森身边走过。英诺森自然而然地盯着前排的后背看。珀西勾下腰，轻轻地碰了碰英诺森，同时叫他的名字，英诺森吓得弹跳起来。珀西请他一起去前面。绝不可能！他去第一排，不可想象，只要他坐前排，施鲁德霍塞博士就会拒绝放映。如果那样，他又成了占领者。走开，珀西兄弟。

珀西往前走，坐到布赖特博士和教授之间。博士示意他在此就座。落座之前，他还看见露琪亚·迈尔—霍尔希坐在第四排或者第五排，而且紧挨着弗里德莱因·福格尔，她正在跟弗里德莱因·福格尔咬耳朵。她必须跟他耳语点什么。而且说个不停。珀西没法盯着看她如何耳语。他必须坐下。但他依然觉得弗里德莱因·福格尔的头部姿势和面部表情像是昂着头任凭热水淋浴冲刷。格雷特尔·施特劳赫坐在弗里德莱因·福格尔边上，腰杆挺得笔直，仿佛这椅子没有靠背。眼睛直视前方。珀西想让她看见自己，并做出反应。她把一缕头发撩回去。他将双手高高举过头顶，然后紧握，以示谢意。他还跟布赖特博士握了握手。他可以这样，因为教授事先把他好好地吹嘘了一番。他刚刚坐在教授旁边，就发现教授呼吸不自然。憋上半天，然后突然吸口气。他本应把教授的手拿过来抚摸抚摸。但他不能这么做。幸好大厅暗了下来。随后，布鲁德霍费博士来了。布鲁德霍费博士出场。因为现在黑下来了，珀西的手就朝旁边摸索。他在教授臀部的某个地方碰了碰。他用力触碰。然后故意平静而缓慢地做深呼吸。

布鲁德霍费博士出现了。刚开始他就干脆站在那里，等待人们把注意力转向他。然后开始讲话：把自己休假的照片乃至电影给人看，这不无滑稽意味，这点他很清楚。他为什么这样做呢？因为他离开三周之后又想回到这里，回到医院。因为他希望，他哪怕花一个钟头的时间给大家展示他去过哪、去做过什么事、过程如何，他的日常工作就会得到更好的理解。

珀西觉得他很可爱。然后放映。布鲁德霍费博士说他身边带了一名想成为电影导演的土耳其大学生，现在给大家看的片子就是这名学生拍摄的。银幕上随即出现一艘双桅游艇，乘风破浪，冲向大洋。艇上有十二个人。但电影里只看见九个。不是每个人都想上镜头。教授的眼光转向珀西。他在做口型：夏娃·玛利亚。珀西等着夏娃·玛利亚出现、出场，至少让人看见。拍摄者的确显得很好奇，津津有味地展示行云流水般的帆船运动。电影也让人看到，晴空万里玩帆船是多么地无聊。但又一而再再而三：这沿途的自然奇迹多美！这港湾多美！看，树枝垂到水里，仿佛在做梦。看，陡峭的岩石望着海水发呆，仿佛它们经历了可怕的事情。然后来了情节。又该找一个适合抛锚、用餐、睡觉的避风海湾了。布鲁德霍费船长已在地图上找到一个。名叫吉尼维兹港。向吉尼维兹港驶去。那里已经有两三艘小船抛锚，多半是本地船。布鲁德霍费博士说，这种船土耳其人叫它居莱特[①]，跑得很快。现在收帆抛锚。不做清洁整理的，就做饭、摆餐桌，然后大家坐在一起，一起用餐。这时教授用力碰了碰珀西。这肯定是在告诉他，现在三个背对着镜头的女人中间有一个是夏娃·玛利亚。对焦时间不长，但是夏娃·玛利亚是中间那位，很明显。她的个头比左面和右面的都高。宽肩膀，细脖子。头发没有遮掩任何东西。从后面看就是一尊雕塑。然后是黑夜。这时有人敲船长的舱门，天气，起风了；如果再大一点，都

---

① 居莱特（Güllet），二桅以上的纵帆船。

不敢断定锚桩是否能定住希比利号。风力已达到七至八级，布鲁德霍费博士说。而且是东北风。无法调转船头对准风向。游艇拖着锚在海湾中前行，方向为岸边。风急浪高。在海湾和海岸之间有好几艘居莱特在随波起舞，而且像撒野的马儿一样狂扯锚链。如果不能马上让帆船掉头，使其船头迎击风暴，让风暴扑空，就会遭遇和那些居莱特同样的命运。但是布鲁德霍费博士成功了。在两名随船的土耳其水手的协助下，他成功地调转了船头。两人都叫穆罕默德，布鲁德霍费博士说，所以只好叫他们一号穆罕默德和二号穆罕默德。但数字用土耳其语叫。最后干脆只叫他们比尔和伊基[①]。比尔从船头抛下两个应急锚，伊基升起后帆，布鲁德霍费博士说。因为从后部起帆，风暴从船尾方向给后部的压力大于前部，布鲁德霍费博士说。所以船要调转一点方向。之所以调转，是因为船头被应急锚刹车制动，船尾从后帆得到压力。比尔趁机启动马达，让船开起来。借助船的动力和后帆带来的压力，他们成功地克服汹涌的浪涛，让船舷迎对风向，让风暴扑空。一旦帆船迎风矗立，风暴就不再有机会，锚就能抓地。镜头切换：早餐时都在甲板上，海湾一片田园风光，大海柔和而壮丽。布鲁德霍费博士说，如果没有这两名土耳其水手，这会是一场大灾难。

所有人都起立鼓掌。珀西很高兴教授也鼓掌。热烈鼓掌。他本人自然也热烈鼓掌。布鲁德霍费博士的魅力势不可挡。他感觉到了。两年前，珀西第一次在图书馆大厅发表演说之后，布鲁德霍费博士第一个走上讲坛来祝贺他。他说他对珀西讲的内容无话可说，但他很喜欢珀西的讲话方式，非常喜欢。他在什么地方听到过优雅和尊严

① 土耳其语中的一和二。

之说。后来再也没想过这一表达。但是今天听珀西讲话的时候他又想起来了：优雅和尊严。

由于现在有许多人接二连三地跟布鲁德霍费博士提问，教授和珀西可以离开大厅而不用跟人打招呼。看见他俩热烈鼓掌，布鲁德霍费博士微微颔首致意。他们还没走出门外，就有人挽住他的胳膊，而且挽得很紧。斯特拉文斯基。他不折不扣地把珀西朝身边拉扯。对于珀西的一脸惊讶，他用食指哑剧回应，其意思只可能是：别动，明白！然后抽身走了。消失了。教授根本没有注意到他。

现在当然进入院长办公室。珀西很想知道他们经过先祖优西比乌的画像时教授是否会看一眼。教授看了一眼。自然的！当他们并排坐到软垫凳子上之后，教授说，中间那个就是她。浅红色头发。其他两个是金发和长发。但她的头发泛红，只到脖颈。

怎样的脖颈，珀西说。

阿尔忒弥斯，教授说。

过了一会：既然帆船取名希比利，布鲁德霍费博士本来可说这是安纳托利亚的古代生育女神。公元一千年的时候才被阿尔忒弥斯取代。还有一件事情值得一提：今天还能看到她作为多乳女神的形象。而且玛利亚步她俩的后尘……

他再度沉默。

然后：这你理解，珀西，有这么一个无懈可击的敌人，这……这真使人痛苦。

又停顿一会：我更情愿这是一个流氓。每年我都希望她去游泳。去那儿。去海里。以便人们看见。

珀西听得出来，这是结束语，所以他马上说：奥古斯丁，告诉我，我为什么常常觉得你像我不存在的弟弟?

教授皱起眉头,舌尖顶在双唇之间。

珀西:我们俩长得一点都不像。你的蓝眼睛色彩比我的浅很多。你的眼睛更大,你的眼窝很开敞,几乎是平坦的。我的眼窝是名副其实的眼窝,你的不是。你一头温顺的金发,我一头暴躁的红发。没有什么像你的无边眼镜一样跟你的下部有点前倾的温柔面庞搭配。你的嘴巴。你不说话的时候,就把舌尖顶在双唇之间。我的嘴唇太厚,碍事,你的嘴唇很听话,舌头成为你的第三个嘴唇。

教授说:你对我的描述真可爱。四十年前我可能也有一片上唇和一片下唇。下唇没了。我一辈子都在紧咬下唇。舌头代替了被咬坏的下唇。

珀西:你哪怕做我的哥哥多好!但同时也做我的弟弟!我必须保护你。你是羔羊。我是牧人。现在我再说一个梦。昨天夜里。一个句子。他停顿片刻,然后说:万事万物都以高大威武的面貌出现,同时又自私自利地彼此抢夺风头。

教授说:你可以相信你自己。

沉默。

随后按了按钮。传出宏大而祥和的合唱。让我的灵魂赞美主[①]。

他们并排坐着,听得聚精会神,仿佛有人在告诉他们什么。一遍又一遍地歌唱我的灵魂。每一次都带着更大的渴望直冲云霄。说过阿门之后,他们再次坐下,没有谈话,但并非沉默。

到时间之后,教授说:而你。

---

① 原文为拉丁语:Magnificat anima mea Dominum。

11

人们就座的时候，珀西已坐到管风琴键盘前。管风琴建在环绕四壁的楼厅里，在楼厅的正面；键盘在管风琴一边，所以演奏者可以看见下面大厅里发生的事情。但是珀西不想知道下面有一个座无虚席的大厅。他拉了一个音栓，听起来像是木管。也许是双簧管。他就弹这一个音，仿佛在找一个调子。他的确在找一个调子。但他不想找到。他只想找一个。每当他清晰可辨地接近一个调子的时候，他就非常明显地终止，然后再明显地重新开始。这回拉了另一个音栓。也许是笛子。但他必然注意到坐在头一排的教授站了起来。所以他几乎让自己的寻调游戏戛然而止。这表示：现在我不能继续玩了。抱歉。他顺着急转的旋转楼梯走下去，和教授并排站在上面。和两年前一样，他说很高兴安东·珀西·施卢根再次来到舍布林根，再次跟两年前一样对愿意听他讲话的发表讲话。安东·珀西·施卢根上回在本地发表演讲之后也去过其他地方演讲，我只提三个地方：茨维法尔滕，下马希塔尔，魏森瑙，既然这样，如果他现在不来他发现自己演讲天赋的地方发表演讲，那就有点不近人情。在这个大厅里，在这个穹顶下面，这个穹顶上画着两千年来欧洲值得崇拜的一切。有请珀西。

珀西不能马上开始。他举起双臂，然后展开。表示我无能为力。随后他的双臂却突然用力挥舞起来，仿佛它们是翅膀。但又不是翅膀。但又有腾飞的冲动。向上飞。飞向穹顶，上面画满值得一提的场景和人物。这样他不由自主地引导他们举头仰望。这不是他想要的效果。但由于他有强烈的腾飞冲动，人们不得不受到感染。然后他迅速放下自己的双臂。当他发现人们又朝他看的时候，他说：亲爱的朋友们，我两年前就说过了，我的母亲说我是无翅天使。人们在任何地方也不可能比在这个穹顶下面能够更加清晰地感觉到她的无翅说多么正确。我们太想腾飞。向上飞。只是因为我们清楚地知道我们将在何处降落。知道我想在何处降落。不是降落在这熙熙攘攘的穹顶天空的正中，不是降落在《约翰启示录》中的羔羊旁边。也不是降落在我头顶上的位置，不是降落在恐怖的骷髅地哥耳哥达。不，我想降落在阳光所降落的地方，白昼通过窗户把阳光送进来。丰沛的阳光。从所有的窗户进来。大厅和楼厅的窗户。记载两千年历史的穹顶天空因为阳光而生机勃勃。最明亮的地方：玛利亚。人们所说的天后。上面的精神张力油然而生。一边是玛利亚怀抱圣婴，一边是结局：骷髅地哥耳哥达。在玛利亚的周围，在她的膝下，是圣母的崇拜者。我想在这里降落。在若望董思高[①]和赖兴瑙岛的诗人赫尔曼[②]中间。

---

① 若望董思高（John Duns Scotus，约1265—1308），又译邓斯·司各脱，苏格兰中世纪经院哲学家、神学家、唯名论者。

② 赖兴瑙的赫尔曼（Hermann von der Insel Reichenau，1013—1050），本笃会修士，发明家、作曲家、作家。

苏格兰人祈祷，请玛利亚赋予他成为赞美者的资格。但他的祈祷用的是那个时代的世界语即拉丁语，而且是常用的表达：让我赞美你，圣母[①]。谁都懂。只要你会最标准的旅游意大利语。让我赞美你，圣母。我想降落在苏格兰人和赖兴瑙岛的僧侣中间。瘸腿赫尔曼，在画上总是配一根拐棍，他为歌曲起调，歌声起来之后就不再停息：祝福圣母[②]。传说在一次参观中，一个十岁的小女孩问画上那么多人站在云端，这怎么可能。随后有人告诉她：好好看看谁在托举云朵，是天使们。天使哪来这么大的力量，小孩问。担任解说的导游告诉她：摩西·迈蒙尼德[③]说过，汇聚在身体里所有的力量都是天使。不知道这孩子明白这意思没有。如果她问我，我会告诉她：画上的天使无所不能。为什么这下面的大厅和上面的楼厅的书柜门上要画那么多书？因为这些画出来的书代表着曾经有过的一万本真正的书。后来修道院被解散了，一个伯爵和一个国王顺手牵羊，把赃物卖给古玩店，书柜空着，永远地空着，但门上还有一万册画上去的书。亲爱的朋友们。Cassette vergine。拉丁语。空白的容器。Vergine表示处女，表示纯洁和空白。而空白就等于纯洁，等于处女。我的说话方式与翻来覆去的说唱音乐如出一辙。让我赞美你，圣母，空白！不管你在别的地方是什么意思。我信仰空白，尤其是画在墙上的书。剩下的就是祈祷了。

珀西做出显然是不严肃的、轻浮的飞行动作。他现在戏仿自己。然后又让人满为患的天穹吸引自己的目光。他甚至保持这种姿态：

---

① 原文为拉丁语：Dignare me laudare te。

② 原文为拉丁语：Salve Regina。

③ 摩西·迈蒙尼德 (Moses Maimonidees, 1138—1204)，中世纪犹太教首屈一指的神学家、哲学家。

目光向上，两只无用的手垂在身体的两侧。

人们也再次往上看。他耐心等待，直到他们重新看他。然后他说，亲爱的朋友们，因为我胆小，所以我觉得自己胆大。我是印第安部落，在年初就烧毁储物的篮子，以证明他们对诸神充满信任。如果人们害怕即将来临的冬天，众神会感觉没有脸面。亲爱的朋友们，我站到你们跟前，张开嘴就讲话，我很想知道我的嘴巴现在又要说什么。如果我什么时候为了在你们面前发表讲话而做准备，众神会感觉没有脸面。我跟教授也谈过这一难题。他说：年轻的尼采就已意识到这是一个难题。所以他认为一个哲学家不可能做教授，因为教授有义务在每个周三和周五的十点十五分发表公开讲话。尼采说，他由此剥夺了自己奇妙的自由，也就是跟随命运的自由，不管它何时引导他，也不管它把他带到何处。教授这样对我说。所以，如果我现在胆大包天，把储物篮一把火烧掉，嗫嚅半天却一个字也说不出，你们会觉得我像一条被抛到岸边的鱼，局促地呼吸。然后呢？过一会，我的嘴巴就不再动作，不再局促地呼吸，它会闭上。没话了。安安静静。我们安安静静。人们说，真安静。我们就安静下来。这样多好！前提是大家齐心协力，保持安静。我不想强迫谁做什么。如果哪位男士或女士忍俊不禁，那就请便。我并不提议保持安静，让你们别无选择。但是你们应该理解，宁静现在必须出场。道理你们都明白。人们说：随后一片宁静。但如果说：随后宁静出场，效果更好。我们听得见宁静，这点无可怀疑。我相信我现在也看见它了，所以我说：现在宁静出场。

他举起双臂和双手，同时抬头仰望。仰望环绕大厅四壁的楼厅。仰望穹顶。世界上最有序的混乱，有一次教授带着护理学校的学生们参观图书馆大厅时说道。

过了一会,他的飞天造型散架了,消失了。他又站在他站的地方。

朋友们。被人理解的体验是最强烈的体验。谢谢芬妮妈妈。如果芬妮妈妈不相信我,我没法相信任何人。没法相信任何事。如果没人相信你,你就不可能相信任何人。谁有过被人相信的体会,谁才相信别人。这是不能强求的事情。这到底是什么意思:有人相信你?这话的意思是:你就做你本来的样子。这是芬妮妈妈给我的体验。从一开始。我可以随性生存。说这话时,我注意到这一信念如何约束我。我在你们面前无任何恐惧。你们感觉到了吗?你们,每一个人,我们?可以随性生存。现在。在这一刻。无惧。所有人。

他停止说话。他不再朝任何地方看。他站在那里,垂着双手。他感觉到无方向。一会儿。然后他接着说。他听见自己说:我对所有人都说你。有人为此嘲笑我。我跟着嘲笑。我的你意味着:我相信你。我信任所有人。

然后又是一阵停顿。他既不轻松也不沉重。然后他听见自己说:

我在睡梦中度日,
昏暗的预感在我心中探寻
我将真理免费奉送。
倘若再来,
我会让它变得,
易于承受。

他迈着坚定的步伐走向楼厢,所有人都知道:管风琴。珀西通过讲话进入一种心境,但他无法在此停留。他用非常生硬的方式描绘了自己的心境，但也通过5月的主题寻求帮助。

《玛利亚走过荆棘林》。

他以特别的方式演奏，仿佛他不得不解开一个千丝万缕的线团。管风琴适合逐渐解开人们自己缠绕的线团。他承认他刚才不得不抗拒玛利亚的主题，但他最后还乖乖投降：现在唱歌。

众人齐唱：

玛利亚走过荆棘林。

然后他用管风琴陪伴众人离开。当他好像自动停下来之后，只剩下坐在第一排的教授。他们往外走。留在家里。在二楼的院长办公室里已经为他们备好晚餐。全是修道院的自产。

要不是你这么年轻，教授说，我会叫你苏格拉底。

珀西模仿教授的讲话方式，说：快说。

我指的是你演讲不做准备的美德。教授说。苏格拉底说，听着：你们这些大男人，如果你们还跟小男孩似的准备一番才出场讲话，这就不太合适了。

然后他说：而你。

珀西走了。就像礼节所要求的那样。

他的房间里有一封信。布鲁德霍费博士写的。他开始阅读：亲爱的安东·珀西·施卢根，夏娃·玛利亚，我的爱妻，今天过生日。由于这个原因，我只好放弃倾听您演奏的机会。对此我表示遗憾。

致以友好的问候，您的海因弗里德·布鲁德霍费博士。

珀西把这封信读了不止一遍。他站在窗子边上读信。突然间他把称呼读成：

亲爱的安东·珀西·冯·施卢根。

若是冯字没有出现,这就属于缺失。这种感觉再清晰不过。这时他自然想到芬妮妈妈。想到芬妮妈妈,他就想:为了生命的缘故。夜深之后,恐惧再次袭上心头。你太缺乏否定精神,不做否定,尚未有谁顺利过关,没有否定的力量,谁也不会认真对待你。你必须学会否定。说罢,他站起身,面对墙说话,仿佛这是他的听众:我对否定进行否定。

今天他看听众的眼光跟过去一样,他一眼看过去,眼里没有看见一个人。这在他心中留下一种幸福感。他不知道谁来了谁没来。幸好。

12

脱口秀

苏西：女士们先生们，电视机前的观众们，至少对我而言，现在做的事情很冒险。我和弗雷德从来都各司其职，他负责女性嘉宾，我负责男性嘉宾，所以我可以、我应该、我必须跟人称珀西的安东·施卢根先生打交道。我希望，通过我和人称珀西的安东·施卢根先生的交谈，你们将看到我为什么说至少对我而言现在做的事情很冒险。另一方面，没有冒险的生活算什么生活。同意吗，施卢根先生？

珀西：芬妮妈妈对我说过：你是一个无翅天使。对于我，这话意味着：你永远不会飞，但也永远不会掉下来。所以，四面八方都不存在风险。

苏西：现在我们已进入主题了。(她看了她手里的一张纸条。) 但是我们从头开始。为什么叫珀西？

珀西：芬妮妈妈想这样。

苏西：她跟您说过为什么吗？

珀西：珀西·斯雷吉[①]。

苏西：七十年代的灵魂歌手。

珀西：对。

苏西：您也喜爱他的音乐？

珀西：我不反感珀西·斯雷吉……

苏西（迅速插话）：《当男人爱上女人》。

珀西：没错。但这不是我的音乐。

苏西：什么是您的音乐？

珀西：我毕业于舍布林根PLK护理学校。

苏西（迅速插话）：PLK的意思是州立精神病院。

珀西：对。我在业余时间跟院长奥古斯丁·法因莱因学习拉丁语和管风琴演奏。他最熟悉十八世纪的教堂音乐。舍布林根还是修道院——普莱蒙特莱修道院——的时候，他的一位前辈做过院长。据说，他当院长的时候，入学考试对乐器演奏的要求比对拉丁语的要求还高。我就这样迷上了管风琴。

苏西：您知道我们为什么把您请到这个脱口秀来吗？

珀西：你会告诉我的。

苏西：当我们最终找到您的住址——说您住在什么地方可能有点夸张，但是当我们最终找到您、给您发邀请的时候，您爽快地答应了。

珀西：我不应该答应？

① 珀西·斯雷吉（Percy Sledge, 1941—2015），美国老牌黑人歌手。

苏西：您知道我们为什么把您请到脱口秀来？

珀西：我有预感。

苏西：您预感到什么？

珀西：因为我讲话的时候偶尔会提到芬妮妈妈对我讲的一句话：她没要男人就怀上我了。

苏西：没错。现在提一个问题，这个问题自从我知道我可以、我应该、我必须跟您对话之后就一直折磨我：您相信您母亲告诉您的事情吗？

珀西：我相信芬妮妈妈对此坚信不疑。

苏西：您呢？

珀西：如果不信，我就不会时不时地拿来讲。

苏西：我们应该相信您的话吗？

珀西：你不应该（观众哄堂大笑）。除了我，没有人必须相信这个。但是在场的男女听众人人都摆出一副神情，仿佛芬妮妈妈给我说的事情绝无可能。难以置信。我感受到在每一个男女听众心中如何产生反驳的激情。这是我的事情，他们为何不能忍受？有的事情，因为别人不愿意相信或者无法相信，我们就不可以相信？信仰，这是一种能力。一种天赋。说起音乐的时候谁都知道：有人有天赋，有人没天赋。信仰的力量也如此。有些人只能相信他们知道的东西。有人显然不把公式解开就没法活。信仰，这是一道永远解不开的题。有时候我想大喊大叫，纯粹因为信仰而得意忘形。当我独自一人、没人听见的时候。只要附近有人可能听到我的声音，我就必须自我克制，以免放纵自己得意忘形。得意忘形是我所体验到的最愉快的生活情绪。我自然还没有体验到生活的全部的丰富性。但是我在信仰中体验到我是谁。很可能。从来没有两个人相信同样的事情。每一个人都只有自己的信仰。信仰，这是心灵的手迹。

（观众做出反应。）

苏西：您在跟拿撒勒人竞争，您意识到了吗？

珀西：我不知道竞争是什么。

苏西：您在装天真？

珀西：我不知道如何装天真？

（观众发笑。）

苏西：您现在已是小有名气了，睡袋治疗，即兴演说，您小有名气，但其实无人知晓。现在您接受脱口秀邀请，您知道有几百万的观众在观看这个节目。就是说，您想做广告。我们就说：为了您的事业。您在一场脱口秀中现身，根据我们对您本人的了解，我对此感到诧异。

珀西：如果我现在用你的风格来回答，我就会说：耶稣也去了神庙。

苏西：为了撵走商人。

珀西：对。

苏西：就是说，您来这里是为了教育我们。

珀西：我说了，如果我用你的风格讲话，我就这样讲话。

苏西：我不得不承认，您一直对我说你，让我有点烦。

珀西：那你禁止好了。

苏西：我不喜欢禁止别人做什么，但是我请求您别再对我说你。

珀西：同意。那就到此为止。

苏西：您不想再跟我说话了？

(珀西点头。)

苏西：我早就知道事情要搞砸。弗雷德！

弗雷德：请讲，苏西。

苏西：请。

弗雷德：很乐意，苏西。珀西！

珀西：好。

弗雷德：只要你愿意，你可以一直对我说你。

(观众发笑。)

我觉得你见谁都说你很有意思。我可不可以问问你对所有人都说你是什么意思？

珀西：噢耶！（沉默。）

弗雷德：拜托，你可以用这一感叹回答每一个问题。我很感兴趣。

珀西：我说噢耶，因为答案引向核心。深入我的生活。

弗雷德（因为珀西沉默）：哦？这就是答案，或者还有什么补充？

珀西：这是我最大的顾虑。我讲什么事情都扯得太远。太远。

弗雷德：你试试。

珀西（现在加快了语速，他想速战速决）：学了拉丁语之后，我再也没法对人说您。我的老师是双料博士奥古斯丁·法因莱因教授。他是舍布林根州立精神病院的院长，并且在该院的护理学校讲课。他教我拉丁语和管风琴。在课外。他对我的重要性仅次于芬妮妈妈。但我是如何找到他的？因为我走路。坚持走路。到哪儿都走路。12月24日傍晚，大雪纷飞，我走在默克林根和布劳赫林根之间的一段林中公路上，被一辆汽车撞倒，躺在路边的土沟里，但还能用手杖叉着帽子伸到路边，恰逢克里索斯托穆斯·施图德牧师在幼儿园分发圣诞礼物之后开车回家，他看见了我或者说我的帽子，叫来急救，我去了乌尔姆，缝了伤口，得到照顾；等彻底恢复之后，已是3月底。因为还没有职业，经过这么多的医疗和护理之后，我对自己说：干脆做护理员吧。有人推荐我到舍布林根护理学校。我写了信报名。可惜太晚。入学考试在3月底，一切都遵循日程安排。暂时泄了气。但是我又可以走路了。我第一次走路就是去找我的救星施图德牧师。我跟他讲了这些事情。他说他在比伯拉赫跟奥古斯丁·法因莱因是小学同学。他给奥古斯丁·法因莱因打了电话。我获得入学考试资格。随后被学校录取。随后业余学习管风琴和拉丁语，学了拉丁语之后就永远跟人说你。没有比这更简单的陈述了。

(观众露出赞许的神情。)

弗雷德：这也可以说：运气。

珀西：可以吧。

弗雷德：听你这口气似乎还有别的说法。

珀西：是。

弗雷德：是什么？

珀西：噢耶。

弗雷德：又进入核心。

珀西：倒不是这个。但是很冒险。有一点。在这里。

弗雷德：在脱口秀里？

珀西：对。

弗雷德：直说吧。

珀西：我有指路者。

弗雷德：指路者？谁？

珀西：假设我没去施图德牧师那里，我就不会成为法因莱因教授的学生，我就不会说拉丁语，就不会跟谁都说你。

弗雷德：很明显。

珀西：芬妮妈妈也有指路者。一直有。

弗雷德：我明白。

珀西：太好了。

弗雷德：你来到我们的脱口秀，也是被指引的结果。

珀西：我不会这么讲，但是可以这么讲。

弗雷德：你肯定注意到了，搞脱口秀的总是手里拿着一张或者几张纸条。他为客人准备了若干问题。为你准备的纸条在苏西手里。我反正不知道拿这些纸条做什么。苏西，如果你又想接过去，说一声就是。

苏西：你代劳吧。暂时。

弗雷德：因为我们总是一起准备，所以我也知道你出席公开活动、做公开演讲之前从来不做准备，你也反对别人把你说的话录下来、写下来、印出来，就是说，你反对我们整个高度发达的交流系统。

珀西：我不反对任何东西。

弗雷德：这话听着真亲切。但是为你做材料准备的时候我们自然注意到你其实也反对某种东西，你反对准备好的演讲。

珀西：就拿眼前的事情来说。你们，苏西和你，准备和客人对话的材料，你们随后所对话的嘉宾不是处于自然状态的嘉宾，而是你们做了精心准备的嘉宾。一个人在每一刻都是他所能成为的样子。如果把他限制在人们能够了解他的范围，事后就可能出现一种情况，那就是他把自己扮演成你们把他变成的文件。

（观众席出现零星掌声。）

我不可能反对这么做，不管在这里还是在别的什么地方。我只说我不想朗读我曾在什么时候想过和写过的东西。你懂吗。如果我本人在场。如果我本人出现。如果人们在我不在场的情况下宣读一些不是我写下来的，而是我即兴演讲的东西，请便。这就会成为保存某一个瞬间的文献，记录了我当时的在场状态、活跃状态、生命状态。对此我没意见。只是当我出现在其他在场的人面前的时候，我们就共同构成一个生命瞬间。然后我们就共同成为一个空前绝后的在场。我想尝试通过顺其自然的方式来满足这种唯一性。

（观众表示赞同，强烈赞同。）

我总是需要其他人跟我一样。为了把瞬间——我夸张点——神圣化，我找到一个助手，奥古斯丁。圣奥古斯丁。在他公元399年撰写的《忏悔录》中可以读到：我忏悔的目的不是讲述我过去怎样，而是讲述我现在怎样。

你们想想看，假设俾斯麦或者阿登纳的回忆录不讲政治家的工作和业绩，假设这些回忆录的作者一心想告诉我们他们在写回忆录这一刻是什么状态。果真如此，那就怪诞了。不会发生这种事情。奥古斯丁也讲了许多故事，讲了许多在他的童年、青年以及成年以后发生的事情，从迦太基到罗马再到米兰，但是他讲述的目的，只是让我们体会他现在、此时此刻、在撰写回忆录这一刻的状态。他的书名不叫《回忆录》，而是《忏悔录》[1]。忏悔无所谓过去和将来，忏悔总是发生在表达出来那一刻。我倒很想达到这种境界。

---

① 奥古斯丁的《忏悔录》德文叫Bekenntnisse，直译为《自白》。

(观众表示赞同。)

很遗憾，弗雷德，如果你在我的话里发现贬低你的准备工作和研究结果的意味，我就表示遗憾。我根本没有这个意思。我只是想做我可能的样子。特别是此时此刻的样子。

弗雷德：太棒了，珀西，我一点没有被贬低的感觉。你对我是零限制，相反：你是我见到的最大的许可证。你是一个擅于给人留回旋余地的大师。

(观众表示赞同。)

珀西：这与其归因于我，不如归因于你的积极的生活态度。

弗雷德：但是你把我修理成什么样，你现在也必须容忍我什么样。

珀西：我已经感觉要对你负责。

弗雷德：你有好色的时候吗？

珀西：我一直好色。

(观众大笑，鼓掌。)

弗雷德：压在我心上的石头落地了。

珀西：我听见通的一声。

弗雷德：你说你的诞生没有男人参与，你知不知道这话听起来可有点敌视生命？

珀西：重要的是出来什么，怎么进去的并不重要。

(观众大笑。)

弗雷德：就是说，你有好色的时候，就是说……

珀西：弗雷德，请原谅我抢你的话头……

弗雷德：求之不得。

珀西：好，你看，我想举例说明。上帝创造世界。不管我们事后如何去想象创造世界的这六天，第七天造物主休息。生育者。万事万物的生育者。对我来说，这个词表达的是性冲动和性发泄。上帝有性冲动，所以他创造了世界，然后休息。

苏西：这一回没要女人。

珀西：她的话多么正确，弗雷德。

苏西：那么这一回就是手淫。

珀西：说得好，苏西。

弗雷德：我可以接着问吗？

珀西：你必须问。

弗雷德：我也觉得。好吧，你有男女关系吗？我们没有发现任何相关资料。你过着不近女色的生活。

珀西：不近女色就是好色。

弗雷德：可以说：自在的好色？

珀西：上周在火车里。慕尼黑—萨尔茨堡。应邀去外地的时候，我总是坐火车。邀请方让我坐头等车厢。他们要我在萨尔茨堡的一座高贵的农庄跟一些想跟我谈话的人谈话。我在包厢里面和一个女人面对面坐着，她可能二十五岁或者二十六岁。双排扣的丝绒夹克，黑色，左手戴四枚戒指，右手的一根手指上戴四枚戒指，嘴唇很厚，但还是合不上嘴。颜色：熟过头的蓝莓。与其说红色不如说紫罗兰。头发自然也是烂红。没有行李。一把雨伞。特别红。黑筒靴。纯粹的紫罗兰裙子。读一本杂志，偶尔抬眼看看。我正对她坐着。她用涂得漆黑的眼睛打量我，看我。她在罗森海姆下车，走到门口还转身来道一声再见。话音中带有明显的责备意味，我马上知道自己做错了什么事情。这时已经有一个年龄大三岁的女人坐下来。如果你靠窗坐，每一个女人都正对着你。还没把她的模样看清楚，我就看到——当时还在罗森海姆——在旁边停靠的火车上一个长发披肩的金发女郎正在把车窗往上推，她的毛衣跟着往上跑，露出裸露的肚皮，还有肚脐眼。但幸好列车启动了，驶过了这一幕。结果我又面对一件戳出许多洞眼儿，还大敞着两颗纽扣的女性衬衣。从我的角度看，右边乳房上纹着粉红色的花朵。一点不可怕。纹在高耸的胸部上的一幅花卉写生。我寻求帮助，把目光移到位于纹着花卉写生的胸部上方的那张脸。从耳朵到手指，一色的黄金首饰。幸好一路上全这样。一个赛一个。还在到达萨尔茨堡之前。

弗雷德：我认为，有一个故事，说的是一头驴饿死在两个草垛之间。

珀西：不是我的故事。面对这接二连三呈现在眼前的女人，我想起了芬妮妈妈。整个童年时代我都是芬妮妈妈受难的见证人。她爱着一个她见不着的男人。这对我的启发就是：不要让任何女人为我受罪。现在我每天都在一个满是少女和女人的人丛中摸索前行。每走一步都有女性扑面而来。这个世界还从未像现在这样美女泛滥。姑娘们从未如此漂亮。我感觉自己受到持续不断的攻击，攻击者却无意为之或者浑然不觉。我不断被迷倒。我知道：如果追这个姑娘，如果成功地追上这个姑娘，我一定会因为下一个同样有着巨大魅力的姑娘把刚刚追上的这个冷落一边。循环往复。想要一个女人，只能以不必去想别的女人为前提。但不得不想。我感觉自己不断被吸引、被迷倒，被每一个女人迷倒，被每一个女人吸引。只有当我总是为所有的女人发出惊叹，只有当我见到一个就想起所有的女人，我才能存在于世上而不造成任何伤害。这听起来很虚伪。仿佛只要我想要，所有的女人都供我挑选。事实相反。不管这些令人大喜过望的现象还有别的什么效果，它们首先有一种震慑力。每一个女人都有独特的美。她亮相时的一举手一投足，先就暗示她决定什么事情可能什么事情不可能。征服者是她，不是你。这是司空见惯的、可以时刻感受到的少女帝国主义。她决定谁得到我！如果她愿意你成为考虑对象，气氛就会瞬间转变：她是你永不离弃的对象？一个用永远跟着你的眼神看着你的女人，你能惩罚她吗？惩罚的方式就是对她说你也对另外一个女人说过的话！果真如此，我会恼恨自己。她一定也会恼恨我，因为她占据的位置换一个女人也可以。

弗雷德：如果她对你说：也可以换另外一个男人。

珀西：我巴不得她这样。

弗雷德：可以说你在等待一个你想永远留在她身边的女人。

珀西：每一个女人我都想永远留在她身边。一个黑皮肤的女人，身着紧身裘皮大衣，明暗相间的花纹，她的裘皮大衣将她紧紧追赶，她的皮鞋则让我们的大陆阵阵发抖，我能对她视而不见？不可能。但随后我还是转移了视线。谢天谢地。这时来了一个无声无息的中欧金发女郎。她的步伐如此轻盈，几乎飘然而至，你会觉得她根本无须做任何事情，她只是为了你而出现在你的眼前。看这红唇如何开启，看这皓齿如何耀眼！如果你过了这一关，你从此以后就刀枪不入了。你心里想。但随后又有一个女人出现。谢天谢地。要不是一个女人将另一个女人一笔勾销，谁也受不了。

苏西（提白）：姜。

弗雷德：姜？

苏西：我的纸条上的最后一个提问关键词是姜。

弗雷德：明白了。珀西，如果你参加聚会，很高雅的聚会，女主人最后拿一盘姜依次递给客人。现在盘子到了你面前。她看出你很犹豫，所以告诉你：做成蜜饯的姜有壮阳功能。你怎么回应？

珀西：我就拿两块。

（观众大笑。）

弗雷德：还有一个问题，珀西。这个问题没在纸条上。我很想知道你是怎么做的，讲话从来不做准备。这样你讲的、你想起来的都是你已反复说过的话。或者你每次都说点全新的？

珀西：从来没新的。我想起来的一切都已存在。这让我说话的时候很轻松，我几乎要说：彻底轻松，如果我觉得：这一切都是现成的，让它们出来就是。这是一个源源不断供给我们的世界。别抗拒。它想通过你返回自身。等等。

弗雷德：女士们，先生们，现在你们知道如何成为一个即兴发挥者了。

（观众露出赞许神情。）

对了，珀西，还有一个问题：我们可以要你的通信地址吗？或者直接告诉大家怎么联系你。我看出来，我们的观众想跟你保持联系。说吧，怎么联系？

珀西：虽然我不能说：我就是我。但是我可以说：我处于我之所在。

（观众做出反应。）

弗雷德：还有最后一个问题，珀西，这个问题也没在纸条上，我是出于……出于最内在的需要向你提出的。珀西，人死后有无生命？

珀西：每次思考这个问题，最终总是获得一个明确的认识：我的皮带永垂不朽。

(观众用掌声和笑声表示赞同。)

弗雷德：我们感谢人称珀西的安东·施卢根在我们的脱口秀中的出色发挥。

珀西：我应该感谢你们。

(又是掌声。)

(脱口秀迎来下一个嘉宾：一个与蛇共同生活的女人，还随身带来两条，她用嘶嘶声对她的蛇发出指令。)

二　如此一生

1

我三岁的时候，母亲用枕头将我覆盖，用枕头压住我的脸，想把我闷死。事情没有成功。她就把我——我是1月1日出生的——放到敞开的窗台上。因为这同样没有效果，她才把我放到莱茵河畔的诺伊维德附近的奥伯比伯孤儿院的门口。由于我没有可疑的福气，没有领养人喜欢我，所以我留在那里，整整十八年。我在孤儿院的木工房里学会木匠手艺，但随后就离开那里，去找母亲。找到了。在美因茨。她刚好在弥留之际，还能够告诉我当初她想怎么处置我。她说她想免去我的生命。听到这话我轻轻抚摸了她一下。她面露微笑。死了。

我们这些尿床的不得不站在孤儿院大门口伸展双手晾我们自己洗的床单。赤脚站着，直到11月。逃跑被抓回来的需要剃光头。光脚板拾穗的时候动作太慢，就会受到范格米勒牧师的棍棒招待。范格米勒有多副面孔。在歌咏课上，他要觉得我们唱得不好就大发雷霆。吃国家口粮的，寄生虫。星期天站在布道坛上时，他又风度翩翩，令人着迷。他把自己也迷倒了。他一边落泪，一边笨拙地从他的牧师圣袍底下掏出一块红底白点的大手帕擦去他汹涌的泪水，因为他的布道实在太精彩。他没有一次布道不说一句：生命就是一条死胡同。而随后的一句话就是：有了基督的帮助，生命就不再是死胡同。这是什么道理我记不得了。但是我记住了生命是条死胡同这句话。

我两次试图让自己避免走这条死胡同。一次是在采摘欧洲越橘时用锋利的募捐盒割手腕，一次是在逃跑时从高高的树上跳下来。两次都失败了。这第三次也如此。被判处监禁在人生中。终身监禁。

夜校高中文凭。勤工助学，照顾受战争伤害的越南儿童。被磷燃烧弹炸伤的，炸断腿的。在图宾根上大学，前所未有地成功，直到图宾根教育局长维斯在1971年2月1日做出鉴定：我们无法聘用您，埃瓦尔德·凯因茨。两次去德意志民主共和国，大学校务委员会选举时做斯巴达联盟的候选人。您无法打消人们对您的宪法忠诚度的怀疑，尽管您曾声明随时要捍卫自由和民主的基本秩序。默辛根的昆施泰特文科中学的学生和家长致信州文教部，请求挽留见习教师埃瓦尔德·凯因茨，因为这是一位超出人们期待和要求的教师，是一位很受欢迎的老师。他指导的音乐协会是多么出色。谢谢，爱莫能助。这事只有图宾根教育局长维斯一人说了算。他说：不行。邮递员、教师和其他一些职业都按《州立公务员法》第6章第1节第2条处理。问题就在这儿。随后就游行。四处游行。有的很成功，有的没影响。对了，一些很出色的女孩子在寒风中拿着麦克风对着我的嘴，以便我拿着纸条念。任何万物归一的思维都是意识形态，我说，因为凡是不符合理念的，都要被理念改造，直到它成为理念的佐证。如果现实必须首先为意识所改变才能被人们所理解，人们后来所理解的就不是现实，而是被意识制作成标本的现实。就是说，意识理解自身。如果历史无非是阶级斗争的历史，那么为了证明这一点，人们会自行排除干扰因素。所谓的启蒙也如此。康德说过，理性只理解自身。其他事情都无法理解。向局长先生问好。向其同党问好。对了！还有同党！出于恩赐，允许我在伊斯尼做特殊学校教员，在加默廷根和旺根之间为生病的教员代课。然后发现自己对后进生很感兴趣。所以在魏恩加滕读特殊学校教育学。最后只在特殊学校工作，这些学校可以给自己来点好听的，取名促进学校。第二次出麻疹。后果令人难堪。然后遇上口吃。没法再进校园，接受了最后的培训：驾校教练。专教摩托车驾驶。终于大获成功。我在乌尔丁根的训练课场场爆满。安全训练是我的拿手好戏。但是我的嗓音不可靠。在乌尔丁根的训练场上，在陪练途中，我能主宰局面，也能主宰自己的嗓子。晚上的理论课却只能磕磕巴巴，艰难过关。能够做到这点，是因为我每次课前都说我的嗓子发炎。有人做鬼脸。我也做鬼脸。我说：如果这不妨碍你们，也不妨碍我。我随即发现这是谎言，又说：对我肯定有妨碍。但是不应该妨碍你们。

后来在《施瓦本日报》读到一则消息。因为感觉必须对这个地区多一些了解，我每次去理发店都要仔细翻阅这份报纸。消息称，西班牙国王夫妇在阿尔茨豪森王宫拜访国王陛下。国王陛下就是符腾堡亲王，他有一个女儿要出嫁，西班牙国王计划发表隆重讲话，但却遭遇意外。他的嗓子哑了。婚礼的前夜！陪同人员慌作一团。陪同人员找到对策。在阿姆策尔，著名的合唱团团长和语言矫正医生，埃尔莎·弗洛姆克内希特女士。她被叫来了，她让国王恢复了嗓音。酬金是国王级的。阿姆策尔。我立刻驱车前往。本地人都知道她住哪儿。在教堂山上。

作为代课老师，我早就骑着摩托走遍比伯拉赫、旺根、辛根地区。但是，在上山的路上，在通向路人皆知的语言矫正师的路上，我尽可能地把速度放慢，把噪音降低，把动作放柔。幸好她的房子是最后一栋，远离马路。我不想让她第一眼就看到一个摩托车驾驶员。花园的门轻松打开了。顺着一条两边饰以花草的台阶往上走。上面是一幢经过扩建的木头屋子，三棵桦树，一棵冷杉。走进之后发现是一座木瓦房。加盖出来的低矮厢房也用的木瓦。房子的木瓦已成灰色，银灰，加盖的厢房还是红褐色。所以我估计房子有三十年的历史，厢房有十年历史。我学过小木作，还跟一个匠人学过一年大木作。加盖部分有三道门。一道门开着。我止住脚步。她不应该为我的缘故中断钢琴弹奏。不管她弹多久我都会站在这里。但弹琴的也许是她的丈夫。我在图宾根自学过钢琴。我的教师生涯虽然在政治上历经坎坷，但是我领导的音乐协会却大获成功。

我悄悄接近敞开的门，里面的人不可能看见。

我常常听到熟悉的音乐却说不出曲名。这回也不例外。然后就出了第一桩小意外。我哭了。我的眼泪止不住。教堂山向远方延伸，在绿色中绵延起伏，山丘一个比一个圆不溜秋，直到天际线，那里有蓝色的天空和蓝色的山脉。也许这首钢琴曲把我的坎坷人生展现在我的眼前。但愿钢琴的弹奏者别走出来。但愿是一个女人在弹琴。等到她——幸好是一个她——出来的时候，我已经稳定了情绪。尽管如此，我还是问刚才弹的曲子是什么。这是《平均律钢琴曲》的第六首和第九首序曲。我点点头，同时承认自己经常听到熟悉的曲子却不知道曲目。她摇摇头，大概表示不理解。然后我说，我很高兴在屋里弹琴的是一个女人。这个她听明白了。她甚至说，有时她很奇怪有男人竟敢弹钢琴。她随即哈哈大笑，让我明白这笑声的含义：马上忘记这得意忘形吧。她的目光很特别。谁也不相信一个女人会长得像一首民歌。她的目光！这是痛苦还是苦痛还是渴望或者就是过度友好？就是孤立无援？再配上这嘴巴，这嘴唇，它们想做到同样大小。一个嘴唇祭坛。一根秀气的鼻子守护在嘴唇祭坛的上方。下颚宽阔有力。

很明显，我首先必须为摩托车道歉。

这是为什么，她说。

因为我不敢肯定我的嗓子是否会马上罢工，我指了指自己，说：我口吃。所以我来了。

她说：如果没有别的毛病。请吧。

然后回到诊室，但她称之为观察室，穿过诊室走进语言矫正师的治疗室。这里最显眼的是一张浅蓝色沙发。那是我应该落座的地方。躺着。她说，我的故事可以以后跟她讲，她先要仔细看看我是什么情况。

准备脱掉摩托车外套吗？当然。我穿着衬衣和体操裤躺在她的沙发上。她拿来一块木板，上面插着一排鸟儿的羽毛。白色。海鸥的羽毛。她把木板放在我肚皮上，然后让我呼吸。我平常怎么呼吸现在就怎么呼吸。她观察我和羽毛。过了一会她说：谢谢。然后她学我。让我看我是如何呼吸的。问我看见没有，羽毛，一动不动。然后让我看应该如何呼吸。我起身，她躺下，把小木板放在自己肚子上，呼吸，羽毛跟着呼吸。然后告诉我吸气要朝什么方向吸。吸气要吸到什么位置，呼气时要发出什么音。她说，不管做何种治疗，我都必须首先学会呼吸。

她说我这种浅呼吸方式接近局促喘气。我必须练习正确的呼吸方式，直到气流能够在不受干涉的情况下自动进出。

她直接对我以你相称，但对我们的个人关系毫无意义。你必须用双脚感受你踩在上面的地板。你必须体会你的重力，必须感受你的重力，必须享受你的重力。你如此沉重，这是一种体验。

两个八天。两周之后她就可以判断能否帮助我。她的时间安排，我的时间安排，然后跟我握手，说：再见。

我还说了声：真漂亮，那儿。然后用手指指上方，因为那不是平顶，而是倾斜的屋梁。我夸大其词，说自己是大木作木匠，以此解释自己对房梁构架的兴趣。

但你现在是驾校教练，她说，我们约时间的时候她了解到这一背景。

摩托车，我说，因为我前面没有说这个。

嗬，她说，但她笑了起来。

我顺着花草镶边的台阶往下走，带上花园门的那一刻我转身看了一眼，她站在原地观察，她显然想确认我走没走。下坡时我一路空挡出溜，到了下面我才打着火。

我被迷住了。神魂颠倒。我没有往回开，而是在最近的森林里停下车来做呼吸。我不断吸气吐气，直到我自以为气沉丹田，然后怎么来怎么去。我知道，我搞这些吸气吐气的把戏只是为了她。没有目标，没有目的，只有她。

当我第一周骑着摩托上去找她的时候，我感觉自己有备而来。我躺着，她站着。她站着呼吸，这是一种力量传输。我毫不费劲地模仿这一切。我感觉她在对我进行人工呼吸。她又把插着羽毛的小木板放到我的肚皮上，观察羽毛如何对我的呼吸做出反应。羽毛渐渐做出良好反应。随后，一个个的单词变成一个个呼出的音节，呼出过程变为单调的哼唱。然后用同样的方法把整个句子变为音节。世—界—变—得———天—比———天—美。

她咿咿呀呀，我跟着咿咿呀呀。小心碰撞，让气流在空气的软垫上滑行。第二周用音乐做同样的练习。通过呵气吐音。声音来自熟悉的曲调。流行音乐，歌剧，无所谓。随便来一首曲子。第二周之后，她说可以试着帮我。现在总是三天一个疗程。周六，周日，周一。两个月以后，她想听我讲故事。有关我口吃的故事。而且要我用咿呀学语的方式讲述，一边讲一边把字词变为送气音。尽可能地慢。来个宣叙调。来个哼唱。必须反复唱，唱到歌声不再与任何地方发生碰撞。我咿咿呀呀地讲述我的声带的故事，从我在孤儿院遭受的各种折磨到医生用可的松和抗生素对我进行的各种治疗。我不用害怕任何一个词，因为每一个词在出场之前都被包裹在缓慢的宣叙调和送气音里面。最后——多少周以后了——她要我为自己击鼓伴奏。双手击鼓。非洲鼓。用持续不断的急速击鼓为哼唱伴奏。两周之久。她不想谈费用问题。等我对自己的嗓子有把握之后再说。至少等到更有把握之后再说。

我可早就被她迷倒了。吸气的时候，海鸥的羽毛便开始冲我点头，吐气的时候，海鸥的羽毛以同样的方式点头。我有时会忍不住发笑，笑得羽毛发抖。然后她也跟着笑。

但是我不让她看出我对她多么着迷。这就像我第一次骑摩托车在山区走一个连续急弯的复杂路段。你享受你的全神贯注。你不能犯任何错误。过每一个弯道时你都能体会到你的动作是多么正确。如果在弯道里犯个错误，你将车毁人亡，在语言矫正师这里犯个错误，你将前功尽弃，把成功葬送在一个别扭的私人故事里。我体会到一种雄心壮志。在她那里，在我这里。我们是艺术搭档。不是缠绵的情侣。我们后来才成为缠绵的情侣，因为她说我行了。如果你服从你的嗓子，你的嗓子就服从你。现在她没法再为我做什么了。这时我才知道我成功地在她面前隐藏了我的感觉。我承认我为此感到自豪。现在我可以对她说，因为她在我这里、在我身上创造的业绩使我们变得兴高采烈。我们如此兴高采烈，仿佛我们共同攀登了一座四千米的山峰。现在我可以向她坦白一切。我甚至坦白，迄今为止我只知道爱或者说爱的相关活动是花钱买来的服务，因为我最怕自己找女人搭话的时候口吃。想赢得一个女人的欢心，但又结结巴巴，嘴巴做毫无意义的挣扎，你看见女人如何对你咧嘴诡笑，既觉得开心，又心生怜悯。完蛋了！

今非昔比。有了嗓子。有了女人！

我碰上了好时机，因为埃尔莎刚刚被人抛弃。那是一个让她无怨无悔的男人。德累斯顿人。不是直接来自德累斯顿，但是差不多。阿达尔贝特·冯·劳赫。

每当她说到这个名字的时候，我都感觉她很乐意说这个名字。尽管叫这个名字的男人给她造成了各种伤害。但是这个名字让她无可奈何。阿达尔贝特·冯·劳赫，贝迪。没有任何的蔑视或者苦涩或者愤怒，尽管这位先生对她已是坏事做尽。是的，他生长在易北河畔的一座小宫殿，父母被迫逃离。宫殿无人打理，当局任其颓败。现在他有权要回宫殿。但是他不想耗费一生去防止一个准废墟变成完全的废墟。他在对面学习了钢琴调音,随后在还可以离开的时候迅速离开了东边,投奔在拉文斯堡的表妹,作为调音师和钢琴经销商站稳了脚跟。埃尔莎请他来调音,他觉得她的三角钢琴可以扔了,他弄来一架新的,虽然是二手货,但音色充满诱惑力。她尚未付清所有的分期付款,阿达尔贝特·冯·劳赫就已成为她的男友,她的男人,她毕生的任务。他更愿意弹钢琴而不是给钢琴调音。一个长发披肩、行动笨拙的瘦高个儿,在民主德国度过了可悲的童年,没有享受过人生,人生欲望没有得到满足。他债台高筑,瞒不住之后他就溜了。比债务,比记在她名下的债务还要糟糕的,是他跟所有让他调音的太太淑女们睡觉。但孩子们——两个女儿——很依恋他。他是一个充满奉献精神、浑身上下充满童话气质的父亲。桑德拉和劳拉之间出现了一种再也无法消弭的敌对关系,她们相互争宠。看他更喜欢谁。劳拉是妹妹,但是身体要强壮许多,每当她不得不担心具有梦幻气质的桑德拉从父亲那里得到的爱的证明比她多,她就动手揍桑德拉,狠揍一顿。阿达尔贝特先是在南蒂罗尔落脚。来自南蒂罗尔的明信片。在位于海拔一千四百米的宾馆里做服务生。他说一旦把欠下的债务挣足就回来。拜托,提交离婚诉讼吧,我什么都同意。你的阿达贝尔特。然后就杳无音讯。离婚很顺利。她能偿还债务,是因为她的祖母死了,留下一笔钱。贝迪是一个无赖。从来都是。所以他的日子过得很舒服。一直如此。一个身为无赖的人在这个世界上至少日子过得很舒服,这是更高的公正。

婚礼之日的早晨,埃尔莎对分别为十二岁和十四岁的女儿说:我跟你们说过,千万别嫁打鼾的男人,千万别嫁你们所爱的男人。现在我做什么，我嫁给一个虽然不打鼾，但我却深深爱他的男人。她说这话的时候，我知道我永远不会离开她。

桑德拉和劳拉赞成我们结婚，调门一个比一个高。当然我此前讨好过她们。我详细地询问了她们都有些什么问题，同时让她们感觉到她们的问题比世界上所有的问题都重要。我很快发现我的话被她们当作耳旁风，她们更没觉得我了不起。桑德拉让我明白应该怎样跟她说话。我必须学一学。劳拉每次见面都让我感觉到我的理解力没有达到她的否定水准。

婚礼当日的中午，活动转移到山下的镇里。埃尔莎领导的两支合唱团在王宫酒店里联袂出场。它们分别是旺根声乐艺术团和拉芬斯堡才子合唱团。他们唱的是海顿的《四季》选段，《春》和《夏》。

我一直惴惴不安，担心会突然冒出一个知根知底的人来揭我的短。孤儿院里长大，参加共产党，被禁止从业，在特殊学校代课……没有人来。但是晚上有另外一支合唱团上了山。我的合唱团。我的摩托车课堂留下十个忠心耿耿的学生。骑摩托车是一种集体活动。但是我们的人数不能多于十一个。我们有约在先。退出一个才能进来一个。在我们的黑色皮夹克上写着：德国通[①]。下面是：业余合唱团，注册团体。这个我早就跟埃尔莎说过了，跟她坦白了。周五晚上总是协会的活动。在普夫龙根后面的森林里。烧烤，闲聊，唱歌。埃尔莎和我，我俩都有合唱团。她有好几个，我至少有一个。我算什么！是贾科莫搞的。没有贾科莫就没有合唱团！贾科莫是我早前发现的人才。有一次我去走罗拉赫山的三十一个弯道，在林道和沙伊德

---

① 原文为英语：German Insiders。

格之间发现前面有一个人在有滋有味地过弯道。两侧挂着两个硕大的、鼓鼓囊囊的鞍座袋，后座上还有一个大箱子。即便过最急的弯道箱子也不倒。这真是一个谜。我对罗拉赫山了如指掌。这是我的安全驾驶课上的必修科目。在两个弯道之间总有一小段直道。我想利用直道超他。他发现了。不给我机会。快到沙伊德格的时候，他闪到右边。格奥尔格——埃瓦尔德。自然而然地相互恭维。我：杜卡迪①！他：魔鬼②！我：裸车③！他：你是内行。我：我的职业。他：你是过弯高手。我：压弯角度不如你。他：一上直道就被你这100马力轻松甩掉。我：你多少马力？他：提升到了91马力。两人相互拍打对方的车头。

协会里其他人都比我小二十或者三十岁。贾科莫最多比我小十一二岁。他当时还叫格奥尔格。

投奔我门下有一个条件：凡是跟我学习如何玩摩托车的，我不想知道他的姓氏。也不想知道他的职业。但是每个人都必须在我这里接受安全培训。每个人都必须给自己取个名字。从我做起。我自称马龙④。取名德国通是我的建议。业余合唱团是贾科莫取的名。贾科莫担任指挥。他指挥得非常好，大家都猜测他受过专业训练。但谁也不可能跟他提这个问题。

我问他是否应该一起去喝一杯咖啡。他一脸严肃地看着我。然后点点头。坐上鞍形座，启动。但不再飙车，而是享受技巧。我们一

---

① 杜卡迪 (Ducati)，意大利名牌摩托车，生产总部位于博洛尼亚。

② 杜卡迪的一个型号。

③ 原文为英语：Naked Bike。

④ 该名源自马龙·白兰度。

起翩翩起舞。我紧随其后，他做什么动作，我就做什么动作。他拐进最近的一家餐馆，我也一样。我们下了车，讲彼此的故事。他说他正在去阿尔高的路上，那里有他的养蜂场。他在好几个地方都有蜂群，黑森林南边，莱茵河上游，特别是阿尔高地区的埃尔霍芬。他正在去埃尔霍芬的路上。一时间我跟他有点难舍难分。如果他是一个女人，我会说我爱上了他。我们的人生经历很相似。他因为恨家庭作业而进入特殊学校，然后溜走，在林中遇到一个养蜂人，随后留在养蜂人身边，七年以后继承了养蜂人留下的四十四个蜂群，如今他有了七十二个蜂群。对付亚洲的螨虫，他不用化学，而是用蚁酸。每个蜂群为他出产十五公斤蜂蜜。有的出产三十公斤。最后他引用爱因斯坦的话：蜜蜂灭绝了，人类也会灭绝。我向他描述如何在普夫龙根后面的森林里找到我们的大本营。我同时告诉他我叫马龙，而他也必须给自己取一个名字。他皱紧眉头。然后，几乎带着胜利的口吻对我说：贾科莫。我表示祝贺。他找到我们的营地，留了下来。大家都喜欢他。他让我们唱歌。我们因他而成为业余合唱团。他是指挥。最重要的事情：骑着摩托跑山道。在5月和9月。去蒙塔丰山谷①、上恩加丁②、多罗米蒂山③、伯尔尼高地④。一直往上开，开到公路的尽头，开到出现积雪的地方。我们还没有实现所有人都开宝马1200R这一目标，但是我们离这一目标越来越近。我不打磕巴地跟经销商谈判，把价格杀下来。我们不用付一万一还多，最多付八千。付款期限也很

① 蒙塔丰山谷 (Montafon)，奥地利境内。
② 上恩加丁 (Oberengadin)，瑞士境内。
③ 多洛米蒂山 (Dolomiten)，意大利境内。
④ 伯尔尼高地 (Berner Oberland)，又译伯尔尼兹山。瑞士境内。

宽松。我们踢开车支，松开离合，车头立刻蹿出，在一阵轰鸣中朝山上冲，重型摩托一个接一个，看见溪流从厚厚的积雪底下奔涌而出才停下，在这种时候，我们都有一种自由的体验，必须加以庆祝。烧烤，说笑，唱歌。

他们现在推着车，往教堂山上走。已经过十点了。埃尔莎的房子虽然地处山顶，但它并非山上唯一的房子，所以这有点打扰四邻的意思。但是埃尔莎已邀请邻居们参加这气势恢宏的晚间活动。十个男人坐在亮铮铮的摩托车上，一色的黑皮衣。他们下了车。我把他们介绍给众人。我首先得声明我们在合唱团里的称谓跟在外面不同。每个人都是自己选择的名字。然后马上自我介绍：马龙。已经有零星的笑声。在今晚，在教堂山上，小伙子们给自己取的名字显得前所未有地名副其实。彼得，秃鹰，猫，林戈，列宁，卡斯特罗，白银，阿帕奇，巴斯塔①，贾科莫②。我叫谁的名字，谁就用一个动作来表示自己就是呼叫对象。彼得张开双臂，仿佛要拥抱所有人。秃鹰让一只手在他的光头上方盘旋，仿佛马上要扔出一副套索。林戈高举双拳，这意思是：我觉得这里的一切都很棒。列宁抓住卡斯特罗的右手，然后手拉手举在空中。巴斯塔挥挥手了事。白银竖起食指指向自己。阿帕奇在胸前交叉双臂，郑重其事地鞠了一躬。猫的左手连同肘部正好打着石膏，他弯下腰，让为其秃顶镶边的一圈披肩金发飞流直下，然后他让打着石膏的手臂缓缓升起，同时直起身，直到其手臂笔直地指向空中，金色的瀑布重新垂落肩头。贾科莫玩笑似的鞠了个躬。

---

① 巴斯塔 (Basta)，意为“够了”。

② 贾科莫 (Giacomo)，意为“上帝保佑者”。

小伙子们如此突发奇想,我还是很高兴。我跟埃尔莎说了该说的一切。我们的聚会,我们的出游,我们在草料库的聚会,草料库是我们的家。现在她至少看出这是多棒的小伙子,我的“德国通”,又名业余合唱团。他们来这里唱歌。他们知道我要娶一个合唱队队长。他们唱的是《十二个强盗的传说》。贾科莫已经带着他们排练过。我不知道这首歌。贾科莫说这是一首俄国民歌。然后起调。但他没有站在队列前面,而是站在队伍的中间。他们看见他的双手在指挥。最重要的是:他们听见他的声音。他的男高音就像黑夜中的一道光芒引导着歌声。十二个强盗在茂密的森林里安营扎寨,他们的首领名叫库德贾尔,许多基督徒死在他们手里。他们杀人越货,直到一天夜里上帝唤醒了首领的良心。他们不再杀人越货。首领进入修道院,成为上帝和人类的仆人。

当时在场的人都明白了,我手下的摩托车手把我的婚姻看作其首领皈依的修道院。我相信,听到这个感人的故事,没有一个男人或者女人不眼噙泪水。劳拉立刻就表示想在秃鹰的车上过夜。桑德拉爬上猫的座驾。据说他是单手驾驶摩托车上来的,桑德拉非常好奇。

我当众承诺将继续留在合唱团。贾科莫带着前所未有的严肃神情跟我紧紧握手。这是他的一大心愿。从此以后周五的聚会我一次也没缺席过。周五晚上埃尔莎和她的才子合唱团在拉芬斯堡排练。当然我不再每个周五都在草料库过夜。但是我一如既往地跟大家一起进山飙车。当我为自己的嗓子担惊受怕时,我离不开这十个小伙子,就像在马戏团穹顶上的高空飞人离不开安全网。我和他们一起唱歌、聊天、喝酒、骑摩托车,或是周五在普夫龙根的草料库过夜,或是骑着摩托驶向高山峻岭——这是我的生活。埃尔莎从未产生一丝妒忌。小伙子们每年都来教堂山做一次客，而且总是在我们的结婚纪念日。这打破了与私生活划清界限的团规。当初贾科莫跟他们偷偷排练《十二个强盗的传说》的时候可能讨论过这个问题。我比小伙子们大二十到三十岁，可以破例。

但是埃尔莎会给小伙子们留下什么印象？

讨人喜欢。这是我所希望的。婚礼之后的第一个星期五埃尔莎成了讨论对象，她就像是一件事，一个难题，像某种不属于我们，但有权要求我们对其进行研究的什么事情。贾科莫定了调。他给出了关键词：她讨人喜欢。在这个没有等级制的团体里面，秃鹰总是跟在贾科莫之后第二个发言。秃鹰说，埃尔莎一刻也没觉得难堪，这让他感觉很舒服。只要有人在他面前变得难堪，他也会变得难堪。他对此深恶痛绝。随后他就恨让他难堪的男人或者女人。这种感觉在埃尔莎这里他一点没有发觉。秃鹰，这总是把脑袋剃得光生生的极端分子，发表如此高论，大家感到意外，也对他刮目相看。凡事总要知其所以然的林戈说，这个埃尔莎在家肯定是幺女，也就是最受宠爱的女儿，也就是想说什么就说什么，我行我素至今仍然决定她的举止。总是扮演沉思者的彼得可以用一句话概括：她很任性。巴斯塔喜欢粗暴语言，说什么都是不带感情，干巴巴地，他说：毫不做作，很好，还用说。喜欢表现刚正不阿的猫说道：听其言观其行。列宁和卡斯特罗听什么都点头。白银喜欢做饭甚于说话。第二天早晨我从营地一路高歌回到教堂山。没有谁必须接受考验，但每个人都经受了考验。那个埃尔莎，当时他们还这么叫她。但是在第二个周五和随后的所有周五她都只叫埃尔莎。她总是——其实这也属于违规——托我拎一篮子吃的给小伙子们。埃尔莎可以这么做，这证明她赢了。任何表明泄露个人关系的物品都不可以当礼物带给大家。凡是来自母亲或者姐妹或者女友或者妻子的东西都不可以带给大家。给大伙儿带来东西，必须是本人亲手购买或者亲手制作。但由于我已经是一个例外，我可以破例，把埃尔莎的东西带给大家。这事不必讨论。我非常高兴。我跟小伙子们的关系变得更加紧密。

然后事情就发生了。

原罪。

汽车追气球比赛。1999年，6月28日。主办方为巴伐利亚—符腾堡汽车俱乐部。隶属瑞士航空俱乐部气球组的无绳气球OMO在林道市政煤气公司灌满气。每一个汽车驾驶员都可以参加比赛。俱乐部成员的报名费为五马克，非俱乐部成员十马克。我是否可以驾驶摩托车参赛的问题主要由巴伐利亚汽车俱乐部决定。我可以。

头一天晚上埃尔莎在梦中惊醒。她梦见桑德拉陷入生命危险。埃尔莎再也无法入睡。早晨八点，在我驱车前往林道之前，她就给桑德拉打电话。是的，她昨天拿到了医生诊断。再度出现的甲状腺肿块必须马上动手术。埃尔莎想马上去慕尼黑，见桑德拉。我去林道。去参加追气球比赛。每次告别我们都很动情。我们总是长时间抱在一起。我们已结婚九年，我们每天都可以说没有一天没感受到幸福。一种源于我们各自人生经历的恐惧使我们的每一次告别变得更加动情。每逢作为知名的合唱团领队的埃尔莎带团去外地演出因而不得不在外地过夜的时候，我们告别时都紧紧搂着对方，仿佛大难临头。这种恐惧总是我的恐惧。好景不长，这是我的人生体验。所以我拥抱埃尔莎比埃尔莎拥抱我更热烈。我一生潦倒，是她救了我。但我始终察觉有厄运窥伺。埃尔莎因为两个女儿的父亲而遭了不少罪。这个倒霉的骗子给她造成的创伤随时都可能复发。这种时候我必须向她证明一切都已过去。我对她讲，这个阿达尔贝特·冯·劳赫会放老实点，不敢再露面。但在婚礼那天，她只能昧着良心嫁给我。绝不再嫁给她爱的人。她治愈了我的口吃。我跟埃尔莎学会了如何吸气如何呼气，但我心有余悸，生怕再次遭遇语言障碍。我能够说话，这完全靠埃尔莎。有时候，当她坐到车里，还没关车门的时候，她会说：我很高兴你选择了我。我说：我更高兴你选择了我。本来我很乐意把她带到旺根火车站。但她一次也没有坐上我的1200R的后座，哪怕只是试一试。她说：我背着你跟我的高尔夫偷情。你背着我跟你的大马力家伙偷情。这是玩笑。我们知道我们谁都不会背着对方跟人偷情。我们的人生经历以彼此为目标，我们相互认识的时候彼此都非常惊讶，让我们惊讶的是，我们是如此地天造地设。我们初次相遇时，她刚刚经历了巨大的痛苦。在第一天晚上，我们俩都做出人生很快活的样子。她说：我对男人的唯一要求，就是不打鼾。那个笨手笨脚的长发瘦高个儿打鼾。受够了。但是他很有音乐天赋，她突然以严肃的语气说。她不要求男人有音乐气质，但是他不可以没有音乐气质。没有音乐气质的人，没法交流。然后补充说：跟我。她在她的诊室里借助音乐、用成百上千的声音对我进行治疗。在我们的头一天晚上她告诉我：你的听觉很灵敏。你的嗓音很好听。我显然通过了考试。

她给我讲合唱团的事情，讲旺根声乐艺术团和拉芬斯堡才子合唱团的故事。这时我才告诉她，我在默辛根的昆施泰特文科中学做见习教师期间做最的成功的事情就是我负责的音乐辅导班，我还准备组建校合唱团。这事却被图宾根教育局成功阻止，我由此成为结巴。她说：你是我命中注定的幸运选择。不，我说，你才是我命中注定的幸运选择！我们互为命中注定的幸运选择，她说。

我感觉我必须放弃追气球比赛。桑德拉，我所见过的最内向的人，桑德拉要做手术。埃尔莎必须去。但不应该独自一人去。桑德拉会期待我站在她的病床边。桑德拉容易受情绪感染。她不断表示赞同。很明显，她认为这样一来别人也只能对她表示赞同。桑德拉的言行举止让我有一种感觉，仿佛她是我的女儿。她来看我们的时候，常常是埃尔莎早已入睡，而我和桑德拉还在彼此附和，彼此恭维。劳拉很沉稳，但是她的沉稳归功于她随时准备否定一切。她反对一切。桑德拉赞成一切。劳拉知道世上无好事。如果我说：劳拉，你太消极悲观，她就说：你太天真。说话时她不仅满脸通红，而且所有露在衣服外面的皮肤全都变得红通通的。她站起来冲出房间，我跟出去，她坐在床边，脸色煞白，仿佛浑身发冷。埃尔莎说，劳拉小时候曾多次因为受到反驳而出现窒息。所谓的心跳骤停。桑德拉无限的赞同意志和赞同能力显然与劳拉的否定力量同步增长。劳拉甚至能够当着我的面打桑德拉。也许她特别喜欢当着我的面打桑德拉。我没有干涉，这让她很享受。我每次都站起来走出房间。埃尔莎说，我没进这个家门的时候劳拉就打过桑德拉。有一次我对劳拉说，我不理解一个完美无缺的美丽的小姑娘怎么会打比自己大两岁的姐姐。她回答说：如果不隔三岔五地把这个档案管理员揍一顿，她根本就不知道世界上发生了什么事情。新陈代谢需要暴力。然后转身就走，让我一个人留在那里。

后来劳拉在奥格斯堡做幼儿园阿姨，和一个她自己从刚果带回来的非洲人结了婚。她也打他，但是他挨打的时候总是嘲笑她。莫伊兹做餐厅服务员，但一有空就来幼儿园帮劳拉。劳拉的幼儿园曾经受到表彰，这要归功于莫伊兹层出不穷的逗乐把戏。她也乐意承认她的成功要感谢莫伊兹。尽管如此，她必须时不时地揍莫伊兹一顿，因为莫伊兹从第三世界带来的拖拉德行让她实在难以忍受。

也许埃尔莎期待我跟着去慕尼黑。我不理解自己为何没有同车前往。

我骑着摩托，带着轰鸣冲下山坡，驶向林道。我向着阿尔卑斯山的美景一路行驶。6月的星期天给阿尔卑斯山提供了明信片上才有的光线。一条由蓝色山脉构成的地平线。一串带白色镶边的山巅。我们可爱的上帝是山巅镶边大师。

九点之前我就到了始发场地。参加赛前会议的有：气球驾驶员，裁判，汽车驾驶员。有人要驾驶摩托车参加追气球比赛的事情显然已经传开了。没人对我不友好，大家倒觉得我来参赛很好玩儿。裁判先介绍自己，然后介绍弗雷德·多尔德，气球驾驶员，然后介绍女医生西尔维娅·沙尔博士。沙尔博士今晚九点将在施迪夫特餐厅颁发四个含金量很高的奖。众人鼓掌。显然还不到四十岁的博士莞尔一笑。仿佛想说她知道自己天生是个大美人，她对此无能为力。一种天真无邪让她露齿微笑。裁判很高兴哈贝努斯先生也参加跟踪赛。在场的每一位都知道，每出一款流行车，哈贝努斯先生都会写一本书。现在他已经写了五十本书，印数三千万册。

作家立刻补充：只有两千九百万册。众人鼓掌，我也鼓掌。哈贝努斯非常开心地鞠了一躬。很明显，他有高人一等的感觉，但是他不让我们察觉出来。

交报名表的时候每人都得到一本活动手册。我们知道比赛如何进行。我把这些资料来来回回读了好几遍，直到我相信记住了所有的规则。我对埃尔莎说，我参加追气球比赛，是想借此让人注意到我的摩托车教练身份。这是我想出来的唯一参赛理由。我自己不需要理由。我读到一条消息：追气球比赛，这就够了。我对我的德国通小伙子们什么都没说。我担心他们会觉得参加这种庸俗的活动有点太那个。宝马摩托经销商自然是第一时间就对我表示祝贺。如果我获胜，宝马会来点大手笔，因为举办这些追气球比赛是为了资助国际儿童村。宝马销售代表对我表示祝贺之后，我才知道自己参加了一桩慈善事业。

比赛开始了。OMO加满气，充当压角阵的联邦国防军士兵从气球上跳下来。气球令人吃惊地快速飞升，气球框里坐着三个人：驾驶员、裁判、沙尔博士，他们的手没挥几下气球就已升空，就已飞跃房顶，继续爬升。当气球明白无误地朝内陆飞行之后，跟踪者才可以出发。虽然是湛蓝的天空，但有股西南风，不折不扣地把刚刚飞过房顶的气球刮走。幸好没有飞向奥地利，而是朝阿尔高方向飞。这对我正合适。等大家一窝蜂驶过城门跨湖大桥和郊外小镇之后，气球已经飞到高空，飞到前方。然后是可能决定一切的决定：气球现在朝东北方向飞，大家都可以受到诱惑，去高速路上跟踪气球。我假装没了主意，让人超车，这些人因为相信气球朝东北方向飞，所以驶入高速路。我没有拐入高速路，因为我想到一点，如果气球哪怕朝北方和西北方向吹走一点点，上了高速路的要开十公里、十二公里甚至也许十五公里才能到下一个出口，跟踪气球就不可能了。我不是唯一一个驶入乡间公路的。现在气球不在我们的前方，而是在右前方。随即就是下一个、不再完全如此戏剧性的决定：道路分岔。左手是旺根方向，右手是慕尼黑方向。我顺左道走。过了这个三岔路口也许还有十个或者十二个做出同样决定的追逐者。气球依然在我们右上方的空中。如果继续下去，我们还会穿过阿姆特采尔！但没有这样。不到旺根的时候气球就被一股风推向西北方向。就是说，要选择更小的马路。速度反正不是问题。我的速度表告诉我，气球在以五十公里的速度向前平稳滑行。在新拉芬斯堡飞越阿根河，这正合适。走高速公路的，等到最终能够向西拐的时候，只能在黑尔法兹过阿根河。根据一条规则，气球因为穿行云层或者在云层之上飞行而脱离地面视线的时间不可以超过二十分钟。暂时也不用担心这种情况发生。

我与一组相信小马路更快的参赛选手同行。我根本不想出风头或者挑逗汽车驾驶员飙车。我已经看到这里面有相当不错的赛车，也有跑得很快的品牌。我们这一组里有一辆路虎，驾驶员是那个五十本书的作者，还有两辆敞篷汽车和一辆红色日系车。

是不管什么道路、跟着气球走更好，还是沿着更好走的路朝气球飞行的方向开？

人们当然也可以顺着大马路跑到气球的前方，然后等着气球跟过来，但如果风向发生变化，它也许就不会去你等它的地方。我跟在路虎、敞篷车还有红色的日系车后面走。

森林很危险。你不知道在哪里钻出森林，穿越森林时气球可能会脱离你的视线。所以一定要绕着森林走。除非有一条标准的乡间公路伸进森林、穿越森林，而方向也差不多。

如果不小心，我会撞上走在我前面的红色日系车，该车紧跟着它前面的路虎。没想过超车，因为我们虽然还行驶在柏油路面上，但是马路太窄。每当我仰望气球，看见那三个脑袋越过栏杆，也许能看见我们的小人物的时候，我就情不自禁地想象自己不是在开车跟踪气球，而是在跟踪那个女人，那位沙尔博士。更糟糕的是，我在跟踪她的嘴。这张慢慢开启的嘴巴。她的嘴唇就像在慢镜头中一样从牙齿上剥离。她的双唇让人感觉仿佛在尽可能缓慢地展露牙齿。幸好我们可以做到开车的时候不去想自己正在开车。本能或者按部就班保证我们不犯错误。你会正确应对路面和速度的任何一种细微变化。几乎太短，这一头金发。一种挑战。这嘴吧，这牙齿，这种展露牙齿的方式，然后是这根剪得很短的金色发辫。辫子又跟皮夹克很搭配。她的皮夹克敞着，必然要看见她的紫色衬衣，特别是她的乳房。后来得知，这件浅米色的皮夹克是作家送的。

我能在这场追逐赛中获胜。当气球在野地里着陆的时候，开车的没法跟我比。我不能炫耀。甚至不能让人看出来。今晚她要颁发四个奖。我一定要做第四名。一定要作为最后一名得到她的嘉奖。

气球的空中飞行距离不能超过两百公里，而且最晚在四点降落。追逐者必须在距离已着地的气球两百米远的地方停车。如果有一个或者几个追逐者在气球降落之后十五分钟到达现场，气球就算被抓住了。如果没有一位追逐者在规定时间内达到气球降落现场，气球驾驶员就是第一名。每一个到达气球降落点的追逐者都必须让裁判填写准确的到达时间。如果气球被拉索或者固定绳索绊住，挂在什么地方，譬如说一棵树上，追逐者触摸一下树干，气球就算被逮住了。

气球从右面越过拉芬斯堡和魏恩加滕。这对我们也有利。这两个城市都侧重南北向交通。但如果从东向西走，它们就成了路障。周日也如此。

我们在新拉芬斯堡跨越阿根河，气球远在我们前方跨越舒森河，飞向西北方向。我对红色日系车扫了一眼，看见作家让其副手出主意，看在哪里并且以何种方式能够最快跨越舒森河。后者手里显然拿着一张地图。

我逐渐察觉到气球驾驶员如何设想追逐过程。他知道这一天的风预计从哪个方向刮来，风速多少。舒森里德、布豪、费德塞或者——如果是西风——绍尔高，也许还有某一处多瑙河洼地。这一地区布满沼泽。气球不会挂在树上或者电线上面。

我应该超过还在我前面的那三辆车、充满自信地为他们带路？不，绝对不可以。跟在他们后面，直到你发现气球驾驶员多尔德想着陆。当气球势不可挡地要着陆的时候，你就必须用好战术，以便作为第三名或者第四名到达降落地点。

就是说，你不可以通过最后一百米的赛跑决胜负。他们都比你年轻十岁。只有作家例外。他年长十岁。所以，虽然你可以作为第一名或者第二名到达降落地点附近，但随后可能有一个或者两个人超过你。

最后我几乎陷入了童话般的诱惑。风明显转向，气球不再朝北方走一米，它只朝西方，甚至是西南方向飞，最后正好飞越我的地盘。飞越位于威廉斯多夫和伊尔门湖一带的森林的时候它还飞过我的孤儿院。气球飞向普夫龙根湿地。

我对这一带的岔道和林中捷径了如指掌。如果我想做到达湿地、触摸气球的第一人，那是易如反掌的事情。触摸气球就意味着逮住气球。然后我就帮助三位气球驾驶员下来。也帮她。不行，绝对不行。我在威廉斯多夫顺着街角拐到一边，让那三辆汽车开过去。我不能做第一名。我跟在他们后面。他们也看出气球已经在下降，会在湿地降落。出普夫龙根那条马路是我们，也就是我们俱乐部很喜欢的马路。这条小马路，这条毫无瑕疵的柏油缎带，随着地势的变化起伏跌宕。道路两旁有成百棵桦树镶边、妆点。最后我谨慎驾驶，保证自己从树林边缘可以将湿地一览无余，观察降落过程，但等到两个追逐者冲向已经落地并且蔫气儿的气球时我再靠近。我开始冲刺，成为第三名。我把自己的赛手出发登记卡递上去。多尔德先生说：真棒。然后填时间，把时间写在表上，写在我的名字后面。抢先到的第一名是作家，第二名是一个开敞篷车的。气球驾驶者们从一个绳梯下来。用不着我帮忙。沙尔博士脚踩坚实的土地之后还故意试试这地面是否坚实，然后又朝天上看了一眼，说：上面的风可是够大的。作家，不赖：是啊，天使也受了点罪。我对他的句子远不如对她的句子那么欣赏。

出发。回林道。作家请沙尔博士坐他的车。她说：既然你是胜者。出发了。我没有取道威廉斯多夫，而是伊尔门湖，然后穿行代根豪森山谷。然后上格伦山。真正的弯道，现在我需要这个。我不假思索地、随心所欲地通过一个个弯道，差点被抛出去。感觉很好。在山顶停车，下车，眺望远方。伊尔门湖。森蒂斯峰。总算出现一道风景，远眺瑞士的湖光山色，一直到福拉尔贝格[①]。这些山峰我如数家珍，就像一个土生土长的本地小孩。跟贾科莫一起飙盘山公路，直冲云霄。我现在倒需要玩这个。我像拍打马儿一样拍打我的车头。我想冲向远方，冲向高处，冲上天。离开废话连篇的平原世界。随后又不得不想象作家开车穿过桦树林的时候把几百株白色的树干当作他的绝妙主意给沙尔博士展示！

① 福拉尔贝格（Vorarlberg），奥地利最西面的州。

随后还是乖乖地开回了林道。把摩托车停在施迪夫特餐厅前，换了一双鞋，把衬衣留包里。这儿有两座教堂，我走进其中的一座，让自己坐下来。人在教堂里面没有那么自我中心。我不可以想任何事情。我也不能想自己不能想任何事情这件事。我很不像话。这我感觉到了。我不可以像刚才那个样子。埃尔莎。沙尔博士。没有一丝跟沙尔博士有关系的迹象，她一点也没有注意到我，但是我，我没法不想她。所以我很不像话。

我当然不是穿着业余合唱团的皮衣去的，而是运动休闲装。在我这里，运动休闲装就是浅蓝色的牛仔套装。但是后面还得带上名牌箱子。里面放着那件已经看不出色彩的衬衣和轻便鞋。我没想好晚上回来还是在林道过夜。我把浅色衬衣和拖鞋装进箱子，没有让埃尔莎注意到。也就是悄悄地。

晚上大家在一张长条形餐桌上吃饭。汽车俱乐部主席某某博士致辞，向气球驾驶员和每一个随行人员颁发鼓励奖。驾驶员表示感谢。沙尔博士对我们四个获胜者进行表彰。四个奖盘，大小不同，上面写着颁奖原因。还有证书。我是第三名。她还对每一个获胜者说一句话。她对作家说，这一天肯定会出现在您的小说里面。她对我说，摩托车驾驶员总让人担惊受怕。您命大。祝贺！随后我找了一个保证可以看到她的位置坐下。然后开始跳舞。我坐在那里观看。她，身着紧身短裙，跳得很狂热。不论与谁共舞，她总像在独舞。我很注意自己的目光。不能让她注意我如何看她。在一个音乐停止的间歇，我站起来，对给我参与的机会表示感谢。我会珍惜这个漂亮的奖盘。说罢，我欠欠身，走了。有关漂亮的奖盘的那句话完全是对着她说的。说话的时候我高挑眉毛，还咧咧嘴。这意思是：我现在说的话不全是真话。

滚。立马去阿姆特采尔。我拒绝了葡萄酒。只喝啤酒，拜托，说话时我朝她看了一眼。她应该想到她刚刚恭喜我命大。我赶回阿姆特采尔，头顶的星星在激动地闪耀。

进入第一个弯道的速度就已太快。我需要被甩出的感觉。但这弯道没完没了，我感觉自己没完没了地被甩出。我脑子里在发生一起我无法承担的车祸。在这返程途中，我其实只想在空中飞，只想被抛向空中，只想得到拯救，摆脱那碍手碍脚的民事行为能力。我一字一顿地打造了一个句子：我永远不会离开埃尔莎。与此同时，我无法摆脱一个想法，即埃尔莎不能第二次被抛弃。我觉得这一想法很傻。我还知道，没有什么想法跟这一样毫无必要。

2

三天后埃尔莎回来了。桑德拉做了手术，埃尔莎筋疲力尽。彻底筋疲力尽。成功地筋疲力尽。帮忙帮得筋疲力尽。他东游西逛，嘴里念着西尔维的名字。一个穿皮夹克的金发女郎。他尾随过去。就像一条被气味吸引的狗。她的鼻子。一根鼻子就像一个想法。一个奇妙的想法，一个有条不紊的想法，笔挺得引人注目，而且很长，跟她的瘦长脸型很搭配，鼻尖并非锋芒毕露地，而是温和平静地俯视着形成反差的嘴巴。但如果你看过这双眼睛，这根非常安分的鼻子和这张很不安分的嘴巴就不再那么重要。没有一点痛苦或者忍受的意味。只是很内向。

电话簿里写着：她的诊所在毛利茨·贝茨大街。在于伯林根。他开车去了。蹲守了好几个钟头，希望她来，希望她别来。她没有来。

我没法再跟埃尔莎说话。我只是通过动作和表情回答。像一个聋哑人。对于我，两眼发呆并非全新体验。

埃尔莎端上各种茶，金丝桃、缬草、山楂。她的担忧我会承受多久。她很痛苦。她跟我说话，给我周身按摩，我不想非做出反应不可，我不想待在这儿，我不想为她的担忧担责任。

如果他做到又是一天不打电话，他就总结说：可以的。他不打电话。可以的。了不起。真了不起。他必须蒙骗自己，假装可以做到不给她打电话。但是他知道这只是自欺欺人。渴望牙痛。说到底：身体疼痛是公正的。

埃尔莎想寻求医生帮助，这时我知道必须自己采取行动。

他不得不打电话。他打了电话。占线。他得到了拯救。如果她接了，他该说什么？他打通了。秘书说：稍等。

她的声音。他，没话。

她说了两次：喂？挂了。

他马上重拨。可以毫不费力地让秘书明白怎么回事，假装遭遇了技术障碍，她给他接通了。

喂，我叫凯因茨，埃瓦尔德·凯因茨，在追气球比赛上我……

她的声音既不响亮，也不是特别地活泼：您是那位摩托车驾驶员。后来您很快就告辞了。报纸上对您赞誉有加。

我没有看报。

她说她很乐意给他复印一份寄过来。

不用了，谢谢，他说。他说他需要她的帮助。电话上说不清楚。

秘书告诉他一个门诊时间。此前她说过：好啊，凯因茨先生。看我的门诊的摩托车驾驶员是稀客。但是我从报上得知，您是摩托车教练。

到了门诊时间。上午晚些时候。在医疗中心。二楼。西尔维娅·沙尔博士。心理治疗。

我再次给埃尔莎提供做爱机会。在我第一次去沙尔博士的门诊那天早晨。我们还躺在床上，我更多是在床上躺着而非睡着。我已起来过了，现在穿着睡袍躺在那里。

我说：我的脚趾头。

埃尔莎：你的脚趾头怎么了？

烧得慌，我说。

她在想什么。我从她脸上看出来了。你能看一看吗，我说。

马上，她说。

如果她把我的一只脚拿到她手里，我就会脱下睡袍，就会赤身露体躺在那里，她就看见……但她不想看我的脚趾头。

当他进门的时候，一个满脸痛苦的女人正好从门诊室里出来。长沙发是房间里的主要摆设，绿色座套。他进门的时候她已站在写字台边上。一个光亮的形象。一件素色的、亮色的上装。不再是紫色的T恤衫，而是一件拉上拉链的夹克。脖子上一条交织着粉红和深绿色的项链。握手。他浑身一颤，就是说，他在真正用力握手之前将手抽回。他不想握她的手。她指向围绕一张茶几摆放的三张单人沙发，茶几的台面是马赛克。

请讲，她说。什么问题？

他说他也许再也没法说话了。

然后就沉默。她也沉默。所以他不得不接着说。但是他没法说。他做了一个手势，意思是：讲什么都没意义。

随后他还是说话了：我其实不再口吃了。但是现在，我来这里不是因为我口吃。

他沉默。

那么您来这里是……她等他说。

他无话可说。

好吧，她说，如果他愿意，他可以躺在绿色沙发上，望着浅蓝色的屋顶，然后……说话或者不说话，随便。

不，他说，他不想躺下，但是想在她身旁说话。他要对着这幅画说话，说着他指指墙上一幅很大的画。

是的，这幅蒙得里安[1]复制品是一个伴侣。

现在他知道他不得不说什么。既然他无法告诉她自从6月份那个周日以来他是什么状况，他就不得不从更早讲起，然后到这个星期天为止。他从曾尝试免去他的生命的母亲讲起，然后简述了他的一生。从奥伯比伯孤儿院，到图宾根大学，再到从业禁令、辅导老师、口吃、摩托车老师、来自埃尔莎的神奇拯救，最后是6月的这个星期天。自那以来他没法动作。他的妻子说过：抑郁。我刚才所说的远远超出我想说的范围，他说。

她说，本来她必须马上把他移交给一位男同事。这事她必须考虑一下。患者在长期的治疗过程中会对治疗者产生一种特殊的关系，这

---

① 蒙得里安·皮特（1872—1944），荷兰画家。

在心理治疗领域已是司空见惯。但是在第一时间就产生这种关系的现象并不常见。他是否同意他们一周之后再见,她好想一想怎么办。

一周之后她见面就问摩托车是否有单独授课。

当然有。

好,她想请他单独授课。摩托车,这一直是她的一个受到压抑的愿望。

那就先单独授课,如果效果好,下一次就去她那里门诊,回答她是否能够做他的治疗师的问题。

贾科莫也把一个问题摆到业余合唱团面前:马龙可以不事先打招呼就参加追气球比赛?

有几个人说:他当然可以这样。但是有几个——其中包括贾科莫和猫——说:他本来可以打声招呼。业余合唱团不谈必须如何如何,但是他本来可以打声招呼。我承认,贾科莫的招标提问让我很生气,我说我不知道为何这样,因为不知道为何这样,所以我在草料库里也什么都没说。但是我立刻承认我在一言不发的状态下并不好受。即便贾科莫不说这事我也会拿来说。我没有什么想隐瞒的事情,这点很清楚。同样清楚的是,这些事情报纸上都有报道。

就这样,我在草料库里顺利过关。我没说我通过追气球比赛得到一个女学员的事情,没说这对我意味着什么。我也没有因为再次沉默而产生片刻的内疚。

他通过租借方式给他的女学生弄了一辆G650。她开着一辆萨博来到训练场。他对时间进行了精心安排,训练场上就剩他们两人。他绘声绘色地警告她，因为这看上去很轻巧的宝马650力大无比。如果她过早松离合，车头会蹿起来，仿佛要把她摔下。他还从来没有因为自己骑上摩托而如此高兴。他将把她变成一个伟大的摩托车手。女博士爱上了这轻巧灵便的G650。至少她是这么说的。他们不再谈治疗的事情。但如果跟他学驾驶就是治疗？这个他没敢问。

这狂热的美好世界将轰然倒塌。尚未存在的一切都很美好。每一个尚未创造的世界都是一个幸福的世界。

路考她轻松过关，谈理论她比考官强。然后他们一前一后顺着盘山公路上了罗拉赫山，过了沙伊德格，他们随便找了个地方，高高兴兴地倒在了香气四溢的干草地上。

把埃尔莎排除在所有的祈祷和诅咒之外。不能拿她来乱比较。

现在埃尔莎为我做的一切都让我痛苦。我只好不断跟她做爱。我带着几分怒气跟她睡觉。我几乎不得不对她实施强奸。

然后，她在进入高潮的时候发出笑声。这是世界上最高级、最美好、最恐怖的笑声。每当进入高潮，总是这笑声。没有丝毫嘲笑的意味。世界上最轻松的笑声。是的，就是它。世上最轻飘的笑声。不长。只是轻松一笑。不是来自喉咙，而是来自心灵的笑声。这种笑声让我回到家，我只想待在这笑声里，不想去别的任何地方。

让未来的不幸发展壮大。

跟西尔维娅·沙尔博士打电话很简单。埃尔莎周三、周四、周五在合唱团，排练，训练嗓子，总是很晚回家。总是筋疲力尽。幸福地筋疲力尽。从没有比在她幸福地筋疲力尽回家时更好看。然后她就自动倒在我身上。有时嘴里还哼着歌。像是要巩固她的幸福。让这幸福再停留一刻。她想让我分享她享受了一晚上的音乐幸福。她制造的幸福。随后我知道：没有什么比音乐把女人变得更美。没有什么比这点更确凿：我们是一对。我们才是一对。周二上理论课的时候，埃尔莎有时来接我，我搭她的车。

埃尔莎驾车。突然涌起一股柔情。真想抚摸她。她为什么不驶入最近的林中路。

埃尔莎叫我吃饭。我们相向而坐。埃尔莎有所感觉，所以她不得不问怎么了。我说我有时不得不想那个沙尔博士。我说她是我挥之不去的念头。那就让她留在你脑子里，说罢，埃尔莎哈哈大笑。

我：我害怕自己别无选择。

埃尔莎，已经稍带怒气：我的上帝！

喝下第一勺汤之后，我：你的南瓜汤比世界上一切现存事物都美好。这种美妙的辣味？这可不是咖喱！她扯起她温柔的眉毛，目光越过她的汤勺看着我，说：姜。

我必须把你做的汤全都记下来，我说。你笑吧。这是我唯一可能服务于人类的事情。

后来我有时候可以说出如下句子：埃尔莎，我无法用语言表达我对你全部的爱。所以你永远不可能知道我如何爱你。

埃尔莎：我爱你的咏叹调。幸好我们不需要宣叙调。

埃尔莎，驾车经过阿尔高的时候：幸好有动物。我只能点头。她：没有动物我不想活。

接着又说：如果你不在的时候我又想你，我就听天使唱歌。如果我不想你，我就是聋子。

埃尔莎在她的草药苗圃的四周放了一些盛着啤酒的盘子。蜗牛爬进去,淹死了。

她第二天做什么,这要取决于蒲公英开了没有。

我们的混合肥料堆上没有任何非本地生长的东西。埃尔莎不允许把进口的水果皮扔到上面。

一个人可以自己诅咒自己吗?或者需要别人代劳?

如果西尔维娅·沙尔没有接电话,按理说他拨了第二次或者第三次之后就必须停止拨号。他知道自己会不停地拨她的号码。

埃尔莎今早告诉我,昨天夜里,当她听说神经疼痛让我无法入睡之后,她就对着我疼痛的神经发功,随后我就睡着了。今天早晨她把她剥了皮的葡萄给我看,说:我为自己做的。

我自然跟所有人一样。我也相信我遭受的痛苦多于我施加的痛苦。

埃尔莎,拜托,别这么看着我,仿佛我在你眼前。

我不说的事情比我说的事情越来越多。但说与不说的事情从未相距如此遥远。

我的感觉:如果我向一个人类理性考察委员会袒露自己的生活状况,他们会否定我进入了成熟状态。

总有一种需要,想从肮脏不堪的处境遁入典雅华丽的语言。把一切都说得比实际的好。这至少应该成为一种命运。

他知道，他可以。否则无人知道这点。这是最孤独的知识。罪犯的知识。他有犯罪意识。

被一个不能自已的动作重重摔倒，压瘪。

她刚刚感冒，把自己视为鼻涕工厂。这就是埃尔莎。

西尔维给他买了一部专用手机，以便他们可以在无人注意的情况下通话。

埃尔莎在图宾根参加为期一周的合唱音乐节，西尔维也在图宾根。在她父母家。跟两人打电话！

如果西尔维在图宾根，他打电话的时候就必须说自己名叫托比阿斯·施拉德。这是她的命令，命令下得很流畅，仿佛她一直都给所有往图宾根给她打电话的男人下这道命令。

谁都不可以成为赢家。因为不可以有输家。

西尔维：这一切都导向虚无，不可能。

他说：我爱你，她回答：好，谢谢，再见。她不是一个人。谁在她那儿？

宣布要实施强奸。埃尔莎假装抵抗。她先到终点。然后我。但通过自己的手。跟猴子一样。在她面前。这是最低限度的欺骗。

埃尔莎半夜三更突然说：说你需要我，否则我没法活。我：我需要你。

他们常常好几天依靠打电话。他们相互承诺，如果重新相聚在一间屋子里，一定要重复他们通过电话所做的事情。这是他的愿望。他认为他俩应该说到办到，以后打电话就知道对方在打电话的时候做了什么。

作家跟西尔维认识七年了。这听起来有美化意味。这说了这应该意味着什么，没有说是什么。认识西尔维之后，他不再写汽车，他只写西尔维。她跟作家又去了两家餐馆。她乐见作家一晚上都被她倾倒，而且还表现出来。他的膝盖不停地顶着她的膝盖。在第二家餐馆他们还并排坐在一张沙发长椅上。他的手在她的臀部摸来抚去。他的双手很有力。

当他表示批评的时候，她说：在你被所爱的人丢下不管的时候，出来一个双手有力的英俊男子，直到夜里两点都在表现如何被你迷倒，这种事情当然可以好好享受。

如果她问上剧院应该戴哪一根项链，他必须毫不犹豫地回答。她以美得不能再美的形象走进剧院，他功不可没。她在苏黎世如此美艳，如此人见人爱，这一定符合他的心愿。在作家安排的文化之旅途中。

走向不幸的故事永不停息。不成功的事情，永远不会被抛弃。作家可以随时找她，一年又一年。他开车到她这里打一晃，穿着浴袍，底下什么都没穿。她呢？这个她永远不会告诉他。

埃尔莎脱衣服的时候对我总有刺激。西尔维绝对禁止和埃尔莎睡觉。另一方面，她以心理治疗师的身份教导他，别再为了别人的缘故做什么，他应该只做自己喜欢的事情。我觉得这是变本加厉的冷酷无情。

占线。刚刚回来，她那里就又占线。听到占线的声音，又找不到原因，难免郁闷。

他在她那儿的时候，作家打来电话。整个房间都能听见他那些轻佻的提议。西尔维：内心负担已经压弯了你的腰。从未如此轻松，他大声说。蒂尔达，他的妻子，接受了一切。恭喜，西尔维说。然后是告别语：有客人。拜拜。

他不好意思提及这中间有多少性的成分。另一方面，不让性主宰一切，就根本没法谈这一过程。但既然到处都在谈论性，既然性是唯一的展示对象并且四处出现，他就不想再为性的无处不在助上一臂之力。

和埃尔莎做爱向来都是寡言少语。她的眼光，她的眼睛在体验我们做的事情。她的眼睛说明一切。她不说话。眼睛竟然可以发出如此光芒。她的眼睛为正在发生的事情感到自豪。

她很乐意把我当作一个她不得不拯救的人。从上到下给我擦桂皮油。我常常必须扮演入睡者，以便她能入睡。我等她什么时候告诉我在她的梦里，在那些充满恐惧的梦里发生了什么。她知道我在等待。如果你梦见我，我们才真正结婚了，我说。但愿别，她说。

西尔维，能说会道，滔滔不绝。只要这更多地源于天性而非意志，就是好事。可以肯定，埃尔莎是自然。西尔维是……文明。

我回来的时候埃尔莎坐在三角钢琴前弹她的巴赫。我明白了：没有埃尔莎，一切都是不幸。没有西尔维也一样。

她说占线是因为她正在跟她父亲通话。她的一句话打消了我的疑虑：幸好你跟我父亲不一样。

已经12月了，西尔维：如果他今年夏天不能创造共处的机会，她就不管他了。如果不赶紧——她无法用别的表达——行动起来，那就断绝关系。

如果电话不通，她有最简单的解释：淋浴，吹头发，没带手机。

她早晨醒来就有渴望。她的手已经在两腿之间。

昨天对埃尔莎说：我承认所有的乳房都能吸引我的目光。但只是因为它们使我想起你的乳房。

埃尔莎：你要是没说出来，这话就是真实的。

如果我走，就是你离开我，西尔维说。他：这话说得好。

最能说明他的状况的，是不像话这个词。他无动于衷地认识到这点。有一点害怕，怕有朝一日为此遭到毁灭。有一点希望，望未来比现在对他多一点理解。还希望所有人在内心深处都一样地反社会，一样地不合法，一样地不像话。

西尔维：没有说出来的句子快把我的嘴撑破了。

我很乐意帮你。

不能让埃尔莎注意到她必须保护我。你越想保护一个瘾君子，他越要以暴力挣脱。

她的汽车在那儿，自行车在那儿，厨房的碗里装着沙拉，没有拌，沙拉酱在杯子里，烤箱里有羊里脊，灶头上放着平底锅，锅里放好做土豆的橄榄油，已经削好、切好的土豆放在一边。但她人呢？

我渐渐注意到这房子变得空空荡荡。她的名字变成我的呐喊。我感觉到她的可怕优势。她胜利了。胜了我。我喝下一瓶红酒。我想表现出我的滑稽样，展示自己的真实状态。一瓶1988年的里奥哈陈年特酿红酒[①]。她知道，如果她如此突然地离去，我会出现滑稽举止。她受不了了。我从来没有必要编谎说我觉得她很美。她没再相信我的话。我很敬佩她，充满敬佩……

我试图向她证明她是最有价值的人。没有谁，不管男人还是女人，跟她一样充满价值。我没有别的表达方式。如果价值这个词还有意义，它就只能通过她获得意义。

我的思想从四壁返回。她在哪儿？现在她天天晚上往外跑。但我每次都知道，旺根或者马克多夫或者《犹大·马加比》。

好几个月了。但今天不是《犹大·马加比》。如果是《犹大·马加比》，她每次都跟我告别。还在我耳畔哼唱*哀痛啊，你们这些受折磨的孩子，被俘的犹大的后裔，在肃穆中哀痛着*[②]。然后紧紧拥抱一下，然后抽身。但是今天……她的汽车在那儿，她的自行车在那儿……

如果她跟我讲述被称作贝迪的阿达尔贝特·冯·劳赫犯了哪些错误，她就再清楚不过地向我讲明我在她面前可以犯多少错误。被他摸胸。贝迪走过她身旁的时候，伸手就摸她的乳房。习惯性动作，没

---

① Rioja Reserva，一种产于西班牙的红酒。

② 原文是英语：Mourn, ye afflicted children, the remains of Judah, mourn in solemn strains。

有任何意义。如果她说起这事，他就说她没活力。她明白了，他想象一个女人必须时刻准备好被激发性欲。哪怕想激发她性欲的人自己一点也不亢奋。他觉得擦身而过时摸一摸妻子很好玩儿。如果她的反应出乎他的预料，他就对她进行最严厉的责备。让她听到的话就是：如果你这样，我就走人。有的女人，他让她感觉到，你一触碰就会变得柔情似水，你也随之温柔起来，她随后可能变得更加温柔，等等。这是她所没有的生命，就是说，在他这里被扼杀了……如果她对他所谓的温柔表示不能做出他预期的反应，他就发一通议论，而这几句话在其议论中反复出现。

在她援引的例子中我更多地站在阿达尔贝特而非她这一面。但是我不敢承认这点。她给我讲这类事情，肯定是为了警告我。

现在她无法忍受了。她什么都知道。最糟糕的事情发生了。她再次遭受男人的欺骗。她通晓一切。凭感觉通晓一切。她无法再忍受了。她不想证明什么。她只是无力支撑了。她在无意之中向我证明离开她我没法活。别再什么西尔维。西尔维代表一切的可能。西尔维很棒。但是我不需要她。埃尔莎和我相依为命。没有埃尔莎就没有一切。

我可以继续疲惫不堪躺在绳索里。把酒精的面纱扯紧一点。我是一层用来包装腐烂商品的包装纸。我剩下的最后一点力气全都消耗于遮掩、隐瞒、谎言抵赖。埃尔莎前天说：她知道我永远不会对她撒谎，但是她无法相信这点。如果我们想共同生活，我就必须忍受这个，这是她唯一的愿望。

她不厌其烦地告诉我，她甚至向我坦白承认她没有撒谎的能力。过去她并不总是这样。但是她由于这个男人而失去撒谎的能力，因为她通过他体会到撒谎有多大的毁灭力。一旦受骗者认识到自己如何被骗、如何相信谎言、如何把谎言当作真实和纯粹，一旦受骗者恍然大悟，就不再相信别人说的事情。毁灭信仰的能力，这就是谎言的能力。幸好世上还存在某种与可以败坏的语言不同的东西，她随后说。即便她因为无法再相信一切说出口的话而不相信我说的任何话，但是她相信每一个动作、每一个表情、每一个眼神，甚至相信每一次呼吸。她通过这些体会到我爱她，体会到我多么爱她。如果屋里没有什么让她爱，她就去爱花园里的每一根草。她这么说。还说：如果我人在花园里，乌鸫太太就会一跳一跳地奔我来。这是她还在的时候说的话。

埃尔莎回来了。我什么都没说。她说，我只是因为她被一个女邻居叫走就把自己灌醉，她觉得这么做很可爱。被叫去救人。你认识她，那个齐莉。她丈夫把女朋友带家里来了。齐莉已经在刺柏丛后面的躺椅上过了两夜。但是现在天冷了。她把她安排到病人房间住。她还必须在她身边待一会。好安慰她。我说没有她我没法活。她捂住我的嘴。别说话，她说。随后她为自己随便外出道歉。齐莉已经做了二十二次化疗。还有十一次肿瘤热疗。然后他就把女朋友带到家里来了。

如果一个人说谎，别人又相信他的谎言，那是一件痛苦的事情：带着谎言过关。如果别人不信你说的话，你必须费尽口舌地捍卫谎言，而且白费功夫，这时你就可以让对方感觉你受到不公正对待。谎言最不适宜用道德来评价。谎言有生命。它制造出现实。道德所拒绝的，必须由生活来提供。

我只是一台谎言机器。我没有同时两面撒谎。差异给我提供了某种道德合法性。

梦：右边的门牙脱落。本来与人有约。现在不得不回绝。我只能用手捂着嘴把决定告诉人家。

打电话的时候他听得出来在她对面是一个男人还是女人。如果是一个男人，她对他展现的欢快情绪就总是显得很夸张、很虚假。如果是一个女人，她就一以贯之地用先前说话的语调说话。

亲面颊……这不是西尔维的风格。现在麻烦很多，这是她的风格。所以她撒了谎。哈伯努斯先生又来纠缠不休。所以要遭受更多的罪。

西尔维：他进来的时候我没有加快心跳。这是一个事先准备的、为他量身定做的说法。

我们谁也没法超越自身，以便俯瞰自己正在做的事情。

埃尔莎在露台上，晚上：紫罗兰晚间的香气更浓。然后：我把手臂当纱巾将你围住。然后：风和树林联袂举办一场音乐会，音色之丰富，大大超出预期。然后：鸟儿的歌声锦上添花。

只是因为我在倾听，她什么话都能说出口。她说：人躺在户外的时候，承认自己躺在户外就够了。我可以把这话往我身上扯。

随后她又说：幸好没有任何事情是真实的。

我终于说出一句话：香葱你越剪越多。

这是真的，她说。

昨天她把捕鼠器递给我。里面有一只小耗子。死了。现在我们受到了惩罚，埃尔莎说。

西尔维：我暴跳如雷，你却一惊一乍地跪在地上。

作家从未夸过她的衣服。但是她说她无所谓。她如此说话，这说明了一切。

说完，突然问：你知道我给你讲这事情的时候在做什么吗？刚才她没注意到，她说现在注意到了。她把手……

哪只手？他问。

……把右手从后面伸进裤子，把一根手指插了进去。

西尔维：我不会持续不断地骚扰你。

售货员看了一眼西尔维的胸，说：真没想到，36的裤子，75C的罩杯。

他在城里只看见一对对男的给女的打伞的情侣。他总是不能及时把头扭开。

她以什么口气跟他说话。居高临下——像治疗师——像护理员。他六十岁。作家七十二岁。

孤独是意识形态。孤单就够了。

他马上又挂了。她将明白这是他打的电话。所以她必须打回去。但是她没有打。18点10分，没通，18点20分，没通，打家里，没通，诊所，也没人。如果她还不明白！那就再打一次手机并且马上挂掉。他出两次丑了。她的电话向她报告这一情况。唉，算了吧。到注满热水的浴缸里去，划一刀，让血流干。

西尔维：锯神经的锯子。说着哈哈大笑。但是她把话说了出来。

埃尔莎排练回来总要唱歌，她不停地唱。如果她最终不唱了，她就说她一晚上只是让别人唱，自己却没有放声歌唱。如果她唱，她就……她就……她有一副好嗓子，她的嗓音发颤，房间跟着颤动，她的嗓子是一股暴力，一种力量，一种超大的力量，它把我举起来，通过这声音，我的存在得以扩大，哦自由，你是上等的宝贝，快乐的源泉，珍贵的宝藏，来吧，永葆微笑的自由[①]，一种使我散架、使我融化的甜蜜，埃尔莎，唱着亨德尔，我知道我不得不来埃尔莎这里请求避难。除了她这里，我不可能待在别的地方。没有她，就没有一切。没有什么比这种感觉更清晰。来吧，永葆微笑的自由。

在床上给我指令会让你高兴吗？要求做俯首帖耳状。很明显：他不是主动做这种事情的人。如果他纯粹投其所好呢？更好，他反问：作家实践过吗？她不想回答这样一个问题。答案一清二楚。

用一个陷阱问题套出她的秘密：她记得作家的号码。

三个，最多四个小时之后你就回来了，我们又在一起，现在却不可理喻地感觉被抛弃了。只是因为你和你那些男孩子在一起。你今晚给我解释一下我这愚蠢的被抛弃感，亲爱的。我现在非常脆弱，但不会持续下去。我马上拿亨德尔来麻醉自己。亨德尔，世界上最美好的麻醉药。我不得不希望我的依赖性的谷底深渊蛰伏着一股敌意，好让我在抵达谷底之后可以发动起来对付你。我不可以保持现在这种状态。所以，别怕，这会过去的。必然会过去。亲爱的。

她说话的内容跟她说话的口气如此契合。

---

① 原文为英语：oh Liberty, thou choicest treasure, source of pleasure, worth caressing。

你穿背心吗？说着就笑了，因为她知道他穿着背心。这是一纸判决。你靠边站。入她法眼的都不穿背心。那些人敞着三颗扣子的衬衣底下什么都没穿。那些人都亮出不穿背心的、尽可能毛茸茸的胸部。

他决定通过某种方式弄清楚作家是否穿背心。她想在早晨让人偷一会情。这是她说的话。

七年前，作家在头一个晚上跟她一起听了h小调弥撒曲。两人坐在沙发上紧挨着，膝头上放着总谱，音乐放到哪里他指到哪里。但是一只胳膊揽着她的肩。在这天晚上，作家还坚持跟她在镜子前面做。他称之为在对镜做爱。她在等我的时候进行自慰。在阳台上。太阳照着那地方。你以为你不在的时候我又找作家享受。

他本应问问她为什么将这个可能事件称为享受。

西尔维让他听作家为她朗诵作品的录音。他的新小说的一个选段。认识西尔维之后，他不再写汽车。一个五十九岁的男人和一个二十六岁的女人。然后他们在她的汽车前盖上做。下着雨。他听不下去了。过去他觉得跟所有人一样没什么不好。现在不行。

我不能再给自己买衬衣。买一件衬衣我要跑五家商店，盯着所有可以考虑的衬衣看，心里掂量埃尔莎会说什么。迄今为止，我只能为了讨埃尔莎喜欢而买衬衣。情况还是这样？

昨天，作家的舌头还是进了她的双唇。即便很短暂，并且只有两次。

如果他们通过电话，他不得不再给她打一次。真要接通了，他将无话可说。他不知道他为什么不得不再拨一次。但他按捺不住。所以他刚刚放下电话就马上再拨一次。她那边已经占上了线。次次如此。这给他们此前的通话罩上一层阴影。刚才她把通话朝结尾方向引。他没注意到。她在最后十分钟里说的所有句子现在都显出走向结尾的趋势。可能她现在就在跟她的作家通话。

突然产生一种清晰的感觉：你不再属于老实人。

埃尔莎总要赞扬点什么。如果刚好没有什么好赞扬的，她就赞扬自己的鞋子。今天她排练回来时说，我找到这双鞋了，我可以感到高兴。总之，找到这双鞋可是一件很棒的事情。

哈伯努斯，那位作家，一下冒出来。她报告说：我看见他，感觉到此前是怎么回事，是什么吸引了我。有些东西还历历在目。也许可以找回那种感觉。我不想找回。我被你占领了。然后就口若悬河。她的词语洪流。我想用词语来抚摸你，从腋窝开始。

哈伯努斯想带她去蒙扎[①]赛车。她说她不能一次把所有的事情拒绝。哈伯努斯是一个伟大的受难者。他认定她会跟着去。她没法说什么。如果那个忧郁的大男子主义者向她展示他如何受苦，她就晕了。他挣的钱之多，已远超人们的想象。这对她的重要性超出她的意识范围。

作家：我因为进入纯粹的忘我境界而摧毁自己的婚姻。仅此一点，他说，就可以使他重归无辜。

---

① 位于米兰北部。

作家拿不同的花朵来形容她的器官，最后称之为玫瑰，而且是一朵湿漉漉的玫瑰。尽管她没理睬，他却继续谈论玫瑰，多瓣的，红色的。她说她更喜欢阴道。他表示祝贺。

天边浮现一抹红晕，仿佛地球讲了一个黄色笑话。承受自己造成的后果的力量在减弱。

有道德痛苦吗？有。道德痛苦是人们强加给自己的。西尔维：跟他算是跟男人头一回。这是爱情的谎言吗？

埃尔莎的美与众不同。西尔维的美和许多人相同。埃尔莎的皮肤。大腿内侧。我属于她。我是她的作品。她造就了我。

进入她体内的时候，刚刚进入的时候，埃尔莎就会发出一声叹息，不，不是她发出声音，是声音脱离她的身体，这一声叹息是最最悦耳的叹息。没有比这更悦耳的声音。这声音脱离她的身体，从她微微开启的嘴里出来，不管谁在下面进入。这就是问题。你无法克服你的非唯一性。

我回来之后第一次目光交流。我不能对她说她被早前的痛苦削尖的脸变得越来越美丽。我们认识之后，埃尔莎变得越来越美。我可以证明这点。用我的感觉。

西尔维：掰掰我的小手指，好让我有点别的痛苦。

她来到白雪皑皑的阿尔高。因为缺氧，他要求外出散步。因为几个女儿在，他的要求得到批准。西尔维和他就躺在陡峭的森林斜坡上，地上铺着一张根本不够两人用的被单。

我陷入了不幸的爱情。爱上自己。

我不想跟自己结婚。

我不会承担我现在做的事情造成的后果。

新的丝绸睡衣，生日当天放到她跟前，最明亮的蓝色，她最喜欢的颜色。我把她的衣服脱下来，把睡衣给她穿上。她突然使用了她不喜欢的词汇。她说她想被我操。她说话的口气就像在表达一个虔诚的愿望。也许她在扮演这种氛围，因为没有这种气氛这个词她说不出口。所以她在模仿一个说圣诞节我想要一本《长袜子皮皮》的九岁女孩。

埃尔莎：你过生日的时候我送你自由。我：拒绝。

连续几年，她指挥的弥撒曲我一场也没错过。我不理解除了埃尔莎我还能受到什么影响。

西尔维跪着，用双肘支撑上身，不可能开得更大。爬上去……此时此刻有上百万的人在爬。不可能把自己想象成唯一的一对。这一场景只可能以百万计。

他隐藏什么就揭露什么。

我的鞋里总有埃尔莎写的纸条：不管你何时回来，我已在家。

我对埃尔莎的忠诚完全不由自主。一种来自内心的强制。

对西尔维反复。

对埃尔莎永远。

3

《犹大·马加比》演出前八天。在拉芬斯堡音乐厅。在演出前一周,外聘的歌手都到了,专业歌手。

埃尔莎和来自她的两个合唱团的歌手们排练了十九个月。演出前她想一直待在拉芬斯堡。她在瓦尔德霍恩饭店有一个房间。一个双人间。我不可以停课吗?不行。但上课之外的每个小时我都要待在她那里。日日夜夜。周一她开车进地下车库的时候把一辆停在那里的车的反光镜撞掉了。然后是第一个灾难。唱西门的演员周一因为暂时的不适没有出现。他完全垮了。他的同居女友跟他最好的朋友搞上了,两人飞到希腊,在克里特岛,他们想结婚。这是唱西门的歌手让人告诉埃尔莎的。他本人去圣加仑就医了,唱歌的事情就不想了。埃尔莎,当即做出决定:她本人来唱这个角色。她和乐队长一夜之间就把西门调整为女中音。她反正能背诵所有的角色。

他通知西尔维。她觉得这类诡计令人作呕。她说，在所有的派头中，艺术家派头最让她反感。她应邀参加国际心理分析联合会的大会，5月24至29日。在马约卡岛，福门托尔酒店。几天来她一直处于高压之中：问答最无关痛痒的问题她也要大叫大嚷。上午11点20分她将在马约卡降落。她应该穿什么去赴盛宴？晚宴前有开幕式。到18点。晚宴19点半开始。她总不能穿同一身衣服去参加开幕式和宴会吧？

埃尔莎为清唱剧的演出而奋斗。她早就脱离了我所能达到的水平。如果她对唱犹大·马加比的男高音说，说他唱延长的es却没有想到自己在唱延长的es，我就发现我跟不上了。男高音是一个韩国人，平时在奥格斯堡唱歌。她把我介绍给那些音乐家的时候有点难为情，因为她有一个不懂音乐的丈夫。他不懂音乐，但这不能怪他，她说，眼睛看着我，然后又说：对吧，你。这就是埃尔莎。

尽管我不是搞音乐的，但是当晚上只有我们两个人在瓦尔德霍恩的房间里的时候，我却必须给她讲述我听音乐的感受。她要求我准确描述，我雄心勃勃地努力满足她的要求。

她自己有许多话要说，我由此发现听她讲话比自己说话更为重要。十九个管弦乐队演奏员！她常常缺乏勇气，不敢告诉小提琴或者管乐，他们的演奏没有触动她。他们跟着乐谱走，演奏了上面所有的音符。尽管如此，她还是觉得缺点什么。她在歌队面前不会遇到这种问题，不管是男的还是女的，也不管是合唱队员还是独唱。她跟唱歌的近得多。纯出自然。她对男歌手或者女歌手所唱的有感觉，她知道他们什么地方可以唱得更响亮、更饱满、更贴近心灵、更温柔、更自负、更谦卑、更昂扬、更快乐。你唱得好的元音后面一定要跟上一个弱音，她喊道。没错，哈欠状态，但不是哈欠结束，而是哈欠开始！对于她，最糟糕的事情就是唱出来的东西让她无动于衷。根本不存在什么对与错。只有太多或者太少。她总想完美无缺。她说。对我。但是她说，她想要完美无缺，是因为存在完美无缺。每个人可以做到完美无缺。每个嗓音可以做到完美无缺。要求乐器完美无缺就困难多了。反正她降低了对乐器的期望值。她只能给什么要什么。她可以提高歌者的水准，这点她很清楚。每一个歌者都等待她。他们彼此打动对方，一股电流从她这里传到歌者身上，然后从歌者回到她身上，她感觉自己的使命就在于让这股电流生生不息，就在于加强这股电流，使之能够察觉自身，由此变得伟大或者美丽。如果一个嗓音体验到自身，它就会超越自身，就会咏唱自己。我们这些唱歌的全都心连心，她说。每当出现一段西门咏叹调或者西门宣叙调，她就跟四个独唱站在一起唱。起来，起来，你们要勇敢！一个崇高的事业，带领你们去到那被热烈向往的天堂。[①]埃尔莎的唱法不同于专业歌手。我直接听她唱。我试图向她说明这点。

西尔维说过，她一到马约卡岛就给他打电话。现在呢？她会对他说：我想到了你。没信号。老有开会的人过来……

当他跟她在一起、跟她一起出远门的时候，他总是给埃尔莎打电话，说一些安慰的话。如果拿通常的道德标准衡量，这些话很不诚实。但全都说出来了。由此可以看出对谎言和真实做道德区分有何

① 原文为英语：Arm, arm, ye brave! A nobel cause, the cause of Heaven your zeal demands。

价值。他的谎言有安慰作用。对于他，这比电话里说的事情更重要。如果你现在可以往留言机里说一些具有安慰作用的谎言……但是你在那里很高兴。高兴的人不打电话。很明显。倘若他们彼此有点什么，她现在每天都会拿一个两到三分钟的谎言供他使用。

她应该报名参加哪些分组会？她不理解为什么日程上提供早间会议[①]和上半天会议[②]。她应该听《创伤、记忆、移情》[③]？还是《在记忆和命运之间：重复》[④]？《自恋的诱惑》[⑤]也会使她感兴趣。如果他说他听不懂，她就吼叫：

需要你的时候就这样！

他还以吼叫：去问你的作家。她：他在纽约。

他发现他对西尔维的精神状态无所谓。

只要有空，我就坐在音乐厅里。之后回到瓦尔德霍恩，我俩单独在一起的时候，我别无他法，几乎要把埃尔莎掐死。我必须征服她。我必须对她做一些超出其意愿的事情。我必须折磨她，好让她感受到我如何爱她。我当然知道我的句子她听不进去。她对语句持拒斥态度。因为贝迪。从此一直这样。她不再相信自己的听觉。她的听觉又是如此灵敏。她可以马上把唱出来的东西解构为一个个的音，并且描述它们是如何产生的，本来应该什么样。凡是唱出来的东西都立刻进入她的脑子，都立刻经过她的脑子。她跟着震颤，跟着唱，还说

---

① 原文为英语：Morning Sessions。

② 原文为英语：All Morning Sessions。

③ 原文为英语：Trauma, memory and transference。

④ 原文为英语：Between memory and destiny: repetition。

⑤ 原文为英语：Narcissitic temptations。

应该怎么唱。此时此刻，她有追求完美的无尽力量。她把每一个声音都据为己有，给它指出通向完美之路。但说出来的东西在她这里没有机会。我说的东西。她向我道一万个歉。因为她不再相信，因为她什么都不再相信。只要是说出来的东西。她很清楚这应归咎于她，归咎于她的第一任丈夫，他用实际行动摧毁了她的信任能力。她原谅他，因为他是酒鬼，是瘾君子。

（今天）第四十九次听电话录音：您没有新的留言。尽管他知道没有新的留言，他依然要接听四十九次。不这样不行。一个十秒钟的电话将会改变一切：我想你。这样多好。现实不是这样。

埃尔莎往她的歌手们跟前跑了一百来趟，给他们轻声指导，同时做示范。她的本事有多大，看看男高音就知道。男高音有一副好嗓子，但是音量不大。如果她告诉男高音，他唱的宣叙调应该让以色列人想起自己的历史，激发他们的勇气，刚才他唱的时候仿佛自己就充满以色列历史这种激发勇气的力量，但随后的咏叹调召唤力量吧，我的灵魂，哪怕实力悬殊也敢于应战[①]，这几句来来回回唱十遍、十二遍的歌词只剩下音乐，可以说必须非理性地演唱。歌词的重复并不意味着音乐的重复。音乐一浪高过一浪。我们变成了心潮澎湃的见证人。必须战胜人数占优的对手。马加比统帅的声音往上走，一次比一次更响亮，每次唱到召唤力量吧，我的灵魂，敢于应战，听众无可奈何，以为没有比这更高昂、更澎湃的嗓音，不料随后的声音更高昂、更

---

① 原文为英语：Call forth the powers, my soul, and dare the conflict of unequal war。

澎湃，甚至更响亮。最后一个敢于是全剧中最响亮的音。在这一刻，我们也体验到亨德尔如何心潮澎湃。对我们来说一切都无所谓。除了音乐。除了亨德尔的音乐！

她这样讲话，但始终轻言细语，她不想教育谁。她说给自己听。奇迹——不说奇迹都不行：只要她跟男高音嘀咕两句，男高音随后便判若两人。更有力，更有内涵。一浪高过一浪。没有重复。只有更高。第二天奇迹再度消失。埃尔莎再次走过去。奇迹重现。然后它甚至成为永驻的奇迹。男高音自己都感到意外。同时感到高兴。这似乎变成了一个节日。

埃尔莎出门的时候我躺在床上落泪。跟当初听到练习曲的情形一样。听她演奏练习曲，我没有一次不落泪。不知道为什么。她弹莫扎特的时候我从无必要落泪。

没有埃尔莎，一无所有。没有埃尔莎，西尔维也一钱不值。这话要反复对自己说，直到理解为止。然后你就信了。

她：23点35分：晚安，宝贝。累垮了。房间里没有信号。阳台上每个字都嫌吵。蟋蟀可以。晚安。我爱你。

直到周二他都将通过手机呼唤她，就像昔日人们呼唤上帝。她的手机将跟昔日的上帝一样懒得回应他。

福门托尔酒店：我现在去吃早饭。半露天状态。真正的诗情画意。我想你。现在在我房间外面的阳台。所以，宝贝，我的心与你同在。还可能在哪里！ 11点35分。短暂休息。国际心理分析联合会大会：今天的题目："回忆，重复，连续工作"。那就是弗洛伊德。我必须去，宝贝。希望晚上再通话。

零点：我渐渐学到点东西。今天先是《神经精神分析学》[①]，最后是基尔克·奥斯丁博士：《记忆和快乐》[②]。你记住：变痛苦为快乐是自我建构的必要前提[③]。明天还是他：《享受和嫉妒——二者的起源和动力》[④]。宝贝，我要对你讲的事情比你想知道的多。

六点半：宝贝，一千多个心理分析师。每个报告人都先面对弗洛伊德的半身塑像鞠一躬。塑像矗立在舞台一侧的鲜花丛中。今天心理分析的范式是什么？它需要一个范式吗？宝贝，我只是洗耳恭听。听讨论。我把一切都说给你听。别激动。你六十岁的人了，你都六十岁了！一个小小的暂停。不是别的什么！

他要向她证明或者令人信服地表明他不需要她。他可没有必要对自己逆来顺受。像一只等待主人的狗一样蹲守在手机旁边。

今天埃尔莎首次让他们不间断地唱第一幕。她讲述这部清唱剧的故事，周六她将以同样的方式讲述。她还对站在合唱台上的歌手们说：从今天起不能再出现声带小结。对乐队：别来肌腱炎。她一开始就说英语。她不想念稿子。她显得目标明确。也毫无野心。完全就事论事。当我听她说话、感受她的一言一行的时候，我感觉到晚上不能对她讲我对她的印象。我为什么没有一种可以向她描述其影响的语言？

尽管我一定很熟悉她在最后几次排练中的精神状态，我却一天比

---

① 原文为英语：Neuropsychoanalysis。

② 原文为英语：Memory and pleasure。

③ 原文为英语：Transformation of pain into pleasure is indispensable to the ego constitution。

④ 原文为英语：Enjoy and jealousy—their origins and dynamics。

一天更糊涂，不知道自己应该如何做人。

晚上我们在房间里用餐。晚上她不想跟演员们在一起。大家聚在一起就聊白天取得的成绩。她已筋疲力尽。我没法对她讲我在白天的体验。通过她。她当然知道我在昆施泰特文科中学从未排练过如此宏大的音乐。昨天她说，她还从未经历过比在排练《犹大·马加比》期间跟我在一起那些日子更幸福的光阴。

福门托尔酒店的露台早餐厅：基尔克·奥斯丁朝这边看了一眼，他的目光表示，他就是跟她睡觉的那位，她就是跟他睡觉的那位。她迎接他的目光，用她的目光证实他的目光。可以肯定，那四百个或者一千两百个参会者全都会看到这一幕。这一刻在这座建筑里的所有人都被他们的目光交流所感动，如果不是受到震动的话。

6点20分：费了老大劲儿听了你的五个或者六个留言，宝贝。我不能再这么叫你了。有时很可能出现两人几天无法真正交谈的情况。大会吸引我，这我承认。我受到大会邀请是埃梅里希教授的功劳，教授以令人感动的方式照顾我。让我听到最重要的内容。向许多人介绍我。各国的都有。神经化学和心理分析的冲突应该得到解决。核磁共振断层成像照片表明，心理分析导致脑部发生变化。我给你细说。

西尔维：我和你一直心连心，即便我身处另外一个需要我全神贯注的世界。我不理解你怎么有大难临头的感觉。好吧，我有点着迷，有点着魔。那又怎样！如果基尔克·奥斯丁不出现在你跟前，你就理解不了。如果他出现在你跟前，你就会理解我的经历：着迷，着魔。基尔克信任她。她感觉她必须捍卫这点。他可以描述当时的各种心情。她知道，这会伤害他。她不想这样。所以她什么都不能说。两人都认为可以想象他们之间可能会出现严肃的事情。最可怕的是：

你会喜欢基尔克的。

那边9点45分：他们还坐在那里。要了葡萄酒。她说了，葡萄酒她懂得不多，但是懂一点点。主菜来了。

也许餐后甜点已经来了。只要你们到了卧室，他就不再听了。并不是他渴望最大限度的痛苦。现在只剩下最大限度的痛苦。胸口憋得慌。没有吐出的渴望。极端的欺骗。变得狂躁的期待。事实的坚硬。世界的分量。该付账了。你请客。基尔克·奥斯丁博士不允许。快十一点了。晚安，亲爱的西尔维，睡个好觉。

忠诚，这不是一个词，而是黏合剂。埃尔莎说过。也许是贝迪的话。

西尔维骗了他。为他好。他只是太乐意被骗了。我觉得我们干得好，她事后说。过去她会说：我觉得我们做得好。

圣灵降临节——演出的日子。埃尔莎是玻璃做的。非同寻常：音乐厅。一个自在的大陆。埃尔莎在她的音乐家面前。黑色漆皮皮鞋，黑色裤子，不太长，可以看见朱红色的袜子、朱红色的真丝衬衣，衬衣上面套了一件黑色毛线背心。埃尔莎不想穿任何散发金钱气息的东西。

我们，桑德拉、莫伊兹和我，坐在第七排，117，118，119。五六十位歌手走上又高又陡的合唱台。然后是演奏员。然后是独唱。最后是埃尔莎。掌声。她已站在谱台前面。她转身面对观众鞠了一躬，鞠躬的时候展开双臂，示意在她身后落座的起立。音乐厅座无虚席。他们不得不把楼厢也打开了。埃尔莎为音乐会揭幕。一个红与黑相间的现象。所有男歌手都打白色蝴蝶结，所有女歌手的左侧，可以说在心口上面都有一朵白色的真丝玫瑰花。

埃尔莎说：尊敬的女士们，尊贵的先生们，我们所演唱和演奏的作品，在1747年，也就是两百六十年前，在伦敦的考文垂花园剧院首次演唱和演奏。每当我演唱或是听到这音乐的时候，我就到了考文垂花园，有时这音乐让我对一切视而不见，我整个的人都在伦敦。就这么回事。

哀痛啊，你们这些受折磨的孩子，被俘的犹大的后裔，在肃穆中哀痛着……哭泣吧，受压迫的孩子们，犹大民族最后的抵抗，哭泣吧……

埃尔莎能背诵全部的歌词。但她是如何站在那里说*哀痛啊*！她随后陷入沉默，她的站姿和她的沉默把我们带入了历史。然后她很快说：

哀痛啊，你们这些受折磨的孩子，被俘的犹大的后裔。

我们用英语唱。这样语言和音乐更好交融。但是我们的头顶上方有德文字幕。有时一条德文字幕停留很长时间，因为亨德尔让歌手唱十遍。每一次都不同。这是真正的情节，音乐。剧本的情节很简单。犹地亚被敌人占领，以色列的统帅死去，犹大·马加比继承统帅职位。敌人数量占优，只能凭借内心力量才能取胜。马加比战胜了形形色色的敌人。后来，在取得胜利之后，以色列使者从罗马回来，报告说罗马世界帝国保证犹地亚在未来的安全和独立。我祝愿你们获得心灵的享受，尊敬的女士们、先生们。鞠躬，转身，再次转身：对了，我们的男低音受到……受到……命运的虐待，以致现在无法演唱。我试试唱西门，他的角色。再次转身，给出启奏信号。左手负责拍点，右手负责表情处理。

埃尔莎讲话的时候，女高音两次擦鼻涕，这让我非常痛苦。看她如何两次小心翼翼地把手帕放进乐谱！

埃尔莎如何推动序曲！像在推动一个推不动的重物。但是不能放弃努力。我感觉到自己在盼望它动起来。它随即也动了起来。一个没有重量的运动。一个自在自为的运动。刚才是一大堆沉甸甸的音。现在却翩翩起舞，仿佛不曾有过沉重。但它再次遭遇沉重。听着像是一次又一次的撞击。然后再次得到拯救，变得轻盈。感谢上帝。感谢埃尔莎。我把这直接感觉为埃尔莎的功劳。她撵走了沉重。音变得稳定而轻巧。它们不可能再受任何干扰。啊，埃尔莎。你撵走了沉重，随之来一场运动节日狂欢，这符合你的风格。现在开始歌唱。没有一种悲伤、没有一种绝望不唱出一丝希望。随后越唱越高的几个词成为纯粹的歌唱，重新获得他的爱[①]，主的爱，不言而喻。埃尔莎转眼之间站到几位独唱的身边，放开歌喉：我感到神在我心[②]。歌声使我心旷神怡。尤其在唱咏叹调的时候。起来，起来，你们要勇敢！

---

① 原文为英语：regain his love。

② 原文为英语：I feel the Deity within。

一个崇高的事业,带领你们去到那被热烈向往的天堂。

作为西门,她让马加比深受感染。现在这位马加比乘着歌声的翅膀飞向空中,飞离自身,飞入这个献给上帝的角色。我的胳膊、我的力量将赢得这场敌众我寡的战斗。这句话他唱了几十遍,一次比一次更响亮。他杀敌制胜的武器不是别的,而是歌唱。韩国人的最强音进入自我陶醉。音乐开始讴歌自由。哦自由,你是上等的宝贝,快乐的源泉,珍贵的宝藏,来吧,永葆微笑的自由。这部清唱剧纯粹是自由在演奏音乐。我们应该获得自由,应该通过斗争获得自由。但是,从讴歌自由的方式我们听出必将获得自由的信念。此时此刻,只剩下音乐在行动。我不得不承认我每一秒钟都在欣赏埃尔莎。她在指挥,我的呼吸跟着她的指挥走。现场发生的一切都是她的所为。她张开右手。五指叉开。小指与其他手指相隔最远,它绝对不再是最小的指头,因为它做出最最重要、最最细腻的动作。这只手垂直向上,掌关节以上弯曲,由此,单根手指所做的一切变得更引人注目、更鼓舞人心、更扣人心弦、更汹涌澎湃。她的左手则保持平静。它和肘部浑然一体,它从肘部汲取力量。它总是向上伸展。它一升一降,以推动更大的乐句。但是她的双手和双臂总要时不时地一起动作,以便歌队和乐队达到人们所希望的任何高度、任何力量和美。女声合唱!啊,女声合唱!听着就像一个嗓音,标准的女声。是埃尔莎让这个声音攀升。是她用双手的力量把这声音变成一股直冲云霄的力量。

男声合唱也在进行,但必须刻意留神才听得出。男声合唱当然与让我们站立和行走的大地同等重要。我们也不会自行注意到大地。

中场休息。

我们鼓掌,歌队鱼贯退场,乐队其后,埃尔莎最后。莫伊兹在冷餐台边表示非常高兴，因为这个宏大而温柔的音乐让他变得唇干舌燥。他马上要了两扎啤酒。桑德拉什么都不想要。她说感觉无所谓。我可以喝点东西，也可以什么都不喝。我对桑德拉表示歉意，然后要了一杯啤酒。莫伊兹摇头晃脑，就像一条使劲抖水的狗。牛掰，真牛掰，他说。这是一部清唱剧。然后说到劳拉。劳拉拒绝来看演唱。莫伊兹说劳拉说厌烦清唱剧。他马上又想避免劳拉的话对其本人产生不利。他爱劳拉，他希望我们也爱她。由此他过渡到他的话题。劳拉是一个种族主义者，他说。她把他从刚果带来，只是因为她不敢揍白种男人。不揍人她没法活。所以她揍他不是因为他是黑人，而是她需要一个可以随便让她揍的男人。她想到揍一个有色人种风险没有那么大，这一想法并非如此愚蠢。他能忍受，只是因为他知道她爱他。她爱得发狂。他也爱她。也发狂。他们可能是整个奥格斯堡最幸福的一对。如果不是整个巴伐利亚最幸福的一对。

莫伊兹对着我们说话的时候桑德拉偶尔看着我。我表现出高兴的样子。或者说我应该如何高兴的样子。桑德拉期望我如此表现。她对自己也是这种期望。如果我跟桑德拉单独在一起的时候，我就说，谁都会喜欢莫伊兹，也都喜欢劳拉，但揍人和挨揍成为他两唯一的生活话题，这实在可惜。桑德拉自然而然地：她百听不厌。一个人老是讲自己的同一件事情，这是真实可靠的保证。每次听不同的东西很无趣。

四周都是受到音乐祝福的听众，手里虔诚地端着杯子。所有人看起来都与先前不同。这些连衣裙。有些连衣裙给人一种印象，似乎穿连衣裙的女人想被人忘记。丝绸褶皱和夸张的镶边衬托着流光四溢的半身塑像……到底有没有男人？

第二幕的故事埃尔莎用一句话概括。然后第三幕。

直到，犹大啊！和圣歌、基路伯和撒拉弗和谐共鸣。哈利路亚！阿门[①]。

然后……巨大的安静。沸腾的安静。

歌队，男女歌手，还有音乐家、独唱以及埃尔莎，他们比观众需要更多时间回到拉芬斯堡的音乐厅。是观众的掌声将他们召回舞台。他们承认这点。做出相应的回应。唯有埃尔莎与众不同。她犹如置身滂沱大雨之中，这场雨虽然令人惊喜，但是你可以感觉到它受欢迎的程度超出了人们想表现的范围。她不断把掌声引向独唱，引向乐队，引向歌队。如果让自己享受掌声，她就张开双臂，仿佛想以拥抱的方式接受掌声。

然后庆祝。所有相关人员手里都拿着杯子。乐队演奏员跟专业人员一样站在那里。男女歌手像得到礼物一样站在那里。独唱站在那里像是来访的客人。埃尔莎扑入一个又一个的拥抱之中。

她在我的右臂中入睡，之前还说了一句话，更多地是自言自语而非对我说：三个小错误，合唱两个，乐队启奏一个……来吧，永葆微笑的自由，她一边哼唱一边入睡。没有什么事情比看着一个幸福的人入睡更美好。

---

① 原文为英语：oh Judah! And in songs divine, with Cherubim and Seraphim harmonious join. Hallelujah! Amen。

4

埃尔莎：所以你终究不是天主教徒。你没有赞美的天分。你一点也不赞美我。

我伸手抓她，很用劲。我预感自己要口吃。但我成功地摆脱了口吃，说：我有什么天分！但是我有跟你做爱的天分……

她立刻堵住我的嘴。

我与她做爱。事后她说：跟你做爱，需要比唱h小调弥撒曲《羔羊颂》更多的肺活量。

冷血动物。我是冷血动物。还有谁？谁也不认识。也许我是唯一的冷血动物。目前。

西尔维：我俩还没有一张真正的合影。只有基尔克搞的一张自拍，他的另一只胳膊揽着我。

奥尔弗斯：他失去了西尔维，接收着西尔维的不是死亡，而是生命。

一切女性的都使他想起她。这意味着：她占领了女性？

每一辆行驶在他前方的车辆号牌他都要研究一番，看看跟她的号牌有何关系。看到上面有她的字母和数字，他感到痛苦。没有发现她的字母和数字，他照样痛苦。

说这无法忍受，然后却忍受了，很可笑。

西尔维：基尔克·奥斯丁博士，第一个有前途的男人。

基尔克曾被妻子欺骗过。已经过去的事情他不想再次体验。她应该成为那三个孩子的新母亲。具有律师水平的表述：他相信我，我必须保护其信任，以免它遭遇新的失望。

汉诺威[①]是一个可爱的小城市。仿佛来自十九世纪的瑞典儿童故事书。在森林中蜿蜒流淌的康涅狄格河多么美丽！如果我可以说一句：来看看我们吧。新罕布什尔值得走一趟。

这一堆安慰人的废话他还要听多久？他还要让人操控多久？一个女性操控高手。

她是一个极限运动员。他知道他们一起做的事情。通过那位青年男子又添加了一些内容。尽管说吧。别想回避什么。被回避者要报复。

你学会了白天如何对付灾难。她早上的进攻不同于中午，不同于晚上。

你的阴道让我厌恶，这话他一天之内不止说一次。这不是卫生方面的厌恶，而是心理厌恶。这是爱。由于爱，他不再想跟她的阴道发

① 位于美国新罕布什尔州。

生关系。

他应该跟作家打电话，问他是否也还接受服务？行动，屡试不爽的行动：你手里捏鸡巴。

然后她的评论：我知道，我做什么都不会合你的意。

然后她自责，说不知道绝望是什么滋味。

然后加一句：如果她辅导十三岁的丹尼做家庭作业，他就让她注意到他已勃起。

我想请埃尔莎给我犒劳心灵的肉菜卷。当初她必须克服与阿达尔贝特那段历史的时候，她希望自己得到心灵的肉菜卷，以便从体内拔出过去的毒素。

他戴着酒精制作的面纱，作为他的遗孀，他应该这么做。他去墓地对自己表示哀悼，墓里埋葬着他的渴望。

练习：无声无息地中止。在飞奔中静止。要求自己赞同从此无欲无求，可以对自己提出这一要求。

昨天又是一个埃尔莎的例子：一头健康的母羊不让非亲生的羊羔吃奶。现在给羊羔们注射荷尔蒙，以蒙蔽母羊。说谎的荷尔蒙，埃尔莎说话时看着我。我应该表示赞成或者反对。我发现我宁愿口吃也不想被如此审视。

她飘飘然。我瘫倒在地。

她说她在贝迪时代跟常春藤交上了朋友。还有青苔。它们答应不伤害她。而且信守诺言。然后我模仿她，说：我想做一首民歌。

埃尔莎：我甚至相信你的这句话。

但随后用她唱歌的嗓子：加油的时候必须关掉暖气，阿达尔贝特连这个都不知道。

埃尔莎，求求你，传染我。

拿你的高贵气质传染我。

你是一位高贵的女性，这一事实再清楚不过。

昨天，我们散步，你：走过森林还可以产生一种感觉，仿佛它们不属于任何人。

埃尔莎讲话的时候总是像一个还要活很久的人。其实是永恒。埃尔莎在窗边：依我看不必再停止下雨。

5

人人都在前进。你没有。你在有生之年不会再前行一步。你过去怎样，将来还怎样：渺小，小气，自私，一文不值。你的主要感觉：妒忌。所有人都比你年轻，比你好看，比你富有，比你健康，所有人都被青春、美、财富、健康所包围。是的，你别因此产生最卑鄙、最老套的妒忌。

6

下一站是最后一站。你下车，没有你火车继续开。你下车，去了一个无须做决定就去的地方。跟随一种重力，也许还是一种吸引力。唯一不可疑的吸引力就是重力。越抵近终点，你的反感越大。你将在无意之中下车。你不必有意。你只是必须下车。你根本不能下车。但是你可以下车。哪怕像是带着痛苦。

不是：带着痛苦。

只是：像是带着痛苦。这样下车就够了。

7

亲爱的珀西，如果你认为没错，你可以把你读过的东西带给埃尔莎。她什么都知道。一直都知道。我算不上好人。所以我在那个长沙发上干了一件我不得不做的坏事！

这回在这里的中立窗台。为埃尔莎。只是为埃尔莎，这一回。

去草料库。代我向小伙子们问好（附上一张从威廉斯多夫开始的路线图）。你去那里探访会产生什么结果，我不知道。

养蜂人有权了解一切。把情况告诉他。我只有面对小伙子们才不必口吃。

还有埃尔莎。自然。

我的骨灰。只要你愿意，就带给埃尔莎或者你母亲。或者撒到奥伯比伯附近的莱茵河里。还有袖扣。它们会剩下来。放到尔想放的地方。它们是埃尔莎送的。镶金的肉红玉髓。在我这里可惜没有发挥它应有的效果。埃瓦尔德。

8

放弃不可能。不放弃也不可能。所以，犹如无事。很好。

无能为力悄无声息地咬紧牙关，我感觉很讨厌。

我没有想我现在能够想的所有事情。今天我把现在能够想的事情全都想过了。整个一天我都在想现在能够想的事情。想得很透彻。

希望使人冥顽不化。

最最可怜的事情：曾拥有的，等失去之后才知道。

等待一点点头疼、一点点耳鸣、一点点内急，四面楚歌，前所未有的丰富。一切纷至沓来，前所未有地丰富，结局呢？宁愿选择一列高铁，两根轨道，冷冰冰，光溜溜，深更半夜，时候一到，把自己往前一送，凡是可以埋葬的都不能留下。

人们蹲在壕沟里，不断被射杀，没有死。

如果我们还是知道一切都以我们的毁灭告终，干吗还装模作样？

自杀，人们不可能有意为之。

我们的生命。估价过高。

书读不下去了。我透过字母,看见白茫茫的一片。字母拦不住我的目光。

9

欧内斯特·海明威：……唯一的缺点是，要他们的亲人来收拾残局[①]。

① 原文为英文：their only drawback the mess they leave for relatives to clean up。语出海明威小说《虽有犹无》。

三　我的彼岸

献给珀西

奥古斯丁·法因莱因 作

能够理解的，就应该理解。

不能理解的，就请放到一边，但是别指责，别咒骂。

我没有为他写一个字。

我为自己写作。

——雅各布·波墨

1

人的年龄越大，越需要注意自己给别人留下什么印象。我六十三岁。譬如在多瑙河以南常常听人说：谁谁谁也逐渐变得滑稽。在勒茨林根——我出生的村庄——人们不说滑稽，而是说神神叨叨。一个人变得神神叨叨，人人都会察觉，只有当事人自己毫无所觉。别人也不想告诉他。勒茨林根过去有，或许现在仍然有一种交际文化，知道如何与这些老了之后逐渐变得滑稽的人打交道。这种文化我在别的地方没有察觉到哪怕一丝一毫。我想描述这种文化，然后请每个人自己判断在他所在的村庄、城市和社会中是否有这类现象。一个农民叫彼得勒，与其说他八十岁不如说他七十岁，他的哥哥康拉德总是在他兄弟的农庄做帮工。后来传说他很久以来不再说话。人们可以随便找他说话，他没有反应。但他耳朵一点都不背。他赶牲口的时候大家都会注意到这点。只要有一头母牛站在原地不愿再动，他就走过去，对着它的耳朵说几句。如果它随后看着他，他就说：对吧。

然后它就继续走。即便是一条狗冲他叫，也可以看出他听见狗吠，听得很仔细。就是说，跟人不再有接触了。如果问康拉德农夫怎么了，他就拿食指钻自己的太阳穴。康拉德也不再睡在小屋子里，而是睡在草地上。康拉德逐渐变得神神叨叨。这显然是他的合法权利。有一个在埃施溪旁边见过他的人声称看见他跟一条鱼说话。埃施溪里总有几条鱼游来游去。鳟鱼。好吧，他跟鳟鱼说了话。他说的什么，没人知道。一个人跟一条鳟鱼说话的时候谁也不会走过去听他说什么。这恰好是上述的交际文化的一部分，对神神叨叨的就应该这样。

有一点可以肯定：如果康拉德死了，所有人都会参加他的葬礼。这也是这种文化的组成部分。大家很欣赏这个变得神神叨叨的人。大家感觉高估了他。也没想想为什么。人们不说：其实他只是如此这般，但是我们喜欢高估他。高估他是一件好事。听到他的什么事情，大家总要拿来四处说，而且还添油加醋，说的时候打心底里快乐。当他领着他的牛群慢腾腾地回到村里的时候，人们自然要跟他打招呼。顺便说说，他总是赤脚，不分春夏秋冬。各有各的方式。粗声大气的、愣头愣脑的、大胆放肆的，就粗声大气、愣头愣脑、大胆放肆地喊他。柔声细语的就柔声细语地喊他。生性腼腆的，就朝他看一眼，然后勾勾腰。如果全村人在他面前都以这种方式表现出自己的性格，我们就不能说康拉德根本不作任何反应。譬如他走路的方式很惹眼。可以说是一边走一边甩脚。看他的样子，仿佛每走一步都要抖抖自己的脚。但最重要的：他对此一无所知。他根本不知道他在走路。他高昂着头。一根长长的脖子从他的无领衬衣中钻出来。小圆领倒是有一个，但是没有通常的衣领。立在他的长颈上的脑袋有些摇晃。这可能与他抖脚或者甩脚有关。一只手里拿着榛木棍，如果一头母牛什么话都听不进去，他就需要拿木棍向它暗示已经晚上了，大家都在往家走，都要回牛圈。不过据说有时他会失去耐心。听说遇到牛不听劝的时候，他就用棍子打。不管怎样，我只是想说，人们谈论康拉德远比谈论他弟弟的时候多。他弟弟早就把农庄交给了儿子威利。人们谈论威利的妻子伊姆加德也远比谈论康拉德的时候少。村里有传言，说农夫彼得勒去找过牧师，用威胁的口吻说，一旦康拉德死了，牧师在他下葬之前发表的讲话中不可以说他任何好话。牧师反问：到底有没有什么坏话可说？农夫：没有坏话，但只是别说好话！

村里的传言想让康拉德留在善恶的彼岸，这可以使人轻信谣言。

有些人相信这些事情康拉德全都知道，而且很享受。这是无稽之谈。我也不想多嘴多舌。我离开村子的时间太久了。只是我每次回去的时候都发现康拉德比所有人都有趣。他是最有趣的人，这点谁也不生他的气。相反。众人都竞相维护康拉德这一形象。不是：理解。绝对不是。而是：维护。我上次去的时候恰逢圣诞节，一个四十岁左右的人，名叫弗里茨，说康拉德几天前对他说，他弗里茨可以去他康拉德那里过夜，他的草席上还有第二个床位。但弗里茨必须带一瓶水果酒去。现在是冬天，他需要这个。等等。这位弗里茨来本地居住还不到一年，每天作为上班族赶车进城。他在城里的一家电脑商店上班。为此，人们不断对他进行询问、进行逼问，仿佛他是犯罪嫌疑人。所有质问他的人都是对康拉德非常了解的人。最后：弗里茨崩溃了。他号啕大哭。承认一切都是编造的，都是谎言。他想在他的女朋友芭比面前显摆一下。他瞎吹牛。他请芭比不要对别人说。可惜她说了。这就是事情的原委。人们原谅了他。自然没有人问康拉德是否认识这个弗里茨，是否见过这人，因为所有人时时刻刻都清楚一点：

这个弗里茨讲的有关康拉德的事情，跟康拉德不可能有任何关系。

所以，如果我们村里上了年纪的人开始变得神神叨叨，就会出现这种情形。

我必须为那些渐渐觉得我很滑稽的人设身处地想一想。以我现在身处的环境，我不能希望自己变得滑稽之后人们会像对待村里的康拉德那样带着可爱的美化意图来对待我。我现在生活的地方，如果你开始变得滑稽，人们就不再把你当回事。什么事情都不再考虑你。

这样好。严格讲，我宁愿他们不再把我当回事，也不愿作为滑稽人物受宠。如果他们不再认真对待我，他们就不把我当回事。我知道，我计划做一些很不像话的事情。

我六十三岁。已经好长一段时间了。我永远不会超过六十三岁。现在我不说我早满六十三岁了。我只说六十三岁以后我就不再数数了。这变成了现实。我和数字打交道的方式使然。我不相信数字。我知道什么事情可以拿数字搞定，但我也知道什么事情拿数字搞不定。搞不定照样搞。我跟他们分道扬镳。

布鲁德霍费博士，主管业务的医院院长，我是他的上司，他迫不及待地盼着我走人。彻底走人。他从哈尔受聘来到舍布林根。他接受了聘任，因为他想很快做领导。在几次我没有参加的全院大会上，他说我是老顽童。他说了我什么，他怎么说，布赖特博士全都给我一一讲述。不清楚她是更多地站在他那边还是我这边。布赖特博士自己也不清楚她是更多地站在布鲁德霍费博士一边还是站在我这边。她也知道一切都是斗争。我听别人，听珀西告诉我，老顽童是善意的称呼。珀西说我可以认可这一称呼。我就对这个称呼做了最好的解释。我之所以六十三岁并且永远保持六十三岁，是因为我是老顽童。我是老顽童的模样。我自己相信，从内心到外表，我的顽童气质还比老人气质明显。所以不反驳布鲁德霍费博士。这点我必须不断告诫自己！布鲁德霍费博士是次要难题。倘若我想证明自己有理、布鲁德霍费博士没理，这将彻底扭曲我斗争的意义。他竭尽全力——他有无穷的力量——来证明他有理，或者证明我没理。这只是表明他比我年轻，他还相信谁有理谁没理。他甚至还没有注意到我只是假装参与这场斗争。他想说服我。相信他的药物、方法和治疗手段。在医院范围内我必须抵抗。我不能允许他肆无忌惮地推广他的化学。本来我可以让他自行发展。他会到达我现在之所在。我相信这点。这么想问题是否不自量力？如果我是老顽童，他就是老小孩。他的脸上可是完全带着十四岁的稚气。这是我在夜里发现的秘密，因为我夜里常常被迫抵御他的进攻，臆想的进攻和真实的进攻。他为事业前程而战。我为我的彼岸而战。

我不想说服任何一个人。除了自己。如果我办到了，如果真的办到了，我就是这个世界上最幸福的人。

2

我在32A，靠窗。朝过道的两个座位空着。很靠前的地方，大概是15或者18排，站着一个人，他从我们进入平飞状态、可以解开安全带那一刻起就站在那里。大方格衬衣。很少的白色，很多的墨绿色。一顶白得刺眼的、系着黑色带子的草帽。脸上是一圈三天未刮的亮晶晶的银灰色络腮胡。简直像面纱。空姐推着餐车来回经过，每次都逼着他退回他的座位前头。空姐一走过，他就重新回到过道。即便在他不得不闪避空姐的时候，他也没有停止盯着我看。但是他的目光里没有任何私人成分。不是昔日的病人。昔日的病人都有一种请求你把他认出来的眼神。这人也不想认识我。他只想盯着我看。

这样让人盯着看，谁也受不了。我有理由把目光移开。我们正好飞越阿尔卑斯山，飞越冰雪，如此贴近，如此有吸引力，如此永恒。

不断转头看，看那个还在盯着我看的人。他跟刚才一模一样。他的目光呆滞。没有表情。没有生命。雕塑就以这种目光看人。我已经尝到罗马的滋味。

其实我不可以去看这家伙。海拔四千米的山峰的确够吸引人的。但这家伙也很吸引人。我倒很想摇摇头或者哈哈大笑，或者又摇头又哈哈大笑。布鲁德霍费博士！跟他一样高。总穿大方格衬衣！条绒西服，棕黄色的！没错，布鲁德霍费博士先生……现在我不再觉得这目光、这整个的面部表情那么一动不动，那么缺乏生命，那么像雕塑。这可是布鲁德霍费式的小孩子目光。我再次将目光移开，不再看这个训练得无害的杂牌布鲁德霍费，我去看那些海拔四千米的山峰。它们顶着灿烂的阳光望着我。然后我们可以看看这个布鲁德霍费博士的仿制品胆敢走多远。下飞机的时候可以见分晓。

每个人都自顾自地把自己的大件行李取下来。布鲁德霍费的扮演者把一个山地包取下来，里面露出一个小提琴盒子。我不着急。我让其他人先过。脑子里还一闪而过：这人是瞎子。只有一个看不见你的人才可能如此毫不留情地死盯着你看。

管他的眼睛瞎不瞎，管他是布鲁德霍费式的小孩子还是雕塑扮演者，我最后一个离开飞机。一件条绒西服，一顶草帽，单凭这个还不能成为布鲁德霍费博士。不管这西服是多么标准的棕黄色，也不管这草帽是多么亮晃晃的浅色。我飞罗马究竟是为什么！肯定不是为了继续演出已在舍布林根上演的令人痛苦的戏剧！

站在传输带旁边等行李的时候，我没有看见那个友好的大高个子！我很高兴。但也很失望。而且由于什么事情也没发生，我有资格来一句套话：那就下回吧。我不知道这话是什么意思。上了大巴之后，我发现把帽子忘在飞机上了。我马上怪罪布鲁德霍费博士的扮演者。我只有两顶帽子。现在我夏天的帽子没了。我的脑海里马上出现记忆阅兵式，让我看到我戴着这顶帽子都去过哪些地方，都经历过哪些事情。这帽子很软，可以折揉，亮米色，有一个几乎摇摇晃晃的帽檐。戴着它照镜子，我总觉得自己有一张二十岁的脸。虽然老实规矩，但做好了不老实不规矩的准备。现在这顶帽子丢了。责任人：那个戴着草帽、携带提琴盒、朝我这边看的人。我有时会落下一把雨伞或者一个无足轻重的包，但可从未落下我这两顶帽子中的一顶。我在冬天之所以能够戴那顶黑色帽子，是因为我在夏天戴了那顶米色帽子。这是9月，还是米色帽子的时候。我感觉自己被打破平衡。那顶帽子永远地丢失了。况且我人在罗马！况且我过去在哪儿下车都要问自己：帽子在吗？这是练成的。这是我的习惯。我一直担心总有一回要在什么地方把这顶帽子忘了。现在事情发生了。我心里充满这个由来已久的恐怖，所以乘车前往罗马城的时候我对沿途风光视而不见。由于我总是非理解自己不可，所以我不得不对自己说，我需要这个无害的同机旅客，因为我有了一个让我忘记帽子的理由。要是随随便便就把这帽子丢了，我可受不了。如果那样，就可以说是不可原谅。但是我在下飞机的时候的确把心思用到这个旅行者身上。我怎么可能做到从他身边走过？不是说我怕他。但如果他在路上什么地方或者在行李传输带边上站着不走，迫使我跟他擦身而过，那就非常尴尬了。

我总是住卢加诺宾馆。这家宾馆从来不敞亮。除了位于地下一层的早餐厅。那地方让人感觉晃眼。但其他地方都保证黑灯瞎火。在这家宾馆里面是不可能读书看报的。哪个房间都不可能。这点令人满意。你可以研究自己。这里满眼都是十九世纪晚期的通俗艺术，与宾馆整体氛围很搭配。我每次都要强迫自己才能离开宾馆。这家宾馆想劝说我，我其实无所需求，罗马的旅游景点只是我的幌子，只是我出于一些很难看透的原因给自己编的理由。我不断飞罗马，是为了欣赏扑面而来的绘画和雕塑，是为了去教堂里呼吸。假设哪一次我在罗马期间一直待在卢加诺宾馆的房间里，我会觉得自己很伟大。但是我现在没有那么伟大。

那就进城吧！冲出这小小的贝那路，这是卢加诺宾馆梦想过去的地方。然后下坡，进入里贝塔路。然后我就几乎到了我想去的地方：圣奥古斯丁。街名听着像是重复，我感觉很好。但随后这条街还是要绕过一个广场。我不得不确定方向。这个没把握的瞬间足以让那个戴草帽的男人魔术一般变到我跟前。他现在站在质地高贵的尖头木桩边。这排木桩把广场和街道隔开。人行道顺着像长矛一样插在地上的木桩走。我顺道而行，向广场走去。他站在那里，看着马路对面。这里的交通跟河流一样自然流淌。如果我不想直接从他身边经过——这是我不想做也不能做的事情——我就必须强行穿过由汽车、摩托车、自行车组成的洪流，走到对面的人行道。我打着请求饶命的手势成功地穿越了车流。到了对面。但我还是不得不回头张望。透过川流不息的交通，我终于看清对面的一切。那人一动不动地站在那里。他的右手拿着一根结实的绳子，绳子拉着人行道上的一条周身毛线的狗，明显是一条长毛腊肠犬。腊肠犬旁边是提琴盒。开着。提琴盒旁边是一双鞋。这人光着脚。很明显，人们必须把钱往提琴盒里扔。不像我这样闪避的行人就往提琴盒里扔钱。

现在有些人站在大城市最繁华的路段，一动不动地保持某种姿态。要人们把他们当艺术品看。但是也有一些雕塑看着像是停下脚步的人。刚才对面那人就让我迷惑。但他关我什么事？我躲过了他。他还穿着条绒西服？方格衬衫……再说一遍：他关我什么事？我可是在罗马。我有一个目标景点：圣奥古斯丁教堂。我想去看我的姓名保护神，我可以去看我的姓名保护神，我必须去看我的姓名保护神。但无论你朝哪里看，罗马都很漂亮。你不需要景点。没有哪个景点会比别的地方漂亮。说话间我已站在一扇只摆着一根领带的橱窗面前。我停下脚步看。相对于这根领带，这扇橱窗一点不显大。这根领带几乎无足轻重。好吧，它很好看，但它之所以好看，主要是因为这扇为它服务的橱窗一点没显大。一扇来自橱窗还具有人性尺寸时代的橱窗。

每次去我的教堂的时候我都考虑是否不进去。从旁边走过。离开。但我每次都拐进斯科罗法路。尽管这是一个令人浮想联翩的词，也就是一个你不用翻译也能悟出点意思的词，但我随后还是查了词典。意思是母猪。也没什么，这一代也叫马尔齐奥区[①]。

我冲上通向圣奥古斯丁教堂的台阶。每次都一样。仿佛我是三十六岁而非六十三岁。里面跟卢加诺宾馆一样昏暗。卢加诺宾馆想用其昏暗的灯光诱惑人，让人待在里面不出来。我一如既往地进入左侧殿，走向第一个祭坛，走向《圣母与朝圣者》。卡拉瓦乔创作，这是圣坛上最醒目的作品。然后你就正好站在当初卡拉瓦乔可能观看这幅画的地方：在两位跪在地上仰望圣母的朝圣者的斜后方。离圣母不远，圣母站在只比两个下跪者高一级的台阶上。一个男人和他的妻子。男人部分地遮蔽了跪在他右侧的妻子。他在画面中占了很大的空间。他至少跟他们祈祷的圣母一样重要。他光着脚板跪在

---

① 马尔齐奥区 (Campo Marzio)，意为“战神区”。

那里，裤子卷到膝盖以上。他的光脚板与圣母俯视的脸一样重要，和好奇地盯着朝圣者夫妇看的小孩子一样重要。从这两人的拐杖可以看出他们远道而来，而且来自一个村庄。卡拉瓦乔这幅画上，没有什么比跪在地上的男人露出的光脚板画得更细腻、更美。这位圣母自然也因为貌美而闻名遐迩，因为她是一个年轻的罗马女人。见不着一丝一毫画圣母像的常规套路。小孩子绝非常见的耶稣圣婴。但这母子俩都以其独有的方式充满关切地低头打量这对全神贯注的朝圣者夫妇。人们做什么事情都不可能像这对夫妇敬拜圣母那样尽心尽力。这就是我们所体会的对立。圣母和她的孩子打量两位朝圣者的关切目光是多么奇妙、多么轻松。对于朝圣者而言，做任何事情都很费力，都要费很大的力气。敬拜圣母也要全力以赴。但正因如此，他们来了。没有什么比沾着泥巴的光脚板更说明问题。这两只脚如同勒茨林根的康拉德的双脚，不习惯穿鞋。光脚与光脚的差别多大！高贵的圣母的高贵的长裙下面露出一双高贵的脚，朝圣男子的双脚或者说光脚板，二者之间是怎样的差别。圣母的脚从深色长裙下面露出，一只脚踩着地面，另一只脚踮起脚尖，这表明：这双高贵的脚不知何为重负。它们在任何情况下都可以翩翩起舞。但在上方，一张脸，尽管很美丽，但其唯一的作用却是跟她的孩子一道低头注视两位跪拜者。画家给孩子画了一个表示非常好奇的手势。每当我离开教堂的时候，每当我尽可能款款走下宽阔的教堂台阶的时候，我脑子里就把这一切都串联起来。这是这幅画给我布置的作业。可怜的夫妻，出色的淑女。不。这对夫妇并不可怜。他们在祈祷中焕发出一股力量，由此与圣母平分秋色。她从哪里得到她的耶稣，这个问题没人敢思考。人们只关心美。彼岸一定很美。否则你会马上将它忘记。只有当它显得跟在教堂里面一样美，它才充满你的内心，使你的问题荡然无存。不过，彼岸之美是以彼岸之真为前提的。卡拉瓦乔在创作这幅画之前曾去洛雷托朝过圣。

还没有走下台阶我就脱了鞋和袜子，把袜子塞进裤兜，用鞋带拎着鞋，让它们一路上摇来晃去。

到了纳沃那广场，在乌烟瘴气的大喇叭音乐声中，我才重新穿上鞋。我穿过五月亮路和安科那莱路，来到广场。如果草帽没丢，我就继续打赤脚。这独特的米色，还有不能完全算深黄色，但非常闪亮耀眼的带子。还有波涛一样起伏的帽檐。戴着草帽，再打着赤脚！用鞋带拎着的两只鞋东晃西晃！本来应该这副模样！

到了科索大街之后，我很不严肃地巡视是否有陈设帽子的橱窗。其实我不能去寻找一顶帽子。这东西可遇不可求。我本来就不喜欢寻求什么。但我喜欢与之相遇。我也不想因为坚持在科索大街找帽子而转移视线，无法观察在宫殿、教堂、商店进进出出的人们。各种运动的确定性。还有表情。他们全都知道自己从哪里来到哪里去。整条科索大街就是一个高密度的确定性区域。我也明白了这一道理。我不断横穿目标明确的人流。我是那个命中注定要体验所有人的目标明确性的人。眼下对我扑面而来的是各种意义，不是确定性。人们都在体验自身的意义。这反映在每个男人和女人的脸上。但我随后觉得意义还是太偏重内容。也过于俗气。尽管我把理解发生在我周围的一切当作享受。但我不想让科索大街这耐人寻味的熙来攘往变成一出戏。这出戏渴望得到理解。最细微的表情都在讲述它意味着什么。科索大街上的所有表情的确定性都不需要内容。宫殿、教堂、书店的不言而喻性！然后不断出现由广场形成的港湾，真真强迫人们歇口气。后来我还是挪不开步了，被吸引到一家衬衣商店。全是衬衣[1]。我感觉在去教堂的路上或者刚刚离开教堂时已见过这家衬衣店。看来是一家衬衣连锁店。马上走到商店的里间。除了衬衣还是衬衣。没法想象有一件来自阿尔卑斯山以北。我买了两件。第二件只是对第一件的补偿。因为第一件是方格图案。但不是飞机上那个戴草帽的、死死盯着人看的男人那种粗大方格。一件是白衬衣，彼此交叉的线条构成了栅栏图案，也就是清晰但也柔和的方格图案。横条为深色，但并不发暗，竖条为米色，但没有变黄。这是一大收获。另外一件是深蓝和白色条纹图案，回到房间之后我马上发现这衣领在阿尔卑斯山以北肯定没法穿，因为太张扬。但是我会穿那件印有深色和浅黄色方格栅栏图案的白色衬衣。而且永远惦记我的草帽。草帽配上这件衬衣，我本来可以塑造一个自我满足和自我享受的形象。那个戴蜂蜜色草帽、穿条绒西服的男人坏了我的事。我坚持这种看法。我为什么买了两件衬衣却没买帽子？我的衬衣穿不完。但我唯一一顶好看的遮阳帽丢了！你变成了自己的谜团，你必须忍受。

每一次从城里回贝那路我都非常紧张。进城的路自然能找到。回来的时候总要错过该拐的路口。即便在这时：我也不可以去找路。我命中注定要遇到正确的路。刚一回到我的房间，回到310，我的脑海里就冒出一个句子：罗马是我的彼岸。好在句子向我袭来之时我不必尝试证明其正确性或者真实性。罗马是我的彼岸。有一点很清楚，这个句子不会表述为：我的彼岸是罗马。幸好我感觉这个句子绝

① 原文为意大利语：camicie。

对正确。没有必要添加：对于我。在我心中。罗马是我的彼岸。够了。彼岸需要我们做出不断的努力。如果你由于某种原因筋疲力尽，彼岸就不会出现。然后你就一动不动，无可奈何，奄奄一息，总之，你就没有足够的生气，能让死亡变成对你的激励。在这种情况下，你既未遭到消灭，也未躲过毁灭。你也许浑浑噩噩、半死不活。我们从深渊中发出呼唤……但彼岸是一声呐喊。如果你又能呼吸。等到日常的狭隘自行突破。你并未在心满意足中或者在聪明的或者感激涕零的状态中窒息，而是想方设法做吸气尝试。然后你吸气。你的彼岸呐喊需要吸多少气，你就吸多少气。

第二天，我无忧无惧地顺着里贝塔路下坡，但随后还是走在昨天那条人行道上。那个牵着长毛腊肠犬、死死盯着我看的家伙不会站在那里。他今天压根儿没出现，我可以感觉自己摆脱了他。我走进圣奥古斯丁教堂，在那个美丽的罗马女人面前短暂停留，她和她的孩子带着最仁慈的关切目光低头打量那两个仰头敬拜的乡下人。我再次感觉很难把朝圣男人因为长途跋涉变得黑黢黢的脚板称作不净或者肮脏，尽管画家恰好画出了这种效果：肮脏。但这一次我的目光停留在朝圣夫妇的手上。他们的手因为过度劳作而严重变形，所以险些无法做到双手合十。此时此刻，我们自然联想到那些养尊处优的祈祷者双手合十是多么轻松、多么完美。但是这一回我想往前走，去左侧殿尽头的祭坛。这里没有绘画，只有一尊雕塑。又是玛利亚，左手抱着耶稣圣婴坐在膝头。Madonna del Parto。产后的玛利亚。一个巨型的贝壳罩住端坐的圣母。贝壳上方有一行字：Virgo Tua Gloria Partus。贞洁女，你的荣誉就是生育圣子。或者只写：圣子。无论如何要写：Virgo。画朝圣者敬拜圣母的画家画的是同时代的一个罗马女人，塑造圣母雕像的雕刻家心里想的则是一个古罗马时期的女人。靠左侧墙壁是圣莫妮卡，即奥古斯丁母亲的棺材。我坐到一条长凳上，试图什么都不想。但多嘴多舌的词语却不受约束，说我其实已经找到一个句子：你相信不存在的事物。相信其存在它就存在。真可怕，词语的势不可挡。有一个本领还需练就：许愿而不借助语言。真希望自己是一个为教堂创作的画家，正忙于穹顶壁画，正忙于画一群下定决心的天使。天使们下定决心，把直插云霄的教堂穹顶扛在肩上。他们站立空中，尽管踩着不太结实的云朵。他们还是可以扛起巨大的天国。天上坐着属于天上的人物。看上去他们绝非轻如鸿毛。我的天使们依然用肩膀承受天国的重量。天使既不属于天上也不属于地下。他们属于空中。他们不知道自己在顶什么、扛什么，但是他们有自己的想象。这个从他们坚毅的面部表情看得出来。即便天国空无一物，他们也要如此肩顶肩扛。只要允许，我会把我的表情给天使。这一定办得到。人们不是老是说我有男孩气质吗？天使们将是我的模样。所以我变成了教堂画家。不过我（迄今为止）只画天使。天国本身，特别是天国里的一切，上帝等等，我留给助手们画。我的助手都是我的徒弟。他们是真正的艺术家。伟大的艺术家。是比我更伟大的艺术家。我可以把天国和天国里的一切交给他们画。上帝等等。我拭目以待。

我可以把我的脸给天使。这是我在艾希哈尔登[①]，在那里的圣米迦勒教堂悟出的道理。扬·费尔卡德[②]树立了榜样。他作为贝隆的

---

① 艾希哈尔登 (Aichhalden)，巴符州的一个小镇。

② 扬·费尔卡德 (Jan Verkade, 1868—1946)，荷兰画家，本笃会修士。

威利巴修士[①]被派到艾希哈尔登，他把教堂墙壁上的圣人画到太高的高处。因为怀有最敏感的羞怯。他把艾希哈尔登的男孩女孩画到高处。作为圣未图、若望、斯德望、老楞佐、玛达肋纳、烈纳、顾乃宫[②]等等。把自己画作明谷的贝纳[③]。所有的面孔都来自艾希哈尔登。但是，在达到这种高度并画成这种风格之后，它们同样是圣人的面孔。

可以敬拜。

我更看重这位画画的僧侣画的两张素描，我认为这比那些把村民的面孔画到顶上的绘画更重要。他的素描每次都把夏娃和玛利亚画在同一幅画上。我相信，除了他，过去两千年里谁也没这本事。如果我是亿万富翁，我就会买他这两幅素描，拿来送给玛利亚。

我告别了古罗马的玛利亚和另外一位玛利亚，然后我尽量慢慢悠悠地走下教堂门前的宽阔台阶。然后买了一件衬衣。嘴里哼着《玛利亚走过荆棘林》。我可以哼着它的调子而不用想它的歌词。不会立刻想，但随后会想。然后我就单纯地哼唱。哼唱，你是我的彼岸。

我再次坐在32 A，往回飞，正准备欣赏下面白雪皑皑的四千米山峰那永恒不变的面孔。这时，空姐走过来，把我的帽子递给我。是的，她们把帽子保管起来了，查出了32 A的乘客身份，第三天有返程。机组万岁！这是您的帽子，教授先生！我表示感谢，把帽子放在我右边的座位上，又是空座。然后去欣赏所谓亘古不变的冰川。但是我把右手放在草帽上。因为草帽很软，我的手有舒舒服服的事情可做。手

---

① 扬·费尔卡德卒于贝隆，所以得此圣名。

② 圣徒称号，德文依次为：St. Vitus, Johannes, Stephan, Laurentius, Magdalena, Helena, Cunegund。

③ 明谷的伯尔纳 (Bernard of Clairvaux, 1090—1153)，教会圣师，中世纪神秘主义之父，伟大的灵修文学作家。

向帽子承诺，不管谁再跑到我们前面站着，它再也不会遭到遗忘。这是一种力量倍增的感觉。一种清晰的感觉。我应该感受到。同时告诉自己：如果你从罗马归来，不管穿着世界上最粗野的方格衬衣的家伙如何死死盯着你看，不管他盯着你看多久，你都可以视而不见。现在帽子捏在手上甚至有一种感觉，好像它马上想戴在我的头上。我求之不得。

3

鲁道夫·布赖特维泽和我在舍布林根的时间一样长。三十年。他是修道院教堂的司事，我是州精神病院的主治医生。布赖特维泽来自布劳赫豪森，所以离勒茨林根不到十公里。但他在这里开始做事的时候已年过四十。他在教堂里做任何事情都一板一眼，所以不得不引起我的注意。我时不时地毫无来由地坐在昏暗的教堂里面打发时间。如果瘸腿的布赖特维泽从空荡荡的教堂的左边，从钟架一瘸一拐地走向右边的法衣室，他每次都要转身面对祭坛，行一个大大的屈膝礼，并在胸前划十字。而如果他从法衣室一瘸一拐地走回钟架，他就再来一次屈膝礼，再划一遍十字。他总是以最烦琐的方式做这些事情。我相信人们都把这称为教条方式。我们几乎成了朋友。他给了我一串钥匙，我可以随时进教堂，我甚至可以进法衣室，可以把锁起来的一切东西全部打开。我曾经对他说，我有时想跟信徒们只能远远地看上一眼的器皿和法衣待一待。这不是谎言。自从我让他知道舍布林根修道院最后一任院长、帝国修士优西比乌·法因莱因是我的一位先祖之后，我就可以在教堂里做我想做的一切。

有一种渴望，它对自身一无所知。只有等你追随这种渴望的时候，你才知道它将把你带向何方。

故事发生在圣母往见日[①]。我又想在教堂里度过黄昏，布赖特维泽正要离开教堂。我俩路上相遇绝非打个招呼就了事。这一次是他先开口说话。他到12月就满七十了。司事就不做了。我不知道自己当时为何脱口而出：我有兴趣做您的接班人。他哈哈大笑，说要向教区参事会汇报。我们就这样在教堂门前交谈。随后他走了，没走几步却又一次转身对我说话，语气比先前严肃许多：岗前培训，教授先生！您有过岗前培训吗？

因为我没有马上回答，他说：我，先是五金学徒工，夜校文凭，这里的护理学校，考试不合格，一百三十人里面有十九人不合格，我是其中的一个，然后每况愈下。逃跑了。也是逃避自己。夜里在曼海姆的某个地方被外籍军团代理人逮住。曼海姆，卡尔斯鲁厄，斯特拉斯堡，马赛，西贡，丛林战。只要听见身后有声响，就立马开枪，不等转身。然后看见：这只是一个女人。或者一个孩子。腿里的子弹救了我。返乡。只有酒精等待我。直到有一天在教堂里消磨时光时遇到魏默牧师。我说：酒鬼！今天戒了。嗜酒者互诫协会的行话。牧师知道情况；这意思是：戒一年了。他带上我。教我做司事。这些事情不可能自然会。没关系，教授先生。他们让我不及格的时候您还没有来这里。

---

① 7月12日。

走了。他给我上了一课。因为我随便说了一句想成为他的接班人。他开始认为我是开玩笑,然后认为我是不自量力。

布赖特维泽往回家方向走,我走进了教堂。我总是注意坐姿,以保证自己能够仰望讲述圣诺伯特生平的绘画。仰望那个奋力挣扎的男孩。

Ad omne opus paratus。广行善事。如果我把普莱蒙特莱修士会的这句箴言说给布赖特维泽听,他会真的感到恼火。如果我说我乐意做教堂的司事,我是当真的,不管这话听着多么好笑。

我过去没法对他讲清楚我的话是什么意思,现在依然讲不清。修道院教堂的司事。跟布赖特维泽一样严肃认真、一丝不苟地完成所有动作。全神贯注于我必须在教堂里做的事情,拒绝一切追问。布鲁德霍费博士不可以放肆地问:他做这个干吗?主治医生一天也不多做。请吧,布鲁德霍费博士,接过驾驶盘,您想去哪里,您就把舍布林根号帆船开到哪里。但是别打扰我。别追问。别评论。无论是谁,只要看见我如何履行教堂司事的职责,他的任何问题就会卡在脖子里。

我怎样才能让布赖特维泽向教区参事会推荐我?双料博士奥古斯丁·法因莱因教授想在退休后做修道院教堂的司事。得了。

我坐在教堂里,见证黄昏如何吞噬光线、寂静如何绝非没有声音。与此同时,我感觉周围的一切将我托举起来。飞鸟和飞机需要天空,鱼儿需要水,我需要教堂。1803年,当政府命令解散修道院时,舍布林根的僧侣神父也不得不变成世俗神父。但是我的先祖却获准留在举行教士会议的大楼里,尽管他不再是君主级别的帝国高级教士。修道院解散两年后,又到了修士们更新誓愿的时候。三十九个修士里面只缺三个。三十六个人再次来到修道院,宣誓忠于普莱蒙特莱修士会。一天之后他们又在各自的教区以神父身份做事。但是我的先祖开始写作。现在他有时间。没有院长身份，他无须再提醒自己需要履行哪些义务。他把自己写的东西称为公益著作。他的题目：圣髑敬拜。世界上没有哪个地区比多瑙河—博登湖一带收藏的圣髑更多，他写道。他描述了他的前任、本笃·曼戈尔德院长如何得以防止圣血落入愤怒的农民手中。这是1525年5月17日发生的事情。农民见什么砸什么。他们要发泄压抑了几个世纪的怒火。他们愤恨自己长期做修道院的奴仆、农奴，愤恨修道院随意索取他们的财富。家里每死一个人他们都要付出代价。最好的衣服，最壮的奶牛，最优质的谷物。修道院院长如同任何一个世俗贵族，可以把一个村庄连人带物卖给有兴致购买的人。其他的修道院院长都逃往城里。本笃·曼戈尔德带着圣血通过一道暗门，躲进一个暗柜。两天两夜，他讲述说，他担惊受怕，不断祈祷。他本人就是来自本地区的农民子弟，其身份为奴仆即农奴。作为农奴，他必须向每一个新主人——不管是修道院院长还是君主——发誓自己不会逃到城里去做真正的人。不想继续做可悲的奴仆的，就进入修道院，学习拉丁语，去迪林根读大学，然后成为教士，或者成为小修道院乃至大修道院院长，帝国高级教士，与君主们平起平坐。脖子上有自己的徽章和白鼬皮。还有独立的办公室，他是院长和帝国高级教士。可以发号施令。本笃院长在修道院日志中写道，1525年5月17日他没有逃往比伯拉赫或者拉芬斯堡，因为他不可以让圣血遭遇风险。他救出了圣髑，使之避免落入揭竿而起的农民的手里。这是他被迫为农民做的好事。即便是最神圣之物，义愤填膺的农民也不会手软。他把成功保护圣血称为他一生中最重要的行动。

好，我的先祖，他一开始叫弗兰茨·法因莱因，他在三十二岁的时候被一个由三十九个修士指定的七人选举委员会选中——拉丁语叫Compromissarii。他却泪流满面，坚决不从。他跪倒在地，跪在弟兄们面前。他们拒绝改变选举结果，他由此成为修道院院长，帝国高级教士，教会君主，直到1803年政府解散修道院。解散修道院的目的一是为了掠夺修道院的财富，二是为了打出启蒙的旗号。

我的先祖优西比乌的首次圣髑体验是在读大学期间。他在迪林根的耶稣会大学面临毕业考试。这所学校为这一地区培养了大多数修道院教士和院长。作为来自勒茨林根的农家子弟和家里的第七个孩子，他缺乏自信，所以他担心通不过考试。考试不过，他的从业理想可就化为了泡影。恰逢接受圣萨蒂南遗体的百年纪念。从罗马经过卢塞恩和梅尔斯堡到魏塞瑙普莱蒙特莱修道院。圣萨蒂南的遗体已经轰动了一百年。圣萨蒂南为瞻仰者创造了无数奇迹。萨蒂南这个名字流行了几十年。弗兰茨·法因莱因的一个弟弟也取名萨蒂南。不是珍贵的遗体的某个组成部分，不是一根头发、一只鞋或者一滴血，不，魏塞瑙普莱蒙特莱修道院成功得到了这位得以封圣的殉道士的完整身躯。完整的身躯，这意味着完整的圣髑。人们欢庆这一收获，从8月24日的圣巴托罗缪节到8月28日的圣奥古斯丁节。四位修道院院长抬着萨蒂南的遗体，一位主教手捧他的头颅，随着欢庆队伍穿行在百花盛开的田野。一百年以后又有一次圣髑交接庆祝活动。这一回优西比乌·法因莱因在场。他当时还叫弗兰茨·法因莱因。9月份他必须去考试，所以他马上从迪林根前往魏塞瑙朝圣，由此成为百年庆典游行的见证人。他听见一位主教如何当众宣读有关圣髑真实性的证书。这份证书一百年前与圣萨蒂南的圣髑一道从罗马来到魏塞瑙。弗兰茨记住了证书的每一个字，全部用自己的话写入笔记：因为有人怀疑圣萨蒂南是否真的安息在罗马的圣洛伦佐教堂圣坛下面的棺材里，所以请贵族和平民共同见证了开棺活动，安放在大理石神龛中的木棺被当众打开。世俗和教会的头面人物亲手验证了圣髑的完整性。

优西比乌甚至说服一名僧侣允许他亲手触摸圣萨蒂南的圣髑。他以优异成绩通过了在迪林根的考试。弗兰茨得以变成优西比乌。书中有一章专门讲述这一经历，题为：怀念旧时代吧。他后来用德文撰写，书稿由位于舍布林根的乌诺尔德印刷厂印刷。

但献词还是朴素的拉丁语：De forti dulcedo。强者为善。

啊，优西比乌。

没有什么地方比多瑙河—博登湖地区珍藏的圣髑更多，没有什么地方的圣髑敬拜比这里更加狂热。本地居民以勤劳务实著称。他们的敬拜对象无奇不有！在一只特殊的玻璃杯里面：圣萨蒂南的血！玛利亚长裙上的几根毛线，玛利亚的头发，击石出水的摩西手杖的残部，各各他的十字架上的小部件，蘸上酸醋、绑在牛膝草上送到被钉十字架者嘴里的那块海绵，童贞女玛利亚的乳汁，基督的一截肚脐带，还有最最神圣之物：钉在十字架上的耶稣的血和——这个不能不说——耶稣·基督的神圣的包皮。人们把这些物件称为神圣之物。在多瑙河—博登湖地区有几百件，也许有几千件。修道院院长们把博学的僧侣派往罗马，让他们从陈列在罗马的圣物清单中挑选殉道士的圣髑并付钱购买，然后把这些珍品带回本地，使本地修道院名扬四方、洪福齐天。从亚伦的手杖到摩西的手杖再到圣马格努斯的手杖。人们传递圣马格努斯的手杖，为的是预防农害。我的先祖想保护圣髑，以免阐释者瞎说八道。人们一方面声称一块水晶里装着几滴神圣的、最神圣的血，另一方面又规定说，每一次弥撒都是重复最后的晚餐，面包和葡萄酒由此化为基督的身体和血液。

对于我的先祖而言，基督昔日所流淌的血和教义上颠扑不破的基督圣血并不构成对立，不应成为争论点。

他讲述了一些传奇故事。信徒们可以根据这些故事想象圣血如何来到这座教堂，如何来到这间圣器收藏室，最后如何进入这个十字架和里面的圣髑匣。相互攀比的修道院各有各的传说，他一视同仁，全都予以认可。他尤其绘声绘色地讲述了舍布林根如何得到那几滴圣血的故事。这不是罗马士兵朗基努斯的故事。朗基努斯用长矛刺入基督的身体，鲜血随即从伤口喷出。朗基努斯赶紧把血接住，精心保存，直到他作为殉道士死去。他死后传给了他人。由于贵族们的鼎力相助，基督的宝血经过曼托瓦来到魏恩加滕。舍布林根也不像魏塞瑙，去引证抹大拉的玛利亚的故事。抹大拉的玛利亚捡起一块被基督的鲜血浸透的泥土，从海路逃至马赛，从墨洛温家族到哈布斯堡家族的封建贵族全都伸出援手，使她得以把这高贵的财物拯救到这高原地区，交给了修道院。舍布林根可以引证圣约翰——基督最喜欢的门徒——的话。当圣约翰看见死去的基督在玛利亚的怀抱中依然在流淌鲜血的时候，他立刻明白这里流淌着多么珍贵的液体。刚好有一名罗马军官送了他一只小小的泪壶。两天前他曾经和这名军官畅谈古代犹太文化。玻璃泪壶手指大小，花瓶形状。有了这种泪壶，罗马和东方那些高贵的淑女太太们就可以把自己的泪水作为礼物送人。圣约翰把基督的血装进了这样一只小泪壶。基督的血就这样保存了几个世纪。最后，十字军骑士在以弗所附近的岩洞储藏室里发现了这件宝物，兴高采烈地将它带回家。带回舍布林根。所以我们现在拥有它。每一个时代都通过圣髑匣的制作实现自己的风格意志。重要的是，那几滴血无人碰过。1529年，来自奥伯迪申根[①]的本笃·曼戈尔德院长用院长印章把水晶花瓶封存起来。不管后来人们对水晶花瓶上面的金饰和宝石如何精雕细琢，圣体匣一直处于可信赖的封存状态。直到今天，优西比乌·法因莱因在其公益著作中写道。他还讲了一个平行的传说：如何找到、如何抢救、如何传递基督的包皮的故事。这块包皮叫Praeputium或者Präpuz。它长时间保存在拉特兰教堂的金色十字架的背面。查理大帝把这个十字架连同包皮一道送给教皇，让教皇拿它做巡游的领头十字架。这样，十字架和包皮就来到拉特兰的一座小教堂。瑞典的圣布丽吉塔，死于1373年，1391年就已封圣，她在其《启示录》中写道：玛利亚说：我的儿子行割礼之后，无论到哪里我都随身携带这片薄膜。我生下它却依然保持童真，我怎么可能把它转交给土地。

据说她把它转交给圣约翰，还有从被钉十字架的人的伤口流淌出来的血。

她最后写道：

啊，罗马，啊，罗马！你倘若有知，你会高兴，你要是会哭你甚至会不间断地哭泣，因为你有一件对我来说如此珍贵的宝藏，你却并不崇拜它。

这件宝藏被收藏起来，受到人们的崇拜，甚至还遭到抢掠，1527年：罗马大劫。一名法国士兵抢走这件宝藏。此后这件圣髑就在欧

---

① 奥伯迪申根（Oberdischingen），德国巴符州境内的一个小镇。

洲各地流传。优西比乌摘录了阐释者对这举世无双的宝藏所作的各种阐释。他们说，上帝巧妙地对这神奇之物进行了复制，就像他在《圣经》里让葡萄酒、面包、鱼儿滚滚增加。圣髑的功效比对圣髑的解释给我的先祖留下更为深刻的印象。描述圣髑的时候，人们总要提及它那不可言说的巨大力量。在法国北部，只要人们把圣髑匣从法衣室抬出来，教堂就被一朵云团笼罩，云团里电火交加，信徒们或者号啕大哭，或者低声啜泣，神父们事后说自己在那一刻像是失去了知觉。奥地利修女阿格尼斯·布朗贝津[①]总是在割礼节即1月1日感觉舌头上有神圣的包皮。而且她每一次都把舌头上的东西吞下去。在那一刻，她的内心充满光明，同时瞥见自己的完整形象。她还对自己所体验的气味津津乐道。我的先祖从这些传说中获得对过去几百年的信仰实践的某种认识。他的研究最后总结为一句话：圣髑的真实性并不重要。

我在一份1899年出版的、由耶稣会士主编的杂志上读到一个提问：Se una reliquia fosse falsa？一个纯修辞性设问。圣髑可能是假的？不。信仰使它变得神圣或者真实。我们的欧洲先辈也知道知识的局限。但是他们信仰他们乐意信仰的事情。我的先祖是怎么表述的？信仰就是攀登并不存在的山峰。音乐不演奏，等于不存在。信仰某种不存在的事物，以便它转化为存在。倘若没有我们所信仰的事物，他写道，世界将依旧荒凉和空虚。每次对一个表达信仰的句子进行推敲都以失败告终。他的错误：寻找词语来表达某种信仰的感觉。

---

① 阿格尼斯·布朗贝津（Agnes Blannbekin, 1250—1315），方济女修会成员，神秘主义者。

只要不谈论自己的信仰，他就感觉内心很充实。不由自主。现在的词语都上过学，学校里全都破坏了信仰的能力。但信与不信并非一组对立，而是一个过程，一个永不停息的运动。谁在愿意信仰和无法信仰之间循环往复，谁就对这循环往复负责。知者的知识总是来自他人。知者可以引经据典。信仰者，不论信还是不信，都立足自身。这些词语让他优西比乌感到痛苦。他最后总结道：我们所信仰的，多于我们所知道的。

啊，优西比乌。再见。

4

布鲁德霍费博士和一个本可以做我妻子的女人结了婚。他四十一岁，她五十九岁。我六十三岁。不管这事是怎么发生的，它就这样发生了。夏娃·玛利亚是一个可以比男人大十八岁的女人。布鲁德霍费博士明白这一道理。她先嫁给了维戈尔芬伯爵。嫁给伯爵之前跟我好。放在过去，人们会说跟我订了婚。在康斯坦茨的拉丁语课上相识。她攻读古代语言，我在提高我的拉丁语水平，我已经是施米德医院[①]的助理医师。

那是1970年的夏天。理夏德·桑德罗·冯·维戈尔芬来看病，无大碍。内耳囊肿。我们成了朋友。他请我去他的城堡做客，在沙夫豪森和施泰因之间，德国一侧。我可以带上我的女友夏娃·玛利亚。

---

① 施米德连锁医院（Schmieder-Kliniken），位于德国巴符州的一家私立精神病和康复医院。

理夏德伯爵刚刚离婚。三周之后他们结婚了,夏娃·玛利亚和伯爵。

夏娃·玛利亚来自乌尔姆,她家在乌尔姆开了一家古老的鞋店。那年她二十二岁。她在班上是无可争议的第一名。学期结束时她只用拉丁语回答问题。如果妻子不反对,授课的教授恨不得马上娶她。这话他非常潇洒地在课堂上说。但也用拉丁语说了一遍。他的妻子是多余的障碍[1]。可是她后来成了夏娃·玛利亚·冯·维戈尔芬。

夏娃·玛利亚在康斯坦茨读大学,因为她需要水。她喜欢游泳。先在多瑙河游,后来在博登湖游。她夜以继日地游泳。全校冠军。全国冠军。奥运选手。200米自由泳,距离铜牌差0.04秒。她是第一个畅游博登湖的女人,从布雷根茨游到康斯坦茨。64公里的距离她游了25小时15分钟。班上为她举行庆祝活动。她坐在讲台上,讲台上还摆有一张讲桌。我们的教授用拉丁语跟她谈论她在水中度过的时光。她很多词都不知道。教授说她属于鱼类[2]。游泳是必要的[3],他玩起了文字小把戏[4]。我坐在第一排,在夏娃·玛利亚的斜下方。那是一个流行短裙的时代。她先是跷着二郎腿,左腿压着右腿。由于跷着二郎腿,她的大腿和膝盖都处于紧绷状态。可以一直看到她的短款牛仔裙底下,这牛仔裙还有流苏边。如果这两条大腿出现在我的脑海,我就想起用大腿做成的船头这个词。它们并未出现。因为它们从不消失。我可以感觉自己受到这两条大腿的迫害。当然,上面,那个女人,不,那个姑娘。夏娃·玛利亚身高一米七五。跟我一样高。一

---

① 原文为拉丁语:obstaculum obsoletum。

② 原文为拉丁语:genus natantum。

③ 原文为拉丁语:Natare necesse est。

④ 古希腊有一句谚语:航海是必要的(Navigare necesse est)。

个跟你一样高的女人自然比你高。她的脸，不单是一张少女的脸，有点外翘的嘴巴，跟她干劲十足的眼神非常搭配，总体上，从外貌到举止，她都有一种干练气质。看这齐刷刷的短头发。泛红。如果金色和红色可以混合——这就是她的头发。班上的庆祝活动结束后大家一起去泡吧，我可以开车把她送到利泽尔施特滕[①]。她住的地方可以保证她随时下湖。在这个夜晚，我给她冠名阿尔忒弥斯。然后是维戈尔芬伯爵的邀请：带上您想带的人。维戈尔芬王宫。我们坐在露台上赏景。眼前是王宫池塘，池塘一直延伸到周边的森林。决定我们命运的池塘，他说。1945年12月的某一天，他父亲爬到池塘边，在离栈桥几米远的地方，栈桥则是十九世纪修建的镂空结构铁塔。作为栈桥的埃菲尔铁塔，伯爵说。从他说话的语气可以判断他老是这么表述。12月的池塘水太浅，不允许从栈桥跳水自杀。所以他父亲就从岸边往水里爬，一直爬到可以淹死自己的地方。一身戎装。党卫军将军。最后一站在比利时。其任务是训练莱昂·德格雷尔[②]领导的瓦隆军团打仗。然后身着囚服从比利时跑到上莱茵河地区。一路步行。一身集中营囚服。这也是故事里的一个噱头。然后有战友通风报信，说他被盯上了。他就爬到池塘边上投水自尽。桑德罗伯爵当时七岁。这座城堡不再是城堡，而是第二个瓦恩弗里德别墅[③]。他可是在萨勒姆[④]读中学的时候就开始用一切可以弯曲的东西制作小人物。他的

---

① 位于博登湖畔的康斯坦茨郊外。

② 莱昂·德格雷尔 (Léon Degrelle, 1906—1994)，比利时雷克斯党领袖，第二次世界大战时与德国占领军合作，赴苏联前线作战。

③ 瓦恩弗里德别墅 (Villa Wahnfried)，意为“静庐”。

④ 指萨勒姆王宫中学。这是一所著名的国际寄宿学校，坐落在德国南部风景旖旎的巴登湖畔，是德国规模最大、要求最严、名气最大的寄宿学校。

《圣经游戏》由此产生。现在这玩意儿在一百多个国家销售。从亚当和夏娃、约瑟和他的兄弟们到临近基督诞生之前的各式人物。所以他能够像变魔术一样把他的宫殿变成毫厘不差的瓦格纳别墅。这时我们突然意识到，宫殿里一直传来瓦格纳的音乐。夏娃·玛利亚蓦地站起身来，走到下面的栈桥，脱掉衣服，一个鱼跃扎入水中，然后以自由泳姿划向远处。我向伯爵描述了夏娃·玛利亚的水上激情。所以三周之后：夏娃·玛利亚·甘斯罗塞和刚刚离婚的理夏德·桑德罗·冯·维戈尔芬伯爵。婚礼当天一张明信片，毕加索，《裸背的女人》，1902：蓝色时期。卡上写着：我永远爱你。回头见。夏娃·玛利亚。她和伯爵共同生活、共同旅游的时候总要写明信片向我问好，一年一次。总是缩写，总是大写字母：I W D I L, BB[①]。

伯爵的渴望之一：他想成为年过六十还能独自攀援艾格尔峰北坡的第一人。但是天气突变，他摔了下来，一条腿挂在缆绳上，冻死了。

从现在起，妒忌成为我讲述这故事的主旋律。我的朋友珀西：妒忌就妒忌吧。你就好好享受妒忌。

话说海因弗里德·布鲁德霍费博士。理夏德·桑德罗伯爵毙命于艾格尔峰北坡两年后，他娶了娘家姓甘斯罗塞的夏娃·玛利亚·维戈尔芬寡妇。伯爵本人是一个很一般的帆船运动爱好者，他给布鲁德霍费博士留下了塔玛拉号豪华游艇，以便布鲁德霍费博士征服世界。布鲁德霍费博士开着塔玛拉赢得了博登湖上可以赢得的一切奖项。布鲁德霍费博士在一次采访中说，他来到世上，就是为了

① 意为："我永远爱你。回头见。"

帆船运动。

和布鲁德霍费博士举行婚礼的当日寄来一张明信片，但装在信封里，正面是古斯塔夫·克里姆特，《达娜厄》，1907，背面写：*充满爱*，*夏娃·玛利亚*。《达娜厄》是放荡的青年风格。达娜厄因为不忠贞，被装进箱子推到海里。宙斯化作一阵金雨，让她怀孕，父亲不相信她的话，把她扔进箱子里，然后扔进大海。这样，她靠游泳躲过一劫。*充满爱*，*夏娃·玛利亚*。

我不得不在林中奔跑。不得不狂奔。喊叫。不是高声喊叫。我不喜欢高声喊叫。我不得不低声喊叫。几天几夜。不得不品尝前途无望的滋味。谁也别想研究这个词，谁也别想研究这种状态。如果你不在这种状态，这个词、这种状态就没有供你理解的入口。你靠边站。这是真实状态。我永远爱你。你靠边站。你不可能在你这里推行这种状态。你可以推行一百次。哪怕你有百分之一秒的一不留神，它就重新化为一道希望的闪电，化为一股制造错觉的力量。有一段时间我总看詹姆斯·卡格尼的电影。他演的所有角色都是我的角色。收着下巴，紧闭着嘴，眼里透出无助。我从未想到自己会和一名演员如此惺惺相惜。然后我写了第二篇博士论文[①]。论衰竭综合症。无减缓迹象。患上经典的抑郁症。这样，也就是因为夏娃·玛利亚，我才来到精神病院。

靠边站。*充满爱*。

你不放过任何一根救命稻草。心理学，逻辑学，星相学，哲学，宗教。你讲得越多，你讲的内容就越是靠边站。你失败一次，不可解释

---

① 即教授资格论文。

者就胜利一次。本来你应该随着一次次的失败变得更加无望。但事实恰恰相反，你失败一次，你的希望就增添一分。可以和赌徒的失败媲美，因为赌徒每输掉一盘，对自己下对赌注的希望就会增添一分。所有的童话、所有的宗教对拯救的想象都在为不可解释性配插图。在想象中把自己搞垮。这是目标。

人们走投无路才学习信仰。但随后便一发不可收。

白天，人们还可以在劳作和憩息中欺骗自己，但在夜阑人静的时候，镶着金边的空虚依旧是空虚，我看着未来张开它那黑洞洞的大嘴，看见它嘴里盛开着鲜红的塑料玫瑰。不管有没有上帝，我需要一个。上帝是橱窗模特，我路过的时候他会向我招手。

夜里祈祷，祈求第二天别让我碰到十字路口。我知道，到了十字路口我会寸步难行。会原地不动。或者干脆朝前开。管它什么方向。千万别再碰到十字路口。别再犹豫不决。

我已远离自己。在自己的下方。我，哀求自己，一副可怜的哀求样。幸好我听不见自己的声音。

风啊，今夜使劲吹吧，别让我陷入孤单。

你受制于你的负担。你的重量超过整个世界。

每天早晨都昧着良心起床。嘴已缝上。你妄想你比别人优秀，因为据说你的处境比谁谁谁更糟。这是一种诱惑。过去也是一种诱惑。

梦。没有谁的梦你不了解。梦不可言说。

过去我总是顺着一堵墙走路，相信墙止于何处，生活就始于何处，二者首尾相连。这是一个错误的认识。这堵墙就是生活。

他想做这里的头儿。他在这里已经是头儿。他是这么想的。但是他还没有得到任命。还不是教授。他急不可耐。近来他随时随地贬低我。说我领导医院的方式很不负责。很危险。很浪漫。脑子不太正常。早就过时的玩意儿。他这么说话。还故意让我知道。他希望我反抗。以便发生争吵。大庭广众之下。他想让我在报上出丑。他的各类抗精神病药对决我的金丝桃。他是这么想的。斗争发生在每一天、每一秒。上周，送来一个四十七岁的男人，他用泥瓦工使用的双面锤往妻子头上打了八到十下，打一下还有反应，打到十下就没反应了。然后他用菜刀扎她的脖子。十七刀。婚后的每一年都有一刀。然后把刀洗干净，插入洗碗机里。他说，他总是给他妻子配备各种家用电器，好让她的生活变得轻松。第二天早晨去警察局。讲述他发现妻子的时候是什么情形。是他干的。他自己完全不理解为何这么干。邻居都喜欢他。叫他好样的贝尔特。现在我们应该判断他是否有犯罪能力。进行小组会诊的时候，布鲁德霍费博士问我是否要建议对好样的贝尔特采用睡袋疗法。随后赶紧纠正说法：只有女病人才考虑睡袋。如果我说他在迫害我，这话听起来很滑稽。但是事实如此。他的迫害能力与日俱增。

我的写作必须树立一个目标，以保证布鲁德霍费博士即便有朝一日成功弄到我的书稿之后也会茫然无措。看到《我的彼岸》这一书名时他还会宽宏大量地做做鬼脸。然后是第一页上的标题：光明和完美①。如果我把这两个词从希伯来语或者希腊语译成德文，它们就失去了尚未译成德文时所赋予我的力量。它们也失去了藏而不露、

① 原文为希伯来语：Urim Thummim。

拒人于千里之外的力量。它们所表达的意思大概就是大彻大悟或者神的指引。译成通俗的神学话语：启示。但这也必须把克尔凯郭尔的教导考虑在内：启示是一桩秘密。

每年他都和夏娃·玛利亚一起在这一带沿着土耳其海岸来来回回地玩帆船，但并不知道他的帆船经过的都是什么地方。每到一个港口都来明信片致以问候。写的问候。他在这里的信使是：布赖特博士和露琪亚·迈尔—霍尔希。明信片贴在黑色布告栏上，大家都能读到布鲁德霍费博士在费特希耶港与其男女伙伴如何一边喝泰尔梅索斯的葡萄酒，一边品尝刚刚从费特希耶湾里捕捞起来的鱼。每天都从另外一个港口和另外一个海湾寄来明信片。港口总是：熙熙攘攘的东方世界，海湾总是：梦幻仙境。而且不见游客踪影。写信讲述这一切的游客不是游客。布鲁德霍费博士一回来，大家都得看他自己拍摄的电影，看电影记录的熙熙攘攘的东方世界和梦幻仙境。他的话题万变不离其宗：帆船。在菲尼凯租来的。都是大型帆船，取名卡萨波格鲁或库贝勒，双桅，配有乘务人员。但船长永远都是布鲁德霍费博士。要知道，布鲁德霍费博士来自洛伊特基希。他的父亲一辈子都在瓦尔德堡—采尔城堡里做司炉。据说，在那个寒冬漫漫的地方他负责烧二百一十四座锅炉。他的死因是气管癌。很明显，海因弗里德必须下水。还在乌尔姆读大学时他就去博登湖上玩帆船，还在一个轻量级比赛中拿了欧洲冠军。

他诊室的四壁挂满他的帆船运动照。在不同的船上。总是乘风破浪。浪花飞溅。船身严重倾斜的时候他也泰然处之。瘦高，笨拙，快活。布鲁德霍费博士回来之后，扬帆爱琴海的帆船运动员写来的明信片依然一张接一张地寄达，依然一张接一张地往布告牌上面钉。

帆船经过圣尼古拉的出生地帕塔拉。经过卡勒，从前叫米拉，尼古拉曾在这里担任主教。从以弗所归来的保罗，在返回犹大地区的途中就在帕塔拉稍事歇息。神圣的名字。保罗在以弗所花两年时间撰写他最重要的书信。拔摩岛被甩在我们的帆船运动员的左后方，这是约翰撰写《启示录》的地方。《启示录》写给七个教会，第一个就是以弗所教会，给教会的天使，里面有一句话不断刺痛我：然而，有一件事我要责备你，就是你把起初的爱心离弃了[1]。约翰埋葬在这里，玛利亚也在这里度过她最后的日子。在供奉阿尔特弥斯的以弗所提到她，这的确耐人寻味。在古代的吕底亚，孩子们总是随母姓。世界上没有任何一个地方的女人比她们更成功。先是崇拜库柏勒，后来崇拜阿尔特弥斯，然后是玛利亚。荷马也来自本地，还有赫拉克利特。但无论如何，布鲁德霍费博士至少驾驶帆船经过那里。我哪怕是附近都没去过。

夏娃·玛利亚性格开朗。我肯定她每天晚上都让船上的人哈哈大笑。她自己几乎不笑。开朗，不柔弱，嘴巴有点外翘，她可以是个男孩。这张脸不会显出老相，因为它有最美丽的镇静。

如果有生命从我身边走过，我不会抬眼看它。我不想看从我身边走过的生命。如果生命从我身边走过，我就眼望别处。

人们揪住错误不放，而错误比错误造成的后果小得多。世人渴望惩处他人。为了忍受对自己的惩处，每个人惩处他人的力度都必须略大于自身受到的惩处。几千年来，惩处力度持续加大。这已经有了可观的积累。

---

① 参见《圣经·启示录》2:4—5。

既然我的同名保护圣徒奥古斯丁也在《忏悔录》中承认，与昔日恋人的分离给我造成的伤口不会愈合，他只能帮我的倒忙。我的心中充满无望的痛苦。

自从去了圣奥古斯丁教堂，我的渴望就有了目标。因为我在那里看见了圣母，看见她如何俯视那两个可怜的朝圣者，而朝圣者的仰视目光中的感情比圣母的俯视目光多得多；我还看见圣婴那只又白又嫩的脚——只有她的脸跟这只脚一样明亮，一只轻飘飘的小脚和一张像施舍一样表示关切的脸。卡拉瓦乔创作的圣母像给出了目标。她就是我的彼岸。信仰圣母很容易。由于圣母，世界变得比它原本的样子更美丽。或者有人听见我在喊叫吗？我永远爱你。回头见。十七年以后：*充满爱*，夏娃·玛利亚。存在某种可能性的时候，我们就不会信仰。我们只能用信仰来回答不可能。跳高。被重力抛出。抛向天穹。在亲吻天穹那一刻，你醒来了。别害羞。

我的境况：我不知道可以恨谁。我不得不恨却不知该恨谁。如果没有现在的职业，我会说：这使我成为病人。我是一个失败者。如果你找不到你可以仇恨的对象，你就是失败者。仇恨使人健康。我渴望能够产生仇恨。枉费心机。所以我感觉自己就像超市里出售的润滑剂，有百种用途，但无大用。

琢磨不透的种种事情给我提供了一种存在，这种存在成为我的宿命，我的敌人即便引不起我的爱，也会通过言行举止让我感觉仇恨不可想象。布鲁德霍费博士让人恨不起来。我可以杀死他，但无法恨他。

充满爱。

这难道不是很德国吗？这不是一种召唤？永远的召唤？这不是圣髑吗？我本来可以从我的先祖那里学到一个思想：圣髑真伪与否并不重要。信仰是一种能力。一种天赋。一种力量。你打球。球怎么打出去，它就怎么跑回来。在法衣室的一个单独上锁的柜子里，立着一只光芒四射的、饰有修道院院长的纹章和玫瑰经环形雕花的圣髑匣。这是一只金色的十字架，在竖梁和横梁相交的地方，是保存圣血的水晶。由本笃·曼戈尔德院长封存。看不见水晶里的圣血的，一年之内就会死去。

我们总是在想象什么。我们没有一秒钟的空白。空白也是一种想象。我知道没有天堂。但是有天堂这个词。地狱亦如此。它们是我们继承的遗产。天堂和地狱。我们心中装备了天堂、地狱，还有二者之间的一切。天堂存在，地狱存在，我们却不相信其存在。我们却相信其存在。自动地。不由自主地。倘若真有天堂存在，我们就无法相信其存在。只有当我们注意到自己相信天堂的存在时，我们才发现自己不相信天堂的存在。这种信与不信毫无差别。这是一种感觉或者存在。总是有别于知识。

我的先祖：我们所信仰的，多于我们所知道的。词语使他痛苦。我也想借助无语状态把自己变得刀枪不入。

如果我在投掷这类词汇的时候击中自己，我很乐意对自己采取行动。我想启动一场对自己的审判。尽管我知道：我越是严肃地对自己进行审判，我的意图就越是不严肃。这是一条法则。每个人都可以在自己身上，都可以通过自身来检验这一法则。一个人越是严肃地对自身进行审判，这审判就越有可能变成一种嘲弄。

天后玛利亚亲手把白色的修会会袍递给了修会创始人诺伯特。

对这一说法，我的先祖从未表示怀疑。在他书中，讲述这个故事的那一章题为:《信仰，一个美化世界的壮举》。

充满爱。没有这个词，我的生命有何意义。我永远爱你，这句话此后就失去了力量。这就像填写在表格上的一句话。

充满爱是我的彼岸。信仰不存在的事物。以便它存在。

每当心里要对那些轻快走动的人产生敌意的时候，充满爱就会出现。看不见，听不着，但是有感觉。充满爱。如果这世界上没有你，我不可能盯着黑暗看一通宵。你为我的失眠命名。我的可怜状态只想要你的名字。我把这种魂不守舍称为渴望。不是一种状态，而是一种运动。快中之慢。我的彼岸，一种需求、一种缺憾、一个缺失。

我很高兴不得不查阅点东西。但愿我折腾老半天才找到。

等距离地远离所有人，这就是你的正确地位。现在没人想我，这是好事。倘若布鲁德霍费博士在此时此刻不想我，我一定非常高兴。但是他想我。卡拉瓦乔的大卫伸展左臂，拎着被他刚刚砍下的歌利亚的头。他拎着歌利亚的头发，让其头颅摇来晃去。依然手持利剑的大卫很年轻，歌利亚的岁数比他大不止一倍。据说这是画家的自画像。在他死前两年画的。

我必须把一张印有这幅画的明信片放入布鲁德霍费博士的信箱。他将在这幅画上认出他自己和我。但是他不会注意到我是画家。

如果一个人不可以再对自己承认渴望什么。

信仰比知识让世界变得更美，这可是千真万确。

把灵魂的双眼挖出来。禁止耳朵思考。我学会了轻声喊叫,让自己也听不见。我们知道这是当真的,但是我们不信。

这个世界不适合你,但是你应该适应这个世界。

倘若有上帝存在,就没有表达上帝的词汇存在。

哦,奥古斯丁!如果你能领会他,他就不是上帝①。

① 原文为拉丁语:O, Augustinus! Si comprehendis, non est dues。

5

医院食堂的承包人和他的妻子。费尔根特勒夫先生和他的妻子，后者希望所有人都叫她黑尔佳。她丈夫却希望别人叫他费尔根特勒夫先生。每个人都听他说过他为自己的名字感到自豪。海因茨。但是这个名字他只想在位于舍布林根郊外的家里听到，他不想在食堂里听到，不想在工作岗位上听到。十八年前，费尔根特勒夫先生通过我成为食堂的承包人。他大腹便便，当时就有一个亮闪闪的光头和过于挺拔的身姿。他不仅总是看似高昂着头，而且总是把高昂的头微微偏向一边。要不是脸上总是洋溢着轻松而真挚的友好神情，人们会觉得他非常自负。他只为我一人服务。其他人全都由服务员去管。他从来都只为我一人服务。没有低三下四的意味。他一开始就把话说得很明白：过去他是侍者，现在他是这里的老板，但在另外一个老板面前他想做侍者。难怪他在元旦舞会上，在为新年的到来干杯那一刻凑在我耳边悄悄告诉我，他很乐意我叫他海因茨。只乐意我一人这么叫他。我表示感谢，但很少使用这一特许。这是一个错误。这也许伤了他的面子。现在他进行报复。在上一次的元旦舞会上，他也把自己的特许给了布鲁德霍费博士。布鲁德霍费博士马上把这变成一起轰动性事件。他敲了敲玻璃杯，当时临近午夜，他大声宣告，没有多少荣誉能够像海因茨·费尔根特勒夫先生颁发的荣誉这样令他开心，现在他可以叫费尔根特勒夫先生海因茨了。所有人都必须举杯，都必须为这一轰动性事件干杯。然后画龙点睛：他邀请黑尔佳·费尔根特勒夫跳舞。尽管黑尔佳的身材与其说苗条不如说肥胖，但是她那热情奔放的气质不断带动她那笨重的身体做出最漂亮的动作。与布鲁德霍费博士共舞大获成功。两人都大获成功。他们忽而旋转，忽而抖动，忽而猛甩。看着他们跳舞可谓赏心悦目。波涛汹涌的掌声。布鲁德霍费博士把这双人舞蹈变成了展现骑士风度的编舞。做任何一个动作都是为了黑尔佳。她知道以女人的方式来享受这一待遇。

现在海因茨·费尔根特勒夫就不再只为我一人服务了。侍者的本能：布鲁德霍费博士是下一任老板。

布鲁德霍费博士利用上一次新年舞会对我进行打击，向我表明他在这里可以对我为所欲为。他的打击总是巧妙设计，让我不仅无法抵御，而且还不得不装出毫无察觉的样子。如果我做出反应，他可以让所有在场的人作证，证明我过度敏感。他甚至有可能搬出他的词汇，说我是偏执狂患者。

跟多数时候一样，上一次舞会我和露琪亚·迈尔－霍尔希同桌。旁边还有布赖特博士和露琪亚手下的两个女孩。还有霍伊普特勒博士，一个盼望退休犹如盼望拯救的医生。他在舞会上装扮成死神教父。还有护理员阿尔方斯。他是所有护理员中间最不苟言笑的一个。

尽管没有跟他谈论过他自己，但我感觉他不会说任何恶毒的话。他是一个——我无法用别的表达——好人。他因为一个癫狂病患者失去了右眼。他事后对人说，他不想还手。我们是一桌，我们做出一副自娱自乐的样子。露琪亚·迈尔－霍尔希让我们这一桌保持热热闹闹的状态。化装成俄国人的布赖特博士试图对每一句俏皮话都发出她其实发不出来的笑声。阿尔方斯的打扮最能说明我们这一桌的情况。他是一个长着蝙蝠翅膀的吸血鬼，但是他的胸前用大字写道：我是一个胆小的吸血鬼。阿尔方斯和露琪亚跳舞，和两个女孩跳舞，霍伊普特勒博士也和露琪亚跳舞。每一对舞伴回来我都热情喝彩。布赖特博士和我怎么也不肯跳舞，所以我们明显有一种同盟感。

随后来了布鲁德霍费博士。刚刚跨入新年，他便来到我们这一桌。由于元旦舞会一年比一年更像化装舞会，他装扮成理查德·瓦格纳也无可厚非。对于我，这是一个打击。瓦恩弗里德二世，夏娃·玛利亚……几十年的一幕幕场景刹那间穿过你的脑海。他个子太高，不宜扮瓦格纳，一米九，一个巨无霸理查德·瓦格纳，但确实是一个理查德·瓦格纳。红色无檐绒帽。歪得不能再歪。一件丝绒夹克，自然也是深红色；夹克没系扣子，只是用金色饰带串在一起。然后是巨大的蝴蝶结，亚光的玫瑰色中的一座高贵的火山。假设他没有在两耳之间再粘上一圈络腮胡子，我们会想到：这还缺点东西！他现在这样子可是完美无缺。我被彻底击溃了。我本应跳起来大喊一声：我姓布鲁克纳，名安东！还有一个天然适合做剪纸图案的驼背。这话他肯定听不懂。对于这场瓦恩弗里德二世的大戏，我束手无策。除了痛苦。这位瓦格纳又是如何地光芒四射！他和我们明显不在同一个元旦舞会上。他热度超高，速度超快，相比之下，我们这一桌人都是木头人。不是说他讲话的速度更快。他讲话的口气更大。更有气魄。更令人神往。他必须时时刻刻体验到自己如何让所有倾听其讲话的人心旷神怡，否则他受不了。这场舞会是一场庆功会。为他庆功。他想把新年的第一场舞献给露琪亚·迈尔—霍尔希女士。没有这位女士，舍布林根医院早就陷入忧伤的沼泽之中。这位女士焕发出一种精神、一种力量、一种活力、一种令人轻松的气质，没有这些，我们将无法承受这个美好而沉重的职业。亲爱的露琪亚·迈尔—霍尔希，如果您现在说不想跟我跳舞，我就不知道自己何去何从。这是敲诈，我知道，因为无论白天黑夜，您都是本院最为热情的造福者，所以……这时露琪亚已经跳起来，拉着他上了舞场。但随后就是他们的表演。露琪亚偏瘦。个子也不高。一旦和布鲁德霍费博士携手出场，她就成了半截人。布鲁德霍费博士，一米九一的魁梧身材，在这个身轻如燕的人身上找不到黑尔佳·费尔根特勒夫的重量，黑尔佳的重量能够允许他做各种旋转动作。每当他双手抱揽露琪亚的腰，让露琪亚仰着身子在空中旋转的时候，人们都担心她的腰肢会马上折断。但就在人们担心之时，他已将她放回地面，只用一只手拉着她一圈又一圈地转。她腾飞起来，又不断触地，不断降落，不断地走花步，不断重新起飞。贡献最大的自然是她的脑袋。这个脑袋上有浓密的卷发，下连长长的脖子。脖子围着一根项链，项链串着粗大的红珠。不论原地打转还是被拉扯在空中转圈或者穿插点独舞表演，她做这一切都是为了这个长着浓密卷发的脑袋。她的头发比她本人飞得更远。大厅里的每个人都知道露琪亚·迈尔—霍尔希女士穿的衣服都是自己亲手设计和缝制的。一条灯笼裤，紧绷着臀部和大腿，膝盖部分才变得又肥又松。而且还是红黄绿胡乱掺杂的混合色。她的上装发出金属亮光，这可是古罗马军人的铠甲的上半部分。在她耳垂上摇来晃去的挂件把她变成了一个女奴。理查德·瓦格纳可以对她发号施令。除了这俩，舞场上没有别人。众人或是站着或是坐着，全都在尽情观看，尽情鼓掌。

在明白眼前这一幕是怎么一回事后，我开始仰直脖子喝酒，一杯，两杯，三杯。他们两人款款回到我们这一桌，对众人热烈鼓掌感到诧异，不就是两人跳了一会儿舞吗。这时我肯定已经给自己灌下了一瓶酒。所以我能够站起来，伸出双手迎向露琪亚，祝贺她，也祝贺他。能够对他们说：一场如此疾风暴雨的和谐共舞是为进入新年发出的最美的信号。你俩刚才如何共舞，我们在新的一年里就如何共舞。

布鲁德霍费博士深受感动。我看见了。他的眼里噙着泪水。他以前所未有的方式拥抱我，说：教授先生，我们为此干杯。他拿起他的杯子，我拿起我的杯子，这一桌所有的人都举起杯子，坐在其他桌子的所有人也都站起身来，在本次庆祝活动中，这是第一次和唯一一次全场举杯同庆。布鲁德霍费博士说，没有露琪亚·迈尔—霍尔希，他这一辈子再也不跳舞了，绝不。说罢，他在这张镶嵌着浓密的卷发的脸上一左一右地分别来了深情的一吻。然后走了。我们目送他离开的背影。

我喝酒抽烟，抽烟喝酒。我不得不借酒浇愁。我要求同桌的所有人员立刻听我讲话。亲爱的露琪亚，我娶您为妻。千万别反对。在这里，在今夜，在今年，这不是一门最差的亲事。

我抱住她，亲吻她。没有亲嘴，但使劲亲吻她的双眼。大家都把这当成醉醺醺的上司开的一个玩笑。布赖特博士痛苦不堪。这个我还能观察到。但是我刹不住车。我以我的红色领结发誓，我大声喊道，我想把领结从脖子上解下来，解不下来，请独眼阿尔方斯帮忙。他上手帮忙。我把红色的蝴蝶结放在桌上，说：露琪亚和我有五个结婚证人。我开始数数。这时我的脑袋开始发晕。我说：阿尔方斯，你是年度最佳护理员。你要保证我在不被任何人看见的情况下离开大厅。这个可以做到。阿尔方斯让我钻到他右侧翅膀底下，我和他、和又叫死神教父的霍伊普特勒博士一道不动声色地走出大厅。布赖特博士最后狠狠地瞪了我一眼。死神教父和胆小的吸血鬼把我带回家。带回我的家。开着车。问了百来遍我感觉如何之类的话。我的手摆了百来遍。显然是两人中间的一个在我的大衣兜里找到了我的钥匙串。我躺在书房里的沙发上。我请两人走。一切都好。没问题。没问题。

他们走了。

清醒之后，我知道自己失去了露琪亚·迈尔—霍尔希。她做我的秘书几乎有二十年之久。如果不是亲身体验，谁也没法想象这种关系。一种无与伦比的亲密关系。有些上司跟他们的女秘书睡上一觉，以便给这种亲密关系打上烙印。我总是认为这种事情是不可强加于人的。对两人都是一种侮辱。一种命运攻守同盟成为连结露琪亚·迈尔—霍尔希和我的纽带。这种同盟不需要验证。过去不需要。因为这一切都成为了过去。现在布鲁德霍费博士在任何时刻只需提一提他们在舞场创造的辉煌，她立刻就做他喜欢的一切事情。通过一次共舞，布鲁德霍费博士就成功地使她的生命熠熠生辉，我在几乎二十年的时间里却无所作为。

这不是胡思乱想。这是我每天都可以目睹、观察和感觉的事实。我从未催促露琪亚站在我的一边反对布鲁德霍费博士。这可完全没有必要。我们的共性源自曾经发生和没有发生的一切。一种只有我们，只有她和我才具有的共性。现在这些都成为过去。自那以后，她总是努力让我称心如意。个中缘由路人皆知。自从在元旦舞会表演之后，她就不止一次顺便提到布鲁德霍费博士的妻子比他年长十八岁。十八岁，教授先生！像我们这样的人最好不要想象这是怎么一回事。

在经历舞场辉煌之前，在经历由布鲁德霍费博士导演的舞场辉煌之前，她从未如此说话。我每次都让她感觉到她提的这类事情我一点不关心，我甚至让她感觉我认为她的话欠妥当。从前她会注意到自己提到这类事情我会多么难堪。即便不知道为什么，她也会察觉到我的难堪，也许她还要为自己所说的话道歉，或者——这符合她的性格——进行自我调侃。从前，如果她注意到这类含沙射影的话让我多么难受，她会说她专门负责让人难受。从前她会说，宁肯使人尴尬，也不憋闷心头。现在她根本注意不到我是什么心情。我各种各样的心情。我的心情本身。现在我才体会到逝去之物多么珍贵，彼此的了解，彼此的亲密，彼此的信赖。我不会尝试要回这些东西。不论做何种尝试，现在还作为共性残存的一切都会遭受毁灭。已经发生的转变不应妨碍我们的工作关系。这是露琪亚的愿望和意志，我感觉得到。

顺便说说，她把我的红色领结带回来了。红色领结是我舞会之夜的装饰。露琪亚无法做到把我的犯罪事实[1]放到我手里。这东西放在书桌上，装在一个透明的夹心巧克力盒子里。上面写着：新婚夫妇向您问候。这是露琪亚。她总有开玩笑的兴致。当我把领结就近放进抽屉，以免再次见到的时候，我知道这次舞会是我参加的最后一次

---

① 原文为拉丁语：corpus delicti。

舞会。我不知道这家医院我还要领导多久，但是我知道人们不再期待我参加元旦舞会了。我，上舞会！

今天的事情，我感觉像是一个不会游泳的人硬要去游泳比赛凑热闹。反正布鲁德霍费博士的妻子是游泳女将中的游泳女将。

充满爱。夏娃·玛利亚。

6

现在采取行动。如果我此前成功地让人们理解了我的处境，我的行动便是油然而生的。导致这次行动的，不是我的灵魂一闪念。事物的发展使然。我只是没有抗拒即将发生的事情。我进行配合。一个听天由命的机会主义者。在伟大的、所谓的世界历史上，这种事情实在是屡见不鲜。所有创造世界历史的行动者都一再告诉世人，如果机会女神发出邀请，如果她引诱或者催促我们，我们就应采取果断行动。

言归正传。

我偷窃了圣髑匣。一个世俗的法官会这么说。我要说：我把它转移到了安全地带。我的先祖拯救它，是为了使之免于贪婪的政府的侵害。我拯救它，是为了使之躲避文化人居高临下的虚伪，不管这些文化人来自世俗社会还是教会。布鲁德霍费博士在我的行动原因中不可或缺。他的间谍侦查出我在写一本旨在捍卫圣髑的书。他在全院大会上要求全体医师一致配合，不向外界走漏半点风声。如果有记者获悉法因莱因教授在对圣髑进行研究（他补充说：如果你们想把这称为研究的话），如果有记者获悉我们的上司有这一特殊专长并在报上进行报道，我们医院的名声就将毁于一旦。他要求大家做某种保密宣誓。同事们全都看得出来，他讲这番话不是那么地严肃认真。他声称，本次公告之后不可以在全院大会上就此展开讨论。毫无疑问，在这个问题上大家的观点是一致的。那就不用讨论。但沉默是什么意思。他最后说：现在舍布林根沉默疗法倒是可以派上用场。随后又说：既然大家对这个怪诞的题目只可能产生一种看法，他认为向老板通报众人的保密宣誓纯属多余。除了沉默，他真的不可能对我们有别的期望。五十九个男女医师中间有一个男性医师违背这一戒律：霍伊普特勒博士。他不仅向我描述了会议的情况，而且一一列举事实，讲布鲁德霍费博士如何频繁地对我的圣髑研究冷嘲热讽。霍伊普特勒博士称，布鲁德霍费博士在这件事情中所暴露的诽谤癖好表明我对他造成了某种持续的刺激。布鲁德霍费博士声称，我的圣髑研究是一出无休无止的丑闻。欧洲启蒙运动跟他的上司擦肩而过，没给他的上司留下任何精神烙印。不得不在这样一个上司的手下工作，这有悖于他的世界观，有悖于他的职业荣誉感。霍伊普特勒博士总结说，布鲁德霍费博士为法因莱因教授蔑视欧洲的理智文化如此烦恼不堪，如此大动干戈，他由此暴露出偏执狂患者特征。

有一点可以肯定：布鲁德霍费博士用舞蹈表演征服露琪亚·迈尔一霍尔希，这不是舞会上的一闪念。这是蓄谋已久的事情。现在他所知道或者他相信自己所知道的事情都来自露琪亚。她本人知道我在研究什么，因为是她帮我找我所需要的书籍，是她帮我写。但不是利用在医院的带薪时间，而是在晚上和周末。我从未期待，更未要求她对我做的事情表示赞同，我只期待她保持忠诚。直到元旦舞会之前，我深信她对我保持了忠诚。舞会之后我没再让露琪亚为我写任何东西。有了舞会的经历，我不可能再让她帮我写。她一定注意到了这一变化，所以她表现得比过去冷淡。我们的关系破裂了。

得理不饶人。这是布鲁德霍费博士。

如果一个人对必然充满信念，他行动起来就很轻松。这是我。

奇怪，没有顾虑，也没有恐惧。我赤着脚。我有一种过度清晰的感觉：只有赤着脚你才能做成这事。勒茨林根的康拉德，我的保护神。在基督升天节前两天的那个黑夜，我从钟室进入修道院教堂，经过祭坛，但没有做布赖特维泽的那些虔诚动作，然后来到法衣室，我开启房门，打开手电，马上找到存放那个熠熠生辉的圣髑匣的圣髑柜。我没有丝毫的慌乱。我也有开启圣髑柜的钥匙。布赖特维泽把我的兴趣理解为对圣人的敬拜。也是这么回事。它，圣髑匣，就存放在这里，用几块布层层包裹，上面系着一根银色饰带。我把它抱起来。当时是什么感觉，我不会告诉任何人。我用一个抽象的概念：正当性。理直气壮的正当性。我把一件宝藏从危难中解救出来。当一个人从熊熊燃烧的房子里救出一个孩子的时候，他可能就有我这种心情。

我带着圣髑匣走进昔日的高级教士办公室，也就是我从前的办公室。当初我坚守这间办公室，没有搬进新建的医疗中心。高级别的颠覆行动，后勤总管说。但我可以提醒他我的先祖优西比乌·法因莱因曾是这里的院长，所以，尽管我也不得不把现在的业务搬到新楼去，当然也包括秘书班子，即露琪亚·迈尔—霍尔希和她的两个下属秘书，但是我本人直到退休之日都可以留在旧办公室做业务以外的事情。对于布鲁德霍费博士，这自然是一件恼火的事情。但是他无法阻止我从卫生厅得到一纸特别许可，因为他当时还没有来到竞技场。

我把装着圣血的十字架放进书柜，里面堆放着我为圣髑研究专著收集的材料。为了端详十字架，我甚至将它从层层包裹的布匹中拿出来。在手电的照耀下，十字架金光闪闪，大大小小的钻石和四颗分别镶嵌在水晶的上下左右四个方向的红宝石熠熠生辉。亮晶晶的红宝石比水晶里的深色一撇更像血滴。那一撇就是耶稣的血。

这个有点拱形的水晶让我爱不释手。几道竖纹让水晶的拱形变得清晰可见。但在里面，那深色一撇，是笔直的。几百年来，这个保存在金色十字架里的东西一直是我的同乡们敬拜的对象。他们一直多灾多难。圣髑是他们的避难所。通过对这镶金的、宝石环绕的深色一撇的崇拜和膜拜，他们有了做人的体验。他们体验到一种在别的地方得不到的权利。从任何人、任何机构也得不到的权利。所以他们有信仰。他们别无选择。

我把十字架转过来。

背面与正面那四颗红宝石相对的位置，是四颗绿宝石。泛着绿色的光辉。水晶在十字架里的镶嵌方式保证了前后是一样的视觉效果。在竖梁和横梁的交汇处，镶嵌着因为竖纹而充满生气的水晶。上面有修道院院长本笃·曼戈尔德的封印。1529年。自那以后就这样保存。我把自己看成这位院长的继承人。他在1525年拯救了圣体，使之免于落入闹革命的农民之手。他带着圣髑躲进墙体内的一间暗室，等了两天两夜，也许还心惊肉跳、忐忑不安，直到农民离开修道院。

当国家关闭修道院、按销售价值对一切进行估算的时候，圣血十字架定价为八万五千古尔登。1805年。但是我的先祖优西比乌早有准备，把十字架转让给了舍布林根教区，使修道院的至宝逃脱了斯图加特方面的贪婪大口。八万五千古尔登，放在今天就是几百万。今天，圣髑面临一个大得多的危险。文化人，不管来自教会还是世俗社会，都以居高临下的宽容态度对待圣髑，将圣髑视为旧时代的残余，不论何时何地，万不得已提到圣髑都会令人难堪。神学家视之为愚蠢之举，经过启蒙的现代人则是愤愤然。一星半点的叙事神学听着就像来自旅游手册。

随后我重新用布料把十字架包起来，用银色饰带系上，清醒地躺在让人很不舒服的比德迈风格的沙发上。清醒不是因为沙发，而是因为兴奋。我没有胜利的体验。这天夜里我感觉自己胜利了。头一回。现在我也知道做胜者是什么感觉。刀枪不入。这就是胜者的感觉。

十字架，即圣髑匣，二十七公分高，横木宽度为八公分。为了保证它轻松进入我的办公包，我早就量过所有尺寸。丝毫不差。就这样，圣髑装在我的办公包里，坐着我的车来到我的家。我还未雨绸缪，给我的希腊女佣基尔奇放了假。从周四到周一。

我可以冷静地观察现在发生或者说没有发生的事情。每年基督升天节的第二天，都要举办一场旨在向民众展示圣髑、把圣髑献给民众的盛大活动，活动名为圣髑骑行展。从七点到十一点，一两千名骑士，都是本地的农民，身着燕尾服，头戴礼帽，骑马穿行村庄和田野。一路鼓乐齐鸣、彩旗飘飘。每个村庄的圣坛都饰以争奇斗艳的鲜花。人们从一家还在运行的修道院借来一位年轻的僧侣，他也跟着队伍骑马巡游，一路上忙个不停地用这镶嵌宝石的金色十字架向各方祝福。十一点，人们齐聚古老的修道院大院，迎接圣髑归来，一位主教接过圣髑，然后手捧金色的十字架款款走进修道院教堂，一边走一边向两侧民众祝福。随后他将在教堂里做弥撒，还要宣讲一些他本人不信，但是信众应该相信的事情。目睹那些骑马巡游的农民，人们会觉得这一庆祝活动美好而感人。教会所采取的一切相应行动都令人难堪。没有一个主教、没有一个高级教士相信水晶里真的保存着基督的几滴血。但是他们做出一副坚信不疑的样子。布鲁德霍费博士把这场信仰大戏视为教会的愚民手段。这话他年年讲，只要圣髑骑行展在坐落于修道院的医院里面成为人们议论的话题。

明知圣血不真实却信以为真，做到了这点，圣髑将成为不朽的宝藏。

由此我又回到自己的话题。

安德烈亚斯·布赖特维泽报了案：宝贵的十字架失窃！可这随后发生了什么？什么也没发生。圣髑骑行展一如既往地举行，用来祝福各方的，是一个可能从多瑙河和博登湖之间的某个还在运行的修道院借来的圣髑匣。就差神职人员宣布：今天祝福众人的圣髑匣是替代品。但这一宣告既不会对信仰，也不会对信仰的作用造成损害。本来这可以成为新的信仰实践的开端。这一机会错过了。如果我不归还圣髑，人们会把替代品当作真品来信仰。我没有更多的期望。如果发表了《我的彼岸》，我会归还圣髑。到那时，我已证明圣髑真假的问题并不重要。

我学会了信仰。

充满爱。回头见。

7

我知道事态很严重，但我不信。

电话来了。周一早晨。我还没出门。布赖特维泽先生：您听说没有？听说什么？圣髑匣没了，被盗了，圣血圣髑，价值几百万。

我喊道：什么！这怎么可能。

事情都出了。他有了嫌疑。雇佣军团，酗酒。他被软禁。他不得不说明，除了他，只有魏默牧师和法因莱因教授手上有钥匙。所以我必须对接受调查做好心理准备。他希望我帮他。现在只有我还能帮他。没有人像我这样清楚他没有偷窃圣髑。他恳求我一定帮忙。

我承诺帮他，打消人们的怀疑。

由于一时茫然无措，我跟露琪亚打电话。今天身体不适，怎么办？午后来了两位带着搜查证的先生。他们深表歉意。这事让他们很难堪。但是他们必须例行公事地对手里拿着钥匙的人进行搜家。我没阻拦。找到圣髑匣的时候，他们感到惊讶、意外、惊愕。甚至懵了。

马上问询。他们不想称之为审讯。他们很清楚，一定产生了某种误会。结果：圣髑落入我的柜子里。他们确信我会把一切解释清楚。我声明自己没有兴趣撒谎。

接着我就讲述了元旦之后事态如何迅速恶化。布鲁德霍费博士终于开始酝酿已久的进攻。他不折不扣地对我实施包围。拐走我的女秘书。做这一切的原因：我的圣髑研究。我不可能一边领导医院，一边研究圣髑。

我这才进行抵抗。不再用白纸黑字，而是用实际行动。

我在基督升天节的前夜拐走了圣髑匣，第二天是一年一度的盛大活动：圣髑骑行展。成千上万的信徒为马队巡游的道路镶边，神职人员让他们相信他们正在从圣血圣髑得到祝福。这是教会不再相信圣髑的真实性的明证。用来祝福众人的，可以是随便一个匣子。关键在于让信众信以为真。信徒的信仰把每一个敬拜对象变成神圣之物。我们必须告诉那一两万信徒，他们才是创造奇迹的人。人们为自己创造了某种信仰对象。他们由此承认自己所信仰的事物不存在。相信某物存在。相信不存在的某事。以便它存在。我们为何信仰？因为我们有缺憾。我的一位先祖说过：信仰就是攀登不存在的山峰。我想说一句你们理解的话。上帝。有吗？如果有上帝存在，那就没有上帝这个词的存在。有这个词存在，是因为上帝不存在。对不对？如果你能领会他，他就不是上帝[①]。我的保护神、语言圣徒奥古斯丁如是说。

---

① 原文为拉丁语：Si comprehendis, non est deus。

另一方面。

请仔细听。

假如没有上帝，人们就不可能说没有上帝。谁说没有上帝存在，谁就已经谈到上帝。一个否定说法对一个名词无可奈何。

或者玛利亚。天后娘娘。手持百合花权杖。她亲手把白色长袍递交给诺伯特。所以普莱蒙特莱修会的修士都身着白色。修士也可以来点美。对吧？

我沉默不语。

而且，她的身体孕育了生命的创始者，所以不朽。尽是这类句子。对于我，这是美妙的句子。信仰，就是让世界具有它本来不具有的美。

有某种信仰，是一件美好的事情。哪怕永远不能做到持之以恒。有时只有一秒钟，或者少于一秒钟。但即便用几千小时的怀疑和绝望来换取一秒钟的信仰，这代价也不算高。人只有在走投无路之时才学习信仰。但走投无路之时自然会走向信仰。

即便我因为未被感知而颤抖，

我呼唤你，同时知道你听不见我的呼声。

即便听见，你也充耳不闻。

我名叫不在场。

对我本人也一样。

终止存在，煞有介事。

我成了自己的外壳。

一切受压制的事物中都沉睡着对呼唤的渴望。

无你，地球不转。

对着空旷的天空祈祷。我不喜欢诅咒。

我拔出自己的舌头。

我呼唤你，舌头随之再生。

回头见。充满爱。

二人中间更年轻那位记录我说的话。他在速记。

我事先就认识到：这是我袒露内心的机会。事实上是我在对做速记的这位进行口述。

然后：布鲁德霍费博士是我的继任。你们一离开这里我就宣布辞职。医院不应该受流言蜚语的牵连，现在肯定有人要制造流言蜚语。

沉默。

你们肯定没有带逮捕证。我不会尝试逃跑。君子一言。你们把十字架带走，立刻放回法衣室。我劫持圣髑匣，是为了揭露伪善。如果把我送上法庭，我将慷慨陈词，就像一个渴望殉道却一直得不到殉道机会的人。未来会发生什么，完全取决于布鲁德霍费博士现在是否结束战斗。我预测他会继续战斗。他不满足于做我的继任。他相信他的心理治疗药品。这些药品毫无疗效，只有毁灭之效。只要我还在，他就感觉自身受到攻击。所以他必须把我毁灭。如果十字架可以留在我这里，布鲁德霍费博士就找不到机会对我进行毁灭。我短暂地做过胜者。我不会忘记做胜者是什么感觉。布鲁德霍费博士应该对此有所准备。日日夜夜。我是他的肉中刺。不论我是有意还是无意。现在我请你们走。谢谢你们专心听讲。

我站起身，离开房间，去旁边的卧室，躺到床上。我听见他们走了，但我还是站起来，通过窗子看他们是否真的走了。很有意思。他们站在汽车边。拎着十字架的那个，把十字架放进后备厢，坐进车里，开走了。另一个走到街对面，背靠一棵树。一棵椴树。他留在这里。他们不信任我。他们不相信我。

当天就来了两个医生，还有两个护理员。一个护理员是独眼阿尔方斯，一个医生是霍伊普特勒博士。他们请我跟着走。跟我说话的是阿尔方斯。他把我带到大型急救车里。我被安置在我们称之为城堡的七号楼。迄今为止没有说话的第二个医生现在说话了：经过全面检查之后再鉴定我是否有犯罪能力。什么话都还没有说的霍伊普特勒博士随后说，种种迹象表明我没有犯罪能力。公开庭审不符合教会和医院的利益。

我什么都没说。然后他们走了。阿尔方斯还跟我握了握手。

夏娃·玛利亚会知道的。一切。我现在觉得发生这一切只是为了引起她的注意。回头见。充满爱。

不可解释者

不可解释者的吸引力是不可解释者的力量。你在哪里，它就在哪里。面对不可解释者，无人能够保持沉默，他会主动与之攀谈。他会当面说它是什么，虽然这张脸并不存在。不可解释者保持毁灭性的沉默。人们因为无法忍受不可解释者的不可解释性而对之滔滔不绝，在滔滔不绝之时又非常清楚地意识到，这滔滔不绝之中没有一句称得上解释。

不可解释性没有表情，没有气场。它拒绝可预感性。拒绝已说过头了。它面无表情，人们无法做出任何推断。它一无所有。它是虚无。唯有不可解释性。它不是谜团，不是寓言，不是隐喻。它不想成为任何事物。它是不可解释性。作为不可解释性，它是可能存在的最强者。

对它道个晚安吧。它没有耳朵。它拒绝攀谈。它目中无物，充耳不闻。它对任何事物都不感兴趣，包括它自己。它对自身一无所知，它不知道它是不可解释性。这个只有你知道。

你不可能进一步了解不可解释的事物。不可解释的事物处于自闭状态。它不给你希望。尽管如此，你不停地盼望获悉你必须获悉的事情。如果不可解释的事物保持目前这种不可解释的状态，你就没法活。只有当你对解释抱有希望的时候，你才能够与不可解释者共存。

当受刑者说：我受够了，刑讯者哈哈大笑。不是所有人都笑。有几个做若有所思状。若有所思者说，保持与我们对之进行刑讯的人的联系，这在过去从未如此重要。他马上表示准备继续受刑。这不是好玩的事情，但是他想承受。当他们重新开始，并且已经启动刑具的时候，他马上说：我受够了。原来如此，他们说，我们就歇手吧。不，受刑者喊叫，千万别！

我的上帝，现在站在他四周的人都说，你真不好伺候。

回头见。充满爱。A. F.

四　继续生活

1

林下舍布林根，珀西说。他们在离奥斯特拉赫不远处驶出了森林。他说现在他理解了这个地名前面为何加上修饰语。教授没说话。英诺森说：还好，他们写的是林下舍布林根，不是林中舍布林根。这时马西莫插话了。驾驶搬家公司货车的马西莫·阿塔纳西奥。他说，舍布林根最有势力的人，沃尔文德尔教授，让人转告市长，如果把林下换成林中，他就把他的工厂迁到布劳赫林根或者罗马尼亚。到那时，舍布林根就破产了。这是马西莫说的话。但听他说话是一种痛苦。他的嘴巴似乎必须一次又一次地撕烂，才能再迸出一个词儿。

直接坐他身边的珀西情不自禁地伸手安抚他。但马西莫结结巴巴地表示拒不接受。没用，他说。没用。只说意大利语[①]。

尽管马西莫说话最艰难，但他是这一路上说话最多的人。每逢道

---

① 原文为意大利语：Soltanto parlare italiano。

路分岔或者出现一个十字路口，他就说他为什么现在不走图特林根、盖辛根，而是走锡格马林根、梅斯基希。他也熟悉沿途的城堡和宫殿，不用看就能说出名称。他说得出这些贵族的名字，还能讲出他们为何有名。而且他还说出他，一个西西里人，为何对本地区的城堡和宫殿了如指掌。格特鲁德，他的妻子，不仅众所周知是沃尔文德尔公司的技术总管的情人，而且是舍布林根地区任何一个年收入超过十万的男人的情人。马西莫和格特鲁德的房子是马西莫亲手盖的。可是在好几年的时间里，每当格特鲁德要在屋里伺候她的绅士们的时候，她就把马西莫关进地窖。这种时候他就在他亲手装修的桑拿间或者酒吧里读书。最喜欢读史书什么的。这样他很清楚，当格特鲁德在上面跟一个霍亨索伦家族或者一个策林格家族[1]或者一个菲尔斯滕贝格家族[2]的后裔做事的时候，他正在下面读他们的家史。事后格特鲁德还告诉他刚才是谁。很得意。又是一个维特尔斯巴赫家族的！又是一个符腾堡家族的！几乎要求他同样得意，因为他的妻子把这类英雄人物搞到了手。尽管如此，这不是愉快的事情。如果没有教授，他已经把格特鲁德杀掉了。肯定的。最多判五年。她是怎样对待他的！教授转移了他的注意力。有关城堡和宫殿的书都是教授给他的。他们，教授和他，已经认识二十三年了。二十三年前他从西西里北上舍布林根。没有谁像教授那样接纳他。那是冬天的事情。教授家的暖气坏了。而且是周末。但是他之前已经为教授疏通了一条堵塞的下水道，他在舍布林根是从安装工做起的，尽管如此，遇到自家烧暖

① 策林格王朝 (Die Zähringer)，继承了巴登—巴登及其周边，自封为巴登边区伯爵。

② 菲尔斯滕贝格家族 (Die Fürstenberg)，德国西南地区的世袭贵族，家族府邸位于多瑙申根。

锅炉罢工的时候，教授照样给他打电话。他立刻过去，给他修好。从此以后他就负责教授家的所有事情。包括花园。当时他刚刚和格特鲁德结婚。在娱乐场所碰上的，她是最漂亮的一个，他也不赖，他们翩翩起舞，其他人驻足旁观，她很快怀上了他的孩子，双胞胎。她一开始把他的口吃当作意大利语。德语是铁丝网。你过不去。她拒绝意大利语。他的口吃让她烦透了。他为她建造了房子。她接待她的绅士们。非常讲究的绅士。包括沃尔文德尔公司的技术主管。他把自己累死。这是他当时的目标。如果他不可以杀死她，他就把自己累死。一了百了。现在他们通过手术给他体内植入一块电池。以便他永远活着。幸好他找到了基尔奇。自然是在教授家里。他能够和她说话。希腊语。他毕竟在希腊的船上干了将近四年。其实他可以学会任何语言。除了德语。这要怪格特鲁德。他一说德语她就把耳朵堵上，一开始就这样。但她每次离家出走之后都要再回来。因为他挣得多。不管做安装还是刷墙还是做电工还是铺瓷砖还是打理花园。但如果没有教授，他会受不了。教授一开始就跟他说意大利语。说意大利语他几乎一点也不口吃。说希腊语也一样。您可以问基尔奇。这是马西莫说的话。由于他说话太费劲，令人痛苦不堪，大家情愿不听他讲这些。但他明显要避免出现一种情况，别人跟他挤在一辆车里好几个小时，最终却一点也不知道他是谁。他不得不反复谈论自己的发音障碍。还猛抽烟。一根接一根。

珀西自然想到埃瓦尔德。想到埃尔莎。他计划和马西莫一道开车去阿姆特采尔。他已经给埃尔莎写了信。讲埃瓦尔德死去的事情。迄今没有回信。尽管如此他还是要去。马西莫必须开车送他去。他在信中提到有点东西要交给埃尔莎，但没说是什么。

现在更重要的事情是搬家。

珀西通过霍伊普特勒博士得到许可，可以去七号楼探访教授一回。霍伊普特勒博士说，珀西可以待一个小时。还补充说，这事反正由他担着。

霍伊普特勒博士打开门，珀西进入房间，霍伊普特勒博士又把门锁上。

教授坐在一张小桌子旁边，站起来，又坐下，没有跟珀西握手。他指指另外一张椅子。珀西坐下。他们的座位朝向很特别，教授的眼光跟珀西擦肩而过。他的话音也跟珀西擦身而过。珀西感觉这不再是他所熟悉的教授。尽管他跟这个人学会了对所有人都说你，但他现在没法对这个坐在这里看着房间发呆的人说你。若是以前，这就是他们俩共同体验的、以同等强度和同样心情体验的沉默。舍布林根沉默疗法。这些全都荡然无存。

珀西知道，他会在这里枯坐下去，如果教授不说话，一个小时之后他就走人，尽管他一个字也没有说。

但随后教授说了几句话。如果愿意，珀西可以跟他走。去瑞士。周六。去莱瑙岛。他的瑞士朋友在那儿给他找到一个住处。珀西和英诺森如果想去就可以跟着去。别的就不说了。现在他也不看珀西。但是珀西现在的感受跟过去完全不同。听到一同去瑞士的邀请，珀西感觉一股电流脉冲在体内游走。一种奇妙的痛苦。漆黑一片中的一道刺眼的光束。他说不出话来。直到霍伊普特勒博士重新出现，打开门，一言不发地站在门口。教授说出这几句话之后，世界焕然一新。珀西站起来，停留片刻，看着教授，教授朝珀西的方向微微扭扭头，但马上看向别处。

珀西跟霍伊普特勒博士一起走。霍伊普特勒博士没再说话，他在喷泉边跟珀西无声地告别。对于珀西，这是逐客行为。也许他不得不庆幸人们没让他为凯因茨的自杀承担责任。司法精神病院的一个病人自杀。这是一桩丑闻。珀西很怕教授开口就谈起这件事。如果有人要让他为这一灾难担责，这人就是教授。如果教授没有因为拐走圣髑匣被关进城堡，他也许会说起这件事情。他三天之后就可以离开城堡，离开舍布林根，离开这个国家，这让珀西觉得是个奇迹。一个跟他的教授非常般配的奇迹。

搬家当日，珀西和英诺森早晨五点就来到七号楼门前。教授出来了，霍伊普特勒博士和阿尔方斯陪着。然后去外面看了马和山羊。教授呼唤他想带走的那三匹马的蒙古名字。给它们穿上基尔奇织的羊毛袜子，以免运输途中它们踹地响声过大而相互吓着。教授把三匹马牵到专用运输车厢里。驾驶员是路易吉，马西莫的朋友。马西莫和路易吉一周之后来接山羊。

在基尔奇的帮助下，马西莫和路易吉已在头天晚上把教授想带走的一切装了车。教授事先让护理员阿尔方斯给基尔奇送来一份清单，要带走的东西上面写得一清二楚。用来存放英诺森文件的一大堆盒子也在搬家的头一天装上车。然后驶向修道院的旧门。顺着修道院的草坪走。古树上的鸟儿在上演早场音乐会。然后又经过战士纪念碑。珀西在这里想起他和教授在去刨花蓝大厅的路上曾在这块石碑前面短暂停留。从教授的面部表情看不出他现在是否想起这件事情。但随后从旧门驶出修道院的时候，他说：礼毕，会众散去[①]。仿佛练习

① 原文为拉丁语：Ite missa est。

过似的，英诺森和珀西同声应答：感谢上帝[1]。

重新陷入沉默，直到临近奥斯特拉赫时珀西说：林下舍布林根。

预告即将抵达边境的自然是马西莫。他哈哈大笑，因为这里不再有检查站。由于现在他感觉自己有责任给大家通报地名，所以，尽管他做这事比任何人都费劲，他还是大声宣告：我们现在过莱茵河。等到他把这句话说完，他们自然早就到了对岸。教授口齿非常清楚地说道：芝麻开门[2]。一道栏杆便随之抬起。他们在教堂前面停下，面对两座巨大的尖塔，夹在尖塔之间的教堂正面不得不捍卫自身的独立存在。两座尖塔上都有配备金质号角的天使。修道院的庭院可以容纳两个舍布林根修道院。他们从朴素之地来到奢华之地。

马西莫看了看手表，大叫：看那儿！下了车。他向一个站在那里并且也在看表的人表示问候。恩里科·费德雷尔。房管员。来回都是意大利语，如释重负。然后恩里科·费德雷尔摆脱了马西莫的滔滔不绝，说：

欢迎来到本岛！我代表国民院[3]议员先生向各位问好。明天他本人要来欢迎大家。本来他很乐意今天站在这里讲话，但是戈尔巴乔夫的突然到访打乱了他的计划。听见了吗。他手指那两个天使。风在吹，号在响！为了迎接你们。

那上面的确传来一个声音。或者是两个？两个摇摆不定的声音。是的，教授说。这是在欢迎我们。

---

① 原文为拉丁语：Deo gratias。

② 原文为拉丁语：Secure deinceps。

③ 国民院 (Nationalrat) 为瑞士联邦议会中的下院，与上院即联邦院 (Ständerat) 平起平坐。

现在看看我们的马，恩里科·费德雷尔随后对教授说。他显然什么都知道。等马儿们脚踏实地后，教授为它们脱掉袜子，牵着它们跟着房管员走向一座完全扎根地下的木头房子，房子带一个有栅栏的花园。这里一度是后勤总管的休闲居所，恩里科·费德雷尔说。然后他把新到的客人领进一座看不到尽头的长条形建筑，这样的建筑有好几座。他们走过巨大的、空荡荡的厨房，走进一部电梯，上了三层，然后顺着走廊走向一个房间，这明显是一个接待室，布置很高雅，地毯，挂毯，绘画，但随后又进入一个大得多的房间，作为沙龙太大，作为大厅又太精致、太富丽堂皇。深绿色的墙面，厚重的绘画，虔诚的人物雕像，闹鬼的柜子，屋顶上一个巨大的石膏徽章。莱茵瑙还是修道院的时候，这里曾是院长办公室，恩里科·费德雷尔说。后来是医院院长办公室。但医院院长主政的一百年未造成任何损害。请坐。

教授、珀西、英诺森、马西莫、路易吉围着摆在房间正中的一张椭圆形桌子坐下。但谁也没在桌子的两端就座。那是主席的席位。恩里科·费德雷尔站到这张椅子背后，说：国民院议员米勒—索西玛希望他们今明两天在院长办公室用餐，后天在二楼的食堂。

说话间一名侍者已推着餐车进来，把餐饮端上桌。恩里科·费德雷尔祝大家胃口好，然后告辞。但他是面朝客人退步告辞的，到了门口才转身。倒退的时候他更像是在锻炼身体而非表达谦卑。他表示恭敬的对象是教授，这点再清楚不过。教授所坐的位置可以自然观看整个倒退走的过程。

侍者走到每一位客人跟前都问想用芦笋配什么：肉、鱼还是烙饼。珀西、英诺森和教授要烙饼。马西莫和路易吉要肉。

餐后大家围坐在一张小圆桌旁，侍者端来咖啡。教授这才开始说话。用餐时珀西坐在教授旁边，他无法通过观察判断教授是否又是昔日的教授，或者仍然是他在城堡里探望的那个陌生人，那个不搭理人的人。现在，坐在圆桌边，他可以看见教授。教授说：莫杰斯特·米勒—索西玛。他的朋友。以前他从不相信偶然。有一次在格劳宾登山区徒步旅行，结果第一个来到米勒—索西玛旅长的直升机坠落现场。驾驶和副驾驶已经死了，莫杰斯特·米勒—索西玛失去了知觉。直升飞机遇上大雾，在海因茨山[①]撞上一株冷杉树。教授把这个失去知觉的人从里面救出来，尽其所能对之进行抢救，利用机载电话和部队取得联系，不到半小时救援就到了，也是乘坐直升飞机。莫杰斯特·米勒—索西玛活下来了。身体左侧从肩膀到脚趾头，能够骨折的全部骨折。一根折断的肋骨刺向脾脏，距离脾脏仅差一公分，如果碰到脾脏，莫杰斯特·米勒—索西玛就会因失血过多而死。他们成了朋友。这是米勒—索西玛参加的最后一次军演。这个故事他讲得比我好。明天晚上。他六点到九点排练。在这里的大厅里。和一支乐队。但这一切你们都得听他亲口说。

他站起身，从桌上拿了信封，一个给英诺森，一个给珀西。他说夜里他想跟马儿在一起。说完就走了。马西莫和路易吉、英诺森和珀西打开信封。里面装有修道院的平面图和标出下榻房间位置的路线图。珀西C/333，英诺森C/334。他们的行李显然已经送过去了。上面还写着，今晚大家还要在教士会议室见面。C层是最高的一层。他们的房间面向大莱茵河。他们是从陆地跨越小莱茵河过来的。进入房间后，珀西拿起放在写字台上的一本画册。书名叫《莱茵瑙导览》。

① 海因茨山 (Heinzenberg) 位于瑞士格劳宾登州境内。

他又来到一座昔日的修道院。他去城堡看望教授的时候，教授处于那样一种状态，几乎令珀西不得不告辞。但是教授几乎像军人一样，三言两语地通报了他未来的计划。他的未来。如果英诺森和珀西愿意一同前往，这将是他们自己的意志和决定。话就是这么讲的。来到这岛上之后，珀西感觉自己就像小铁片紧随磁石一样紧随着教授。他没法想象自己能做别的什么事情。他有兴致认识到自己是怎么回事，所以他对自己说，他一直在跟随别人。但如果他跟随的是教授，他就不仅跟随了一个人，而且……而且？他无法形容这种吸引力。他是跟随者。这点他感觉到了。他感觉比较舒服，因为他跟随的不是某一个人，而是通过这个人发挥影响的某种事物。他将见识这是何物。

2

珀西感觉莫杰斯特·米勒—索西玛很开心。他一进门就做累垮状。他叹息道：乐手如此挑剔。又是穆索尔斯基。难得要命。何况是一个雄心勃勃的业余爱好者。现在你们就是我的康复疗养。从现在到9月2日。如果他的穆索尔斯基演出成功，他的妈妈会飘浮在空中。你们将见证一个具有世俗而非神圣特征的空中悬浮事件。索菲亚·安德烈耶夫娜·米勒—索西玛将飘然升空。大礼堂有十一米高。所以她不会这么快就抵达上面。奥古斯丁，你将挨着她坐。你可以轻轻抓住她。她自然把你带上。但是她终究不会飞抵屋顶。9月2日以后你们可以跟我谈论索菲亚和穆索尔斯基之外的事情。但在此之前只谈这个。好吗，奥古斯丁。你知道的。奥古斯丁和我是世上仅存的朋友。我可以想说什么说什么。可以说出非说不可的话。奥古斯丁不仅允许这样，而且希望这样。我一辈子都不可以说自己想说的话。我的父亲，愿上帝保佑他，军队，唯一的外语。我对外语没有任何意见。妈妈是第一门外语。她从未学会我们瑞士的语言。她只说法语、俄语、德语。军队是最难的外语。给我带来快乐，但直升机掉得是时候。否则我在这个世界上就没有朋友。没错，有公司。它是一个朋友。一个不可捉摸的朋友。一匹野马，如果你不能成功地扮演伟大的骑士，它随时可能在无意之中将你摔到地上。为了能够扮演骑士，你自然必须做一个骑士，一个伟大的骑士。即便你不是伟大的骑士。奥古斯丁才让我成为我本来的样子。我真正的样子。我们搭配得天衣无缝，奥古斯丁和我。一种感觉：你在这里安然无恙。这本身就是友谊。只有这个。如果你出事儿，出事儿的就是军队、公司和所有这一切。对于妈妈，我什么都不说。她在竞争之外。我也可以说：她是绝对的。好吧，现在我们吃饭。你们边吃边聊。我可以做这种预期。你们是跟奥古斯丁一起来的，做什么都可以。祝你们胃口好，你们这些奥古斯丁的弟子们。为我们所有人的幸福干杯。

众人举杯，把酒喝下，然后他说：1978年的玛歌，这个我可以说吧。否则你们不会知道。喝葡萄酒却不知这酒叫什么，这无异于读一封匿名信。干杯。

大家又喝了一杯。

用餐时无人说话，餐后大家在小圆桌旁喝咖啡。米勒—索西玛请大家抽雪茄。马西莫和英诺森都拿了一支。然后他说，如果大家想留在这里，就必须知道这里演奏什么，如何演奏。奥古斯丁昨晚已经讲了他和奥古斯丁如何结识的。昨天因为米哈伊尔·戈尔巴乔夫突然造访，他必须在伯尔尼。他想留在伯尔尼。自由民主党控制的国民院。直到两年前。索西玛这个名字来自母亲。她，1917年生于圣彼得堡，1939年被瑞士工程师贝特霍尔德—特劳戈特·米勒娶走，当时她正想步入钢琴家生涯。这个贝特霍尔德—特劳戈特禁止儿子学音乐。他的公司！只有他的公司！所以从小到大只学公司所需要的知识。图尔技术公司，办公机械。他告诫自己，成功才能解放你。随后就设计出奥勃洛摩夫。那是奥勃洛摩夫一世。现在奥勃洛摩夫十四世已在十七个国家生产。大型数据粉碎机，你给它什么它都碾成粉末。成功了。他可以进入政界。加入自由民主党。指路人是一个朋友，恩斯特·米勒曼。他让他看到一个人能够对自己提什么要求。一种激情把他们连结在一起：俄国。俄国必须进入欧洲议会。所以亲自去斯特拉斯堡，跑欧洲议会，成为那里的俄罗斯专家，人称亲俄派，没有谁的俄语有他好。戈尔巴乔夫出现了，成为莫杰斯特的朋友。公开性，新思维，这成为他的狂热追求。当戈尔巴乔夫在这陡峭的高加索斜坡把手递给赫尔穆特·科尔以便拉他一把的时候，莫杰斯特站在戈氏身后，随时准备在戈氏拉不动科尔的时候把戈氏抱住。

1989年，当俄罗斯的工人不再听话、工潮四起的时候，莫杰斯特正好和戈尔巴乔夫在一起。戈氏宣布：苏共三分之一的党产立刻分给穷人。十五亿马克。还没有一个共产党做到这点。他的贡献：斯特拉斯堡派他带着一个涉及二十个问题的目录去莫斯科。二十个有关俄国入欧是否已条件成熟的问题。法学家们得出否定结论。他带着问题去了俄国，东奔西走。乘坐一架卡莫夫直升机。调查之详细，在俄国前所未有。然后回来。俄国在1984年、1991年和1993年的三次危机中是如何表现的？斯特拉斯堡的欧洲人左右为难。但是他们在1996年1月24日必须投票。先展开一场在欧洲议会史上最漫长的辩论。恩斯特·米勒曼和他，没有恩斯特他不会走到这一步，他俩回答了上百个提问，脱稿回答，对三十六项更改建议发表意见。晚上七点，164票赞成，35票反对。15票弃权。他冲出去，打电话：妈妈！俄国回到了欧洲！而她：一个小时前贝特霍尔德死了。他说不出话来。所以她说：就这么死了。从椅子上栽下来。她在弹钢琴。米勒—索西玛先生的讲述到此为止。然后他说：今天就讲这些。也许还有小事一桩：奥古斯丁将领导这岛上出现的事物。

各位，你们看！看看他顶在两唇之间的舌尖。这表示：他同意。

教授：只是因为我不知道我领导什么。

米勒—索西玛：对。把酒喝干，站起来，拥抱教授。没有他，他随后说，我也不来这儿。

等他出去之后，五人重新坐下。

教授说：路易吉，你继续做研究。但是你，马西莫，如果你愿意，下周你不仅可以把山羊带来，而且可以把基尔奇带来。你们可以留在这里。莫杰斯特希望这样。我希望这样。

马西莫脱口而出：一周后他不仅要把山羊带来，还要把基尔奇带来。大家都为他鼓掌。然后两人走了。教授说，他计划做的事情，他计划在这里做的事情不会打扰他的朋友莫杰斯特。多的他现在不想说。

珀西说：干杯。然后一口喝干。

英诺森说他也有一点计划。在这里。他必须承认莫杰斯特·米勒—索西玛唤醒了他的一个想法，他现在相信自己一直有这个想法，他的想法处于沉睡状态，等着被唤醒。今天被唤醒了。通过莫杰斯特·米勒—索西玛。啊，朋友们。在这座岛上他可以把他的项目推向终点，而它一直在奔向终点的途中。他服从一个他逐渐理解的发展趋势。这一趋势可以说内在于时代。他只是觉察到这种趋势，不得推波助澜。这一趋势是在他编纂《舍布林根文集》时形成的。现在它具备了变为现实的条件，它从今天开始有了一个名字：奥勃洛摩夫。不必马上来十四世。他将通过因特网继续要求所有准备写作和有能力写作的人投稿。但他将宣布会把稿件转交碎纸机。他想在这岛上安装碎纸机。但是它不叫碎纸机，更不叫狼牙碎纸机[①]，而是奥勃洛摩夫。他坚信为奥勃洛摩夫写作的想法会得到推广。他相信这个主意会得到每一个有所体验的人的反响。他最后总结说，这些反响将引向奥勃洛摩夫。引向最可敬的骨灰盒。上面全都写着作者的姓名、作品的标题、奥勃洛摩夫化的日期。

我跟随你，英诺森，教授说。

现在珀西不能像英诺森那样，拿一个更上一层楼的计划来飨食众人。他说：谢天谢地，我们的教授又成为我们昔日的教授了。也许比过去更轻言细语、更轻盈、更富有弹性，就是说比过去更像我们的昔日教授。

英诺森：已达到法因斯特莱因阶段。

珀西：我只有一个需求。

英诺森：请讲。

让不由自主者成为主宰，珀西说。

我们很好奇，教授说。

珀西说：我也一样。

① 前者的德文叫Schredder，后者是Reisswolf。

3

珀西躺在床上的时候心里想：如果现在这两个中间有一个是你父亲呢？只要想到这，他的心里就会涌现一股柔情。他想，若是父亲，就不必说什么。而他，作为儿子，也不必多说。在父亲面前可以沉默。他想到舍布林根沉默疗法。想到他和教授一言不发地不知坐了多久，而谁也不期待另一个人说话。他们在沉默中的共性已不复存在。他们的共性留在了舍布林根。教授不再是他的教授！他也一点不假装依然是他的教授。他判若两人！他没有变得更加陌生。但变得更加沉重。精神没那么集中。珀西感到事情不像他刚才所说的那样。教授又是他的教授，这是他在得意忘形之中脱口而出的话。英诺森马上把这话记录下来。这话不对。教授的步伐并不显得更加轻盈。倒是更加轻手轻脚。但并不更具弹性。凡是给珀西留下深刻印象的男人，珀西都希望他是自己的父亲。这种事情太多了。他不断发现自己在想象这个或者那个男人是自己的父亲。譬如施图德牧师。随后他不得不控制自己的感情，以免引起对方注意。这是一种突如其来的爱。这种情感有时转瞬即逝，有时慢慢消失。在舍布林根的时候教授自然是他父亲。此前没有谁像教授那样长久地做他的父亲。真神奇：教授不仅对珀西常常显得很狂热的父子情感听之任之，他甚至予以配合。

但是——不堪回首——芬妮妈妈禁止他跟教授去公证处。别逼着我解释，让我禁止就是。她写道。结尾：你日渐虚弱的芬妮妈妈。现在有时她只署前名。但不是约瑟芬，而是芬妮妈妈。结尾的问候从来不重复。她的问候总向他传递有关她通过写信产生的心情的最准确信息。夜阑人静的时候珀西常常背诵母亲在结尾的问候，因为这些问候唯一的意义就在于让他反复吟诵。为你骄傲得眼花缭乱的芬妮妈妈。因为可怜而够不上你的芬妮妈妈。像凶手一样抚摸你的芬妮妈妈。向世人证明你如何优秀的芬妮妈妈。神经错乱的政治家芬妮妈妈。因为你而毫无品位的芬妮妈妈。带班的芬妮妈妈。你百无一用的芬妮妈妈。肮脏的女人，你的芬妮妈妈。你摆脱价值的芬妮妈妈。你的奄奄一息的芬妮妈妈。脸上映着霞光的芬妮妈妈。深渊里的芬妮妈妈。

我认他做父亲！珀西现在指的是米勒—索西玛。他喝多了，他自己也知道。他检查在这一念头里面酒精占了几成，然后减去酒精的股份，得出的结果是：如果他的妈妈死了，我就认他做父亲。这一想象如同一床温暖的被子盖在他身上。埃瓦尔德·凯因茨留在外面。埃瓦尔德·凯因茨有怨言。你为什么允许我上吊？我让你成为知情人。为什么……

珀西紧紧偎依着浑身上下都圆滚滚的米勒—索西玛。这是一个符合珀西的品位的父亲。他的语言。有点芬妮妈妈的意思。芬妮妈妈的格尔瑙乡音。刀切不动牛排的时候，他总是说：割不动。芬妮妈妈也这么说。

每当他为一位父亲的魅力所倾倒，他都觉得这是第一次。也是最后一次。这个父亲他绝对不再放弃。

4

如果米勒—索西玛先生在排练之后想跟他们一起用餐，他们就在院长室用餐。现在总是和基尔奇和马西莫一起。基尔奇是一只地中海的小鸟，一个几乎算小巧型的女人。岁月在她身上无处下手。她二十年前的样子跟现在肯定没差别。马西莫热血沸腾，每时每刻都向她表明他现在只想为她生活、为她工作。教授在欢迎基尔奇之后说，把基尔奇留在舍布林根，等于把自己的灵魂留在舍布林根。

米勒—索西玛先生总是带着幸福的疲惫走进院长室。每次都可以体会到他又有什么计划。除了吃喝。这一次他说，他现在不得不说，新来者有什么好事可以期盼。他不是专做善事的。但他是做事的。向来如此。9月2日，在母亲的生日，他将指挥穆索尔斯基的代表作，正如大家所知道的那样。十一点。然后举行盛宴。致祝酒词的不是他本人。他将放弃他的特权，若非为了在9月2日致辞的那个人的缘故，他肯为谁放弃特权？米哈伊尔·戈尔巴乔夫！戈尔巴乔夫将在他最美好的一刻支持他，因为他在戈尔巴乔夫最糟糕的一刻与戈尔巴乔夫在一起。那是1991年8月19日，莫斯科发生政变，戈尔巴乔夫几乎成为孤家寡人，他只能通过宣布辞职来避免内战。国民院的政治委员会与他一道支持戈尔巴乔夫。如果米哈伊尔·戈尔巴乔夫来祝贺索菲亚学院的开学典礼，我们的学院就大功告成了。晚上他将发言，他必须发言，而且要慷慨陈词。在大厅里。到时他将把索菲亚学院介绍给公众。女士们，先生们，索菲亚学院，莱茵瑙。未完成者学院。这就是它的名称。修道院有六百个房间，医院有一千两百个病人。这里从844年到1863年是修道院，从1867年到2000年是医院。从现在，从2007年直至永远：未完成者学院。

凡是因为命运的阻挠而未能学习音乐的，都应该在莱茵瑙岛学习音乐。这里应当出现一个无任何障碍的音乐世界。他保证做到这点。一切均已安排妥当。9月2日将呈现在公众眼前。今晚在大礼堂里的讲话他不会照稿念。借此他想一开始就说明，在这个学院里，谁也不会照着稿子念自己要说的话。在这里，人们只应说不看稿子也能说的话。因为人们在莱茵瑙岛说的话全都来自经验，也验证经验。经验是必然性之母。这里说的话都应成为必然。说到这，他已说到奥古斯丁的到来为何对他如此重要。当他听说奥古斯丁在对岸的遭遇后，他马上就有一种感觉：这是上天为他、为他的项目所做的安排。所以他马上就过去，找不止一个人打听情况。最后才找奥古斯丁本人。布鲁德霍费博士讲得头头是道。有人在封闭区域自杀。检察官想知道怎么会出这种事情。布鲁德霍费博士说，这是奥古斯丁·法因莱因特殊治疗法。这不是一次故障，这是一种结果。一条人命，献给自然疗法的祭坛。他，瑞士人，向布鲁德霍费博士表示可以邀请法因莱因教授到瑞士做客。一言为定。内容：奥古斯丁·法因莱因将和法院配合。他将向检察官清楚地描绘自杀事件的来龙去脉。只要这类事情可以理解。圣髑匣事件是一个没有确定的司法后果的故事。瞧，经过两天的磋商，也征询了全院大会的意见，奥古斯丁·法因莱因获准离开舍布林根。他可以带走他想带走的人和物。由于他的一系列政治运作，没费什么功夫就把奥古斯丁从舍布林根的帮派中解放出来了。现在他们来了。来到岛上。如果有什么事情像奥古斯丁的经历那样顺乎天意，他就感觉他的学院将存在下去。对于他，奥古斯丁所经历的事情就足以成为建立一个可以让奥古斯丁发挥作用的学院的理由。他已设计好一个学院，而这个学院可以给奥古斯丁使用。这是千载难逢的明证。你来了，对于未完成者学院，没有比这更加美好的事情。你和你的忠心耿耿的朋友们来了。我终于可以搞音乐，可以接待我的朋友了。我们的生命突然充满了意义。奥古斯丁，对不起，我在这一时刻才想起请你住在修道院和医院院长们曾经住过的房间里。你是我学院的院长！让我们干一杯，以免生命因为事事遂意而头晕目眩。干杯。

莫杰斯特·米勒—索西玛是一个演说家。一个天生的演说家。人们能够体会到他想说的话如何信手拈来，这些话又如何使他兴奋乃至狂喜。他每一次讲话都让人见证一篇讲话的诞生。他把一切都变成讲话。他不寻求人们赞同他所说的话。他只管诉说，仿佛这是唯一的可能。

除了莫杰斯特·米勒—索西玛，珀西不再想要别人做父亲。然后又想：只要他母亲死了，我就认他做父亲。儿子认父亲，这早就到时候了。跟这个男人多待一次，珀西与他的共性就增添一分，不管这是他希望的还是已经存在的共性。脱稿讲话！珀西知道，下一顿晚饭米勒—索西玛先生不仅会要求大家讲话别念稿子，而且会禁止大家记录所说的话。果不其然，米勒—索西玛晚餐时说了这番话，珀西情不自禁地大声喊道：对，没错！

现在是教授向他的朋友做解释了。他说珀西在公开场合讲话不仅从来不念稿子，而且拒绝人们把他说的话写下来或者录下来。有一次珀西和他交谈的时候把念稿子称为瞬间的庸俗化。把神圣的瞬间庸俗化，珀西纠正说。

教授：对不起，是的，这当然是把神圣的瞬间庸俗化。

米勒—索西玛先生再次举杯：朋友们，我终于可以搞音乐了，这无非是你们刚刚所说的意思。录制的音乐是十足的庸俗化。音乐存在于演奏的瞬间，神圣的瞬间。英雄所见略同，让我们干一杯。我们是一个独一无二的管弦乐队，亲爱的朋友们，干杯。

5

你一个人上去，珀西说。告诉她，你的后备厢里有一个骨灰盒和一部手稿。都是给她的。坐在驾驶副座上的懦夫不敢上去。另外，看那儿。马西莫看花园门旁边的门牌：埃尔莎·弗洛姆克内希特，语言矫正师。

结了两次婚，珀西说，依然用娘家姓。

马西莫走上去，门开着，屋里传出音乐声，他用哑剧动作说明来意，然后在厢房的两道门之间的一条木凳上坐下。弹钢琴的女人终于出来了，珀西看到马西莫如何尝试传达自己的意思。然后她马上带着马西莫从第二道门进入诊室。两人再度出现时，足足过去了两个小时。马西莫把他作为懦夫向埃尔莎通报，现在他为此感到痛苦。他真正想告诉埃尔莎的话是无法通过第三者传达的，尤其不能通过一个说话如此吃力的人。本来他必须亲口对她说，他在她面前无言以对。这话他很想对她说。但是如何说？失败者迫切需要自言自语。

马西莫又坐到珀西旁边。他说他现在还根本说不出这个女人有多好。以后吧，他说。但他还是说出一件事情：先学习一周的呼吸，然后在这里做两次为期一周的治疗。

他说，弗洛姆克内希特女士见到骨灰盒和手稿时打了一个手势。即便不口吃他也说不出这手势的意思。骨灰盒，手稿，舍布林根，更甭说埃瓦尔德……没有激烈的反应，但她毫不含糊地拒绝了一切跟舍布林根有关的事情。她甚至以温和的态度拒绝了这一切。

埃尔莎很棒，他说，一位又阴森又甜美的女人[①]。

马西莫不得不一周做四次治疗，直到他回到岛上宣布：我们也许能成功。六个星期之后治疗就宣布结束了。如果出现倒退，他可以找埃尔莎·弗洛姆克内希特。她会把账单寄给马西莫。地址莱茵瑙。各种账单都由恩里科·费德雷尔支付。马西莫证明自己是一个万能工匠，他本来就是。基尔奇负责家务，和教授一道喂养已经安顿在莱茵河对岸的昔日农庄的动物。恩里科·费德雷尔按照米勒—索西玛的指示，在众多工作坊中找了一间来安装了公司的碎纸机。几位新来者马上就反应过来了：如果米勒—索西玛在场，谁也不许提自己需要什么。否则他会记在心头，然后让恩里科·费德雷尔去购买。碎纸机是一台奥勃洛摩夫十一世。英诺森开始让《舍布林根文集》完成其使命。

最令人吃惊的，是教授发生的事情。没有马西莫，这事也办不成。马西莫不得不给一件白大褂、一条医用裤子和一双医用鞋刷上一层干得很快的银色油漆。然后，每到周六又把教授的脸、脖子和双手刷

① 原文为意大利语：una donna inquietante piacevole。

成银色。米色的遮阳帽也刷成银色。然后他不得不把教授的头画到一块胶合板上，是侧面像，把头锯下来，也涂上一层银色。马西莫很兴奋，仿佛他对这类任务期待已久。教授的脑袋他也不得不用一根同样刷成银色的铁丝拎着。还有一把木剑，同样刷成银色。把教授如此装扮之后，马西莫不得不开车在莱茵河边逆流而上，在几座横跨莱茵河的大桥中间找一座桥把教授摆放好，以便过往行人可以把他当成假人看。一个人物造型，一动不动地站在那里，右手持剑，左手捏着铁丝，铁丝下悬着一颗砍下来的人头。考虑到有人乐于付钱，马西莫把一个涂成银色的小提琴盒放到教授身边。这件事情一周做一次。晚上马西莫接上教授，送回岛上。吃晚饭的时候教授又变成了大家熟悉的教授。他当然知道马西莫给珀西和英诺森讲了他外出的事情，所以他显然认为没有必要跟他们谈论此事。但他每次都报告有多少欧元和瑞士法郎扔进了小提琴盒里面。

6

事情发生在8月的最后一个星期天，刚好在节日中的节日前一周。米勒—索西玛又在九点左右来到院长室。现在院长室已完全归奥古斯丁·法因莱因使用。基尔奇负责管理这四个房间。现在开餐的时候奥古斯丁总是毫不推辞地坐到上座。基尔奇做饭上菜都让马西莫帮忙。饭菜上齐之后两人再上桌。这天晚上，米勒—索西玛先生比平时还要活泼。或者说更紧张？他自己马上道出真相，说排练把他变成了世界上最幸福的人，同时也是最悲惨的人：他让音乐等了太久，音乐为此耿耿于怀。音乐！他今天不想谈这个话题。他这一生持续不断地做了一件事，即拖延重要的事情，他从来都只做第二重要而非最最重要的事情。政治，图尔技术公司，家庭，音乐。即便现在他依然按照拖延原则对待自己和朋友。但在今晚，今晚离他的夜晚刚好还有一周，大家必须谈谈奥古斯丁的《彼岸》。这里的每个人都读过了，人人都受到触动和感动，但大家从未交谈过。现在你们看看他，看他如何把柔软的舌尖顶到想保持谦虚的双唇之间。奥古斯丁很想知道我们的反应。我们中间的每一个人肯定都已经在无意之中让他知道我们喜欢读《我的彼岸》,因为我们在书中离他很近,这种近距离他平时不允许。但现在我要说说心里话。听说奥古斯丁在蒂森霍夫[①]大桥桥头扮演肃立者、扮演僵硬者的时候,我脑子里马上一闪念。莱茵河对岸的山坡上有一座城堡。名叫维戈尔芬。我不能假装没察觉到奥古斯丁的展示行为里面有一种倾向。我也不能假装没有因为他的造型而想起在罗马的一个现象。我知道不必谈论这个。但是我们身处一个高雅的房间里,这里因为四壁的造型艺术而充满生机,在这个地方,我们不想假装没有察觉出奥古斯丁的银色造型中存在某种倾向,我们也不能这么做。简言之,我按捺不住,我不得不开车去看看,不得不从银色造型旁边驶过。我受到,对不起,奥古斯丁,我受到了震撼。我承认。亲爱的奥古斯丁,我们现在为你的银色造型干杯。

众人干杯。

奥古斯丁:我谢谢你,莫杰斯特。我也很乐意告诉你,今天我一清点战利品就知道你来过了。现在我可以站在那里而不用睁眼。但等我随后在琴盒里看见那张五十法郎的钞票时,我就知道你来过了。

米勒—索西玛先生一会儿就走了。音乐,他说。

珀西,再次在床上自语:我认他做父亲。

---

① 蒂森霍夫镇位于瑞士图尔高州。

7

她刚刚弹奏了穆索尔斯基《图画展览会》的第一幅画。上面写着：俄罗斯风格[①]。莫杰斯特大声说自己感觉不舒服。我感觉浑身上下都有针在扎，他说。她没有停止弹奏，但大声回应说，他应该来回走一走，走走就好了。他照她说的做，大声说：这样的确好。她继续弹，弹完《古堡》之后她大声问：现在呢？没应答。她喊了三遍。没应答。走过去。他躺在地毯上。她扑过去。她说：你到底怎么了？嘴角流淌着血。她打电话叫急救医生。七分钟之后就到了。带了三个护理员过来。他们把一根管子插到他嘴里。输氧。胸腔一起一伏。他们不放弃。医生随后说：我们没办法了。我不得不告诉您：您的儿子死了。

这个在周日满九十岁的女人在生日当天演奏《图画展览会》。她

① 原文为意大利语：Nel modo russico。

说：她弹奏原始版本，她的儿子本想为她指挥拉威尔亲自配器的管弦乐队[1]。

珀西感觉她忘记了现在有人在听她演奏。如果米勒—索西玛女士在某个地方突然停止弹奏，人们也不会感觉诧异。她弹完之后，大厅里鸦雀无声。她站起身，无言地对这种寂静状态表示赞许。然后走了。晚上她来宣布未完成者学院的成立。她发表讲话。她的生活。她儿子的生活。她和她儿子生活中的音乐。她儿子从中发现的事业：未完成者学院。莫杰斯特想用她的名字给学院命名。学院应该取这个名字。

随后是奥古斯丁·法因莱因讲话。他说他要满足朋友的愿望。我们别无选择，只能做他本来可以做得比我们做得更好的事情。但是我们不能因为他本来可以做得比我们更好就气馁。索菲亚学院，未完成者学院，将是他留下的遗产。我们庄严承诺。对他。莫杰斯特对我讲过他对学院的设想。他把学院托付给我。我不能辜负他的信任。这个世界离不开被称为完美的事物。这是一种美好的强制。我们有许多事情都要归功于这种强制。在任何时候、在任何地点都如此。音乐领域也如此。但没有什么事物比音乐的发展目标更易受到干扰。飞机的降落过程，尚未征服的事物，不可征服的事物，不可完善的事物。未完成者学院想消灭这种强制，它把干扰拒之门外，捍卫这个世界，让事物自由发展。这是一场以自由为对象的实验。莫杰斯特·米勒—索西玛相信自由自在是对人的一种祝福。因为他本人就被迫通过斗争获得这一祝福。

---

① 该作品原为钢琴组曲。其管弦乐版有两个。另一个出自斯托克夫斯基之手。

8

珀西刚一上床就开始哭泣。哭了又哭。没有一个词，没有一句话，只是哭。没有内容，没有意义。他唯一能做的事情：一种无声状态。到他能够入睡的时候，天已经亮了。

醒来的时候，他嘴里有一股甜味。血。他的血。再也不认谁做父亲了，从现在起。嘴里的甜味让他无法想别的事情。嘴角流淌着血，那个九十岁的女人说的。有谁像莫杰斯特·米勒—索西玛这样让他思念？莫杰斯特·米勒—索西玛。这个可爱的人，这个圆滚滚的人，这个周到而细腻的人，这个无所不能的人，这个崇尚自由的人，这个……

珀西不得不起床。他不得不找点能够让他分心的事情。什么事或者什么人。他心里没有别的，只有莫杰斯特。如果要想点别的事情，他没有半点希望。他从这个待人周到的人身上学到太多的东西。他被毒化了。如何摆脱这双眼睛？如何摆脱这种目光？马上步其后尘。他的后尘。不再留在人世。怎么做?他现在究竟在哪里?你还从未有过如此强烈的被遗弃感。被遗弃是你唯一的身份。迄今为止你未曾思念过谁。芬妮妈妈用信任武装你,对自己的信任,对万事万物的信任。现在,因为缺了他,你就什么都不是。你失去了他,你就失去了一切。在你觉得他生龙活虎的时候他竟然死去。依然……

因为是白天,珀西没法继续哭。但他现在只想哭。所以他仍然哭。即便比夜里克制。同时也想到一点:但愿现在别来人。他还没来得及跟这个莫杰斯特谈话。太残酷了。此前的一切都是预告、允诺、诱导。现在呢?未完成!这是一个玩笑吗?世上的事情就是这样?先把世界变为一种可能,给你揭示一个未来远景,这个远景变得一天比一天清晰。然后来这个。竟然来这个!

以他现在的状态和感受,他不可能出现在众人面前。为什么莫杰斯特在他认识的所有男人中间最有父亲的模样?我认他做父亲!过去他从未有过如此强烈的心声。

他把教授想认他做儿子的事情写信告诉了芬妮妈妈。她在回信中提了一个问题:他幸福吗。珀西问教授是不是一个幸福的人。教授不得不思考这话是什么意思,他好一会儿没说话,然后摇了摇头。几天之后:他的词汇里没有幸福,所以不置可否。珀西写信告诉芬妮妈妈,教授既说不上幸福,也说不上不幸福。芬妮妈妈回信说:幸福的人才可以考虑认作父亲。所以找莫杰斯特·米勒—索西玛……

有人敲门。因为没出现过这种事情,所以他没吱声儿。但是又敲了一遍,有一个嗓音说了点什么,修道院的门太厚,他听不清楚。他开了门。马西莫。他表示歉意。他在桌上发现一封他看不懂的信。珀西念道:周期性检查所有容积为两万升或少于两万升的地上燃油储罐。

马西莫：过去他在对岸陆地上只是用木柴采暖。但对面肯定也用燃油采暖。珀西说，对面肯定只用容积超过两万升的燃油储罐，而且全部在地下，所以不用你管。

马西莫说，恩里科休假去了，不然就问他了。再说，他下了好大的决心才直接上珀西这里来敲门。

马西莫，珀西喊道，马西莫。

说着便热情地拥抱他。他说，除非马西莫答应以后再也不说这样的话，否则他不松手。

留在肚子里就是，马西莫说。

马西莫，珀西说，在这里你是连结一切的纽带。

独自一人的时候，珀西感到他现在所失去的越来越触目惊心。他没有阻止埃瓦尔德自杀。他感到痛苦。但这是一种愤怒。一声呐喊。你本应留在他身边，直到……永远。如果你在场，他就不会自杀了。如果那样，埃瓦尔德就一定明白，他不能给你造成这种痛苦。你对他不具有任何意义。这是现在让你痛苦的事情。这使你痛苦。一想到埃瓦尔德，你就想呐喊。一想到米勒—索西玛，你就忍不住哭泣。你只想哭泣。因为你思念他，你还从未如此思念某个人。你现在感觉到空虚，你要忍受空虚。别反抗。反抗。别忍受空虚。把米勒—索西玛说的话写下来。

他开始书写：肾虚，这是我和莫扎特的共性。对教授的评论：我们是最佳搭配。还有：他的朋友阿克勒特牧师打来电话：没有人死去，明天你可以来。还有：如果我没法对某个员工表示赞同，我宁愿沉默。还有：他告诉教授，许多大学都想授予他名誉博士头衔。他一概谢绝。他不能让自己的姓名跟这些时髦的装饰沾边。

珀西很乐意做一部米勒—索西玛语录。只是为了做一点和死者有关的事情。他还要问其他人要米勒—索西玛语录。

他马上又写了这样一个句子：做有用之人心情愉快。假装有用活受罪。还有：每个人都只有一个母亲。母亲自然与众不同。还有：我们在生活中对罐头避之唯恐不及，但在思想和精神领域，我们完全靠罐头为生。这最后一句话他写了三遍。然后他对着房间大声说话，仿佛这里还有一个听他说话的人：这是我的纲领。

9

致拉芬斯堡检察院。有关埃瓦尔德·凯因茨自杀事件的说明。

对于一个将要自杀或者已经自杀的人，谁也没法设身处地为之着想。

埃瓦尔德·凯因茨有过四次自杀尝试。最后一次成功了。可以这么说，他在不同的情况下都无法忍受这些情况。即便这是他自己造成的。他的要求是无法满足的。包括对自己的要求。自杀就是与所有人保持最大的距离。这一行为要求我们放弃理解尝试，或者直面理解尝试的真相：一种安慰自己的尝试。我们自以为非常了解的人执意要离开人世。这的确令人难以忍受。有一些行为不必让人承担责任。譬如自杀。没人承担责任。包括自杀者本人。可以出现这样的情况：出了事却没有责任人。这行为无非是行为本身。想理解它，就意味着将它生拉硬扯，以满足我们对意义的需求。这就意味着对其进行篡改。

安东·珀西·施卢根

写好之后，他想起这份鉴定不是他签字，必须由教授签字。他把自己的名字划掉，在下面写上：双料博士奥古斯丁·法因莱因教授。然后他走过长长的走廊。以前，舍布林根的走廊也让他觉得富丽堂皇而且望不到尽头。比起莱茵瑙，舍布林根只有一条中规中矩的过道。本笃会的派头。这里每个人都有一间卧室和一间工作室。或者祷告室。通向地下一层的楼梯无比宽阔。教授在下面设立了一个秘书室。那是基尔奇的地盘。他敲门。没应答。他敲重一点。最后他尽可能轻声地按下门把。门开了。基尔奇坐在她的写字台后面，靠着椅背，眼睛闭着。她的双臂低垂。她没有知觉。他轻手轻脚走去。她有呼吸。他尽可能轻声喊：基尔奇。没有反应。他又喊一遍：基尔奇。她用双手蒙着自己的脸。她发出喊叫。听不清她喊叫什么。基尔奇原本就有一副很尖的，应该说尖利的嗓音。她的喊叫很刺耳，因为她的嗓音很尖利。她的喊叫就像针刺耳朵。她不停地喊叫。

高大的房间使她的喊叫更加响亮。然后她一头栽到桌面上，她的双手落在她的脑袋的两侧。她不再喊叫。她的手在桌面上乱抓。她在啜泣。她的啜泣只是一个无休无止的高音。一个保持不变的最高音。对着内心的喊叫。他不得不去叫马西莫。但谁知道这家伙在什么地方。他在哪儿都能派上用场。房管员应该知道把马西莫派哪儿去了。不，今天是周六。教授矗立桥头的日子，现在是马西莫去接教授的时间。

基尔奇处于这种状态，不可能把她一人留在这里。他想起教授的话：把基尔奇留在舍布林根，意味着把灵魂留在了舍布林根。他不知道如何帮她，所以他干脆站在那里。他把鉴定书放到桌上。也许他可以碰碰基尔奇。她依然在桌面上乱抓。她的身体在颤抖。他现在直接叫她：基尔奇。有用。她抬起双眼，跳起来，扑向他，他把她接住，牵着她走向皮沙发。她非常配合。然后他坐下，用双手捏住她的双手。他们就这样坐在那里，直到门打开，马西莫进来了。他马上坐到基尔奇身边，抱住她，轻轻地抚慰她，交替用希腊语和意大利语对她进行劝说。他似乎没有注意到珀西的存在。马西莫哭了。他没喊叫，他只是哭。

后来他可以讲话了。他可以讲他在电话里给基尔奇讲过的话。教授死了。是的，死了。他跟往常一样站在他的箱子上面。周六。来了七个或者九个家伙。他们的足球队输了，喝了酒，狂吼乱叫，这可不是真人，有一个大声喊道，然后把教授撞翻。教授倒地，后脑勺砸到石板上，死了。马西莫坐在车里看到这一切。他总是耐心等待，等着教授自己结束站立，把挂在铁丝下方的脑袋和装钱的盘子放到小提琴盒子里，然后朝他走来。总是等桥上恰好没人的时候。马西莫看见发生的一切，马上跑过去，那帮家伙在狂呼乱叫中继续往前走，路人马上围过来，他们什么都看见了，他们还听见那帮家伙打赌，真人还是假人？什么材料做的？马西莫跪在地上，让教授的脑袋靠在自己怀里。乱成一团。警察，医生，运送棺材过来的企业家。马西莫还必须把地址告诉他们：莱茵瑙岛。他这才给基尔奇打电话。

珀西站起来，让基尔奇和马西莫继续坐在沙发上，他顺着气势恢宏的楼梯往上走，然后穿过气势恢宏的长廊，回到他的房间，他工作的地方。坐下之后他感觉这个房间用其整个的过去将他团团围住。这是一件大衣，用来抵御所发生的一切。抵挡能够发生的一切。他没哭。他不再哭了，再也不哭了。

10

珀西站到先前教授作为肃立者所站立的小箱子上面。马西莫给他摆好小箱子，然后回到车里。珀西的目光掠过来往的行人。他眺望莱茵河对面。当一个路人停下脚步之后，很快有第二个、第三个人停下脚步，然后就有一小群人围观。珀西不说话。他垂下头。看着这些人，但又视而不见。但是他们能够感觉到他的目光，否则他们不会仰头看他。他的目光一再掠过众人的头顶，眺望莱茵河对岸，他看见对岸山坡上的城堡，但是他没有专门盯着城堡看，他不断转眼看那些在他面前驻足围观的人们。他什么话也讲不出来。他不得不顺其自然。他相信这些人理解他，对他一声不吭地站在这里眺望毫无意见。他觉得，他一声不吭地站在这里是在为他的讲话做准备。如果他有话可讲。他站在这里，因为教授在这里站过。他身上没涂颜色，没有特别的穿戴。也许人们见过银色的肃立者，已听说肃立者出了事。这件事情肯定已在当地广为流传。珀西感觉所有站在他跟前的人都在想教授。他没想要更多。他也不可能想别的。这里在为奥古斯丁·法因莱因上演安魂曲。以沉默的方式。然后的确有一个人走开了，那是一个女人。但她不是摇着头走开的，而是径直走开的。然后不断有人走，也不断有人来。站在这里看他的人赋予他一种他所没有的意义。渐渐地，走的人多于来的人，这可以理解。渐渐地，只剩下五六个人站在这里望着他。他们不会走，他有这种感觉。随后来了一个女人，一个身着白色紧身夹克的女人，夹克还饰有黑色镶边。一想到镶边这个词，他不可能不联想到芬妮妈妈。作为学徒，他的芬妮妈妈在特南十分引人注目，因为她做镶边是一把好手，无人能比。她的夹克领口鼓起一条纱巾，上面有一些与其说大不如说小的浅色斑点。这些斑点很难说是白色，正如纱巾很难说是黑色。他仿佛觉得自己有点看透这个女人。她的原则：不要反差。镶边虽然是黑的，但质地如此之薄，它给白色夹克提供的是一条镶边而非反差。这个女人站到人群当中。她看珀西的目光自然与其他人有所不同。这是他的判断。他的臆想。这是那位来自维戈尔芬城堡的女人。刚才他看见那辆红色敞篷车顺着坡路缓缓驶下，然后消失在对岸的岸边房子后面。然后她从大桥走过来，站到人群中间。

这时珀西知道，他现在再也不能说什么话了。否则会造成一种效果，仿佛他在等待这个女人。他没有等吗？他等了。她是城堡的主人。但是她在舍布林根的刨花蓝大厅放的电影中有红色的头发。一时间珀西无法将眼光从她身上移开。她现在是深色头发。一种接近黑色的色调。但不是真正的黑色。她站的地方离他不到三米，望着他，所以她的眼睛对着日光，变得很亮。珀西周身充满一种感觉，充满对教授的同情。这个女人对奥古斯丁·法因莱因不感兴趣。这张脸上从未有过类似奥古斯丁·法因莱因的爱的爱情。阿尔忒弥斯。奥古斯丁·法因莱因知道这点。你靠边站。这个女人是否还注意到那个总在周六拎着自己被砍下的头颅站在那里的银装男人是谁？她本可以拿着望远镜从她的城堡看他。她本可以……也许她还计划过来认他，随后却出现意外。致命的一推。

珀西感觉他不必找话说。他既无必要说什么，也无必要憋着不说。他不得不看着这个女人的眼睛。他体会到在这个女人面前奥古斯丁·法因莱因为何只有靠边站的份儿。珀西感觉自己被这个女人所吸引，还没有谁这样吸引他。如果她让人打量，他就不得不打量她。他有了靠边站的体验。这个女人的年龄比他大一倍。他感觉自己可以任其摆布。他发现留在这里没走的人在观察他和这个女人的目光交流。可能他们认识她，因为她到这边来买东西。珀西知道，他的身体再也动不了了。他屈服于这种无能为力。随后她转身走了。珀西原地不动。跟着她走，他做不到。他站在原地，望着她的背影，直到她消失在河对岸的房子中间。然后敞篷车重新出现。她慢悠悠地顺着坡路往上开。汽车消失在巨大的门柱之间。可能是城堡大门。

那个女人刚走，其他人也散了，这是最后一批人。刚才他们观察到两人的目光交流，他们期待要发生点什么事情。女人一走，他们就明白不可能发生什么事了。

珀西拿起小箱子，朝汽车走去，马西莫已经打开后备厢，珀西摆放箱子很讲究，仿佛这是一件从现在起要不断使用的东西。坐到马西莫旁边后，他说道：走吧①。马西莫向他表示穿行这些窄巷子要费多大

① 原文为意大利语：Andiamo。

劲。等终于开上外面的乡间公路后，他说他很清楚教授为什么完全接纳他。当初那一刻的事情他还历历在目。教授穿过花园的门，回到家。他，马西莫，正在耙树叶。他主动上手的，因为树叶太多，基尔奇对付不了。教授停下脚步观看，马西莫感觉教授在考虑如何对耙树叶这活计进行评论，他赶紧说了一句：这是定期预约转账，教授先生。要的就是这句话。后来教授无论派什么活儿都用这个句子。我又有一个定期预约转账，马西莫，他说。他跟我只说方言。我是跟格特鲁德学的。格特鲁德是翁特西格金根①的人，对吧。我发现，我用方言骂人或者咒人，特别是说傻帽或者土老帽的时候，教授总是很高兴。这时候他会说：别逗了。或者：别瞎扯。除了我，他找不到一个可以这样对他说话的人。

珀西在回味前面那一刻。如果那个身着黑色镶边的白色紧身夹克的女人对于他们的目光交流有着和他一样的体验，她就不会走。她会等其他人全都走开之后再走。但如果这个女人不走，其他人就不会走。这么想是为她的离去开脱？不是。这本该试一试。她本应待在这里，直到所有的观察者都不再有兴趣继续观察这看似平安无事的目光交流。等人们走开之后，这个女人和珀西就将彼此单独面对。永远面对。或者至少：看似永远面对。可是，她转身走了。她感觉很难堪。每走一个人，她就觉得他们的目光交流多一分尴尬。这个地方人人都认得她，她不能在这里让人观察她如何跟一个比自己小三十岁的男人目光交流。所以她转身走了。哈利路亚！还有什么别的原因！俗气！他平生第一回用这个词。他不想用这个词来对付这个女

① 翁特西格金根（Untersiggingen），德国博登湖地区的一个小镇。

人。他只想理解刚才发生或者没发生什么。如果人们在她的情感生活中发现点什么，她会非常尴尬。或者说让人这么盯着看已经让她很尴尬？但是她也盯着他看。她放任他们之间的目光交流。其实她根本没有必要来……

马西莫，开快点。

马西莫开得更快了。珀西巴不得自己遭遇一场车祸。

充满爱，等等。

希望使人变得不可救药。埃瓦尔德。

珀西感觉自己获得授权，可以把自我切碎，来个前后不一。

如果有了这种体验，一定要写下来。现在，满心的痛苦迫使他承认这点。他将做一部语录，把别人说的或者写的句子全部记下来。给记录下跪。他投降了。他突然成熟了？希望使人不可救药。教授也有可能写出这句话，可知道这个又怎样。

忙碌之中不受伤害。马西莫，开快点，越快越好。还有一个问题，马西莫：你下次什么时候去埃尔莎·弗洛姆克内希特那里看门诊？

下周五，马西莫说。

一起去，珀西说。

马西莫似乎很高兴。

11

珀西感觉自己不能出席葬礼，基尔奇、马西莫、英诺森去舍布林根的时候不得不把他留下。之前他和马西莫下了一番功夫，让奥古斯丁·法因莱因在棺材里面保持他最后站在桥上的姿势：作为银装肃立者。也拎着砍下的人头。珀西说他在对面岸上等他们，在布克餐厅。他下午很早就坐在那里。他和餐厅服务员讲好，等他的朋友们回来给他讲述他想知道的一切，然后再下班。这仨人将近十点回来，他们说到将近一点。服务员熬下来了。但说话的只是英诺森和马西莫，基尔奇总是看着说话的人。看她的架势，像是随时准备在听到不实之词时立刻进行干预。但是她没有必要干预。相反地，她不断点头，表示两人所说的一切全部属实。

英诺森说到魏默牧师致的悼词：

一个真正让人侧耳倾听的人，不可以知道他说的是什么。他不可以对我们听众讲话，只能对自己讲话。魏默牧师一次又一次地看见教授坐在幽暗的修道院教堂。他自己在祭坛座椅上，法因莱因看不见他。只要法因莱因还坐在那里，他就不可能走，不可能离开教堂……是啊，他做了什么？没有任何感觉如此清晰：你不必去思考坐在条凳上的那位有何思想、有何感受、有何观点。如果他在那儿坐一通宵，你也要坐一通宵。这是一种魔力。你是一个行动的见证人。你不能想你的事情。你只能坐在那里，成为一种情绪的见证人，这情绪完全属于这个人。他用他的沉默填满整个教堂。你感觉到了。你完全被这个人的情绪征服了。你感觉它有内容。毫无疑问，只有等他离开了教堂你才能离开教堂。

致悼词的时候，魏默牧师再次陷入这种情绪。听众也受到感染。他说，奥古斯丁·法因莱因散发出一种力量。这样坐着，这样充实，这样聚精会神。看到这一幕，他清楚地意识到奥古斯丁·法因莱因散发出何种力量。不可模仿。但是他可以赞美这个男人。如果一个人做到聚精会神，他将产生何种力量。

魏默牧师没有提圣髑匣。英诺森觉得这样很好。

布赖特博士代表医院讲话。她说，她不想对法因莱因教授的方方面面进行总结概括。他的为人，将在这里继续产生影响，将在这里继续流传。她鞠了一躬。

布鲁德霍费博士没有来，这只能说庆幸，英诺森说。

你忘记了孩子般的心灵，马西莫说。

是的，英诺森说，最后，当大家都感觉讲话即将结束时，魏默牧师又说，奥古斯丁·法因莱因为自己保持了一颗孩子般的心灵。

挽救，基尔奇说。他说的是为自己挽救了一颗孩子般的心灵。

英诺森：教授为自己挽救了一颗孩子般的心灵。

马西莫：不少听众都哭了。

英诺森：迈尔—霍尔希女士也哭了。紧挨着她坐的那位，弗里德莱因·福格尔，也哭了。独眼阿尔方斯向你问好。

马西莫说，现在第三匹蒙古马也死了。我叫不出它们的名字。教授总是先喊它们的名字，然后喂食。我本该问问基尔奇。她叫得出名字。现在我知道了。现在太晚了。

珀西：把名字说来听听。

马西莫：基尔奇，你说。

基尔奇脱口而出：刚干哈日，萨仁查干，胡日顿胡兰。[①]

珀西说：我们会记住这些名字。

他们一边喝酒，一边回味奥古斯丁·法因莱因所说的话。

马西莫说：膨胀螺母。没错，在德国没有一个人能够说出这是什么意思，膨胀螺母。但教授可以。膨胀螺母是舍布林根的白铁匠说的，马西莫却没敢问他这是什么意思或者这是什么东西。教授给商会打了电话，得知膨胀螺母是在一头膨胀后固死的螺母。教授说他听不懂。马西莫给他做了解释。

珀西在脑子里把这些句子记了下来。包括他自己想起的句子。

走的时候，珀西向服务员表示感谢，与她握手，说：你叫什么名字？夏娃·马利亚，她说。他随即说：一会见。

他很晚才摇摇晃晃回到自己的房间。他坐到办公桌前写了起来。现在他突然之间可以做记录了。记录反映各种瞬间的句子。这不是

---

① 蒙古语，其意思分别是“漂亮的黑色”、“白色的月亮”(马的鼻梁上有道白色的花纹)、“快速”。

对瞬间进行庸俗化处理。这是否与死亡有关？米勒—索西玛死后他不也坐下来记录他的句子吗！

他只知道他将不遗余力地挽救法因莱因的句子。根据魏默牧师的判断，法因莱因为自己挽救了一颗孩子般的心灵，他得如法炮制，以挽救法因莱因的句子。如果不做出努力挽救法因莱因的句子，他不可能躺下入睡。所以，赶紧坐下来、写下来。

法因莱因语录。

圣人若不施以援手，我们就必须冲他们吼叫。然后他们就施以援手。

他不止一次引用阿道夫·韦尔夫利[①]的话：如果所有的狗都来撵我，我们就腾空而起，飞向上帝。

你离我比我离你更远。幸好。

我对自己产生不了哪怕一丁点影响。

通向谬误的诱惑无穷多。通向真理的诱惑一个也没有。

我们可以把天堂变坏。我们无法征服天堂。

医院：没有疗效的毁灭。

信仰，没有歌词的歌曲。

一个把其他所有女人变为我的禁区的女人。

没有渴望的人，没有生命。

理解仇恨比理解爱容易。

降到最低点多好，如果没有一个更低的点。

---

① 阿道夫·韦尔夫利（Adolf Wölfi, 1864—1930），瑞士作家、作曲家、造型艺术家。

12

他写成了一封信，长达十四页，珀西给了马西莫，让他转交埃尔莎·弗洛姆克内希特。这封信写得激情澎湃，这要归功于珀西有了让埃尔莎接管未完成者学院的想法之后所产生的兴奋情绪。没有什么事情是偶然的。交织在他心中的各种想法使他感觉有义务给她写这封信、向她提这个建议，他甚至感觉这是一种强迫。他向她描述他所经历的一切，他的建议在他的描述中油然而生：她必须接管未完成者学院。如果之前发生的事情对她有所触动，她就必须看到过去几年这里或者那里发生的事情都以她为目标。所以，他现在当作请求或者建议拿来向她描述的事情，绝非心血来潮，人们可以对他产生这种期待。

除了他，谁还读过埃瓦尔德·凯因茨描写埃尔莎·弗洛姆克内希特的文字！她对此不屑一顾，他斗胆表示理解。但是他，珀西，不可以假装没有读过这些文字。埃瓦尔德·凯因茨把东西委托给他。因为不存在偶然，因为世上发生的一切都可以体验为从模糊走向清晰的过程，所以，没有任何事情像埃尔莎·弗洛姆克内希特的莱茵瑙岛之行那么不言而喻，那么势在必行。因为通过之前所发生的一切，未完成者学院就像是对埃尔莎·弗洛姆克内希特发出的一种请求。如果他成功地向她描述了先前所发生的事情，他毫不怀疑她会接受这一任务。有时候我们不得不发现生活对我们有何期待。有些事件一清二楚，让人无法闭目塞听。面对水到渠成的事情，只需说一声我同意。如果她同意，他就在这里，在瑞士宣布她的决定，就是说，把一切都告诉米勒—索西玛夫人，以便她在这个清清楚楚的生命瞬间欣喜地看到这个以她命名的学院迎来机遇。

他在签名之后还附上一句话：莫杰斯特·米勒—索西玛在物质方面做了精心安排，未完成者学院可以保证十年无虞。

然后是埃尔莎的信。

尊敬的施卢根先生，

对于您的未完成者学院的故事，我本来可以无动于衷。您似乎以为我现在必须做替补，以免一项好心好意的工程因为不可预见的双重不幸而失败。两个人死了，死因各异。这两件事情却一起产生影响，它们可能会让项目失败。这不符合亡者的意愿。现在必须挽救这个项目，以防两个死亡事件共同产生的影响导致它失败。我如此理解你的动机。如果这两个事件共同导致项目的失败，就可以说荒唐取得了一场胜利。为阻止荒唐事件的发生，我应该来。我清楚地重复这一点，因为我恰恰不适合阻止荒唐成为主宰。我不想做合适的人选。我不想装模作样，仿佛促进荒唐不是我最乐意做的事情，但是我要明确说：世界上多一件或者少一件荒唐事，这于我无所谓。我根本不反对发生荒唐的事情。不反对荒唐成为主宰。管它如何发生，管它在何处发生。我不得不把话说清楚，以免无中生有，在我的话里找出我没有的动机。

总之，如果未完成者学院保持未完成状态，我可以无所谓。但是我的生活中有一些让我改变决定的动机。我在图宾根主要学教堂音乐，毕业之后我不断跟各种想搞音乐的人打交道，尽管音乐不是他们的职业。不管是乐队演奏员还是歌手，所有这些人都需要音乐。其动机成百上千。他们中间的许多人恨不得把音乐变成唯一的事业。但未能遂愿。他们有自己的职业，他们的职业让音乐成为副业。人们想方设法与自己的命运周旋，这类变奏曲我经历了成百上千。我由此得到一个美好的体验：无论是所谓的门外汉还是专业人员，音乐同等重要，同等可爱。只是门外汉需要为自己的爱付出许多，常常超过专业人员，他们甚至要遭受更多的罪。所以您的学院立刻让我产生了亲近感。我很乐意鼓起勇气，尝试在这个学院里创建一种前所未有的音乐生活。

我们需要音乐，我们可以把音乐变成一种需要。这是一个有利于我们的事实。我不知道还有什么比这更好的事情。为什么我们需要音乐？为什么我们可以把音乐变成一种需要？因为音乐追求的目标超越了现实。

致以友好的问候

埃尔莎·弗洛姆克内希特

她单独寄来一些材料，从中可以获取有关她本人和她的工作的信息。

她还寄来CD。《犹大·马加比》、《圣保罗》、《弥撒曲》。亨德尔、门德尔松·巴托尔迪、舒伯特的音乐，报纸剪辑。

珀西马上写信致谢。的确没有偶然的事情，他写道。他母亲不止一次郑重宣告，她感觉冥冥之中有引路者。我们根本不必把事情搞得如此清晰，在不断发生的事情中看出一种趋势或者意义足矣。在目前形势下，这个学院亟需一个符合其可能意义的人，而她就是毫无争议的人选，而且恰好在他为形势所迫、举目四望的时候出现在他的眼前。这一切都事出必然。他将把她寄来的东西和他的信一道转交给索菲亚·米勒—索西玛夫人。他相信米勒—索西玛夫人将邀请她面晤。

珀西的事情很急。两个死者，一个学院。不能再发生任何妨碍学院成立的事情。现在的确一切顺利。两个女人很是谈得来。两人都感谢珀西让她们走到一起。米勒—索西玛夫人写道：

我现在理解莫杰斯特为何像谈论天使一样谈论您，有您在场，我们不由自主地感觉自己变得身轻如燕。这个埃尔莎·弗洛姆克内希特也是一个独具一格的天使。如果跟她一起演奏音乐，我身上会长出翅膀。

埃尔莎·弗洛姆克内希特写道，她对他充满感激。她这一生，放弃的计划比实现的计划多。现在突然面对这一转折，这一邀请，这种可能。她觉得索菲亚女士就像一个姐姐。相见恨晚。尽管她估计这梦幻般的感觉有可能被名叫现实的例行公事摧毁。但她目前还保持一种感觉，即现在有空前的可能性。

埃尔莎来了，所有人都喜出望外。包括珀西。她一出现，学院就充满生机。她的名气已超出德国西南地区，传到了瑞士和阿尔萨斯。她仿佛只要走漏风声，让人知道她在这里，在未完成者学院，无数渴望音乐的人便蜂拥而至。她把每一个渴望者都变成了参与者。她的秘诀就是顺其自然。帮助每个人成为他渴望变成的人。在音乐声中。借助音乐。她现在只能谈自己的项目。《夜晚》。理查·斯特劳斯曲。席勒词。一个远远超出她既往水平的项目。只剩下嗓音。歌唱本身。作为震颤的震颤。终于不再有管弦乐队。她一直讨厌乐器。再也不要乐器！只剩下歌唱。心灵本身。她需要放弃了自我的男人和女人。谁听到这歌声，谁就乐不思乡。流连忘返。幸福得无欲无求。这是她此行的目的。唯一的目的。

随后她把桑德拉接到岛上。桑德拉不得不整理和回答来自四面八方的邀请和问询。她的母亲说，她必须建立一个音乐档案馆，以便随时调取已经完成和尚未完成的作品。

13

马西莫研究了埃瓦尔德·凯因茨留下的道路指南。在塔菲恩[①]向右转急弯，然后上坡。他们两次从拐弯路口开过。但随后上了坡，坡路越来越窄，越来越崎岖，后来还有石子儿蹦起来。珀西问马西莫是否肯定这条路是通的。我觉得是，马西莫说。森林一出现就爬陡坡，然后向右爬坡，然后就到了，他说。事情的确如他所说。这是一片林中空地，它与其说深入林中不如说顺着森林走。一道栏杆，开着，然后是一堵厚厚的、用木头桩子堆砌而成的墙，可以管好几个冬天的柴火，现在道路突然平整了许多。他们在这里。修建了一栋马蹄形木屋，房屋的两翼漆成黑色，连接两翼的中间部分是白色。三根旗杆插在由此形成的庭院里，院子中央。旗杆上飘扬着黑色旗帜。每一面旗的左右两面都用巨大的白色字母写着：

---

① 塔菲恩 (Tafern)，奥地利位于下奥地利州。

快活脖子

奥地利行动[①]

中间那面旗帜的正中有一片圆形空白，圆圈的上半部分环绕着"快活脖子"的字样。但字母全部烫金。白色圆心的中央又有一个图形，这只可能是一个竖起的中指。白色圆心的下方环绕着一行字：奥地利行动第一组德国第七小组[②]。摩托车围成半圆环绕旗杆。一个寒光闪闪的半圆。珀西感觉这个由摩托车组成的半圆很有军队意味，但一时不知道为什么。也许因为摩托车产生了码放整齐的效果。马蹄形建筑之外的一个雨棚下面停着一辆汽车。看到珀西东张西望的目光落到汽车上面时，马西莫说：蓝旗亚。珀西做了个表情。示意马西莫朝这辆汽车开。马西莫说，他本来就要这么做。这是唯一可以停车的地方。

马西莫刚要下车，珀西说：别急，等等！他说他现在还不知道他们是否被人发现了，但是这里跟埃瓦尔德·凯因茨、德国通、业余合唱团毫无关系。我们等一分钟，如果没人出来，我们就没有被发现，就可以出发，然后想想这个道路指南有何不妥。但就在这时，右侧的屋门已经推开，几个青年男子走了出来。他们站在门口的平台上。平台左右两边有台阶。但是他们没有走下台阶。所以珀西和马西莫走过去，在平台下面的砾石空地停住脚步，跟他们打招呼。珀西说，马龙临终前告诉他可以在哪里找到德国通。他的路线图显然画错了。但

① 原文为英语：THE JOLLYNECKS / Austrian Action。

② 原文为英语：AA1, German Charter Chapter 7。

上面哪位先生也许知道可以去哪里找德国通。他，珀西，把马龙的骨灰带来了。

本来他是不可以说上面哪位先生的。

一个缺了左手、肘部也短了一截的说：你们上来，进来。

珀西和马西莫从两边的台阶走上去，跟着他们走进屋里。独臂男是秃顶，一圈金发垂落肩头，这只可能是猫。那这就是埃瓦尔德·凯因茨称为他的孩儿们的那帮人。先是一个厨房和饭厅二合一的空间，然后向左进入建筑的中间部分。这里有长沙发、短沙发、一堆堆的垫子。珀西和马西莫按照吩咐在一张长沙发落座。刚才进来的侧翼建筑里没有窗子，这里有高挑细窗，加了栅栏。一面沉重的红色帷幔把建筑的中间部分和第三部分即这座马蹄形建筑的左翼隔开。这里传来女人的声音。珀西马上就听到了，因为他至少有心理准备。先是个别人然后是众人的声音。

他们的发言人，那个独臂男，也就是猫，说：你听好了：马龙的骨灰你可以随便放别的什么地方。我们不是丧葬俱乐部。说着他指向背后的墙，指向巨型徽章：白色圆心中间竖起一根黑色的中指。然后说：德国通，这已成为过去。我们的天真时期，即业余合唱团时期，即合唱协会时期，那是一个打动人心的时代。自从与舍布林根方面保持联系的贾科莫报告说我们的马龙一命呜呼之后，我们协会就散伙儿了。贾科莫指挥立刻去澳大利亚找新的蜜蜂。如果是随便一个星期五：除了我、列宁、卡斯特罗，不会有别人来。我早就厌倦了唱歌，就是说，我一直找机会开溜。去找快活脖子。在十七个国家都有分会，在奥地利就有二十一个。所以，烧烤、侃大山、唱歌就告一段落了。他买下了贾科莫的白色杜卡迪。正在改单手操作。离合器已到右手。

但是前轮制动怎么办！只能用左脚。但是莫勒·迈巴赫兄弟办得到。然后猫就会全力配合。他马上去维也纳报名。列宁和卡斯特罗跟他一起去。他们经过考试，被吸纳为会员。奥地利行动拉赞助，奥地利行动在德国的第七个分会得以成立。你不会相信，如果你让人知道你是兄弟会的一员，你会得到多少兄弟。我们保留了周五聚会的传统。其他时间都是奥地利行动。都是快活脖子。竖中指的徽标完全属于我们。是我的主意，如果你允许的话。在维也纳可是掌声一片。说着他指指自己左臂的纹身图案。珀西看见所有人的左臂上都有这标志。

我在电视上见过你，他随后说。两期都看了。

不好意思，珀西说。

是啊，猫说，第二期真臭。那个梅克曼先生对你一点兴趣都没有。

我对他也没兴趣。是我的错，珀西说。

猫：瞎扯，人们付了他钱，让他对你感兴趣。就像做第一期的弗雷德。那人很棒。

太棒了，珀西说。但我本应搞清楚为什么梅克曼先生只想高谈阔论。

以你为代价，猫说。

没错，但是我本来应该问他为什么非嘲笑我不可。这倒可以变成一场对话。

不，错了，猫说。那傻×不明白你的无父说是一个超级笑料。这个噱头有着如此巨大的冲击力，让我都没法调侃你，问你当初是怎么被怀上的。你在弗雷德做的那一期节目里说得真棒。贞洁就是闷骚：一语中的。你一下子就把我吸引住了，因为你对所有人都说你。

我也一样！不是吗？！

所有人都异口同声地吼道：没错！隔壁的女孩还异口同声地用高音抢占风头：没错！

总之，当时我就察觉到我们的命运有共鸣！你周五来这里看看，是个好事情。我把材料给你，你从头到尾读一下。如果你报名，你就是我的候补人选。每一个新人都需要一个导师。然后你就做一年的候补人选，打一年杂，然后众人投票，我先告诉你：你会当选。你在第一场脱口秀里就证明你很会让人兴奋。这正是我们所需要的。我把快活脖子的三诫简要地跟你说一下。

第一诫：我们反对穷人，反对富人。

第二诫：我们反对一切，除了我们自己。

第三诫：别恨自己，恨你的邻人。

珀西没说话，猫说：嗯？！

是的，珀西说，是这么回事。然后他等着，直到隔壁刚刚掀起的汹涌笑浪归于平静。他说：我没有什么可反对的。我当然也不反对你们。

猫说：正好。

好几个人发笑了。

猫说：他们发笑，因为你说你不反对任何事物。每一个想入会的都必须对着快活脖子的第一诫发誓，发誓反对一切，除了自己。弟兄们，他随后说，我喜欢他不反对任何事物。我还不知道为什么，但是我察觉到某种东西。某种亲缘关系。茨威斯坦①，他朝着一个剃了光

① 有“二石”之意。

头但又蓄着胡子的人说道，你把这事从头到尾好好想想，明白！

茨威斯坦，迫不及待地：明白，猫。

猫接着说：也许我还应该把我们的纲领背诵给他听，你们觉得怎样？

都赞同。

好，注意了，我们的纲领，第一句：我们替人做事。

第二句：为了钱，我们几乎什么都做。

第三句：我们接受您的委托。

由于访问量太大，我们的网页几乎崩溃了。你明白就是：我们下判决。对上帝和世界。每周五。每个人都可以说他希望宣判什么有罪。然后大家一起讨论。然后我来拍板：无罪释放或者判罪。我们还没有执行判决。举例：我们宣判一个教授有罪，因为他对我的左手和肘部没有得到修复这一事件负有责任。我们砍掉他的左手和肘部。不是马上执行。但只要我们从判决期进入执行期，就轮到他了。你看那儿，我们的电脑，我们的打印机，我们的技术手段。一切都存起来了。所有的询价，所有的订单，所有的判决。现在已经有人给我们预付款。一旦开始执行任务，就要求支付尾款。对方马上付款，这点毫无疑问。快活脖子的三诫和纲领网上有。这是奥地利行动的文本。它们很有吸引力，我很快就把我们自己看作职业经办人。赞助商撵在我们后面跑。客户排队等候。我们的世界严重不公。我们不能一而再再而三地拿判决期来搪塞络绎不绝的人们。判决必须尽快执行。如果你想知道我们如何发展壮大，你就看看外面的马路上，那排成一溜的摩托车，一色的超高车把，一色的加长镀铬排气管，每辆车上都坐着我们的一个人。我们当然可以来点军人范儿。就你现在这副大惊失色的样子，你在仇恨之堡很受欢迎。

珀西：我的纲领是爱。

猫：我们的纲领是恨。

珀西：我们是绝配。

猫：再说一遍？

珀西：我们是绝配。

猫：我有点傻，知道吧。但我觉得这话说得对。茨威斯坦说出来了。有个道理我明白，也有体会：我们很搭配。

珀西：我只是脱口而出。

猫：没有什么比脱口而出的话更重要。弟兄们，我提议把他摇摇。然后对着珀西：这种事情一般是几个月以后才发生。但是我感觉你的条件已经成熟。我们现在就把你摇一摇。如果你在摇晃之中不得不呕吐，你就大喊：停下。随后他喊道：弗兰齐斯库斯！按一下！

被使唤的男人疾步走向一个混声器，按了一下，沙发升到高处，并开始摇晃。

远洋，猫喊道。

遵命，长官①，弗兰齐斯库斯大声回应。沙发摇晃幅度加大，但速度适中。

风力五级，猫喊道。

沙发激烈摇晃。

九级，猫喊道。

---

① 原文为英语：Yes, Sir。

沙发左边倾倒一下，右边再倾倒一下，而且变换节奏越来越快。马西莫紧紧抓住珀西。珀西大声喊：停。沙发停下了。

下面的人哈哈大笑。

猫喊道：珀西！怎么样？

珀西：我不想让我的朋友感到害怕。

猫：你呢？

珀西：到啤酒节上去玩吧。

猫：弟兄们你们听见了？弗兰齐斯库斯，放下来。

沙发重新回到地面后，猫说：

珀西，你必须到我们这里来。为了你自己。你太可惜了。你很优秀。只是是非颠倒了。你好好听着。爱和所有这一切，它们已主宰世界两千年。结果呢？毫无所获。我们的世界呢？一如既往。我告诉你为什么。早在人们突发奇想、拿爱来做做实验之前几十亿年，人类就已进化为一种只可能关心自己的生物。如果通过劝说或者强制让他对别人感兴趣，他就变得虚伪，就会撒谎，就会变邪恶。你看看大嘴保罗：天主总是诚实的！众人虚诈不实[①]。我们说：一个人终究只能对自身感兴趣。如果我们允许他反对他本人之外的所有人，如果允许他对他本人之外的所有人为恶，他就会变好。保罗的路子是对的，因为他说：我所愿意的，我偏不做；我所憎恨的，我反而去做[②]。但是基督徒编的故事把他的思想扭曲了。

停止搞语言杂技！搞语言杂技，也只是为了使人得到恩宠。这一

① 参见《圣经·罗马书》3：4。

② 同上，7：15。

套行得通，人类显得比其实际状态还要可怜。恩宠！珀西！这是一切骗局中的骗局！我同意：没有法律存在的时候，人类没有罪孽。随后有了法律，你就变成了罪人，所以你需要恩宠！在此我可要赞美摩西，因为他告诉我们，上帝对他说：我想怜悯谁就怜悯谁！你，珀西，你很优秀。但是他们把你送进一所是非颠倒的学校。以你的思想，你的下场很惨。最理想的情况就是钉死在十字架。向人们许诺一个更好的彼岸，以便他们在此岸乖乖听命，这是犯罪！超验性就是原罪。爱的强制使人变得邪恶。仇恨的自由使人变善。

然后大声喊道：仇恨是今日世界的主宰。

所有人大吼：这就是我们。

对面的女孩齐声响应，犹如空谷回音：

这就是我们。

猫：无耻是今日世界的主宰。

所有人，男人和女人，齐声大吼：这就是我们！万籁俱静。

猫终于说话了：你在见证奥地利行动快活脖子俱乐部第七小组取得的一项成就。这是我们的贡献。是德国对奥地利行动做出的贡献。正如我们的徽标，那根竖起的中指，是我们的贡献。我们想旗帜鲜明。我们的徽标已说明一切。维也纳的同仁尚未达到我们的境界。他们还在那儿喋喋不休。他们想进入文艺副刊。我们想进入世界。他开始大喊：生活就是——

所有男人、所有的女孩子齐呼：过度操劳。

呼喊随后变为尖叫。女孩子的声音为主。随着这一声尖叫，深红色的帷幔拉开了，女孩子一起冲出来。很显然，过度操劳总是结束信号。

猫在喧闹中大喊一声：去酒吧。他带头走向酒吧。这里房间多宽，吧台就多宽。

珀西和马西莫选了普西哥[①]。

猫说：药酒。

看见珀西一脸的疑惑，猫说：一般的酒不配享有在我这里产生的效果，药酒得到《阿育吠陀》的推荐。

珀西：我可以表示诧异吗？

猫说：如果不得不如此。回头你将了解这里的规矩。我们的规矩。重要的只有两条：谁碰了哪位兄弟的女人或者女孩儿，或者明显对其进行挑逗，立马滚蛋。还有：撒谎的，滚蛋。我们这里不许撒谎，我们彼此之间不许撒谎。一点也不行。零谎言。撒谎被识破的，就出局。这并不意味着我们宣传真理。使用真理这个词，就已经在邀请人撒谎。真理是受到社会欢迎的谎言形式。在我们这里，二者都不出现。每个人都说他如何看待某个事物，说他的想法、观点、感受。这就够了。

最后一个问题：哪年生的？

珀西：77年。

猫：我也是。哪月？

珀西：12月。

猫：我也是。哪天？

珀西：5号。

猫：我也是。靠，珀西，这下可以浮想联翩了！

---

① 又名普洛赛克。意大利白葡萄酒。

珀西：太乐意了。

猫：你有摩托车吗？

珀西：还没有。

猫：如果你在我们这里入会，我就是你的导师，而且你会得到一个赞助商，他负责你一年的费用，摩托车等等。我们现在可能实现飞跃，进入电视。跟你做电视节目那人已经来过两次。他现在接受培训。他认为，摩托车是救星。很有意思，对吧！他学到东西了。没错，你可以表示惊讶。

等珀西表示惊讶之后，猫说：因为我们这里不再有人撒谎，所以我告诉你，我等你。不管茨威斯坦怎么看你：我等你。我还告诉你：如果你不来我们这里，你就在害我们。你和你的爱。你不想与我们作对，但是如果你继续这么做，你就在与我们作对。电视宣传什么的。这个我们没法容忍。

坐在酒吧圆凳上的珀西转过身来，以便能够对着坐得到处都是的男人和女孩子讲话。可以吗，他先面向猫提问。后者很大度地表示允许。

珀西说：我不反对你们。我不支持你们。问题不在于你们，而在于我。你们做的一切都是正确的。否则你们就不会做了。你们不反对你们自己，这让我感觉很好。给我的感觉比我在这里听到的其他事情更好。我很乐意留下来。在这里。跟你们在一起。因为我也不反对自己。但为了能够留在你们这里，我必须反对一切。我对你们的力量充满敬佩。反对一切！你们觉得现存的一切都不合适！你们为此充满活力！不受任何引诱！这令人佩服！没有什么比仇恨、蔑视、无耻、邪恶更为成功。也许你们将统治世界。也许你们已经统治世界。终于可以为恶了。蔑视一切。否定一切。除了你们自己。没有什么比这更受欢迎。你们将广受欢迎，将获得无限的成功，因为你们防微杜渐。你们必须以此为满足。世界当然会继续创造自身。价值什么的。不断创造新的偶像和偶像崇拜。所以你们不断有东西需要防止和杜绝。其实你们是庞大的通敌行动的组成部分，而正是这一通敌行动维持着世界运转。如果没有你们：贬低者，蔑视者，这个世界早就乏味得令人作呕。我现在所说的，我在此时此刻所说的，我还从未说过，从未想过。是你们在给我提白。是你们的仇恨纲领和蔑视纲领在给我提白。幸好你们对我也有吸引力。你们说人们不必撒谎。不必再撒谎。你们说真理只是得到社会许可的谎言。啊，你们这里的许多东西听着都很诱人。但是我不知道我今后是否到你们这里来。不，我已知道了：我不会来。我不想被迫喜欢任何事物。我不喜欢任何自以为是的纲领：仿佛我们的世界是一个可以纠正的错误。一个必须予以纠正的错误。我爱你们。爱你们所有人。最后我还要承认一点，因为我也不想撒谎：如果能够通过赞同对你们产生一点诱惑，我没有意见。所以我给你们背诵别人对我讲的一段话，讲的是一个人在宁愿赞同而不是反对的时候是什么心情。你们听着，这是一个人在二百五十年以前的体验：

我充满内心的喜悦，这种喜悦是我通体的感受。我觉得一切都以一种超自然的方式向上奔涌，仿佛要飞向高空，然后汇集在无边无际的苍穹的一个中心点。这个中心就是爱之地。一切都从这里回流，倾盆而下；一切都以不可思议的方式围绕中心点旋转，这个点就是爱。

再见。

有几个人鼓掌，有几个发出哨声。随后鼓掌的把掌声拍得更响，压过了哨声。掌声获胜。随后是锣鼓喧天。终结了掌声。是齐柏林用混声器放出鼓声。然后戛然而止。

猫：谢谢，齐柏林。妙文一篇，珀西。可惜不属于这个世界。也不是为这个世界写的。世界不是在一天之内创造出来的。我们大家也不是在一天之内变成了现在的样子。珀西，你必须允许我们对你感兴趣。不管你多么不成熟，你还是有两下子。这我感觉到了。我们密切关注你。

他先和珀西，然后和马西莫握手，随后带着他们走向出口。大门滑开。猫在屋外的平台上再次转身，举起右臂，再次转身，从平台跳下，灵巧轻柔地落在砾石地面上。然后他再次转身，喊道：珀西，来！说着他抬起右臂，同时也抬起他剩下的左臂。

珀西在犹豫。猫大声说：我接着你。

珀西说：以后吧。然后从台阶走下平台。他们在台阶下面再次握手。

猫对马西莫说：好好看护他。我们需要他。

马西莫戏仿唯命是从的士兵，说：遵命。

猫对珀西说：当心高把摩托车。

珀西说：你也一样。

猫笑了。然后他朝屋里喊：罗伯斯庇尔，贝利亚[①]。

被唤者立刻出来，猫说：给我们的候选人来个小演出。

这两人异口同声：遵命，长官！说着就跟刚才的猫一样跳下来，一个发动摩托车，另一个坐上后座。猫说：来。他走前面，绕着房子

---

① 拉夫连季·巴夫洛维奇·贝利亚（1899—1953），苏联部长会议主席兼内务部长。

走。在一段沥青跑道的尽头站着一个时装模型。身着男装。可以看到其背影。这两人从房前绕过来，停下，望着猫。猫大喊：行动[①]。摩托车开始在沥青跑道上冲刺，开到时装模型跟前时也并未减速，坐在后座上那位朝着模型的后颈开枪，模型的脑袋从前方落下。

猫大喊：干得好[②]。两人掉头过来，停下，异口同声地喊道：完成使命[③]！目前这还是我们的游戏，猫说。以免我们感觉无聊，珀西。假设我感觉无聊，我可没有勇气承认。无聊，珀西，这还有点罪孽的意味。这个唯一能够引起恐怖的事物，就像从前的罪孽。令人毛骨悚然的恐怖。你知道的，珀西！你整个存在都在颤抖，都在震动。死罪，你知道吗？再也没有罪孽了。再也没有让你、让你的存在在某一瞬间产生透彻感受的事物。如果你不得不坦白，至多是：你感觉无聊。我们害怕这一坦白。宁可放弃对整个存在的感受，也别承认自己百无聊赖。所以，你大喊大叫或者窃窃私语：我不觉得无聊。这下你就已经是一个伪君子。你已经贴近罪孽。你不得不变成昔日的伪君子。无聊，珀西，你不可能采取比这更为粗暴的方式撕毁与世人的合约。快活脖子不知无聊为何物。我希望我们也没有让你感觉无聊。

珀西：啊，猫，兄弟。

他们相互拥抱。

猫：一会见。

珀西看出猫等着他说一会见。他闭上眼睛，说：不要让我陷于

① 原文为英语：Action。

② 原文为英语：Well done。

③ 原文为英语：Mission accomplished。

诱惑。①

猫：我拯救你，让你摆脱一切罪恶。

珀西说：阿门。然后对着马西莫：过来呀。

马西莫在车里说：他爱你。

珀西：我也爱他。

马西莫吓了一跳。

当他们在返回途中穿过森林时，马西莫说：墨索里尼。

珀西：你对墨索里尼不公平。马西莫：很乐意。

不过，生活是一种过度操劳的说法听着很诱人。你会不由自主地想到人们可以得到帮助。

马西莫又说一遍：墨索里尼。

珀西说：奥地利行动，马西莫。这是问题所在。你看见他的目光没有，在最后时刻，当他再次和我们握手并说到高把摩托车的时候？马西莫什么也没看见。这很典型，珀西说。他只有跟我握手的时候才有这种眼神。浅蓝色的眼睛。钢铁般的眼神。但他说了当心高把摩托车，这是什么意思！

对于马西莫，这是再清楚不过的话。一个高把摩托车就是一个快活脖子。如果珀西说话做事不合他们的心意，他就会派个人骑着高把摩托车过来。

然后呢，珀西问。然后他就解决你，马西莫说。

你尽看些不该看的电影，珀西说。

---

① 源于主祷文：不要让我们陷于诱惑，但救我们免于凶恶。

我来自叙拉古[①],马西莫说。

珀西：别开这么快。既然经历了这么一个下午,我们不能死。

嗯？马西莫。

只能活,珀西说。

但生活就是过度操劳,马西莫说,然后猛踩油门。珀西不再反对马西莫自不量力地开快车。珀西心里开始祈祷。他感觉必须现在祈祷。经历了这个下午。一种心灵补偿。他在心里默默祈祷：

神灵之火,我只跟随你。

只有在神灵之火的照耀下我才能忍受这个世界。

我的世界完全由神灵之火照耀。

其他的光线都是黑暗。

---

① 叙拉古 (Syracusa),意大利西西里岛上的一座城市。

14

现在珀西知道应该把骨灰往哪里送。送芬妮妈妈那里。这件事情要人指点他才明白，他不得不感到诧异。走着去斯图加特。

但随后来了弗雷德。珀西感觉芬妮妈妈讲的一句话又应验了。如果你体验到一个又一个的必然性，你会觉得自己受到指引。没错，而且还是弗雷德。这家伙见面就说此行的目的是要防止珀西再度成为一个梅克曼的牺牲品。

宁可成为你的牺牲品，珀西说。

是的，弗雷德说。

珀西穿着厚厚的衣服，和他在昔日的病人活动露台上坐了六个钟头。他们顶上的法桐已掉光树叶。珀西说，莱茵河是证人，对岸那一大片一动不动的树木也是。如果他对弗雷德的出现做出反应，他就需要证人。

把我算上，弗雷德说。

绝不可能，珀西说，我能够说我现在说的话，这要怪你。然后他就讲他在上回的脱口秀以来所经历、所听说的事情，也讲了他受了多少罪。

最后说到快活脖子。猫。还说到他从那以后就把电视理解为世界状态。

弗雷德说：太好了。又说，现在你当心。他已经把摄影师泽普·穆尔和录音师尼古拉斯·安格波因特安顿在本地，他和这两人去过快活脖子那里。因为猫不止一次找过他，而且说一不二，还带有敲诈意味，如果弗雷德·弗里德里希没有反应，他就找奥地利电视台或者Arte或者英国广播公司。所以他们就去了，让他们尽情展示，拍了片子，片子下周播放。27分钟，片名：恨邻人别恨自己。他们配合得很好。摩托车列队行进，喊口号，辛辣无比的独白。最后齐声呼喊：生活就是过度操劳。这部电影电视台一开始接受了，后来又拒绝，后来又接受，后来又拒绝，最终还是被采用了。这对弗雷德是个明证，说明任何人看到这部片子都不可能无动于衷。顺便说说，猫不断谈起珀西，几乎是崇拜的口吻。不是在摄影机前，而是现在这样，在谈话当中。他甚至说自己是在脱口秀中看见珀西之后才突发奇想找弗雷德·弗里德里希。他说珀西产生的思想很棒，只是彻底搞反了。弗雷德最后说：如果珀西要看有关快活脖子的片子，他会说，必须拿一部有关珀西的片子来回应。这话他也对台里的人说了。他把脱口秀放给他们看过。作为与之针锋相对的纲领。这个纲领自然需要在一部电影里展开。所以他来了。带着泽普·穆尔和尼古拉斯·安格波因特。他们只是在等开机信号。这里的环境，真棒。

珀西说，这里是否可以拍电影，只能由埃尔莎·弗洛姆克内希特决定。今晚你问问她。但还有一个问题：你在学摩托车？

弗雷德撩起右腿裤脚。看这。如果我脚蹬五下启动杆才能让摩托车启动，这启动杆就要回击我六下。而且总是打我的胫骨。

为什么，珀西问。

你知道吗，弗雷德说，如果拍一部电影，你就必须让自己受感染。你必须做到可以受感染。这个你不能装。他十五岁的时候就有过一辆旧的雅马哈250。哥哥的。哥哥出门了。雅马哈放在地下室里。不许弗雷德用。所以他就把它拆了。过后没有装回去。后来哥哥回来了。开了一辆本田500回来。想卖雅马哈。但雅马哈是地下室里一百多个部件。后来的故事很可怕。从此摩托车就成为他的梦。一个让人痛苦的梦。

唉，弗雷德，珀西说。

弗雷德：嗯？

珀西说：天下什么事情没有，太可怕了。

晚上大家在院长私邸的会客厅开会。这里已成为埃尔莎的寓所。基尔奇、马西莫、英诺森、埃尔莎、桑德拉、珀西。还有弗雷德。珀西为弗雷德的到场征得了大家的同意。

弗雷德发表讲话，说是也想拍一部关于未完成者学院的电影。埃尔莎犹豫不决。她说自己在潜心排练。理查·施特劳斯，《夜晚》。她想在圣诞节前夕拿出东西。空前而且绝后。然后她说：桑德拉！

桑德拉说：请讲。

我需要你的意见，埃尔莎说。

桑德拉说：对什么事情？

埃尔莎：桑德拉！请讲！我们的学院需要上电视吗？

桑德拉说：对不起。她说自己刚才想别的事情去了。

我可以问问吗，想什么，埃尔莎说。

可以，当然，桑德拉说。她刚才在想，如果把母亲和她接到这里的那个人走了会怎样。说罢，她看着珀西。

然后呢？埃尔莎说。

所以我没有专心听讲，桑德拉说。

但是现在你知道我们在说什么，上不上电视？

桑德拉说，对于这个问题她无法形成自己的看法。

好，埃尔莎说，弃权。我就说：不用了，谢谢。我的男女歌手没法想象这次演唱之后学院如何继续存在。我也一样。她随后起了一个音，声音越来越大。这空间一下敞亮了许多。借助这个保持不变的高音。然后她让这个音降下来，让它慢慢消失。然后她说：下降吧，光明之神[①]。12月23日。举世无双。四个声部[②]，十六位歌手。每个声部她都安排几位歌手。最后只剩下歌声。只剩下歌唱本身。只剩下作为震颤的震颤。作为歌唱的歌唱。莫扎特的歌曲相形见绌，全是消遣。因为没人说话，她说：对不起。

珀西：你对不起谁？

埃尔莎：莫扎特。

随后珀西不得不说：拍一部关于英诺森、关于奥勃洛摩夫十一世的电影。奥勃洛摩夫十一世每天都在拯救那些不写作毋宁死的人寄

---

① 这是席勒诗歌《傍晚》的开篇句子。

② 四个声部指：男低音，男高音，女低音，女高音。

给英诺森的稿件。

英诺森：他们为什么寄稿件？因为我在网上发布消息，声明在把稿件交给奥勃洛摩夫之前要阅读稿件。

悲壮如迦太基，弗雷德说。

要是教授在就好了，珀西说。

以手稿献祭取代活人献祭，弗雷德说。

这点他很清楚，珀西说，但是奥古斯丁·法因莱因能够向我们准确地描绘通过碎纸实现化体[①]的过程。

这个我也会，英诺森说。如果他把碎纸过程出卖给摄影镜头，那就涉嫌犯罪，因为他滥用了寄给他的手稿。一个具有毁灭性的庸俗化行为！所以，珀西哪怕只是考虑这种事情，都暴露出他的使命已经走向堕落，尽管它尚未在莱茵瑙得以展现。

珀西：我相信我理解你的意思。

现在就剩下你了，弗雷德说。

珀西：弗雷德出现在本地之后，他马上就感觉到弗雷德会来找他。各位朋友，是他，珀西，请弗雷德先来诱惑埃尔莎和英诺森，但是他一刻也没怀疑过该轮到他了。有了在普夫龙根湿地的经历和体验，他别无选择，只能把弗雷德的出现视为命运的安排。他不得不觉得自己受到指引。他最后说，我们希望过程和结果告诉你们我为什么必须配合。配合弗雷德。上电视。明天带着骨灰去斯图加特，找芬妮妈妈，然后去默克林根找施图德牧师，然后去朝拜韦尔申山的《圣母玛利亚施舍图》。然后——应该到12月份了——回到岛上，找你

① 天主教用语。指圣餐面包和酒变成耶稣的血和肉。

们。长住一段。住很长一段。没有什么比我现在说的话更让我感觉生疏。但也没有什么比我现在做的事情让我觉得更清晰。我们圣诞节再见。埃尔莎，23号，几个声部，歌唱，作为震颤的震颤，幸福得无欲无求。我来，来看演出。这话他对着桑德拉说，因为他注意到桑德拉几乎目不转睛地看着他。她的眼睛里蹿着火苗。他不知道为什么。他不得不站起身，说：晚安。从门口又说一遍：明天见。这话他也对着桑德拉说。

回到房间后，他的心中忐忑不安。他无法抵御现在冒出的各种念头。心乱如麻。显然他将度过一个不眠之夜。他的体验太多？现在去哪儿？到底去哪？找不到落脚之处。骚乱不宁。他不得不将这骚乱不宁命名为桑德拉。命名之后也并不感觉更好受。这张脸由一头浓密的、与其说金色不如说褐色的头发衬托，看看这张脸是如何往下走的。比母亲的脸更窄，因为母亲有一个宽阔有力的下巴。一张既温柔又厚重的脸。厚实源于她的嘴。相对这张温柔的脸，她的嘴唇过于饱满。厚实的上唇重重地压在同样厚实的下唇上面。她的嘴仿佛因过于沉重而难以开启。你有一张不太规则的嘴，桑德拉。他轻言细语地说。这是怎样的一个世界，他随后想，重要的话只能夜阑人静的时候对着自己说。现在他假装必须对桑德拉的脸做一份鉴定。唯一能缓解脸和嘴不对称的问题的，是位于鼻子右侧和右边嘴角之间的那颗小痣。这颗凸起的小圆痣产生了很好的效果。珀西想，他会因为这颗小痣爱桑德拉。或者因为仿佛随时可以将她的脸遮住的头发。头发，目光，嘴。她的头发，她的目光，她的嘴。她看他的时候眼睛里蹿着火苗，他历历在目。他无法对这火苗进行翻译。愤怒，悲哀，随便一声呐喊，没有目标，既不赞成什么，也不反对什么。也许在喊别烦我！在喊你们谁跟我都没关系！

桑德拉的形象在他的脑子里挥之不去，直到入睡。

第二天早上告别。所有人都在外面的院子里。在对面教堂的正门台阶前停着弗雷德的汽车。

现在全是客套。握手。拥抱。英诺森说：珍贵的朋友！珀西说：亲爱的英诺森！跟埃尔莎长时间握手。埃尔莎握得比他更有力。她说：如果你来，我们的声音将把你托起。不管你怎么来。珀西：谢谢，埃尔莎，谢谢。然后跟桑德拉握手。她的眼里蹿着火焰。他与其说在握她的手，不如说在捏她的手。他说：桑德拉，桑德拉，再见！然后很快转向基尔奇。跟基尔奇的客套要轻松得多。

他拿起旅行袋、手杖、黑色圆顶皮帽。他戴上皮帽，感觉这是最为清晰的告别动作。另一方面，他每走一步都想到桑德拉也体会到他夜里所想的事情。

只有马西莫陪同珀西走向汽车。他拎着装着骨灰盒的旅行袋。这件事情他当仁不让。当所有人都走开之后，珀西发现马西莫哭了。他说他不能让珀西走，他可是答应了要看好他。珀西拍拍他。马西莫转过身。一同跟来的基尔奇去安慰他。

弗雷德打开门。但在珀西上车之前他再次挥手致意。站在大门口的人也挥手。桑德拉的手在空中停留的时间最长。只要这只手还指向空中，他就无法上车。所以他也再次举起手快速挥舞。桑德拉把手降下来。珀西上了车。弗雷德可以启动了。

汽车开过大桥的时候，珀西感到一种震动或者惊骇或者痛苦。

弗雷德注意到异常，问：怎么了？

珀西说：桑德拉。马上又补充道：别吱声儿，好吗。

弗雷德：遵命，长官。

泽普·穆尔和尼古拉斯·安格波因特已经等待在此。现在他们开着越野车紧跟随其后。过境之后珀西说：现在去斯图加特，去希尔德加德养老院，然后徒步朝圣：春天去布森山和海力根布隆。但是韦尔申山的《圣母玛利亚施舍图》12月份就去。

等等，弗雷德大声说。徒步朝圣带上我，还有摄影机。你讲三次。

你就直接说；布道演讲三次，珀西说。如果你说我布道演讲三次，我没有意见。也许我在你打电话的时候应该说：弗雷德，别，电视免谈。我没这么做。为什么？因为猫认识我。通过电视。纯粹通过电视。

弗雷德：你不必反对电视，珀西。

珀西：我知道。

弗雷德：如果你反对电视，这跟你想反对施肥是一个道理。其实关键在于你施什么肥。

珀西：弗雷德，你看见没有，桑德拉的眼睛？

弗雷德：我只看见她盯着你看，哪怕别人在说别的事情。

珀西：她的目光，弗雷德！

弗雷德：我们让她进入我们的电影。

珀西说：桑德拉有免疫能力。

弗雷德：你的天真无邪只能上非黄金时段的电视节目！

说着便扭开一个按钮。音乐。大音量。

弗雷德大声说：瓦格纳。罗恩格林。我搜集瓦格纳的作品。说着把音量调得更大。珀西很高兴自己不用再想什么。

他们的车在锡伦布赫[①]的希尔德加德养老院停下，珀西说：两个小时。养老院主管说，超过两个小时绝对不可能。珀西按花园大门的门铃，一名女护理员过来了，他跟着她走进房子。养老院主管在一个布置得古色古香的房间里接待他。绘画，半身塑像，书籍。没有哪样东西的历史少于一百年。包括家具。养老院主管自我介绍：库尔提乌斯博士。看见珀西的目光从一件古董移到另一件古董，他说：都是我父亲留下来的。这些东西他没法扔，这就命中注定我没法扔。说到令堂大人，施卢根先生，如果来两位令堂大人这样的，我就可以关门了。没有她，这里会成为一个井然有序但又沉闷乏味的地方。令堂大人让我们忙个不停。让我忙个不停。自从她知道我在做养老院主管之前是搞历史的，我就没再安宁过。这个您会体会到。我还可以告诉您，您的运气好。她也有完全不同的时期。但现在，在这一阵子，她非常清醒，好久没这样了。我看得出来，您想上去看她。来吧。

珀西在楼上自己敲门。没应答。最后他直接按门把。门拴上了。库尔提乌斯博士说：走阳台。然后带着他从阳台走到阳台门。这道门也拴上了。库尔提乌斯博士敲这道玻璃门。随后敲得很响亮。最后芬妮妈妈开了门。她开门之后马上回到写字台。

库尔提乌斯博士走了，珀西站在那里，等着她抬头看他或者至少跟他握手。她头也不抬就说：你坐下。

他坐到摆在屋子中央的一张单薄的小单人沙发上。与楼下的会客厅相反，这里只有没有故事的家具和一摞一摞的纸。纸张堆积

① 锡伦布赫（Sillenbuch），德国斯图加特的一个城区。

成山，在她伏案工作的桌子上，在她身边，在桌子底下。屋子里充满烟味。芬妮妈妈用手写。左手夹着香烟。我只需把这封给汉诺威奇贝利乌斯画廊的信写完。然后就可以陪你。你在这里所看见的一切、这里所发生的一切都是为了你。奇贝利乌斯画廊也许没有展现我们的家族史的肖像。但既然他们搜集的贵族肖像比世界上任何地方都多，我就写信给他们。现在我已毫无遗漏地收集了有关我们家族史的材料。如果奇贝利乌斯画廊有一幅施卢根肖像，事情就完美了。你是安东·帕西瓦尔·冯·施卢根，证明材料就在这桌子上。

她站起身，把堆积成山的纸张指给他看。

珀西说：安东·帕西瓦尔。

她：冯·施卢根。

她说暂时难以断定他们家族发源于萨克森还是巴登地区。最早的记载出现在隶属匈牙利比哈尔地区的锡本比尔根，推测多于证明，养马，牧羊，养牛，但是从玛利亚·特蕾西亚[①]时代开始，官方文件就记载有施卢根。锡本比尔根变成了王室世袭领地，在维也纳，主管锡本比尔根地区的帝国内务府[②]，对册封文书进行了登记。但是施卢根一家受不了在罗马尼亚和马扎尔地区的生活，他们变卖了属于他们的一切，即刻赶往波希米亚地区，城堡你得不到了。在玛丽亚温泉市。1945年以后属于一个跟总理有交情的房地产商人。施卢根一家在1919年之前就离开了那里。他们一定破产了。他们在《泽德勒大

---

① 玛利亚·特蕾西亚 (Maria Theresia, 1717—1780)，奥地利女大公和国母，匈牙利女王和波希米亚女王。

② 帝国内务府 (Hofkanzlei)，负责处理奥匈帝国德语区的行政和财政事务。

百科全书》[1]中还被算作有财产的乡村贵族。1919年以后他们就从文件里消失了。《取消贵族特权法案》。议员们装模作样，仿佛能够用所谓的法律摧毁由上帝的恩宠所赐予的一切。保罗在《哥林多后书》中说：他虽然是使徒中最卑微的一个，但他是一个受到上帝恩宠的卑微使徒。一个来自上帝恩宠的人授予你的一切，世俗的官吏是拿不走的。《取消贵族特权法案》是一纸空文，纯粹的一纸空文。一个受到上帝恩宠的人授予你的头衔堪与洗礼媲美。你的财富没有增添，你的精神存在却得以拓宽。受洗。贵族，亲爱的安东，是精神存在的拓宽。是一种任命。那位可爱的库尔提乌斯博士反驳我，他的反驳在我眼里是一个可爱的举动。他说，在我认为施卢根一家被帝国内务府封为贵族的那个时代，出售贵族头衔是帝国内务府的主要收入来源。安东，你的芬妮妈妈让你吃惊吧。没错，我现在是一个保守派。不是因为上了年纪。我这一辈子生病的时候比健康的时候多。还额外被医生们下毒。抗精神病药什么的。上了年纪之后，我的身体就好了，身体好了，我就成保守派了。

安东啊，安东。安东·帕西瓦尔·冯·施卢根。我们的世界充满美妙的关联。你又来了，这不是一件神奇的事情吗！上周我没有时间。资料查找工作最后变得异常艰难。幸好我的记忆力一如既往地管用。我过目不忘。这不仅仅是一个优点。但现在，亲爱的安东，现在事情办成了。如果我们哪天的时间比今天多，我把一切都告诉你。我知道的一切。太多了。你上周来的时候我不得不将你拒之门外。

---

① 泽德勒大百科全书 (Zedlers Universallexikon)，德国的第一套大百科全书。出版于1732—1754年间，一共68卷，由出版商约翰·海因里希·泽德勒 (Johann Heinrich Zedler, 1706 — 1751) 得名。

上个月也是。我想完成查找的活计之后再让你进来。等大功告成之后。你也抽一根?

珀西摆摆手。

下次再把你的妻子带上。还有小家伙。我很高兴,安东,我一辈子求而不得的东西,现在都得到了。

珀西说:看你现在多神气。

她:我承认我现在比二十年前更喜欢自己。

像一个印第安女人,珀西说。

像一个印第安老女人,她说。

对,珀西说,他想到了永恒狩猎场①。

小家伙是不是还在用尿片子?她问。

你知道小家伙多大了,珀西问。

六岁,她说。还夹着尿片子。

珀西:今天都叫纸尿裤,事情简单了。

她:你的妻子是职业女性,了不起,你肯定是一个好母亲。

小家伙也这么说,珀西说。

他们就这样交谈,直到珀西发现她的眼皮逐渐合上。他站起来,从背包里取出骨灰罐:可以把这当作埃瓦尔德,他大声说。我把罐子也带来了。

罐子,她说,到底是什么罐子?

埃瓦尔德·凯因茨,他说。

---

① 印第安土著普遍相信来世,将其称为"快乐狩猎场"(Happy Hunting Ground)。"永恒狩猎场"是由此衍生的概念。

她：好人埃瓦尔德，大好人一个。把它放到对面的抽屉柜上。反正我总在找烟灰缸。库尔提乌斯博士声称，我每天抽六十支。他对我很好。他说我精力如此充沛，完全可以载入史册。我回答说：您就好好把我写入史书吧。埃瓦尔德·凯因茨最近说过，每天六十支，这是分期自杀。但是我知道自己要活一百零一岁。自从她身体变好、精神随之变得保守之后，她的内在天空的恒星也发生了变化。她一度痴迷于霍尔瓦特，现在她觉得这很傻。霍尔瓦特总是对他笔下的可怜人物隔靴搔痒。她把马夸特大街的自由缝纫部送给了埃尔克。埃尔克几年来一直是她的得力助手。过去她信仰霍尔瓦特，如今她信仰克莱斯特。每天她都不止一次地用克莱斯特的敏感和精确来要求自己。啊，永恒，你现在完全属于我[①]。诸如此类的句子。洪堡王子。我一丝不苟，所以我去查阅辞书，我发现，安东，最重要的德语箴言宝典，也就是《毕希曼名言警句辞典》[②]，竟然没有收录海因里希·冯·克莱斯特，没有收录他哪怕一句话。这是一个丑闻。幸好有库尔提乌斯博士。每让他看到一个知识空白，他都很高兴，他脑子里装着我想知道的一切。如果你觉得这里烟味儿太重，我可以马上把窗子打开。她说她从七十年的人生中悟出一个道理：人不能老是考虑自己。由于她翻来覆去地讲述其人生经历，没用男人就怀上他那句话也多次出现。她说他当然早把这个句子给忘了。但在她的记忆里，这个句子成为一块丰碑。这证明必要时我们可以做到大无畏。她一直大无畏。医生们枉费心机，想劝她把大无畏看作一种病。她因为安东的缘故而大无

① 语出克莱斯特剧本《洪堡王子弗里德里希》。

② 1864年由柏林的中学教师格奥尔格·毕希曼 (Georg Büchmann, 1822—1884) 编纂出版，成为后世同类词典的楷模。

畏。这世界上没有哪一个儿子能够让她产生这种想法。安东例外。安东的为人，安东的气场，哪个男人能比。你器宇轩昂。我看准了。好孩子，没有谁值得我这样称呼他。还有贵族！她研究一切，只是为了他，只是为了他的缘故。安东·帕西瓦尔！你以后要多来，安东。

一言为定，他说。

把妻子带来，她说。

小家伙也带来，他说。

她：都没法跟你说你今天过来多么凑巧。

有指路者指引，珀西说。

对，她说。

珀西说：回头见，芬妮妈妈，回头见！

回头见，安东。我做事烦琐，她说，所以还要交待一点：你可别明天就来了。我还等着佩奇[①]方面的答复。那里的国家档案馆里有一个人想跟我证明有一位施卢根在当地做过邮政督查，他的名字后面注明：rang nélkul，就是说无等级或者官衔，所以不是贵族，因为贵族绝不会做邮政督查。现在我必须向那人证明，这位邮政督查不是我们这一支的施卢根。但随后也就真正把一切都搞清楚了。对吧？！

是的，亲爱的芬妮妈妈，把一切都搞清楚！

她高高兴兴与他握手，嘴里还叼着香烟，同时用另一只手拍拍他的面颊。

你有一个幸福的母亲，她说。如愿以偿。高寿，健康，保守，所以幸福。

---

① 佩奇（Pecs），匈牙利城市。

哦，你这个印第安女人，珀西说。

他乘有轨电车下山进城，然后在城里换车，几乎坐到安茨贝格酒店。

弗雷德坐在电脑前面。敦实的泽普·穆尔和干瘦的尼古拉斯·安格波因特坐在一边，就像两条有权要求主人喂食的狗。珀西把一切都讲给他们听。还说到芬妮妈妈看着像一位上了年纪的印第安女人。她的头发所剩无几，仿佛粘在头皮上。我现在要多去看她，他说。跟桑德拉一起。

弗雷德：她必须上电影。

珀西：悠着点，求求你。

弗雷德：你把骨灰罐给她看，她说：放抽屉柜上，我反正总是缺烟灰缸。这个适合上电视，珀西。

珀西：非黄金时段。

看见弗雷德很诧异，又说：跟你学的。

现在回房间。给桑德拉写信。一整天都有句子从我脑子里飞过。再见，弗雷德，再见，泽普，再见，尼古拉斯。说着就走了。弗雷德很诧异，玻西感觉很好。

15

亲爱的桑德拉，

现在已是凌晨四点，还能给你写信的前景正在消失。如果这第五封或者第六封信也能写完，我可能要把它扔到逐渐提出抗议的废纸篓去。我觉得自己像被人踩了刹车。被捆绑起来。因为想什么都对你说，所以什么都说不出来。你看，昨晚进宾馆房间的时候，我不得不在镜子面前走过。镜子在过去对我不是什么问题。现在一下子成了问题。我的上唇就别考虑了，如果和你的上唇相比。上唇，在你身上我觉得是升级的嘴唇。你不说我的薄皮上唇不惹你反感，我就不会再看镜子了。还有耳朵！从前我的耳朵从未像今天这样大，这样招风。我照镜子那一刻，总是咧嘴苦笑，这是我对一切事物的常规反应。我可是悲剧人物的反面。不管在什么地方与现实碰撞，我都感到：我太轻了。十足地可笑。我立刻想重新变成聪明人，说：能够爱上一个人的可笑，才能爱上这个人。我想把自己引渡给你。我感觉你对我可以为所欲为。这样我才可以对你为所欲为。我们才可以彼此为所欲为。桑德拉。我没法再对任何事情产生怀疑。除了我的上唇。所以我如此爱你。你拥有我缺乏的一切。你的上唇！你的下唇！如果我拥有你，我可以立刻脱贫。没有你，我的确一贫如洗。迄今为止我一直在认父亲。现在我想认你。感受你。引诱你。而且你必须将我存档。存你身上。永远。芬妮妈妈相信我们已经有了一个孩子。你！你吐气，我吸气，我吸入你吐出的气息。

顺便说说，现在我们家族不再起源于格尔瑙和杜茨瑙，而是来自特兰西瓦尼亚。我们靠养殖牛、羊、马为生。希望你喜欢这些。现在我直接把这封信寄给你。我从我的一千零一个尴尬中向你问好。

你的安东·帕西瓦尔

16

在从斯图加特去默克林根的路上，珀西讲述是什么事情让他和施图德牧师难舍难分。路上施救，择业，黑德维希小姐。黑德维希小姐，第一个听他爆料的人。他把母亲讲的话讲给她听：她无需男人就怀上了他。黑德维希小姐既不大惊小怪，也没哈哈大笑，而是握着他的双手说，一见面就觉得他与众不同，所以他可以时不时地拿这件事情对人说。

譬如在我们的脱口秀里，弗雷德说。然后他说：这一幕，长满雪松的树林，被汽车撞到路边的排水沟里，后来因为用手杖支着帽子被一个牧师营救，他想在电影里复制这一幕。

珀西说：你必须试图理解生命是不可模仿的。

他们由此回到老话题。弗雷德让尼古拉斯·安格波因特超车。珀西看见泽普·穆尔在拍摄。对于这位举重运动员而言，扛着巨大的摄影机在行驶的汽车上转来转去不是什么问题。然后弗雷德再次从他们身边驶过。

弗雷德说，珀西要习惯这些。那两人不分昼夜地拍摄。他和珀西在病人活动露台坐六个钟头的场景当然也拍摄了。带录音。但珀西不想让人看到的东西都不会出现在电影里。

珀西说：如果他第一次看到录像、听到录音而不立刻羞愧难当，也许他就可以进入一个新时期。过去他一直有一个愿望：如果他变成自己的证人，他要么立刻死去，要么经受一次震荡，这震荡将一劳永逸地保证他下不为例。

然后大声说：罗恩格林。

弗雷德大声说：这适合你。

说罢打开音响。

施图德牧师说：神祝福你的到来。听说弗雷德·弗里德里希、泽普·穆尔、尼古拉斯·安格波因特来自电视台之后，他压低了声音，但拘谨多于疑虑：愿上帝也祝福你们的到来。珀西告诉弗雷德，牧师名叫克里索斯托穆斯·施图德，弗雷德马上就想知道今天的人怎么还可以取这样的名字。牧师说，他父亲就让他这样接受了洗礼。他不知道他父亲是否知道这个名字译成德语就是黄金嘴。但是他知道拜占庭有一个主教名叫克里索斯托穆斯。一个与皇帝和皇后进行斗争、与整个权势集团进行斗争的主教，今天人们会说他为人权而斗争。弗雷德：此人应该成为电视业的保护神。

施图德牧师说，现在他不得不要告诉大家，黑德维希小姐住院了。在乌尔姆。珀西走到克里索斯托穆斯跟前，把额头靠在他的肩头上，说：别又出事。对我的生活有点意义的人，现在都死去了，这是什么苗头。一个接一个。克里索斯托穆斯说，人们在教堂里天天为黑德维希小姐祈祷。

珀西说明天去看她。

克里索斯托穆斯：是癌症，但是医生们寄希望于化疗。

克里索斯托穆斯想讲述他和珀西如何走到一起，珀西说他已经把一切都讲给弗雷德听了。施图德牧师问：道贺的事情也说了？珀西不知道他指的是什么。施图德牧师大声说自己有预感。珀西会省略最重要的事情。他讲述说，被推进救护车的时候，珀西对他伸出一只手，说：恭喜您！牧师觉得这很奇怪。干嘛他恭喜我？我恭喜他。恭喜他获救了。遭遇车祸这位却说：平安夜！我恭喜您救了我。您想一想，您会找到答案。牧师左思右想，找到了答案。后来在三圣王节布道时，他讲出了其中的道理。

这必须进电影，弗雷德说。

珀西对牧师说：他相信可以模仿一切。对他来说不存在独一无二的事物。整个的世界就是一件模仿作品。

牧师带着他们去房间。这过道之长、房门之多，令弗雷德惊诧不已。牧师的房子从前属于舍布林根修道院，牧师说。牧师楼和教堂平行，几乎和教堂一样长，过去是修道院的物管处。三十年前，他刚刚搬进来的时候，他总是踩着旱冰鞋在楼内的过道里穿梭。珀西看着弗雷德，说：这必须拍成电影。

弗雷德：佩服！你学得很快！

珀西：很抱歉。在讽刺你呢。

弗雷德对着施图德牧师：他太不像话。

牧师：感谢上帝。

他们开车前往乌尔姆。路上谁都没说话。弗雷德又放瓦格纳音乐。但是很小声。他找到了医院。黑德维希小姐躺在一间双人病房里。她头上戴着一顶花花绿绿的绣花布帽，治疗使她掉光了头发。珀西快步向她走去，坐在床边，捧起她放在床单上的手。然后看着她。她看着他。她的脸上只剩下一双眼睛。但是珀西在黑德维希小姐的目光中感受到一种力量。看着她，他感觉周身有一股暖流。这是温度？是激动。他无论如何没法再松开她的手，不得不跟她保持目光接触。他稍稍加重了握手的力度。然后说：黑德维希。然后又说一遍，声音更小：黑德维希。他感觉必须归还他从她这里得到的一切。

躺在另外一张床上的女人喋喋不休。他没觉得烦。黑德维希和珀西没有交谈，这女的便以为这俩无话可说，所以请珀西陪陪她。黑德维希反正是一个圣女，而且有一条腿已经迈到彼岸，而她，克丽斯塔·贝尔奇，注定要下地狱，所以根本不能死。您听着！您听我说！我叫克丽斯塔·贝尔奇。四个孩子，来自五个男人。没有一个孩子照顾我。我知道，您可以帮助我。您的事情黑德维希全都给我讲了。您在听我说吗？

珀西说：在听。过一会。很乐意。他看着她。克丽斯塔·贝尔奇女士随后的确安静下来。

现在珀西只通过嘴唇动作说黑德维希的名字。黑德维希通过嘴唇动作说：是的，珀西，是的。

他们以这种方式交流，建立了一种通过语言难以实现的亲密感。过一会他又紧握一下她的手，然后把她的手放回床单。他的嘴唇说：明天见，黑德维希。

明天见，珀西，她同样无声地说道。

他朝克丽斯塔·贝尔奇那边看,她已睡着了。

弗雷德每天都开车送他到乌尔姆的医院。弗雷德不得不在下面等着。每当珀西出现在212房间,总是先传来贝尔奇女士的声音。珀西每次都走过去看她一下,说只要黑德维希好点他就一定去找她。贝尔奇女士随后就保持安静。黑德维希期待他来,他感觉到了。随后她的手总是握在他的手里。他一天比一天说得多。只是用嘴唇。她阅读他用嘴唇说的话。不管她说什么,她也只是用嘴唇。这样,他们彼此交流的时候特别地聚精会神,这对两人来说都是全新体验。他们以这种方式说什么,没有他们说话这一事实重要,没有他们彼此说的话一天比一天多这一事实重要。他说:我要天天来看你,直到你的情况有好转。

她:只要你来,我的情况就有好转。

他:即便我走了,我依然在这里存在。

她:我感觉到了。

他:明天见,黑德维希。

她:今天就是明天,珀西。

一天之后他对她说:你比昨天更有劲儿。

她:是的。

他:先前你想在床上坐直的时候身子总要下滑一点点。今天一点都没下滑。

她:你的力量。

他:我从你这里比你从我这里得到的更多。

她:我不一定死。

他:黑德维希,给我一点教导。

她：牧师先生说过，没有教导。

他：只有？

她：启迪。

他：这又是一则教导。

黑德维希笑了。第一回。珀西感到他现在必须全神贯注紧握黑德维希的手。同时又说：当他第一次到牧师家里感谢其救命之恩时，黑德维希也带他去花园里转，还把几只鸡指给他看，还说：牧师家的母鸡很能下蛋。等珀西两年后再次去做客时，她又在花园里对他说：我们的母鸡很能下蛋。去年，在同一个地方：我的母鸡很能下蛋。

黑德维希第一次真正开怀大笑。

第二天早晨，在他们出发前往乌尔姆之前，来了一封信。珀西走进牧师家的花园读信。

亲爱的珀西，

给你写我不得不写的话，没有比这更困难的事情。我的话就用一句话来表达：我不能被人遗弃。这是我心中唯一不可磨灭的印象：埃尔莎的痛苦。两次。对于我，哪怕一次也太多。这个我有感觉。心里很清楚。感情受到惩罚。心心相印不管用。山盟海誓不管用。所以回到慕尼黑。回到档案馆。回归工作。如果还有什么说的，你也可以说给自己听。我说过了，我很不情愿写这封信。我无话可说，只能重复这个句子。我们要好好保护自己。

祝好！桑德拉。

他回来了，弗雷德问：出什么事儿了？

珀西：如果你现在说，这必须拍成电影，我就杀了你。说到做到。走，我们出发。

212房间只剩下黑德维希躺在那里。贝尔奇夫人夜里被接走了。再也没送回来。就是说，她死了，珀西说。黑德维希点点头。说完她把手放到被子上，以便他拿起来握在手里。但他只能一动不动。

她毫无准备地死了，黑德维希说。我有准备。医院神父料理后事。

我很想念贝尔奇夫人，珀西说。她想干扰我们的谈话，结果使我们走得很近。

她握住他的手。

本来每个人都可以帮助贝尔奇夫人，他说。今天……他说不下去了。黑德维希握住他的手。

没有什么事物不是在萌芽之中就遭受毁灭，他说，我没法告诉你遭受什么毁灭。

两人都陷入沉默。

我不知道我会遭受如此痛苦。他说。

黑德维希把他的手往自己方向拉。

活着，他说。

人生常态，她说。

沉默。

你的气色又恢复了，他说。

我感觉到了，她说。然后：上午告诉医生暂时不希望做化疗。

沉默。

这个不能告诉牧师先生，还不能。她现在所体验的事情，她通过珀西所体验的事情，牧师先生不理解。还不能理解。

沉默。

意图理解什么反正是一个荒唐的事情，她说。没有什么事情需要了解。

活着，他又说了一遍。

为生活之故，她说。

珀西说，这是芬妮妈妈说的话。

也是我的话，黑德维希说。

他突然在她脸上看出她三十年前的样子。他仔细端详她那晒成棕色的椭圆形脸蛋，有点外翘的嘴巴，含着笑意的眼睛，紧贴头皮的深色头发，在脑后打成结。

谢谢你，他说。

向牧师先生问好。下周我回家。

她恢复了昔日的面容。

你很会使人分心，他说。

我宁愿使人专心，她说。

回头见。握手。离开。

在下面对弗雷德说：这个不能进电影。

听你的，弗雷德说。医院拍成电影，通常效果都很不错。

混蛋，珀西。

终于骂人了，弗雷德。

上车后，珀西说：罗恩格林，求求你。

弗雷德大声说：遵命，长官。

珀西：猫向你问好，弗雷德按下按钮，音乐如汹涌的波涛回响在头顶上方。

珀西想：如果你必须避免把你引向桑德拉的一切，你就必须避免生活。

离开吧，白天，在你开始之前，珀西心里想。

别再啰啰嗦嗦地列举自己的愿望。他想。

没有什么像前途无望这样不可理解。他想。

我不理解我为何不理解这点。

此时此刻，他对奥古斯丁·法因莱因产生了前所未有的思念。

学习发出你本人再也听不到的喊叫。

17

施图德牧师说：上帝保佑，尊贵的女士们，尊贵的先生们。牧师楼大厅变得座无虚席，这不是他所希望的，但他已事先知道。而且是自行知道的。这件事情他在对面的教堂里说过，后来就传开了。传到舍布林根和更远的地方。默克林根在翘首盼望。他在教堂里说过，我们的珀西要来讲话。而你们，尊贵的女士们，尊贵的先生们，来到这里就是为了听他演讲。在我们庆祝圣母贞洁受孕的日子。还是星期六。而且黑德维希小姐今天回家了，从医院回来。好，珀西，请上来。

珀西既不想迈着大步，也不想迈着沉重的步伐登上讲台，他想自由自在。他站到了台上，施图德牧师已坐在下面。

珀西：朋友们。他看着听众席，看不见任何人。大家好，他又说了一遍。我们，被遗弃者，彼此相关，这种想象可以说美好吗？我问你们！我听说古希腊有句名言：醒着的人有一个共同的世界。我说，被遗弃者也一样。究竟有谁没有被遗弃。

我觉得自我满足的人很可怕。我，一个被遗弃者，对自己不满足。被遗弃状态是一只不穿脚上也打脚的鞋。

我们每个人心里都有一个洞穴，里面蛰居着属于我们的黑暗，我们可以把这个洞穴称为上帝。哪怕它，洞穴，是空的。不知空虚为何物的，我不知道他是何人。

要允许空虚存在。那是上帝的家园。他并未自恃清高，不肯做世上任何一种缺憾的替代品。上帝不照顾你们，你们就别照顾上帝。你们这才感觉到他如何照顾你们。我的提白人伊曼努尔·斯威登堡。

昨夜我睡得很沉静。我想睁眼就能够睁开眼，就是说，我醒着。我感到一种通体的快乐。一切都努力向上，想飞向高空，然后在最高的中心点汇合。这个最高的中心，这是爱之地。一切都在围绕着爱旋转。

哪里缺少爱，哪里就有恨出来顶班。我可以说说我的体验。有的人，他们反感别人而别人却不反感他们。有人对别人存在敌意。他们在别人身上发现一些他们不喜欢的东西。然后就对别人下否定判断。由于对别人下否定判断，他们不由自主地变得比他们对之进行否定判断的人更优秀。每做一次否定判断，他们就增添一分伟大、一分优秀，甚至还增添一点名气。

我不能说，他们否定别人，贬低别人，是为了让自己显得更优秀、更伟大。可以肯定的是，通过贬低他人，他们看自己更加清晰。但是我们不可以说他们贬低别人是为了让自己显得更优秀。

爱不需要理由。

被爱之前献出爱！

被爱之后献出爱！

我们的太阳永远在冉冉升起。贬低者的太阳永远在落坡。

若是在海边或者在沙漠里单独撞见在我们眼前对之进行贬低的人，贬低人者几乎不会有任何贬低他人的言行。这是我们的角色：贬低他人的行为之所以发生，是因为我们在一旁观看。我们越是关注贬低他人者，贬低他人者就越伟大。现在我接近一个纲领性的表白：我认为仇恨和贬低不好。仇恨和贬低作为艺术发生。刚刚有报纸报道，说是有一个著名的贬低人者在一本书中写道，他们，即贬低者，和他们不断谴责其谎话连篇的人一样谎话连篇，而且，他写道，他们因为后者谎话连篇而不断对其进行玷污和蔑视。报上说，他声称贬低人者没有什么更优秀的地方。贬低人者没认为自己比被贬低者好，人们为此对贬低者大加赞赏。其实，倘若贬低他人者觉得自己令人生厌，那倒有助于被贬低者。可是，被贬低者总是以单数形式遭受面面俱到的贬低，贬低人者则完全以复数形式出现：我们没有任何地方比人好，他写道。为什么不用单数：我没有什么地方比人好？这是一个令世人感到震惊的差别。在贬低人者的圈子里：高超的艺术。但如果我遭遇一个贬低人者，我会窒息。然后我就亟需一点美好的体验。幸好出现了最最美好的一幕。天使长加百列来到玛利亚跟前，把她即将成为神之子的童贞女母亲的消息告诉她。没有比这更美好的消息。玛利亚，借腹的母亲，被圣灵选中。她不拒绝。她配合。这是历史流传下来的最美妙的故事。是人类产生的最美妙的念头。我最看重故事的美妙度。恰恰在这样一个日子，黑德维希小姐回来了。她说了：为了生命，她回家了。一个句子就像一次跳高。

想象越美丽，它在我的眼里就越完美。

现在我看见你们头上的火焰。我希望你们看见我头上的火焰。我感觉到降落在我头上的温暖。它进入我体内，穿越我的身体，抵达我的脚趾。这样我就成为一条光明轨道。一条炽热的光明轨道。

这是你们的功劳。此时此刻，你们是别名上帝的存在的确定性。谁将你从缺憾中拯救出来，谁就可以称为上帝。没有体验过上帝的，别跟我谈上帝。弗吕里的圣尼古拉[1]说过：我主，我的上帝，请将我掳走，请霸占我。斯威登堡，伊曼努尔，这个来自北方的高大的伟人，说过一模一样的话：全能的上帝，我请求你施恩，让我可以属于你而不是属于我。

话音刚落，施图德牧师已经站到他身边，定好调，给出开唱信号，自己也同时唱了起来，《向海星圣母请安——啊，圣母保佑！》[2]。所有人都立刻齐声歌唱。而且唱了全部三个段落。

珀西留在牧师先生身旁，跟大家一起唱。唱完最后一个音之后，他匆匆鞠了一躬，然后从中间通道往外走。

众人鼓掌。这不可能符合他的心意。抹杀差别的俗套。他本不可以鞠躬！他如愿以偿，不必再跟任何人说话就回到了房间。随后有人敲门。是弗雷德。他想表示祝贺。珀西吼他：打住，打住！

弗雷德走到他跟前，把双手放在他肩上，再将他拉过来，紧紧地拥抱，同时小声呼唤：珀西啊，珀西。

因为珀西听之任之，他随后说：来小饭厅，黑德维希小姐准备了吃的。珀西跟他走。这里只有黑德维希小姐和牧师先生。他们一边

---

① 弗吕里的圣尼古拉 (der Heilige Nikolaus von Flüe, 1417—1487)，瑞士修士、苦行僧、神秘主义者，被认为是瑞士的守护圣徒。

② 帕德博恩地区的朝圣歌曲。

吃一边喝一边闲聊。每个人都知道听众中间某个人的一点故事。牧师先生说，他尤其高兴的是，舍布林根的魏默牧师也来了。

小吃结束后，弗雷德说：牧师先生，也许您可以向珀西传递一个信息，他刚才下了一纸宣战书。珀西轻松回应：你为永恒服务，我为瞬间服务。

牧师和弗雷德随后讨论珀西所说的话是否是一份宣战书。珀西拿起黑德维希小姐的一只手。他现在需要黑德维希的手。他想起猫说的话：当心高把摩托车。

18

几封信。

芬妮妈妈写道：亲爱的安东·帕西瓦尔，

终于来了最可靠的信息，绝对可靠。我们家族确实发源于巴登地区。戈特弗里德·韦登菲尔斯和海因里希·施卢根作为皇家顾问被弗里德里希三世皇帝派往慕尼黑，以阻止巴伐利亚的阿尔布莱希特公爵和皇帝的女儿库讷贡德成婚。但是他们晚到了一步。婚礼已经完成。回到皇帝身边后，海因里希·施卢根成功地让火冒三丈的皇帝确信责任在韦登菲尔斯，迟到要怪他，婚礼要怪他。韦登菲尔斯被革出教会。海因里希·施卢根负责执行判决，随后被皇帝封为伯爵。

你的母亲很高兴能够把这一史实告诉你。亲爱的安东·帕西瓦尔，我们由此成为伯爵，而且自1488年以来就是。你的母亲会督促人们修改史书。

你的兴高采烈的芬妮妈妈。

英诺森在信中写道：亲爱的珀西，

我们的人又到齐了。幸运的安排：露琪亚·迈尔—霍尔希在对技术水平要求很高的零售贸易中败下阵来。她的弗里德莱因·福格尔不为顾客服务，反倒得罪了顾客。简言之，她做我们的秘书，学院感觉力量倍增。桑德拉过于温柔，不宜做管理工作。现在就缺你了。站在我的角度就可以说，奥勃洛摩夫十一世已经变成我一开始就想把它变成的神话。我已经不得不请弗里德莱因·福格尔跟我一起读稿，因为寄来进行粉碎的稿件我一个人读不过来。没有一行字可以不经阅读就送进碎纸机。这点很明确。但是弗里德莱因·福格尔总算找到一件让他的内心绝对充实的事情。我可以把成堆的稿件给他，他绝不会把一张没有读过的纸页送进碎纸机。我正在为设立碎纸机文学最佳作品奖起草文件。我设想成立一个名流荟萃的评奖委员会。五人组成。从所有寄来的文本中挑选二十本给他们看。获奖作品由评委在颁奖典礼上致辞颂扬，作者获五万欧元的奖金，然后由颂扬者把作品移交碎纸机。埃尔莎·弗洛姆克内希特指挥无伴奏合唱。评委会有保密义务，不得透露有关获奖并移交碎纸机的文本的任何信息。我们由此把一个具有示范意义的文本命运表现出来。余言后叙。

所以，你这个永远的旅行者，快来吧！我们有点想你了。

你的英诺森。

桑德拉写道：亲爱的朋友，

我的心情并未因为前面写了一封信变得更加平静，尽管我知道那封信我非写不可。我心乱如麻。我会一而再再而三给你写信，你必须对此有所准备。你可以相信我再也不会见你。但是，给你写信、让一种情感活跃在远方，这是一大帮助，因为我再不能见你。我发现自己已经完全以你为转移，太可怕了。我无法想象，假如我一人留下来，会出现什么情况。司空见惯的旅程，直至两人分手。来往信件。它们不是五彩斑斓的鸟儿吗？它们不是从一个人那里飞到另外一个人那里、给他带去美妙的歌声吗？我本来可以每天晚上给你写一封信。但这种事情不会发生。我想待在危险地带的彼岸。然后朝对岸挥手。朝你挥手。同时对你说：只要我们在书信中相会，我永远没个够。人都有软弱的时候。你要更坚强些。你更坚强我也更坚强。

人在远方的：桑德拉。

珀西给三个人写了同样一封信，讲述发生了哪些事情。他必须给桑德拉多写点：这个被抛弃的男人在思索。他还知道，思想等于虚无。你做得对。我不得不伪装我自己的感情，你也必须伪装你的感情。我很好奇我们之间发生或者没有发生的事情把我变成什么样子。把我们变成什么样子。这个我们倒可以彼此讲述，或者写信描述。我很高兴你给我写信。谢谢。致以问候：

安东・帕西瓦尔，人称珀西。

又及：我承认，给你写信的时候我很乐意做安东・冯・施卢根。让珀西退场，请安东・冯・施卢根上场。这意味着：你让我成为贵族！我也为我的族徽图案选好了对象：八哥。写到这，我才注意到语言多么残酷：人们要八哥做动物！它做什么也不能做动物！所以，它应该上我的族徽图案。

19

珀西没有看关于快活脖子的影片。八天之后播放弗雷德拍摄的有关他本人的片子，他照样也没看。后来克里索斯托穆斯·施图德也放弃了观看。黑德维希小姐本来就不看。弗雷德报告公众对这两部电影的反应。他不得不用书面形式，因为珀西声称没法跟弗雷德通话。弗雷德报告的内容，除了成功还是成功。他用统计数据和媒体反响来证明。珀西专题片被视为快活脖子专题片的必然回应。就像是电视台的刻意安排。先来挑衅，随后抚慰。因此，一切都好，一切顺利。

珀西夜不能寐。有一点他心里越来越清楚：他所说的远远超过他想说的。他可以说的。他对猫做了回应。如果你做出回应，你就已不再是你自己。所以：别再回应。别再回应任何事情。他往莱茵瑙方向出发之前还写了两封信。分别给弗雷德和英诺森。他不得不向弗雷德承认，那两部片子他本人没法看，默克林根的牧师楼里面也没人看。此前弗雷德写信说：你拿了钱才让人给你拍片子。如果你能够同意你所说的话，拿钱就无可指责。但如果这样的话……他不得不告诉弗雷德，他没法想象自己在未来继续参与此事。现在他徒步前往莱茵瑙，途中在多瑙河上游的米尔海姆停留，23号从那里前往芬妮妈妈最喜欢的朝圣地：韦尔申山上的圣母保佑教堂[①]。然后去莱茵瑙，预计24日抵达。他请弗雷德谅解一切。谅解一切，弗雷德！拜托！

他请英诺森转告马西莫，去鞋匠弗兰茨饭馆接他。就是在来自诺伊豪森的乡间公路和联邦公路相交的地方。24号，将近中午的时候。他走路过来，但不想在泰恩根[②]步行过边境。

还有一件事情，一半建议，一半请求：

亲爱的英诺森，你按照你认为的最佳方式行事。你知道我的讲话如何依赖场景。这没法教，但可以试一试。这只能拿别人来试。去网上发一份邀请，对象是那些想了解自己如果不事先把自己想对别人讲的话写下来会创造什么奇迹的人。我可以做示范。让一个人站在我们面前给我们朗读他几周或者几天之前为这一刻写的文字。就是说他事先想象过如何站在我们跟前，然后对我们说什么话。他现在站在我们面前，这其实毫无意义。这两个元素怎么可以结合在一起：思考和言说。我推测，你，亲爱的英诺森，可以对此进行有力的表述，我推测，如果我们不再把我们想说的话交给僵死的语言即书面语，如果我们让思考和言说重叠，在任何时间任何地点都重叠，我们就有全新的自我体验。一种直接对我们的听众产生影响的自我体验：作为

---

① 1756年落成、作为废墟保留下来的朝圣教堂。

② 泰恩根(Thayngen)，在瑞士沙夫豪森州境内。

生命，作为圣灵降临的一瞬间，等等。亲爱的英诺森，我想好好试试。我冒冒险。我感觉自己彻底被这一实验所吸引，希望获得出人意料的效果。总之，如果我说的事情没有让你无动于衷，你就预告将开办一个自由演讲培训班。同时注明，没有比修辞学培训班更无意义的事情。都是些旨在扼杀我们可能做到的事物的套话。我们必须发现自我，而不是发现一种旨在帮助我们取代自我的技巧。我们必须冒险，让人们参与我们思想的形成过程。我们必须冒险，以前所未有的尺度袒露自身。不，荒唐。我之所以对这一过程如此好奇，是因为我相信由此可以了解自己的所作所为，了解别人对自己的评论。这些东西你通过别的方式无法了解。总之，我渴望这些瞬间，不是为了别人，而是为了自己。我不知道其他人是否有所收获。你已经有点理解我的想法了：让思考和言说相互贴近。切忌现在思考、以后或者在以后的以后再朗读僵死的文字。我们已完全失去自我。回头见，亲爱的英诺森，回头见。

然后跟克里索斯托穆斯和黑德维希告别。施图德牧师已通知安东牧师，他在米尔海姆的同行。珀西要在22号晚到达，23号从米尔海姆出发去韦尔申山徒步旅行。朝圣。去圣母保佑教堂的废墟。24号一大早就继续朝莱茵瑙方向走。目的地：鞋匠弗兰茨客栈。马西莫在那里等他。黑德维希哭了。克里索斯托穆斯表现得很坚强。他们站在那里，朝着他的背影挥手，他也挥手。然后他让拐杖嗖嗖地往前窜，他紧随其后。人不是一下子就死掉的，珀西想。他的自我感觉很好。

上帝保佑你，安东牧师说，随后又补充道：安东，上帝保佑你。他接过珀西的手杖和帽子，帮他摘掉旅行袋并脱下大衣。他的大衣应该说是一件短大衣。珀西走路的时候不想让膝盖被大衣覆盖。然后他们在小饭厅里面相向而坐，吃饭喝酒。年龄肯定比珀西大一轮的牧师做好晚餐等珀西。珀西带着惊异的目光东张西望，试图表达自己的感受，因为牧师楼里往哪儿看都是惹眼的书籍和绘画。

我本应收藏灵魂，结果收藏了什么，牧师说，绘画和书籍。绘画和书籍比灵魂的价值更容易识别。牧师对珀西的情况有所了解。珀西是一个他希望能够彼此理解的访客。他们俩都叫安东，对此两人都很高兴。过后珀西就上床睡觉了。

第二天早晨，等他下楼的时候牧师早已起床了。他和头天晚上一样快活。但嗓门儿一点不高。他头天晚上的嗓门儿比现在大。他显然很清楚早晨的嗓门儿可以多大。牧师与他打交道的方式让珀西感觉是一种体贴。本来他很想说：现在不用那么体贴了。但他现在已进入听众角色。

然后做礼拜。珀西就像接受一个受欢迎的天气事件一样接受礼拜。刚刚下过一点雪。这雪量恰好让森林显得银装素裹。阳光照耀着银装素裹的大地，仿佛要为美化珀西穿越冬季森林的朝圣之路做出贡献。这是一条陡峭而狭窄的山路。珀西想象当初芬妮妈妈如何跟父亲一道在这里爬山。不管山路如何陡峭，安东牧师依然让他那张快活的嘴巴讲述韦尔申山的全部故事。珀西应该对废墟的历史有所了解。1811年，随着一道来自斯图加特的禁令，朝圣教堂被迫停建。民众没有违抗禁令，但随后还是重新开始前往韦尔申山朝圣。

牧师问珀西想对那面的人说什么。

珀西：我怎么知道。

牧师说现在他很高兴。事后他再告诉珀西为什么。

一到山上就进入了昔日的教堂空间，厚重的围墙让人感觉到这点。在从前的唱诗席的废墟上建起了一座小教堂和一座塔楼。安东牧师蹑手蹑脚地把珀西引领至此。这只是一个里间，这里摆放着一个迎接众人的圣坛。牧师点燃几根蜡烛。从加顶的小教堂里间开始地势往上走。山坡上有许多长凳摆成了半圆形，上面已经坐满人。牧师承认，他上周日就在教堂里预告珀西要来。他像忏悔一项罪孽似的承认，他对人们说过：上电视出名的珀西·施卢根。

牧师把他引到里间，引向圣坛。他的引导方式再次让珀西理解为对心灵的照顾和体贴。珀西应该自己发现他站在一个行过圣礼的地方。所以他的脚步没有迈出教堂。他还从未站在一个行过圣礼的地方发表讲话。

安东牧师高高兴兴地向众人问好。他是一个天性快乐的人，可以一波接一波地进入亢奋状态。珀西在头天晚上已经领教了。现在他在这些朝圣者面前的表现跟在牧师楼没有任何的不同。安东牧师对众人说，今天是快乐的一天。这样的天气，这样的礼拜天，这样的客人，还有你们，朋友们，我庆幸与你们每一个人相会。你们今天来到这山上，这本身就应成为一个话题。我建议先请我们的客人安东·珀西发言。安东，请赏光。

珀西站在那里，望着坐在前方和上方的众人，说：

你别扔下我一个人。

朋友们。

这个教堂名为圣母保佑。我的母亲在这个废墟里听了不止一回布道。我不是布道者，我说我现在最想说的话：别扔下我一个人。这话我对谁说？

安东牧师对着你们说话。这是他的长项。是他的资本。我没有对着你们讲话。我不说：你们别扔下我一个人。我说的是：你别扔下我一个人。就像有一个人在听我说话。

你别扔下我一个人。我为自己创造了一个说话对象。这个对象不在场。但是他存在。否则我可没法说：你别扔下我一个人。我今天第一次说这话。这是一个祈使句，不是一个命令句。你别扔下我一个人。我们听出祈求和哀求的意思。说话时我有了归属感，感觉自己是众多害怕被单独留下的人中间的一员。但是我已被单独留下，否则我说不出这个句子。缺憾主宰这个世界。哦，圣母啊，请保佑。在这里，在这座教堂的墙上，尽是还愿牌。那是美好的时代。你别留下我一个人。这话我更多地是说给玛利亚听而非说给上帝听。上帝不是地址。他没有地址。玛利亚有一张脸。

我依然能够相信一些没有结果的句子。我母亲小时候跟着她虔诚的父亲到这韦尔申山来过三次。母亲不止一次对我说过她父亲面对废墟所说的话：属于未来的废墟。他说的话。他已经如此沮丧。我做了一个梦。梦见一只八哥。先说明一下：我在哪里住的时间超过两周，哪里就会出来一只八哥照顾我。如果我的纹章图案需要一个动物，那就非八哥莫属。现在说说我的梦：我用衣架挂着我的T恤衬衣放到窗外晾干。一只八哥跳到衬衣肩头蹲下。又重新飞走。我把这理解为一项指令。我穿上衬衣，站到窗前，八哥飞过来，蹲在我的肩膀上，凑在我耳边说：别生气。它说的是瑞士土话。

这是夏天的事情。当时我在瑞士。瑞士的八哥当然不会德语普通话。别生气。八哥对我嘀咕这话的时候，我还不知道这是什么意思。既然我现在不得不说：别扔下我一个人，现在我明白八哥想让我对什么事情做好心理准备。

珀西低下头。他在抵御诱惑,不让自己的交叉双手进行祈祷。现在开始下雪了。这雪下得是时候。雪花像是小心翼翼地落下。仿佛还不知道去哪儿。

你别扔下我一个人。

另一方面,如果没有任何东西使你痛苦,你就不存在。迎接痛苦。我练习迎接痛苦,就像其他人练习钢琴或者提琴。但是我不会变成迎接痛苦的高手。我向你们庄严承诺。你们已经知道我不反对任何事情。我怎么可能反对痛苦。我已在这里练习了。我必须信守我在你们面前说的话。

我们需要很长一段时间,才能做到赞同一切,包括痛苦。但是,我们接近赞同一切的时候,祝福就会增加。一种全新的自我感觉。接近赞同,就让世上的区别灰飞烟灭。世上再无区别。你达到了赞同一切的境界。无论是迫不得已骂我或者诋毁我的,还是诚心诚意肯定我的,我都同样表示赞同,但愿前者别因此生我的气。我不想说,不得不说来反对我的那些话毫无价值。我想赞同一切让我出丑、让我毁灭的尝试。如果我看似因为不断表示赞同而几乎精疲力竭,那是人们的错觉。恰恰相反。我非常快乐。我充满幸福感。和平爆发了。宣布的战争和没宣布的战争都无缘无故地停止。战争戛然而止,仿佛从未发生过战争。

即便越下越大的雪让我变得比我本来胆大。下雪使世界变得美丽。我们最重要的天赋:我们发现美。仇恨看什么都丑陋。如果带着爱的眼光,一切都很美丽。现在每个人都认认真真地给自己戴上帽子,就像在为他人服务。

他戴上他的圆顶皮帽。说：

这雪下得真美，前所未有地美。我刚刚讲了一些走得比我远的话。让我引述伊曼努尔·斯威登堡这位来自北方的圣灵的教导：错误源于我，但真理不源于我。

然后他用洪亮的声音宣布：

现在由安东牧师讲话。请！

悄然消失在废墟、消失在一间法衣室中的安东牧师出来了。他身着白色长袍和圣带。这两样东西是他装在背包里带上山来的。

他首先划了个十字，众人跟着划十字。

然后说：你们看，我创造新的天空，新的大地，

过去存在的，人们不会再回忆。

我所创造的一切，将带来欢乐、引起欢呼。

众人：哈利路亚。

牧师：来，我主耶稣！给你献上永恒的赞美和荣耀。

众人曰：阿门。

他随后起唱：

祝福你，女王，

崇高的女人和统治者，

啊，玛利亚，啊，玛利亚，

欢乐吧，基路伯①，

赞颂吧，撒拉弗②，

---

① 《旧约》中的守护天使。

② 《旧约》中有三对翅膀的蛇形天使。

祝福女王：

祝福圣母[①]。

歌声让珀西感觉美好。他享受这种言之无物的真情实感。

唱歌之后牧师祝福众人，他们现在已成为一个共同体：

全能而慈悲的主啊，请引领我们走和平之路。请他的天使做我们的领路人，让我们平安地回归和平与快乐。让我们明天庆祝美好的圣诞。

众人说：阿门。

人们四散而去，牧师重新消失在小教堂里，珀西站在原地，看着雪花如何越飘越密。他把做祷告时摘下的圆形皮帽重新戴上。

现在来《诗篇》，他说。我的朋友，他已经死了，生前酷爱《诗篇》。我以他为榜样。

他迎着越飘越密的雪花，用响亮的、几乎高亢的声音说：我们还是可以创作《诗篇》的，是吧！

安东牧师现在又站在他身边，说：现在和永远都可以。

珀西：现在我可以腾云驾雾。飞向九天。爱使人变得身轻如燕。

牧师：求主怜悯[②]。

珀西说：

我站上浮冰，生起小小的篝火。

---

① 原文为拉丁文：Salve, salve, salve, Regina。

② 原文为拉丁文：Kyrie eleison。

我交叉双手,在冰冷的水中沉没。
但愿交叉的双手,别在最后攥起拳头。
牧师:求主怜悯。

珀西:
银色的列车从我的脑袋驶过,仿佛我是天空,
然而我不是天空,它们发生碰撞,我的脑袋彻底粉碎。
牧师:求主怜悯。

珀西:
雪下得虚情假意。雪花屈指可数。
倾听冷杉,体会其如何沉默。
什么话都说得仿佛言不由衷。
但愿这是我的说话艺术。
但愿能够用词语表示关怀。
牧师:求主怜悯。

珀西:
我年复一年地欢呼,永远。
我种植轻松,犹如别人种植玉米,
我用天光施肥。
我起飞,又坠落,
我跑错地方来到世上,用蝴蝶
翅膀把眼睛糊上。

我是一个优秀的构造。

你们制造寒冷。

我来制造温暖。

牧师：求主怜悯。

珀西：

我不反对以极端方式拯救。

拯救是一种运动。伴随歌唱。

我迸发出声音。它们直冲云霄。

我紧随其后，攀援上天。

牧师：但是别坐到父亲的右侧。保持机动。

珀西：

每个人都是一声无人倾听的呐喊。

我躲过所有人。躲不过自己。

我的灵魂在永恒中化为冰冷的火焰。

牧师：求主怜悯。

阵阵狂风，刮得雪花翻滚逃遁，雪花仿佛无处安身。珀西转身面向安东牧师，说：安东，你是最纯洁的圣人。

牧师：做一个快乐的人就够了。

此刻，坡上亮起一束探照灯光，把飞舞的雪花照亮。随后响起音量超大的音乐。随后响起男高音。高音唱道：

永远别问，
也别琢磨，
我来自何方，
我名谁，我是谁！

一个女声接上：
主啊，我绝不发问。

男生合唱：
埃尔莎！你可听见我的声音？
永远别问，
也别琢磨，
我来自何方，
我名谁，我是谁！

他们已经走到汽车跟前。弗雷德、泽普·穆尔、尼古拉斯·安格波因特站在那里。弗雷德关掉了音乐。然后他表示歉意。他说，如果不是天气命令我们主动出击，来营救你，营救你们，我们不会来找你，也不会冒昧上山。如果那样，你们困在这山上。如果没有四轮驱动，我们也困在山上。

下山的路很危险。谁也没说话，都在观察尼古拉斯如何化险为夷，避免汽车在这狭窄的、常常已经看不见的路上跑偏，然后顺着某个山坡翻滚下去。

到了下面的牧师楼。安东牧师把吃的端上桌。

珀西说：你这么能干！

牧师：可以来点奇迹。

告别时珀西说：但现在我可不想再看见你们了。

弗雷德笑着说：除非你需要我们。

大家互祝圣诞快乐，节日快乐。等他们出门之后，珀西说：安东，其实我可以在你这里留下来。

牧师：你可以。

珀西停顿一下，说：不可以。

牧师：真可惜。本来我可以把你变成一个优秀的助理牧师。他自己也是新晋牧师，他补充道。

你看见那个女人没有？中午的时候，有色皮肤，坐在条凳上，在饭馆门口，晒太阳，身上的肉那么多，衣服却穿得那么少，而且是冬天，坐在条凳上，右腿边上一条斗犬。她在哭。

牧师：这个世界存在可怕的缺陷。

珀西：求主怜悯。

牧师：我问过你到那边演讲说什么。你当时还不知道，这让我感觉很好。你知道福音书作者圣马可是怎么说的？

我迫不及待了，快告诉我，珀西说。

安东牧师伸手在书架上拿书，打开一本说：《马可福音》13章11节。有人把你们解去受审的时候，不要事先担心说什么；到那时刻，赐给你们什么话，你们就说什么，因为说话的不是你们，而是圣灵。

珀西说：噢耶。

然后就不再说话。

牧师说：根据《诗篇》第81节，你听：你要大大张口，我就给你充满。

珀西说：这个你本不应告诉我。也许。是的。但也很好。这样。我再也不会站在众人面前发表演讲了。

安东牧师高兴说道：我对此很好奇。

珀西：我也一样。

五　最后的消息

可疑的犯罪

（官网opi）康斯坦茨。在对所有涉事者进行审讯之后，事件的过程还原如下：安东·珀西·施卢根于12月24日上午九时与米尔海姆地区的牧师告别。他从辛德尔森林徒步经过诺伊豪森。马西莫·阿塔纳西奥将在中午时分等他，地点在鞋匠弗兰茨客栈，客栈位于瓦尔德霍夫镇的乡间公路和联邦公路的交叉口。然后带他去莱茵瑙岛上的未完成者学院。马西莫·阿塔纳西奥是安东·珀西·施卢根去年9月参与组建的未完成者学院的房管员。规划这条路线的是克里索斯托穆斯·施图德，默克林根地区的牧师。从多瑙河畔的米尔海姆到碰头地点即鞋匠弗兰茨客栈一共十三公里。

马西莫·阿塔纳西奥准时到达，安东·珀西·施卢根却没来。他在诺伊豪森徒步穿行辛德尔森林时，被名为快活脖子的摩托车俱乐部的一个小分队枪杀。总之，凶手不是此前所报道的地狱天使，而是快活脖子。发出致命枪击的摩托车驾驶员现在可以接受审讯。他做了如下供词：他不知道坐在后座上的队长是什么意图。他想，驶过安东·珀西·施卢根身边时，队长会朝天上射击。他想，应该让施卢根吓一跳，以便他成为快活脖子的德国分会成员。队长在俱乐部里绰号叫猫，真名为汉斯·彼得·乌尔曼，他在驶过安东·珀西·施卢根身边时朝其颈部开了一枪。这不是事先约定的事情。他们在俱乐部的操场上用橱窗模特练习在行进中对颈部射击，但就像在操场上练习的所有项目，这只是训练，没有目的的训练。好玩儿。尽管也说到什么时候要对判处有罪的人进行惩罚，但谁也没有当真。这是一种游戏。一场反对现存世界的游戏。俱乐部里谁也没想过判决有可能得以执行。谁也没这么想过，除了汉斯·彼得·乌尔曼，别名猫。他曾预告过珀西行动，他对行动的说明却使我们毫不怀疑这是一个游戏：冲过去，脖子上来一枪，把他埋葬三天后再挖起来，让他消失，电视台的弗雷德全程摄影。珀西，快活脖子俱乐部成员，在被地狱天使枪杀之后第三天复活，然后升天。这是一场经典的广告大戏！快活脖子最终成为人们追捧追捧再追捧的对象！

当猫预告要上演这个具有轰动效果的故事时，所有人都哈哈大笑。这没什么好笑的，你们这些大老粗，他吼道。游戏时期由此告终：现在开始执行判决。众人乐得狂呼乱叫，因为我们都以为这是猫为了让游戏升级想出的新点子。而随后的事情是这样的：队长真的开枪射击，中枪者展开双臂扑倒在地，他的手杖由此卷入摩托车的前轮。这是一根粗手杖，中枪者用环扣把手杖绑在手上。摩托车在空中翻滚，队长飞了出去，他和车手连同摩托车一起滚到路边的排水沟里。中枪者和队长都扑倒在马路边上，后者在坠地时摔断了脖子。两人的脸都埋在新鲜的积雪里。

这是赫尔穆特·莱普雷希特的叙述，他在俱乐部里名叫罗伯斯庇尔。他很幸运。除了骨折、肌肉拉伤和脑震荡，他没有别的事情。

事情发生不一会儿，近来一直陪伴珀西四处游走的摄影组就到达了现场。纪录片导演弗雷德·弗里德里希不知所措。他后来告诉警察，他禁止他的摄影组对这一事件进行任何拍摄，尽管他们见什么都想拍摄。

从快活脖子在普夫龙根森林的营地传来消息，获悉枪杀事件后俱乐部立刻解散。

在俱乐部里被人称为茨威斯坦并充当发言人的埃尔温·许内曼告诉该报记者，凶手的动机是失望的爱，也就是绝望。

珀西最早的影响

(opi) 康斯坦茨。对于发生在辛德尔森林的这桩犯罪行为，警察做了力所能及的侦破工作。但发生在圣诞节的事情却让人们的心情久久不能平静。几千人参加了在默克林根为安东·珀西·施卢根举行的葬礼。中间不乏名流：纪录片导演弗雷德·弗里德里希，舍布林根州立精神病院院长海因弗里德·布鲁德霍费教授、博士，莱茵瑙岛上的未完成者学院院长埃尔莎·弗洛姆克内希特。吊唁者之多，让墓地人满为患。神职人员发表讲话，他们是：魏默牧师，舍布林根；施图德牧师，默克林根。魏默牧师讲述说，他履行了一项可悲的任务，向珀西的母亲通报了所发生的事情。母亲回应道，这是典型的珀西。别怕，这位母亲说，他会再度出现。她了解她的珀西：他突然消失，然后再突然出现。这位母亲生活在养老院，精神处于特殊状态。

安东·珀西·施卢根用优雅而含蓄的方式为其身世制造的谜团，他的恐怖遇害，他的母亲所怀有的坚如磐石的心愿，这些都给我们的哀悼活动增添了一丝明亮的色调。施图德牧师接过这一话题。他说，对于他，安东·珀西·施卢根总是一轮日出，一抹朝霞，总是对光明的一次纯净的允诺。世人以其一贯的方式对待安东·珀西·施卢根，我们对此不应感觉奇怪，但是，安东·珀西·施卢根来到人间，这个我们可以视为奇迹。这个奇迹让我充满感激，即便我——借用珀西的话——说不出应该感激谁。

葬礼后的第二天，未完成者学院在莱茵瑙岛上的圣母修道院教堂为安东·珀西·施卢根举办了一场纪念音乐会。

教堂塔楼上的两个天使的金色号角奉献出最高音。唱的是理查·斯特劳斯根据席勒的诗歌《夜晚》谱写的歌曲。埃尔莎·弗洛姆克内希特为四个声部配备了上百名歌手，让男女歌手站在教堂的各个角落。他们来自图高、福拉尔贝格、上施瓦本和埃尔莎斯地区。歌手们佩戴一条银色的围巾，指挥本人身着一条银色的连衣裙。歌声激荡着雄伟的圣母教堂。埃尔莎·弗洛姆克内希特希望每逢安东·珀西·施卢根的忌日都在此上演用嗓音创造的奇迹。歌者一年多过一年。直到听众散尽。只剩下歌者在场。

现在只缺马西莫·阿塔纳西奥的最后陈词。他本来期望将近中午的时候在约好的碰头地点见到安东·珀西·施卢根。在成为未完成者学院的房管员之前，这位在二十三年前移民德国的西西里人在舍布林根做过不同的手工活儿。时任舍布林根州精神病院院长的法因莱因教授把他请到家里做各种家务。甚至包括理发。有一天，教授把护理员安东·珀西·施卢根带回家。后者也想让马西莫给他理发。后来就每四周到教授家里来一次。每次理发后安东·珀西·施卢根都会令人信服地告诉他，在他这里理发多么舒服。马西莫·阿塔纳西奥再也没有遇到过如此能说会道的人。对于马西莫，给安东·珀西·施卢根理发的日子都是快乐的日子。都是节日。春天在花园里给珀西理发，珀西总说：今天鸟儿的歌声比平时更响亮。

马西莫·阿塔纳西奥后来问过珀西，为什么在他这里理发特别舒服。安东·珀西，当时大家都叫他珀西，说：在你这儿理发我不必看镜子。如果坐在理发店的镜子前面，你会看着你的头发越剪越短、耳朵越变越长。你自然要咧嘴做怪相。他一点也不喜欢自己做怪相。他知道自己看着像小丑，但是他不想再看见自己如何像小丑。那你就闭上眼睛，马西莫对他说。闭眼太做作，珀西回答说。

在莱茵瑙岛动身前两天，珀西又理过一次发。他和平常一样快活。他并不总是很快活。也许从不。我是说，他和平时一样轻松。他的轻松总是引人注目。总是有感染性。这一回他在动身之前扭头对我说：马西莫，如果我再认一个父亲，那就轮到你了。我们都笑了。

他：但是你必须答应我一件事。

答应你，我说。

他：你必须答应我做到长命百岁。

我巴不得，我说。

他：我受够了。东死一个，西死一个。尽是周围的人。他走之前给了我一个小包裹。我一事无成，他说，而且很懦弱，你把这东西给桑德拉。剩下的给埃瓦尔德。这事我就是办不成。

这是马西莫·阿塔纳西奥讲的故事。我们随后问他如何解释暴行、如何解释枪杀事件。

这时他请我们给他一张纸和一杆圆珠笔。他此前所说的，其现场言说效果跟现在的阅读效果不是一回事。他说话存在严重障碍，我们不想用书面形式对其进行模仿。他说，12月24日前，他的口吃本来已经治好，他希望语言矫正大师和语音培训大家埃尔莎·弗洛姆克内希特再次对他进行治疗。随后，当我们问及枪杀事件有何动机时，他接过我们给他的纸，在上面写：珀西理完发站起身之后，轻轻拥抱我一下，高兴地说：马西莫！这个世界是个畸形儿，所以我如此爱它。

马西莫·阿塔纳西奥随后从口袋里掏出一个信封，是珀西最后还托付给他的东西。信封上写着：最后一个愿望。信封里有一张纸。我们问是否可以公开，他说：可以。

我们现在把最后的愿望公之于众，并由此结束对安东·珀西·施卢根事件的报道。

啊，
谁不想脱离地面，
行走空中飞越沼泽
并不时地吸入一份
永恒。
倘若白昼呈现红色，
就是我的白昼。草儿齐声歌唱，
每当我一出现，因为
我是慈祥的君主。
也是军队统帅。幸好
我的部下都已成为逃兵。他们
落草为寇，自己承担

着风险。我无足轻重，因为
无人畏惧我，在我所到之处，
恐惧变为一个陌生的词汇。
我从每一个杯子里啜饮死亡
每天都用纯粹的沉默庆祝
这一瞬间。时间
被我关进了火柴盒。
空间，为惩罚康德，被我当手纸
使用。由此，我住哪里，
哪里就有自由。我自然是一颗星球。